DIAC

十二宫

【美】
Robert Graysmith
罗伯特·格雷史密斯 著

韦 丽 李运玮 译

天津出版传媒集团
天津人民出版社

挑衅

图书在版编目（CIP）数据

十二宫 : 挑衅 / （美）罗伯特·格雷史密斯著 ; 韦丽, 李运璃译 . -- 天津 : 天津人民出版社 , 2018.7
书名原文 : Zodiac
ISBN 978-7-201-13311-9

Ⅰ . ①十… Ⅱ . ①罗… ②韦… ③李… Ⅲ . ①推理小说 – 美国 – 现代 Ⅳ . ① I712.45

中国版本图书馆 CIP 数据核字 (2018) 第 094153 号

著作权合同登记号：图字 02-2017-348

十二宫：挑衅
SHI ER GONG : TIAO XIN

［美］罗伯特·格雷史密斯 著

韦 丽 李运璃 译

出　　版　天津人民出版社
出 版 人　黄　沛
地　　址　天津市和平区西康路 35 号康岳大厦
邮政编码　300051
邮购电话　（022）2332469
网　　址　http://www.tjrmcbs.com
电子信箱　tjrmcbs@123.com

责任编辑　章　赪
封面设计　易珂琳

制版印刷　天津旭丰源印刷有限公司
经　　销　新华书店
开　　本　620×899 毫米　1/16
印　　张　18
字　　数　190 千字
版次印次　2018 年 7 月第 1 版　2018 年 7 月第 1 次印刷
定　　价　59.00 元

十
二
宫

Z⊕DIAC

目　录

挑
衅

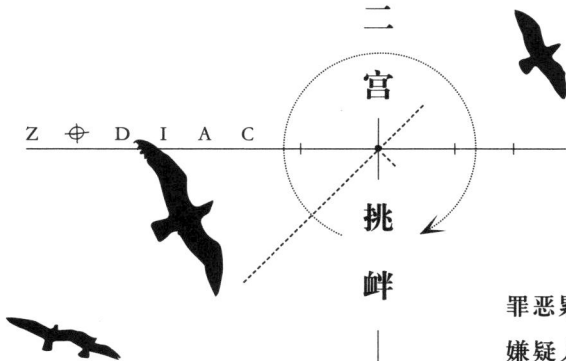

前　言

继"开膛手杰克"后，承"山姆之子"前，唯一让人不寒而栗的名字便是"十二宫"。这是一个凶残可怕、诡计多端、神出鬼没的杀人狂。自1968年以来，他连续残忍地杀掉了几十人，使得整个旧金山陷入了恐慌。在寄给报社的信件中，十二宫挑衅地使用了自己精心设计的密码，其中隐藏了他的真实身份，难倒了中央情报局、联邦调查局以及国家安全局顶级的密码破译专家。

我在北加利福尼亚州发行量最大的报纸《旧金山纪事报》工作，是一名社论专栏插画家，见证了十二宫寄到编辑手里的每一封信、每一份密码和每一片受害人衣服上的血迹斑斑的布块。起初我只是对十二宫密码里奇形怪状的符号感到好奇，渐渐地，我萌发了一个念头——破解凶手留下的线索，揭发他的真实身份，即使不能成功，至少可以将掌握的证据公之于众，以期未来的某一天或许能有人指认出十二宫。

执笔之初，我遇到了两个障碍。

首先，嫌疑犯形形色色，幸存的受害人却寥寥无几，且分散异地，许多目击证人也销声匿迹。而要想找出遗漏的细节，必须先找到目击证人。其中一个目击证人先后六次改名，还有一个幸存者隐藏了十年，使用过很多名字，而我最终通过一张圣诞卡片上的邮戳找到了她。

其次，因为谋杀案发生在不同的郡，而各郡警方相互嫉妒，各自手中都掌握着对方未留意到的重要信息。我奔波于各郡之间收集案卷，甚至把当作纪念品存入仓库和即将被销毁的案卷都抢救了出来，然后第一次放在一起，开始绘制完整的十二宫画像。

在对此案关注了数年之后的 1975 年，我意识到有些十二宫杀人案是不为人知的，早期的某个受害人或许知道十二宫的真实姓名，但却在向警方揭发十二宫的过程中被杀了。这个滥杀无辜的凶手令人防不胜防。

连环杀手难以抑制嗜血成性的癖好，使得加州连环杀人案的发生率逐步攀升（全美排名第二，仅次于纽约）。据司法部门统计，每年都有五百到一千五百名美国人遇害。

十二宫杀人案不是简单的杀人案件。这是一起连环杀人案件，凶手把受害人当作性娱乐对象，通过残暴的手段达到这一目的。跟踪受害人是前奏，而杀害受害人则代替了性行为。十二宫是一个性虐待狂，他通过折磨和杀戮享受性快感，暴力和性欲始终萦绕在他心里，使得他困惑并绝望。

像许多连环杀手一样，性虐待狂，聪明绝顶，初次杀人后就隐藏身份，和警察玩猫捉老鼠的游戏，而这往往也成为其犯罪的主要动机。一旦被抓，他们还会坦白可怕的犯罪细节，这更是对警方的致命一击。尽管没人知道原因，但医生们猜测，可能是某个损坏的性染色体或早年的某种经历导致了性虐待狂的产生，如父母冷酷无情、同龄伙伴带来压力。他们在童年时期常常表现为尿床、偷窃、虐待倾向（比如残害动物等）；随着青春期的来临，这些愤怒的表现就会升级成狡猾而隐秘的性虐待行为。

如果要用一个关键词来描述整个十二宫谜案，那就是困扰，光是被排除的十二宫嫌疑犯就有两千五百多人。受到十二宫的困扰，受害人被卷进悲惨和毁灭的漩涡中，无法觅得安宁；许多警探婚姻破裂，事业中断，健康被毁。

我写这本书，希望可以做些什么，改变些什么，让凶手停止杀戮。随着每一个古怪的符号和密码慢慢地被解开，我明白了凶手是如何写出这些让人匪夷所思的十二宫信件的，也明白了他杀人的意图，以及他的"十字圈"符号和类似行刑官装扮的灵感来源。

这是一个持续了将近二十年的真实案件，而至今仍在继续。我在书中收录了几百项从未公开过的事实，并且我相信，经过八年的潜心研究，我所提供的信息都是准确的。这些年，警方和报社只公布或翻印了十二宫信件的零星部分，而本书则首次将十二宫写给警方的每一个字都呈现在读者面前。

由于创作的需要，在极少数案件中，我省略了一些目击证人的姓氏（警方知道他们的姓名），更换了几个十二宫主要嫌疑犯的名字，以及他们过去的工作记录、教育背景和居住地等信息。为了保证叙述的流畅，我重新设计了部分缺失的对话。

信件、密码、死亡恐吓、一个戴着头罩逍遥法外的杀手、全力以赴的警探，这就是十二宫谜案的全貌。这个谜案也是我所知道的最令人胆战心惊的故事。

罗伯特·格雷史密斯 旧金山 1985 年 5 月

恋人之殇

大卫·亚瑟·法拉第在绵延起伏的山中穿行。俯瞰瓦列霍郡，整个城镇尽收眼底：金门桥，圣巴勃罗湾的渔民，帆船和快艇，宽阔的街道和沿街的树木，还有那些骷髅般的黑色吊车、码头、战列舰、砖砌烟囱，以及匍匐在海峡上的阴森的马雷岛和岛上的三层仓库。"二战"期间，成千上万的人涌向这里参加海军，瓦列霍因而改头换面，成了一个新兴城市。人们用廉价的胶合板和灰泥板瞬间就拼凑起了一个个临时建筑。到了 20 世纪 60 年代，这些建筑成了黑人贫民的永久栖居所，种族仇恨在此滋生，帮派暴徒四处横行，罪恶甚至蔓延到了中学。

大卫是瓦列霍中学数一数二的好学生和才子。他 17 岁，是校体育队的运动员。1968 年年末，他邂逅了 16 岁的贝蒂·洛·詹森，一个有着深色头发的漂亮女孩儿，家住城镇的另一端。大卫每晚都要穿越整个城镇去和她见面。

1968 年 12 月 20 日周五的下午 5 点，在阿内特大街上，大卫和贝蒂正在与几个朋友商量晚上约会的事情。这是他俩第一次去参加集体聚会。

大卫是 6 点离开的。7 点 10 分，他开车送妹妹黛碧去参加彩虹女子团的聚会，地点是索诺马大道上的飘缇亚城堡。大卫告诉妹妹，他和贝蒂最后可能会去赫曼湖路，因为据说那晚有一群年轻人都要去那里。然后，他开车回家了。他家的房子建在色利诺车道旁，那是一幢丁字形构造的建筑，外面包裹着绿色和棕色的木瓦板，四周围绕着修剪整齐的树篱和两大片圆形灌木丛，右边有一棵参天杨树，对比之下，房子显得十分低矮。

7 点 20 分，大卫开始为赴约而打扮。他穿上一件淡蓝色的长袖衬衫，套上一条棕色的灯芯绒李维斯裤子，脚上则是黑色短袜和粗糙的皮制短靴。他将一块铬合金表壳、表带的天美时腕表戴在左手腕上，又将一大把一美元和五十美分的零钱随意塞到右侧的裤兜里，还揣了一条白色手帕和一小瓶百日香口腔清香剂。接着他把一个镶嵌着红宝石的黄色金属指环套在左手中指上，然后拿起梳子，将前额上的棕色短发斜向后梳过去，额头下方是他睿智的双眼和宽厚的嘴唇。最后，他麻利地穿上米色运动外套。

7点30分，大卫和父母道别，走出了房子。他深吸了一口夜晚清冷的空气——当时气温只有22摄氏度，径直走到那辆1961年产的漫步者四门旅行车旁。这辆棕色和米色相间的车是以他母亲的名字注册的。大卫将旅行车倒出私人车道，驶入展览会行车道，开向80号州际高速，行驶了1.25英里后便驶出了佐治亚大街，接着右转至黑泽尔伍德，一路穿行直至里奇伍德住宅小区123号。一栋低矮的公寓掩映在常春藤和高大的树丛之间。大卫将车停在公寓前，时间是晚上8点。

贝蒂和大卫一样，也是一个品学兼优的学生。她的父母知道，今晚女儿要和大卫一起去参加学校举办的圣诞颂歌音乐会，学校就在几个街区以外。

贝蒂打量着镜子里的自己，她将头上的彩色丝带系好，柔顺的棕色长发倾泻而下，直至肩上，衬托出她美丽的脸庞。她身着一件紫色迷你裙，袖口和领口都是白色的。她那乌黑明亮的大眼睛充满了神秘感。最后，她穿上了一双鞋。

突然，贝蒂神情紧张地扭过头朝右后方的窗户望去，确认窗帘已经拉上。她不止一次地告诉妹妹麦勒迪，她觉得有个男生在偷窥自己，而且有好多次詹森太太发现公寓的侧门是敞开的。到底是同班同学，还是另有其人？

等待贝蒂期间，大卫和贝蒂的父亲凡尔纳聊了起来。贝蒂的父母都来自中西部，但贝蒂和大卫的母亲一样，出生于科罗拉多。贝蒂出来时，大卫帮她穿上白色皮大衣，而贝蒂则手拿着钱包和爸爸吻别，然后告诉爸爸音乐会结束后他们会去另一个舞会。8点20分，两人离开贝蒂家。贝蒂向爸爸保证会在11点之前回来。

不过，大卫和贝蒂并没有去音乐会，而是去了同学莎伦家。莎伦家在布伦特伍德，离学校很近。他们在莎伦家待到9点，最后莎伦送他们上了车。他们并没有告诉莎伦接下来要去哪里。

差不多同一时间，在瓦列霍东边数英里之外的赫曼湖路上，两个捕捉浣熊的猎人把红色敞篷车停在马歇尔农场里，他们看见一辆1960年出产的白色四门金属顶盖式雪佛莱羚羊停在贝尼西亚自动抽水站的入口处，还有一辆卡车驶出抽水站大门，开向偏僻的马路。

9点30分，发生了一件诡异的事。一对年轻的恋人把跑车停在路旁，因为男孩儿要调整一下发动机。这时，一辆看上去似乎是蓝色的瓦力安特从贝尼西亚方向驶来，朝瓦列霍方向开去。车经过他们后减速前行了几米，继而停在了路中央。那车白色的倒车灯骤然亮起，接着以慢得可怕的速度朝他们倒退退来。在缓缓逼近的过程中，似乎夹着一丝凶兆，一股邪恶的空气正在聚拢。男孩儿不由得发动引擎，和女友飞一般逃离了这里，那辆瓦力安特紧随其后。开到贝尼西亚岔路口时，那对恋人掉转了方向，而尾随的车却照直前行。

10点，老伯杰斯农场的牧羊人宾格·维舍尔正在贝尼西亚自动抽水站以东地区查点他的羊群。他看到一辆白色的雪佛莱羚羊汽车在水站门前的入口处停了下来，同时也瞥见了那两个捕捉浣熊的猎人和他们1959年产的福特卡车。

大卫和贝蒂去了埃得先生汽车餐馆，他们喝了可乐，然后沿佐治亚大街驾车向东行驶，随后左拐驶入哥伦布车道，到达瓦列霍城郊时向右转道，于是到了狭窄而曲折的赫曼湖路上。他们路过SVAR砂石与沥青材料公司的高塔，只见机器正大口大口地啃噬着橙褐色的山腰，因为这里有几处银矿，听说有两个人计划在这片农田上经营一个银矿。在一公里内，路边聚集着许多小型农场。白天，山腰上散落着黑白相杂的点，那是正在吃草的牛群，惨淡枯黄的山坡与明亮刺眼的蓝天形成强烈的对比。而现在是晚上，漆黑浓重的夜色在漫步者车头灯射出的两道光柱旁潜行。大卫和贝蒂一直向东，来到了偏远的情人小径。警察时常从这里经过，以提醒在这偏僻的地方约会的恋人们可能会有危险。

临近10点15分，大卫把车右拐，驶出公路15英尺后在赫曼湖自动抽水站有链条围栏的入口处，即10号门前的碎石路上朝南停下来。他锁好车门，把贝蒂的白色皮大衣、钱夹以及自己的运动外套放在驾驶座后面的座位上，然后打开空调，又将前排的座位靠背往后调成45度。这一片没有路灯，而空地上到处都是坚硬的岩石，四周环绕着平缓的山丘和农田。恋人们都喜欢这个地方，因为巡逻的警车一从远方的路口出现，就可以看到闪亮的车灯，这样，他们就有足够的时间处理掉手中的啤酒和酒杯。

10 点 15 分，一个女人和她的男友开车路过这里，当他们 15 分钟后从公路尽头返回此地时，漫步者旅行车还在原地，但却是面朝东南方向的。

10 点 50 分，斯蒂拉·伯杰斯太太到了自家在赫曼湖路的农场，距离大卫和贝蒂停车的地方大概 2.7 英里。伯杰斯太太刚走进房间，就接到一个电话，是母亲打来的，让她晚些时候去一个演出地点接 13 岁的儿子回来。

11 点，佩吉·约尔太太和丈夫霍莫尔开着一辆 1967 年产的金色庞蒂克轿车来到赫曼湖路，他们是来检查公司铺设在抽水站的输水管道的。经过漫步者旅行车时，约尔太太看到大卫坐在驾驶座里，女孩儿倚着他的肩膀，当车灯照亮抽水站门前的空地时，她看到大卫的双手已经放在方向盘上了。

约尔夫妇检查完工地，到了山脚下，拐进马歇尔农场，在那儿掉转车头，准备返回贝尼西亚。猎人的红色敞篷车停在距路边 25 英尺的田野中。两个猎人戴着绒线帽，穿着捕猎外套，坐在敞篷车里。约尔夫妇的车再次经过漫步者旅行车时，大卫和贝蒂仍坐在车里，还是原先的姿势。两个猎人也看到了约尔夫妇的车，以及那辆孤零零地停在抽水站门前的、面朝大门的漫步者旅行车。11 点 05 分，他们离开这里。

又一辆车从远处路口拐过来，车灯像发光的眼睛，从山峦那边射出两道光瞥向这里，照见了相拥在一起的大卫和贝蒂。但那辆车并没有从抽水站旁边开过，而是停在了漫步者旅行车右方 10 英尺的地方。车里的人影模糊难辨，就像那些盘曲在四周的昏暗的山丘一样，只能看出个轮廓——弓着身子，粗壮结实，隐藏在风衣之中。黑幕中蓦地闪过一丝亮光，像是玻璃的反光，只一瞬便消失了。

在这条偏僻的乡村公路旁，两辆车就这样并排停着。

11 点 10 分，贝尼西亚哈姆勃炼油厂的一个工人踏上了回家的路。他漫不经心地经过了漫步者旅行车，看到了车里的情景，丝毫没有留意到另一辆车的牌子和颜色。很快，这个炼油工人开着车消失在远处。

一阵干燥的风缓缓吹过，路边僵冷的草瑟瑟作响。

终于，陌生人摇下车窗，要求大卫和贝蒂从车里出来。这对年轻人感到很诧异，他们拒绝了这个要求。然后，那个身材粗壮的人打开了车门，当他走下车时，从深色的外衣里拔出了一把枪。

陌生人站在贝蒂座旁敞开的车窗前，怒目凝视着她。但他并没有从贝蒂所在的乘客座车门这一最便捷的入口冲进车内，而是绕着车身移动，步履间透露着丝丝杀气。突然，他停下脚步，瞄准右侧后车窗的中心点射了一枪，子弹震碎了玻璃。接着他走到车体左侧，朝左后车轮架又是一枪，这是在逼迫这对年轻人从汽车右侧门出来。

而他得逞了。

先出来的是贝蒂。正当大卫挪动身体准备夺门而出时，陌生人从左侧车窗探身进去，将枪管抵在大卫左耳后偏上部位，并扣动了扳机。子弹水平前行，在枪口接触点留下一块火药的灼伤，继而炸裂了男孩儿的头骨。贝蒂尖叫着，沿公路朝北边的瓦列霍狂奔。在她身后，那个粗壮的男人追逐着举起了枪，在不到10英尺的距离内，他朝她连开了五枪，每发子弹都射进了她的背部右上方。

这种射击手法让人难以置信——移动的目标，在砂石地上跑动的枪手，并且是在漆黑一片的乡间公路上。

贝蒂在漫步者旅行车后离保险杠28英尺6英寸的地方倒下了，当场死亡。这个逃命的女孩儿甚至都未能跑到公路的人行道上去。她右侧着地，脸朝下，脚向西。而大卫仰卧着，脚朝向汽车的右后车轮，短促的呼吸几乎难以察觉，一大摊血浆在他的脑袋周围积聚、扩散。

凶手倒车回到漆黑而曲折的公路上。最后，他驶向了远方。

此时，伯杰斯太太还没有脱掉大衣。她挂断电话，把婆婆和女儿带到车里，准备去贝尼西亚。出门前，她瞟了一眼厨房的挂钟：11点10分。她以35英里的时速驾着车，四五分钟后到了大卫停车的地点。当伯杰斯太太从靠近链条围栏边缘的路口拐过来时，在车头灯的亮光下，她看到了那可怕的景象。起初她以为是车里的人摔出来了，但紧接着，在稍远处的黄色菱形交通标志牌旁边，她发现了贝蒂。漫步者旅行车的右前门开着，四周一片死寂，只有车内的加热器还在不停地嗡鸣着。

伯杰斯太太以时速60英里甚至70英里的速度，沿着狭窄的高速公路前往贝尼西亚求援。就在680号州际高速公路以北，她看到一辆贝尼西亚巡逻警车，于是按响喇叭，不断地开关车灯，希望引起注意。随后，这两辆车在东二街的安科加油站前停下。惊魂未定的伯杰斯太太把目睹的惨状告诉了巡警。此时是 11 点 19 分。

巡逻警车火速行驶，蓝色的警灯在夜幕中闪烁，3 分钟后警车便抵达了案发地。巡警丹尼尔·皮塔和威廉姆·T. 华纳察觉到了男孩儿的微弱呼吸，立即呼叫了救护车。他们仔细检查着这辆双色的漫步者旅行车：发动机是温热的，车还点着火，右侧前门敞开着，另外三扇车门和尾门却上了锁。他们还在车内右前方的地板上找到了一颗 0.22 口径手枪弹壳。现场的地面已经结冰，因而看不出任何轮胎印和搏斗的痕迹。

他们为贝蒂的尸体盖上一张毛毯。从她口鼻中流出来的血聚集在她周围，又汇集成一条血路延伸到汽车那里。

大卫脸朝上躺着，右脸颊上肿起一大块，手和衣袖上都是鲜血，双脚紧挨着车的右侧前门。皮塔从他左耳伤口边缘的深色区域推测出，子弹是在极近的距离内射出的，华纳则沿着大卫的身形画出了粉笔轮廓。

一辆 A-1 救护车的红色车灯划过夜幕，随后救护车紧急刹车了。大卫被抬上担架，安置在救护车内。接着，救护车以每分钟一英里的速度奔向瓦列霍中心医院，急救笛声响彻天际。

11 点 29 分，皮塔打电话给郡里的前验尸官丹·霍安。同时，他用无线电通知了索拉诺郡治安官办公室，请求其派出一个小组和一位调查员。因为案发地还没有被正式划入索拉诺郡，所以不属于贝尼西亚警方的管辖范围。

霍安迅速地穿好衣服，等他和来自贝尼西亚的拜伦·桑福德医生抵达喧闹混乱的案发现场时，已将近午夜了。每当这种惨剧发生，霍安总是亲自通知受害人的家属，并承受由此带来的巨大压力。这种压力对他的心脏伤害很大，最终，他不得不辞职。桑福德让人把贝蒂的尸体送去解剖，并强调一开始要从尽可能多的角度拍照。

托马斯·D. 巴尔默是费尔菲尔德《每日共和国》报社的记者，他在此已等候多时，但直到 12 点 05 分治安官派来的调查员抵达时，他才得以靠近现场。

警探莱斯·伦德·布拉德一年要处理两三起谋杀案。现在，他正若有所思地站在漆黑寒冷的赫曼湖公路上。他头上的窄边帽子压得很低，几乎遮住了那张饱经沧桑的线条粗犷的脸。自从他 1963 年成为治安官办公室的警探以来，这顶帽子几乎就从未离开过他。借助手电筒和为摄影师及指纹采集人员架起的照明灯的光线，布拉德画下了犯罪现场的草图。多辆警车列在路边，它们发出的无线电噪声打破了深夜的寂静。

布拉德命手下布特巴赫和沃特曼去医院听取大卫的陈述。12 点 23 分，当两位警官到达医院的重症监护病房找到护士芭芭拉·罗欧时，却被告知男孩儿在送抵医院时就死了，时间是 12 点 05 分。于是，他们打电话到治安官办公室，请来了代理治安长官 J.R. 维尔森。维尔森用相机拍下了男孩儿左耳后由极短射程造成的火药灼伤、右脸颊上的肿块，以及凝结了厚厚血块的头发。

赫曼湖公路上，警察们正在往漫步者旅行车上刷粉以显现潜在指纹。随后，他们四散寻找枪械和其他可能的线索。贝尼西亚警方进行测量，布拉德做记录。他们采集到的照片和证据将被移交到索拉诺郡治安官办公室。皮塔和华纳将犯罪现场保护得很好，尸体已经被隔离，在他们做好拍照、鉴定及精细的测量工作之前没有发生任何移动，这样才能确保带到法庭上的是没受到破坏的证据。尽管如此，仍缺少实物证据。他们也做了精液检测。

后来，在大卫头部的粉笔轮廓旁边，他们还发现了更多的空弹壳，加上之前的一个总共有九个。凶器可能是一支 0.22 口径 J.C. 希金斯 80 式手枪或高标准 101 式手枪。子弹是温彻斯特弹药公司 1967 年 10 月开始生产的 Super X 铜被甲子弹，还是较新型的产品。旅行车的顶部有一处弹射的痕迹，车前的地面上有一排极浅的鞋印通向乘客座一侧的车门。此外，在水站后方上了锁的围栏外，有一个较深的鞋跟印。

一名救护人员说，他从没见过这么多血淌在路边。布拉德后来也回忆说："这真是一起惨绝人寰的双重谋杀案。"

夜里 1 点 04 分，布拉德离开现场前往瓦列霍中心医院，接着又去了殖民地教堂殡仪馆，在那里见到了布特巴赫和沃特曼，三个人同霍安就贝蒂·洛·詹森尸体上的子弹位置进行了探讨。

布拉德默然地站在阴影里。在荧光灯刺眼的光线下，殡仪馆工作人员褪下了女孩儿的衣服。突然，有什么东西从她紫色的裙子里掉了出来，落到了地板上，一直滚到布拉德的靴边。警探慢慢弯下身拾起，是一颗 0.22 口径的手枪弹头，它穿过贝蒂的身体后藏在了她的裙子里。布拉德神情凝重地把它放进一个药瓶里，收集起女孩儿沾满血迹的衣服，回到了办公室。布特巴赫和沃特曼则一直工作到凌晨 4 点半才收工。

解剖从中午开始，先是贝蒂，一个半小时之后是大卫。下午 1 点 38 分，病理学家 S. 施莱医生发现了夺去大卫性命的那颗子弹。因与死者右侧颅骨撞击，这颗子弹成了扁平状，随后被棉花包裹着送到了布拉德那里。

从受害人身上和车内已找到了七枚弹头，四枚完好，三枚受损。还有两枚始终未能找到，遗失在了赫曼湖路边的田野中。每一枚弹头都有右旋痕迹，六条阳线道，六条阴线道，是"6-6"的弹道模式。

制造枪支时，会在枪管内嵌入一个金属旋转切割工具，也叫"拉刀"，当它被拉动通过枪管时，会在膛壁上留下螺旋状沟槽，即"膛线"。子弹射出后，膛线会切入子弹外壁，使之高速旋转，这样子弹在离开枪口后可以飞得更稳。这一过程也会在子弹表面形成独一无二的痕迹，叫作"阴线道"（螺旋沟槽）和"阳线"（沟槽之间的部分）。同指纹一样，这种痕迹使子弹只能匹配上那支特定的射出它的枪。在比对显微镜下，抛壳顶杆和退壳器在弹壳上划出的痕迹也可以确定弹壳与枪支的匹配关系。

正如布拉德所说："调查的过程就像树上的枝条一样向无数个方向延伸。"他要从掌握的事实出发，沿着每一条支路去探寻。他先研究行车里程和时间，变换不同的车速，从众多嫌疑人和受害人的住处开往事发地，一点儿一点儿地重现受害人最后一天的经历，并取得了三十四份详尽的陈述。布拉德一刻不停地工作，他调查了两名受害人的个人情况，询问了他们的亲友和居住在本地的几位嫌疑人。当然还有其他的可能——纳巴郡州州立精神病院登记在册的病人中，有二百九十人就住在这个地区。

霍安从贝蒂家人口中得知，有一个男孩儿疯狂地迷恋贝蒂，不仅在学校里骚扰她，还威胁过大卫——"我真想用指节铜环敲死你"。他们怀疑，夜里在她家院里鬼鬼祟祟游荡的就是这个男孩儿。霍安将此事告诉了布拉德，但布拉德发现这个人有一个完美的不在场证明：在他妹妹的生日宴会结束后，他看了电视节目《全球事件》，一直看到 11 点，身边还有马雷岛警察的"陪伴"。

来自公众的线索源源不断，但在这场凶杀案的背后似乎不存在任何动机，只是纯粹为了在杀戮中体验快感。布拉德既未发现抢劫的意图，也未查出性侵害的迹象。或许对于凶手而言，杀人行为本身就是一种性欲的宣泄。

萨克拉门托（加州首府）刑事鉴定与调查中心也没有令人振奋的消息——

除了对业已发现的任何 J.C. 希金斯 80 式自动手枪深入检验外，任何具有下列特征的枪械均有待进一步测试：

a. 弹壳：12 点钟位置形成半圆形撞针痕，3 点钟位置形成退壳痕，8 点钟位置有轻微的抛壳痕（通常难以测出）。

b. 枪管或被测试子弹：六条右旋阴线道，阳线与阴线道比例 1：1+，阴线道宽度约 0.056 英寸，阳线宽度约 0.060 英寸。

因对其构造特征不了解，即便找到了枪械，鉴定工作也将面临极大困难。

女性受害人的衣物检验（第九项）显示，其身体前面靠近中央部位有一个枪洞，背部右上方有五个枪洞。除背部最上方的枪洞（附近有一小块火药残余）外，所有枪洞周围的皮肤都无烟晕沉着或火药残余。由此可见，凶手在射击时距离受害人至少数英尺。但只有在查获并测试相关枪械后，才能确定他与射击目标的最短距离。

就这样，没有目击者，没有作案动机，也没有找到嫌疑人。

目 击 者

"太可怕了，我认识那两个被杀的年轻人。"大卫和贝蒂被杀害的第二天，得知此消息的达琳·菲林对她的同事博比·拉莫斯说。

"真的？"博比问道。

"是啊。我再也不会去那里了。"达琳说着，打了个寒战。

达琳和那两个人是在霍根高中认识的。霍根高中与达琳家仅隔着一个街区，达琳曾在那儿上过学；后来，她去了瓦列霍杂志街上的特里饭馆打工。周五到周日三个晚上，达琳和博比都要工作到夜里 3 点。

22 岁的达琳体重 130 磅，高 5 英尺 5 英寸。她总爱穿着背带裤，芭比娃娃般标致的脸蛋上镶嵌着一双灵动的蓝眼睛，不戴眼镜的时候会戴着假睫毛，再加上一头金色的短发，看上去更像是个 17 岁的孩子。她做起事来也是这样，总是那么热情友善，和谁都聊得来，往柜台那儿一站，不乏前来搭讪的人。这样的女孩儿，谁见了都想带回家去。但博比总是说她："别见谁都搭讪，并非每个人都是你的朋友，只是你自己那样认为而已。"

从五年前的照片上看，当时只有 17 岁的达琳与贝蒂很像。在朋友眼中，达琳性格外向，经常大笑，爱开玩笑，也很健谈，喜欢结识新朋友，没有什么防备心。

达琳和她的第二任丈夫迪恩以及女儿戴娜住在华莱士街 560 号，房东比尔和他的妻子卡米拉·利是恺撒宫廷意大利餐馆的老板，迪恩则是这家餐馆的助理厨师。达琳家还有一位保姆，名叫凯伦，只有 17 岁。

1969 年 2 月 26 日晚上，凯伦走到窗前看了一眼华莱士大街，从昨晚 10 点开始，有辆车就一直停在那儿。她敢肯定，车里的男人正盯着达琳家的一楼。

那是一辆美国产轿车，白色车身，有很大的挡风玻璃，但因为外面光线晦暗，即使只隔大约 8 英尺的距离，凯伦也无法辨认那辆车的车牌号码。

车里燃起一根火柴，焰光闪烁着，那个人点了一支烟。借着亮光，凯伦看到了他大概的样子：身材魁梧，圆脸，深棕色卷发，估计是个中年人。

凯伦不安地走回小戴娜的房间，坐在婴儿床旁，一直到第二天凌晨迪恩下班回来。她犹豫着要不要把这个陌生人的事告诉迪恩，但当她再次走到窗前时，发现那辆车已经离开了，于是她没有再提。但是这天，她把这件事告诉了达琳。

当时，达琳在洗手间里化妆，一会儿她要出去。

"那车什么样子？"达琳问。

凯伦描述了一遍。

"我猜他是在跟踪我。听说他已经回加州了。"达琳顿了一下，"我看见了他做的好事，他不想让任何人知道。我看见他杀了人。"

达琳提到了一个男人的名字，很短，是个常见的名字，但凯伦没有听清。她大为惊骇，小心翼翼地观察达琳的神情，显然，女主人也对这个陌生人充满了恐惧。

那天晚上，达琳办完事回来，路过特里饭馆，别人告诉她，有个身材粗壮的男人在打听她。

达琳的妹妹帕姆·苏恩曾经在姐姐家的门阶上发现两个包裹，但没有人看到是谁放在那儿的。然而在 1969 年 3 月 15 日周六这天，一个戴着角质架眼镜的男人送来第三个包裹时，她刚好打开了前门。她曾经见过这个人，这次，他那辆白色的车又停在了房前。

帕姆回忆道，那个男人对她说无论如何都不能拆开那个包裹，送完包裹，他就坐在车里，在门外待了好久。

达琳回来后问她有没有东西送过来。她把那个包裹拿给了达琳，达琳随即拿进了里屋，也不说是什么。从那一刻起，达琳似乎有了些变化，神色紧张，去卧室打了个电话后，就匆匆忙忙地带她出门，开车送她回家，车开得非常快。

后来帕姆了解到，第一个包裹寄自墨西哥，里面是一条银色腰带和一个手袋，第二个里面则是蓝白色印花布料，达琳要用来做一件连衣裙。

达琳的前夫吉姆住在墨西哥，博比觉得前两个包裹应该是他在那儿请认识的人送过来的。1966 年 1 月，吉姆用菲利浦这个假名与达琳结婚，当时他从旧金山普西迪军事基地退伍刚满五个月。博比说："我敢说，达琳很怕她的丈夫。"

达琳在旧金山电话公司上过班，在那里她的一个同事波比·奥科斯纳姆回忆道："达琳总是提防着吉姆，不愿意跟他单独待在一个房间里。我们把他俩请出了我们的公寓，因为吉姆有一把枪（0.22 口径），我们可不想让那东西出现在身边。"1969 年 5 月 9 日，达琳和迪恩花了九千五百美元在弗吉尼亚大街 1300 号又买了一幢小房子，旁边就是瓦列霍治安官办公室。

大约两个星期后的一个周六，达琳组织了一个新房粉刷聚会，而这次聚会促使凯伦最终辞去了保姆的这份工作。聚会上，达琳叫来了许多刚认识的朋友帮她打点她的新房，而凯伦一直和小戴娜待在一起。有三个陌生的年轻男子让凯伦感到很不舒服，所以她离开了那里。达琳跟其他男人偷情，她还得帮着隐瞒，她早已厌倦了这样的日子，在过去的五个月里，罪恶感让她一直惴惴不安。

这群人中，有达琳乖戾嚣张的弟弟列奥·苏恩，还有马乔家的双胞胎兄弟迈克和戴维，他们两个总是竭力讨达琳的欢心。其他还有杰伊·埃森、让·艾伦、里克·克拉伯特里、酒吧招待保罗、理查德·霍夫曼、史蒂夫·巴尔迪诺和霍华德·布兹·乔顿，后三人都是瓦列霍的警察。除达琳之外只有一个女人，那就是她的朋友希迪恩。

大约中午的时候，达琳打电话给她姐姐林达·黛尔·波诺，让她也过来。林达发现达琳精神紧张、面容憔悴，但达琳不肯承认，迪恩也没看出妻子的变化。

就在林达过来的同时，另一位客人也来到了达琳的新住处，那是个身材粗壮的男人。

林达后来告诉我："在聚会上，她惊恐万分，不停地求我，'快走，林达，快离开这儿。'那个男人跟房子里正在进行的事情毫不相干，达琳让我离他远远的。他是那里面唯一一个衣装整洁的人，其他人都穿着牛仔裤在刷墙。"

"现在我无论睁眼闭眼都能想起他的面容，想起他后来出现在特里饭馆里，想起他出现在粉刷聚会上，想起他把达琳吓得半死。她没想过他会出现。当时他坐在椅子上，戴着黑框眼镜，一头卷曲的头发，一身旧式装扮。那副黑框眼镜就像超人戴的那种。"

"我到那里的时候那人已经出现了，他有些胖……大概 5 英尺 8 英寸高。他大部分时间都坐在那里。我记得和达琳走进卧室后我问她：'达琳，你到底怎么了？'她紧张极了，那个家伙简直把她吓傻了。她不吃不喝，也没了笑容，再也不是以前的样子，一定有事情困扰着她。当时达琳一个劲儿地求我：'林达，别靠近他，千万别和他说话。'"

"我问：'怎么啦？他是谁？'"

"可她一直说：'别和他说话就好了。'"

"她不想让我和那个人牵扯在一起。她让我走，因为她不想让他知道她家里人的情况。这事太蹊跷了。我一直想不通。后来 6 月份的时候，我生日那天离开家这边去了得克萨斯。"

林达离开聚会后没多久，达琳的妹妹帕姆也来了。"我记得见过那个男人，就是他们还住在华莱士大街时送包裹的那个人，"她回忆说，"在那次聚会上，我又见到他了。他喜欢和我聊天，因为我老讲真话。达琳很生气，她觉得我跟他讲了太多事情。不过没错，他的确想从我这儿套出点儿什么。达琳跟我说：'帕姆，你要是继续和他讲话，以后就不要再来参加聚会了。'我跟她解释，'看他说话的样子，我还以为你们正在交往呢。'"

"那个人戴着副眼镜，穿着很整洁，一头深色头发，大拇指上有个肉瘤。说不出为什么，我觉得达琳是在维京群岛认识这个人的。她当时说了些关于毒品的话，然后人们一拨接一拨地走进她的卧室。我被挡在外面没法进去。"

"有人说了些什么，大意是有人在跟踪达琳，但达琳马上转移了话题，接着说，'别担心，没有人会伤害我。'她是我见过的最大条的人，要是这事发生在我身上，我准会吓死，我是说要是我知道有人会……"

"我问：'达琳，你不怕吗？'她却说：'不会有什么事的。'"

帕姆离开时，还有 14 个人在房里，其他人还在陆陆续续进来。其中有人不经意地听到那个穿着整洁的人让达琳透露她的收入来源。这个陌生人有一个昵称，很短也很常见，帕姆记得是"鲍伯"。

一个月后的周日那天，林达从得克萨斯回来了，因为急着要跟达琳聊聊那边亲戚的近况，所以一大早就和她的父亲列奥来到特里饭馆。

"那天，我和父亲走进饭馆的时候，发现聚会上的那个人坐在那儿，目不转睛地盯着达琳，"林达害怕地说，"他一直盯着她看，我走进去时，他发现了我，就用报纸遮住他的脸。"

"那个人冷冷地瞥了一眼我，接着走到达琳身边说了几句话，就离开了。我就跟父亲讲了这个人的事，我父亲却说：'没什么大不了的。'他觉得没什么地方不对劲儿。"

帕姆也见到那个人了。"他在特里饭馆吃着草莓脆饼，当时我就坐在他的旁边。达琳一看到我在他旁边就紧张起来。那个人还跟我讲话，达琳紧得不得了，不停地小声叫我别靠近那个人。"

"他穿着一件皮夹克，身上总有一股皮革味，送包裹的那天也是这种味道。这个家伙在达琳上班的地方打听她的情况，打探她的收入来源。他不停地问我：'达琳的女儿怎么样了？''他们夫妻俩关系怎么样？''她挣的小费都用来干什么了？'还说，'她现在变得可精明了。''我肯定迪恩不愿意照看孩子。'"

"我在餐桌旁坐了两个半小时，他一直在吃他的草莓脆饼。达琳一个劲儿地催我走，可我就是不想回家，因为我的丈夫哈维那时不在家。"

"当时，那个人没戴眼镜，只是在看账单时才戴上了。那副眼镜的镜框是黑色的，很黑的那种。"最后，帕姆说，"他的车挂着老式的加州车牌，是纯白色的。"

达琳的朋友波比·奥科斯纳姆后来跟我说："因为某个人，达琳担惊受怕了好长时间，从她的孩子出生时就开始了。"

"她曾经提到过那个陌生人的名字吗？"我问。

"没有，要真是提到过就好了。她总说自己遇到了麻烦事，或者自己有多害怕那个人，但她就是不肯多说。"

波比又想起了些事情："大概是在 6 月初的时候，达琳跟我说有个男人在跟踪她。我们带她和她女儿去索拉诺集市时，她又提起了这件事，"接着波比转过身看着她丈夫，"你记得那个开着白色汽车，总来骚扰达琳的男人吗？他总爱坐在达琳家房子的前面，有一次还开车送她到这饭馆来过。记得吗？"她丈夫摇了摇头。她又接着说："他 28 到 30 岁的样子，不算胖，戴着眼镜。"

"达琳和迪恩刚结婚那会儿过得很甜蜜,"迪恩工作的餐馆老板娘卡米拉·利后来跟我说,"她是个有趣的人,我们在一起总是笑个不停。但孩子出生后,她就去特里饭馆工作了,从那以后就很难见到她了。她还是爱开玩笑,却变得轻浮,不那么顾家了,总是兴冲冲地跑到饭馆,为要去某个地方兴奋得很,但就只是对她丈夫说她不在家。这让我很生气,结了婚,又有了孩子,却和一大群狐朋狗友混在一起,还乐此不疲,我真看不过去。"达琳怀孕时,卡米拉常去陪她,小戴娜出生后,她收房租时也会顺便去看看她,一起喝杯咖啡。"我们认识了大概两年,"卡米拉说着,脸上闪过一丝阴郁,"她身材丰满,爱穿背带裤,生了孩子之后愈加发福,穿戴就邋遢了。但突然之间,她开始打扮起来,很快也瘦下来了,还做了新发型,我觉得还不错。而那时,她的婚姻也快走到尽头了。她交了一大群朋友,还几乎不回家。我也不知道她那些朋友是谁或者她都去了什么地方,我们之间的关系也越来越疏远。迪恩完全不清楚她的去向,我也再没怎么见过她了。"

似乎每个人都注意到达琳的变化了,她变得比往常更躁动不安,更容易情绪亢奋。她减肥的速度快得惊人,人们认为她精神紧张是因为摄入了大量的减肥药。达琳语速快得无法控制,甚至常常把几个词语混到一起,脱口而出。

"她和迪恩的关系反复无常,"波比说,"他们面临着每一对有了孩子的新婚夫妇都要遇到的问题。她很外向,喜欢四处交往,但迪恩则恰恰相反。我想他们的婚姻关系会因此有时变得紧张。她不是个淫荡的女人;没错,她不是天使,但也并不淫荡。"

卡米拉经常看见达琳穿一些高档服装,有一次她问起达琳身上的三角背心和衬衫时,达琳说:"哦,我是在詹姆斯·西尔斯店买的。"

"出手挺大方啊,"卡米拉心想,"我做生意赚的钱都买不起詹姆斯·西尔斯的衣服。"

"我算是知道她是从哪儿弄来那些衣服的了,"卡米拉说,"但她的钱又是从哪儿来的呢?迪恩从不知道她哪儿来的买衣服的钱,他们俩一个是厨师,一个是女招待。虽然她声称买的是打折货,但我知道她常去詹姆斯·西尔斯店,那地方的衣服可不便宜。"

"对于这个问题,她的丈夫没想太多,他从没想过达琳会和毒品或是其他什么东西扯上关系，他想都不愿去想。他总说：'她这么做无非是想稍微放纵一下嘛，她才 21 岁啊。'"

达琳一直在和别的男人约会，其中包括治安官办公室的几个**警察**，这在她的朋友中已经不是一个秘密了。

博比回忆说："达琳经常去旧金山，这事我们也都知道，因为她总跟她丈夫说起，但我想谁会一回家就兴奋地跟丈夫说：'噢，好玩极了，我去城里和他们会合一起去海滩，然后做了这个或那个。'"

"有好多次，她都是独自一人去海滩，"博比后来说，"她喜欢在海浪翻滚的地方静静思考，她会面对大海坐着，看着太阳从海平面升起。"

"我听说她不开车，那她是怎么去的？坐公交？"我问道。

"她开车，只是没有驾照罢了，一直都在开。她简直无所不能。她还开过迪恩老板的车，开了好几次呢。"

达琳疏远了所有人，几乎每天都到凌晨才回家，那时迪恩早已睡熟。她蹑手蹑脚地钻进被子，一条腿搭在床边轻轻地晃着，接着就睡着了。早晨醒来时，迪恩已经上班去了。

后来，到了 1969 年 6 月 24 日周二这天，达琳神秘兮兮地告诉另外一个妹妹克里斯蒂娜："接下来会有大事发生，我是说真的。真的会有大事发生。"

"什么事？"克里斯蒂娜问。

"我还不能告诉你，到时候你看报纸就会知道了。"

克里斯蒂娜完全不知道达琳在说什么。"我真是一头雾水，"她跟卡米拉说，"不知道到底要发生什么事。毒品？谋杀？还是舞会？"

卡米拉说："当时我们以为达琳是听到了突击搜捕毒品的风声，又或者是从她的**警察**朋友那儿了解到了什么内情。"

"达琳从不解释她为什么害怕白色汽车里的那个男人，"波比后来跟我说，"她好像有什么把柄捏在那个人手里，但我不清楚是什么。我感觉这事跟维京群岛有关，但那也只是直觉而已。她和吉姆在那儿度蜜月时牵扯了一伙不三不四的人，所以他们很快就离开了，但我不清楚他们到底遇到了什么麻烦。"

当时他们俩搭免费车到圣托马斯和维京群岛，一路行乞，还下海捞贝，在沙滩上过夜。

我猜想，达琳就是那时候目睹了一起谋杀案。

1969年7月4日周五下午3点45分，迪恩去意大利餐馆报到。15分钟之后，达琳打电话给她的朋友迈克，约他晚上7点半去旧金山看电影。

迈克和他的双胞胎弟弟戴维第一次见到达琳是在特里饭馆。"迈克这个人非常古怪，"约翰·林奇警官后来说，"他们兄弟俩刚到瓦列霍就进了那家咖啡店，见到达琳就跟她搭讪。达琳是个外向的人，他们于是信口开河起来，说因为一起枪击案正被芝加哥警方追捕什么的。我想就是这个故事让达琳一开始就对这个人感兴趣。"博比也回忆说："两兄弟编了一个'亡命天涯'的故事，一个说自己叫'沃伦·比迪'，另一个说自己是'戴维·詹森'。他们往故事里加进了一些让达琳信以为真的情节，她果然掉进了他们的圈套。要知道，达琳总是把朋友的麻烦看作自己的麻烦。"

事实上，他们是当地一个害虫防控机构负责人的儿子。在跟达琳的感情问题上，两兄弟争得不可开交，经常因为由谁开车送达琳上班的问题一较高下。

林奇回忆说："他们两个为了达琳相互嫉妒，一个说'我帮她洗衣服'，另一个说'不，让我来'，为了她吵个不停。真是两个可怜的白痴。"

兄弟两人都是绿眼睛，黑头发，高6英尺2英寸，身材极其瘦削，那年10月份刚满20岁。他们的父亲说达琳经常往他们家打电话，有时甚至一天打两次。

下午4点半，比尔的餐馆开门了，这家餐馆位于第十四大街80号。6点，卡米拉路过恺撒餐馆，进来待了一两个小时。当时她怀有身孕，已经好久没有来工作了。

30分钟后，卡米拉看见达琳和她15岁的妹妹克里斯蒂娜走了进来。达琳穿的是连身裤装，前面的拉链是往上拉的，点缀着许多星星，红的、白的、蓝的。她们要去马雷岛参加"7·4独立日庆典"和海峡上的船队游行，经过这里，就进来看看迪恩。克里斯蒂娜是"爆竹小姐"竞赛的亚军，今晚她和达琳都要去坐游行的船只。

"达琳那晚要去马雷岛，去坐游行船，"卡米拉后来跟我说，"我只知道，她说她认识几个有船的朋友,她也要跟着去。"然后迪恩就问达琳:"那你什么时候回家?我打算在家里办一个小型派对,请餐馆的几个朋友过来。"

"哦,我10点会回来的。"达琳说。

"那就在路上买些烟花带回来吧,"迪恩说,"我们几个会晚点儿到家。"

"好的。"

"她要先去参加船队游行,然后再去买烟花,"卡米拉回忆说,"她当时很激动。有朋友和她一起,但她不提他们的名字,只是说要坐他们的游行船。迪恩有些担心,因为如果达琳和她的朋友们一起出去,可能就不会回家了,但他已经邀请了我们所有人。"

6点45分时,达琳来到特里饭馆,跟博比说晚上她家有场派对。"她喋喋不休地讲着,"博比说,"当时她就站在收银台前,让简·洛德斯帮她拿着东西,然后就开始讲她妹妹在'爆竹小姐'比赛中获胜啦,她家今晚要举行派对啦,让我一定去啦什么的。最后我说:'好的,好的。'但她知道我是不会去的。这时,我们的经理哈里·斯佳雷走了过来,跟她说:'你快点儿走吧,别总在这磨蹭。'不过他并不生气,这种事是常有的。达琳7点走的时候,说了句:'我会回来看你们的。'"

一个小时后,迈克接到达琳的电话,说她得和克里斯蒂娜多待一会儿,晚些时候再过来或者再打电话给他。达琳和克里斯蒂娜从马雷岛回来时,又路过了恺撒餐馆。10点15分,达琳打电话回家问保姆是否一切都好,保姆说自己在特里饭馆的一个朋友帕米拉一直在找自己。

10点半时,达琳开车到了特里饭馆的停车场,和约好在那儿见面的帕米拉聊了大约10分钟,帕米拉坐上了她的车。在她们三人要离开的时候,达琳停下来和一个开着白色汽车的中年男人说了些什么。克里斯蒂娜注意到,两个人谈得很不投机,她感觉空气中弥漫着一种紧张不安的气息。那个人的车比达琳的那辆1963年产的雪佛莱考威尔车要大些,也旧些。但之后,关于这个人达琳只字未提,直接把克里斯蒂娜送回了家。

达琳回到她的新房子,在门口见到了新雇的保姆詹妮特·林恩,她是达琳朋友的女儿。保姆跟她说,有个男人打了整晚的电话在找她,声音听起来挺老的,但就是不肯留下姓名或口信。"他说他还会打来的。"詹妮特说。

达琳没有说什么，只是脱下连身裤装，换上了一件蓝白相间的印花连衣裙，做这条裙子所用的布料就是那个开白色汽车的男人用包裹送来的。达琳叫醒了小戴娜，陪她玩了一会儿，然后对詹妮特和帕米拉说："今晚会有朋友来家里开小型派对。"

达琳打算先送保姆她们回家，然后再回来打扫一下房子。她抱着小戴娜，打发两个女孩儿坐进车准备离开时，电话响了，她冲进房间去接。回来时，她问两个女孩儿能否多留一会儿，待到12点15分左右就行。她解释说自己还得出去一趟，买些派对上要用的烟花。两个女孩儿只好同意了。

达琳马上就出发了。沿佐治亚街往东，一直开到比奇伍德大道，接着左拐就来到了864号，那是迈克的家。这里与已故的贝蒂住的地方隔着四个半街区的距离，刚好在霍根高中的西面，而贝蒂家是在学校的南面。

达琳在房子前停下车，关掉了引擎，等待着。不一会儿，迈克急匆匆地跑出来，屋里的灯都忘记关了，房门大开着，电视还在播着节目。

达琳坐在驾驶座上，开始发动引擎，同时不耐烦地招呼迈克进去。等到达琳的车开动后，一辆浅色汽车立即从黑暗中开出来，尾随其后，其实那辆车早已在街边等候多时。

"我们被跟踪了。"迈克说。

达琳加速开进了欧克伍德大街，接着往右拐进了斯普林斯公路，然后开往哥伦布车道方向，跟赫曼湖路是同一个方向。

当时是晚上11点55分。

后面的那辆车高速行驶着，达琳不停地转弯，想甩掉跟踪他们的人。她开进了辅路，可后面的车越跟越紧，还不断加速。

迈克一直喊："哦，不，不，不，不行，照直开……照直开！"最后他说，"就走这条路好了。"后面的车穷追不舍，他们一路狂奔，最后被逼到了城郊附近。

达琳和迈克正被赶向一个叫作蓝岩泉的高尔夫球场，那里距离瓦列霍市中心仅4英里，还未出郊区，也是恋人们青睐的约会场所。达琳慌张地往右转，开进了停车场。但是在离入口72英尺的地方，车撞到了木桩，引擎熄火了。

大概七个月前，就在离这个停车场两英里的地方，贝蒂和大卫遇害，但这里至今还没被隔离。从停车场可以俯视整个高尔夫球场，达琳的右边有一片小树林，整个停车场就只有她这一辆车。

黑暗中，两人刚刚坐定，另一辆车也追了上来，接着关了车灯，停在他们左边距离 8 英尺的地方，那辆车的设计与考威尔相似，车的前端几乎与达琳车后的保险杠齐平。迈克觉得那是 1958 年或 1959 年产的法尔康，挂着旧式加州车牌，还有，开车的是个男人。

"你知道那是谁吗？"迈克低声问。

"哦，别理他，"达琳最后说，"别担心，没事的。"

迈克不清楚这个回答是不是意味着她知道那是谁。

突然，那辆车朝着瓦列霍的方向飞奔而去，迈克长嘘了一口气。

然而，5 分钟之后，那辆车又回来了，这次停在了他们左边，靠近他们车的后面，车灯一直亮着。迈克注意到，那辆车是用公路巡逻车常用的一种技巧停车的，他以前在这里停过车，当时有位警官就是这样从后面接近他的。

霎时间，车里射出一道刺眼的光，像是警察用的聚光灯。那个人下了车，举着一只大号手电筒，一边朝两人走近，一边用手电筒轮流照着他们的脸，紧接着光突然就熄灭了。迈克觉得那像是一把带手柄的浮灯，他以前在船上见过。

迈克以为是警察，就对达琳说："警察来了，快把证件准备好。"接着他把手伸进右后方的裤兜里拿钱包。达琳也从手袋里找出了她的钱夹，然后把手袋放在迈克身后的座椅上。那个人大步走到乘客座那一侧，那边的车窗是摇下来的。

没有任何警告，炫目的光线再次刺进迈克的眼里，而那个人的身影完全隐没在一片亮光中。迈克听到金属撞击窗框的声音，接着他眼前出现了一个枪口，烟火从枪口喷出来。子弹射出的那一刻，他耳边发出一阵轰鸣，滚烫的子弹击中了迈克，他鲜血直流。尽管枪声听起来还是很大，但他觉得枪上装了消音器。那个人又朝他们开了好几枪。

达琳身中数弹，整个人向前栽下去，倒在方向盘上。她中了九枪，左右双臂各两枪，其余五发子弹击中她右背部，直穿她的肺部和左心室。

迈克伸手去抓门把，手指慌乱地摸索着，最后才意识到门柄已经被卸掉了。他万分绝望，在杀手的枪口之下却没有任何逃脱的机会。他右臂中了弹，在极度痛苦中挣扎，而这时，袭击者一句话也没说，转身向自己的车走去。

迈克发出了一声撕心裂肺的惨叫。

那个人在开车门，他突然停住了，慢慢地转过头，朝迈克这边看过来。他穿着海军式风衣，手搭在门把上，仿佛定格在这个死寂的夏夜里。车内射出的灯光很黯淡，但能显现出杀手那粗壮的轮廓，迈克终于看到了袭击者的脸。

那个人的脸很宽，没戴眼镜，年龄 26~30 岁，浅棕色的卷发，剪得很短的海军船员式发型。他的身材壮硕，有 195~200 磅重。迈克估计他比达琳的车高出一头，差不多 5 英尺 8 英寸高。他的裤子打着皱，可以看见他微微鼓出的腹部。

袭击者停下来，回头看着迈克，又走回迈克那里，要把事情处理完。他顺着打开的车窗往车里探进身去，朝迈克又开了两枪。这时候，出于自卫的本能，无路可逃的迈克绝望地向后车座跌扑过去，他的双腿一直抽搐着。

那人又补了达琳两枪，然后转身走开，坐进他自己的车里，飞速离开此地，飞旋的车轮扬起了地上的砂石。

迈克的左腿、右臂和颈部都伤得很重，他艰难地回到前排座位上，手伸到外面打开了副驾驶一侧的车门，从车里一下子跌出去了。鲜血从他颈部和面部的伤口涌出来，一颗子弹射进了他的右脸颊，又从左脸穿出来，在他的下颚骨和舌头上都留下了洞，那种感觉就像是被锤子重重地击打了一下。他想张口说话，却只能发出含混不清的咕噜声，甚至都无法呼救。

这时，从前排座位也传来了达琳的呻吟声。

球场管理员一家住在距离蓝岩泉停车场 800 英尺的地方，22 岁的乔治·布莱恩特是管理员的儿子。他的卧室在二楼，这天夜里，他提前了半个小时上床。因为夏夜的闷热，他在床上辗转难眠。于是他趴在床上，凝视着窗外，只听见远处传来欢声笑语，偶尔还有放烟花的声音。突然，他听到一声枪响，接着，又是一声，隔了一会儿后，就是一连串的枪声。没过多久，又传来汽车开动并风驰电掣般离去的声音。袭击者很走运，因为乔治虽然能看到停车场的大部分，但达琳停车的位置刚好被树林遮住了。

而此时，德比拉、罗杰和杰瑞三个年轻人正在找罗杰的一个朋友。这天，他们去了瓦列霍的市中心参加独立日庆典，之后又来到了蓝岩泉。路过停车场时，他

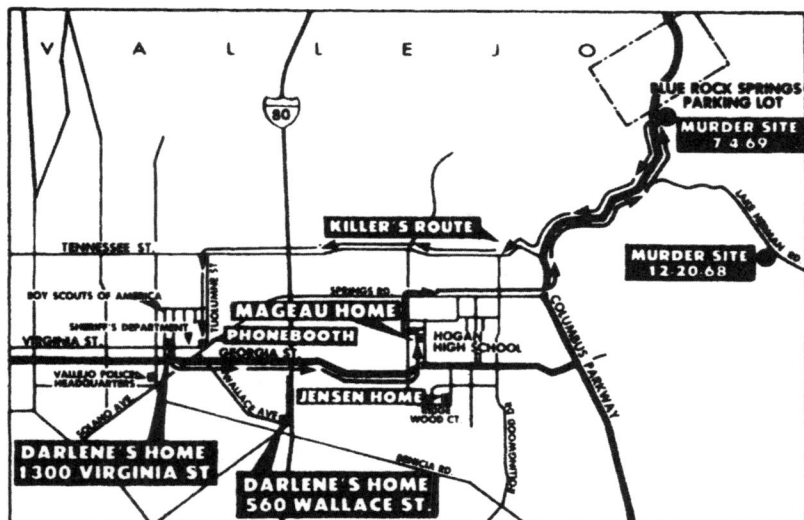

1969 年 7 月 4 日晚，十二宫追踪并袭击达琳·菲林和迈克·马乔的路线图。图中还标明了贝蒂和大卫遇害的地点。

罗伯特·格雷史密斯绘制。

① 1969 年 7 月 4 日谋杀地点；②凶手行驶路线；

③ 1968 年 12 月 20 日谋杀地点；

④迈克家； ⑤电话亭； ⑥贝蒂家；

⑦达琳新搬的家，弗吉尼亚大街 1300 号； ⑧达琳以前的家，华莱士大街 560 号

们注意到了达琳的那辆考威尔车，就开近那辆车，看看是不是他们朋友的车。

确定不是朋友的车后，他们正要离开，这时，车里传出一声含糊微弱的呼救。德比拉赶紧把车退回来，掉转了方向，用车灯照向那辆考威尔车。他们发现一个男人在地上痛苦地翻滚着。

德比拉鼓起勇气，尽可能靠近停住车，然后他们三个人都跑了下来，来到伤者身边。

"你还好吗？"

"我中枪了，"迈克终于说出了话，"那女孩儿也是。快叫医生。"

"好，"杰瑞说，"我们这就去。"

"快。"

罗杰想留下来陪着迈克，但另外两个年轻人坚持要他一起去杰瑞家报警。他们开着一辆棕色的漫步者汽车从停车场出来，开上了哥伦布车道，闪烁着的两点红色尾灯沿着赫曼湖路消失在远方。

德比拉在杰瑞家里报了警，讲述了他们看到的事情。时间一分一秒地过去，他们很着急，就找到了杰瑞当警察的舅舅。舅舅跟警察局核实了一下，了解到已经有警车派往出事地了，四个人随后便去了警察局。

瓦列霍警察局的接线员南茜·斯洛沃接到了一个女人打来的报案电话，"蓝岩泉主停车场的东侧有两个人被枪杀，时间是夜里 12 点 10 分。"而那时候，约翰·林奇警探和他的搭档艾德·鲁斯特正开着车，身着便衣。

"我给你讲讲事情的经过吧，"林奇后来对我说，"我们当时正在索诺马大道和田纳西大街上巡查，然后就接到报告说在蓝岩泉那儿有人听到了枪声。于是我们就掉转车头，沿田纳西大街开。我和鲁斯特谈了谈这件事，他说：'哎呀，今天是独立日嘛，到处都有孩子在放烟花。'所以我们就开车闲逛了一阵，没觉得事情有多紧迫。大概是 10 分钟之后，我们就接到了电话，才知道那里确实发生了枪击案。"

"知道这件事后，我很愧疚，因为我们当时没有马上赶过去。如果我们能及时开出田纳西大街，说不定可以碰上凶犯那辆车，因为他沿着田纳西大街开了一段后就拐进了图奥勒米，他在赫曼湖路上应该没有转弯。案发后 15 分钟我们才到现场。"

林奇和鲁斯特看到了达琳的车，就停在球场东边，面朝停车区。车头灯和尾灯都亮着，转向信号灯也在闪烁着，副驾驶一侧的车门敞开着。

警员理查德·霍夫曼和康威已经到现场了，他们正试着向迈克提问。迈克的颈部、胸部、肩膀以及左腿上有好几处枪伤，血流如注。他躺在车尾旁，仰卧方向与车身成直角。林奇于是打电话到凯瑟医院，让他们派救护车过来。

"迈克真是痛苦极了，"林奇后来回忆说，"说实话，刚到现场时，我没觉得那个女人受了多重的伤……倒是迈克……他膝盖中弹，看上去痛苦万分。"

林奇和鲁斯特在迈克身旁弯下腰来，发现了一件奇怪的事。男孩儿竟穿着三条裤子，一件运动衫、一件长袖对襟衬衫和一件 T 恤。这可是在闷热的 7 月 4 日的晚上啊！

达琳身穿一件蓝白色印花连衣裙，脚上是一双蓝色鞋子。她倒在方向盘上面，眼睛微微睁开，上面还戴着假睫毛。林奇和鲁斯特都知道她是谁。"我知道达琳是谁。许多警察都认识她，经常去她工作的那家咖啡店。"林奇接着说，"但我们从未打过交道。事实上，她家和我家离得很近，就在同一条街上。她经常去海边，脱下鞋袜就跳进海浪里去。"

"她和许多警员都约会过，显然是那种喜欢警察的人。在夜间工作的那些人通常都很喜欢警察。"

林奇注意到，康威已经在迈克躺着的位置上仔细地用粉笔画出了轮廓。迈克双目圆睁，极力想张口说话，能说出话时，一股鲜血又从嘴里涌了出来。在阵阵疼痛之中，他一字一顿地告诉林奇："一个白人男性……开车……跟着我们……走出车……过来，用手电筒照亮……开枪。"

"我从……从车里出来……想找人帮忙……可他们开车走了。10……10 分钟之后……警察到了。"

"知道是谁开的枪吗？"康威问道。

"不知道。"

"能描述一下那个人吗？"

"我记不清了。"

"试试看。"

"年轻……身材粗壮……浅茶色的车。"

"他说什么了没有？"

"没，只是开枪……不停地开枪。"

林奇又走到考威尔车的驾驶座一侧，达琳仍倒在方向盘上面，上身和左臂中弹，还有一丝气息。她那微弱的呻吟像塞窄的风声。

"救护车怎么还不到？"林奇念叨着。

他告诉我："她努力想要说些什么，我像这样把耳朵贴近她，可就是听不懂她的话。她说的不是'我……'就是'我的……'"达琳脉搏微弱，呼吸很浅。林奇把她从车里抬出来，放到地上。

鲁斯特注意到右侧的车窗敞开着，点火钥匙处于开启状态，收音机开着，车挂着低速挡，甚至连手刹都还没拉，他对此感到很疑惑。

在受害者右侧几英尺以外的地方，找到了七个弹壳。鲁斯特站在车的右侧，向车内瞥了一眼，看到了达琳身上的三个枪洞，两个在右臂上部，一个在躯干右侧。

救护车到了，林奇帮医护人员把达琳抬上了车。霍夫曼则一路陪同受害人前往医院，以便在达琳有能力说话时将她的陈述记录下来。

林奇叫来了三辆消防车，车上的泛光灯照亮整个现场，而鲁斯特则在勘察着迈克躺过的地方。大约在迈克背部中心点接触过的位置上，他发现了一颗铜被甲的弹头，虽已严重变形，但仍依稀可辨，这是一颗9毫米或0.38口径手枪射出的子弹，表面没沾上任何血迹或皮肤组织。鲁斯特把它装进袋中，做好标记。

鲁斯特在检查方向盘前面也就是达琳倒下去的位置时，又发现了一颗弹头，跟刚才的那一颗很相似，但状态较好。他继续在车内寻找线索，接着又在右后方的底板上发现了两个带有"W-W"标记的铜弹壳，在鲁斯特看来是9毫米的子弹，林奇对于枪支不太在行。

考威尔车内血迹斑斑，一片狼藉。鲁斯特蹲在驾驶座一侧，仔细查看，发现车门把手附近有个大概半寸到一寸长的洞。他给身份鉴定师约翰·斯巴克斯写了个便条，让他在这辆车被拖运到瓦列霍警察局车库后仔细检查一下车门。

接着，鲁斯特在右后方的挡泥板上发现了一个黑色的男式皮制钱包，那是霍夫曼放上去的。而鲁斯特朝钱包里看了看，又检查了汽车仪表板上的小柜，找到了一张以迪恩的父亲亚瑟·菲林的名义办理的车辆登记证。

在左后方车底板上，他找到了一个拼布风格的带皮绳的女式手袋，上面沾满了血迹，里面只有十三美分。

这时，他们车里的对讲机发出了无线电噪声，林奇走过去拿起来接听，是霍夫曼打来的，说是达琳已经离世了，时间是夜里12点38分。

就在12点40分时，一个男人在付费电话亭拨通了瓦列霍警察局的号码，接线员南茜·斯洛沃接起了电话。

"我要报案，一起双重谋杀案。"他说话不带任何口音，南茜觉得他似乎是照着什么读出来的，或者之前曾经练习过。

"沿哥伦布车道向东行驶一公里，到达那儿的公共停车场，你们会看到一辆棕色汽车，里面有两个年轻人。"

陌生人的声音平静连贯，轻柔而有力。南茜试图打断他，想获取更多的信息，但他提高了音量，盖过了南茜的声音。那声音听起来很成熟。他不停地说着，直到陈述完毕。

"射杀他们用的是 9 毫米口径的鲁格尔手枪。去年我也杀了几个这样的年轻人。"

"再见。"

说出"再见"两个字时，那个男声变得低沉，拖长的声音中带有一丝嘲弄的语气。南茜听见电话挂断的声音，接着耳边就只剩下线路中空洞的嘟嘟声。

挂断电话后，杀手在点着灯的电话亭里驻留了一小阵。铃声突然响起，这时一个衣衫褴褛的中年黑人途经此地，他顺声望去，只见一个身材粗壮的男人站在电话亭中。杀手转过头去，推开电话亭的门。为了中断铃声，他将话筒从话机上取下来，让它悬在空中，然后快步走出电话亭，消失在茫茫夜色中。

12 点 47 分，太平洋电话公司追踪到了电话拨出的地点，位置是在图奥勒米和斯普林斯公路上的乔斯联合车站。这个地方恰好在瓦列霍治安官办公室楼前，在那里可以望见达琳和迪恩在弗吉尼亚大街上的绿色小房子。那个粗壮的男人在挂过电话后，途经那里，向房子里张望。当时迪恩还在上班，屋里只有小戴娜以及保姆和达琳的朋友。

警方打电话给迪恩的父亲，因为考威尔车是在他的名下注册的，所以他第一个得知了达琳的死讯。

接下来，警方试着联系迈克的家人，但没有联系上，于是便派警官施拉姆和他的助手去比齐伍德一趟。他们走出巡逻车，小心翼翼地靠近那幢房子，因为他们看到房门敞开着，房内所有的灯都亮着。除了电视里传出的嘈杂声外，整幢房子里没有任何响动，空无一人。

锁好恺撒餐馆的大门后，老板和店员，包括迪恩在内，一同向西面的弗吉尼亚大街出发，去迪恩家举办派对。比尔和迪恩各自开着车，他们在皮特酒水商店停下，进去买了些酒。

"我们打烊之后，"卡米拉后来回忆道，"包括店里的女服务员，所有人都坐进车里, 准备去他家。我们到达时只有那个新的保姆和另一个女孩儿在, 那两个女孩儿迪恩都不认识, 从来都没见过, 这让迪恩很尴尬, 也显得有些滑稽。达琳说好要送她们回家的, 可是还没回来。"

"所以我们就纳闷儿了: '哎, 她去哪儿了呢? 去干什么? '保姆告诉我们, 达琳说是要去买些烟花。"

迪恩便出去找她了。1 点半时, 电话铃声响起, 比尔拿起电话。但是从电话那端传来的只有浊重的喘息声。"也许是达琳的某个白痴朋友吧。"他回头对卡米拉说。

比尔有些愠怒。"她为什么就不能陪她丈夫在家里待上一会儿呢? "他朝话筒里说道, 随后挂断了电话。

几分钟后, 迪恩的父母也接到了一个同样的电话, 听到的也只是低沉的呼吸声或者呼呼的风声。他们唯一能肯定的是, 有人在那边。

接着, 迪恩的哥哥也接到了一个古怪的电话。

就这样, 达琳被枪击后不到一个半小时, 她的夫家人先后接到了三个匿名电话, 隔了很久, 案件才见报。但是, 达琳的父母苏恩夫妇并没有接到这样的电话, 因为他们家的号码没有公开。

难道杀手一直在寻找某一个人? 他想要戏弄的人是迪恩吗? 迪恩会记得他的声音吗? 尽管迪恩和达琳搬往弗吉尼亚大街时没有更换电话号码, 但他们电话簿上的住址仍是华莱士大街。如果凶手是个陌生人, 那他应该会以为自己正在往几个街区之外的地方打电话, 但事实上, 他站在电话亭里时, 那对夫妇的新房就在其可视范围之内。

"终于, 差不多夜里 2 点的时候, 达琳的丈夫回来了, "保姆詹妮特跟我说, "他说: '我送你们回去吧。'他看上去焦虑不安, 好像有什么困扰, 让他心绪不宁。他就说了句: '达琳现在还回不来。'然后就送我们回家了。"

"于是迪恩就送那两个女孩儿回家了, 时间我倒记不清了, "卡米拉回忆说, "他大概出去了 10 分钟。后来警察来了, 我们才知道发生了这起谋杀。之前我们还浑然不知呢, 一直在想达琳去哪里了, 烟花又放在什么地方了。我们在屋里聊了差不多一个小时, 然后就听到了敲门声, 是警察, 我丈夫和迪恩被带去了警察局。

他们俩一出去，有个警察就走进来，问我们那晚早些时候迪恩在什么地方。后来我才知道，每当有这种案件发生，受害人的丈夫总是要被列入嫌疑犯名单的。"

"我们就告诉警察，他一直和我们一起工作来着，我们来这儿是要参加派对，现在正等着达琳回来。然后我问他：'出什么事啦？'"

"他告诉我们达琳遭枪击了，而且还是和另一个男人在一起。我就问：'她现在好吗？'他回答说：'不。她死了。'哦，我的天！我惊呆了。所有人都很难接受。警察告诉了我们所有人，但迪恩去了警察局才得知此事。"

在警察局里，迪恩和比尔被询问了一个小时，警方在尽可能地搜集信息。

"我们听说她有个男朋友。"警探对迪恩说。

"迪恩真的不想知道这个，"卡米拉后来说，"事实上，他是不愿去相信。达琳在外面纵情玩乐时，人们就会劝迪恩：'我说，你最好去查查她到底和谁在鬼混。'可他却说：'她没做错什么，她没有什么男性朋友。她还年轻，偶尔也需要放纵一下。'他深爱着达琳，每次有人跟他说起达琳，他总是尽力维护她。但事情真的发生时，听到有关她的负面消息，他就会沉默不语。他知道的并不比我们知道的多。在过去的一年里，他对她的行踪几乎一无所知。"

比尔告诉警察："我想不出任何人会以任何原因杀害达琳。"

在瓦列霍警察局 28 号房间，警方询问了比尔。官方报告内容如下：

威廉[1]的确声称自己知道她常常外出的情况，并认为她正在与其他男人交往，但却未能给出具体姓名或约会日期、地点等相关信息。据其陈述，她时常外出并且直至深夜或凌晨才回家。此外，威廉的一些朋友也称他们曾在不同地点见到达琳与其他男人一起出现过。据威廉陈述，迪恩通常允许她随意外出，并且不肯相信她有任何不当行为。

威廉继而提到一名男子，但仅知其昵称为"保罗"，迪恩曾卖给他一辆1951 年产的福特敞篷货车。威廉听说保罗曾多次试图携达琳外出但均未果，由于达琳不愿与之来往而心生忌恨……威廉称其从未见过保罗，亦不清楚其居住

---

[1]译者注：威廉是比尔的姓氏，比尔是名。

或工作地点。据传，保罗为一酒吧侍者……他过去常常出没的酒吧（杰克之家）与达琳在华莱士大街上的老房子相邻。当达琳在家时，保罗常来骚扰，试图开车载她外出。

博比在午夜 12 点 15 分时从她和达琳共同的朋友霍华德·布兹·乔顿警官那里得知了这起枪击案。"他打电话到我上班的地方，告诉了我这件事。有人报案的时候，他可能正在警察局。"她事后告诉我说。夜里 2 点半时，鲁斯特警官来到了特里饭馆，向达琳的同事们了解情况。

第一个被询问的是博比。有几次，她和达琳傍晚时去了克洛纳多酒馆，她喜欢在那里跳舞。在达琳的男性朋友里，博比只认识迈克。

达琳死后，博比离开了偏僻的特里饭馆，转而去了"宴会厅"上班，在那里她每天都要面对两百多个人。

接着，鲁斯特和伊芙琳谈了话。她说达琳曾跟她说过他们的婚姻要走到尽头了。"达琳觉得她丈夫不再爱她了，这是她圣诞节前后告诉我的，在那之后，她开始和别的男人约会。她有很多男朋友，但没一个是认真的。"伊芙琳说。

刚过 3 点，鲁斯特找来了厨师洛伊斯·麦基。她告诉鲁斯特，尽管男性朋友很多，但她似乎大部分时间都和迈克黏在一起，而且她还知道，就在上个月，达琳与迈克还一同去旧金山旅行来着。

经理哈里也说达琳周旋在好几个男人之间。后来我问林奇："达琳当真跟那么多男人约会过吗？"他回答说："是啊，什么样的男人都有。她就是那么不安分。"

但博比、伊芙琳和洛伊斯都不约而同地提到了一个特殊人物，一个有着黑色头发，身材粗壮的矮个子男人，他一直想约达琳出去。除了一辆粉色的敞篷货车外，那个男人还有一辆棕色汽车，可能是考威尔汽车。"每次达琳拒绝他，他都会紧张焦躁起来，还怀恨在心。"但他们都不知道他姓什么，只知道他是个酒吧招待，还有，他的名字叫保罗。

3 点半，达琳的尸体被送到了图恩礼拜堂，并拍下了照片。

"当时我怀着孕，"达琳的姐姐林达回忆说，"我走进停尸房，看见她躺在停尸台上。他们说:'我们还没有处理完。'我说:'我现在就想见见她。'于是我冲了进去,我浑身都在颤抖。我摸了摸她,那情景我永远都忘不掉,因为那就像是在摸一个大理石雕塑。她的头发是橙色的,嘴边还有血迹。他们已经处理过她的嘴了,但那儿仍然血痕累累。我有时甚至希望自己没有看到那一幕,但当时我就是一心想要看她一眼。"

早上 7 点,林奇还在蓝岩泉停车场那边。"我们在搜寻一切可能找得到的线索。艾德·克鲁兹详细地勾画出了整个现场的草图。他们在车里撬出了一颗完好无损的子弹,可能是穿过达琳身体之后恰好有足够的冲力嵌进车毯里了。"

警探们认为,凶手在停车场曾连续射击,因为他们同时找到了九颗 9 毫米的弹壳和七颗状态不一的 9 毫米铜被甲的弹头。

凶手连续开了至少九枪或多达十三枪而没有重装弹药,因此他们几乎可以断定,凶器是一支布朗宁自动手枪(史密斯和韦森制造的发射 9 毫米巴拉贝鲁姆子弹的 M59 式手枪,该枪基于改良型布朗宁系统,弹匣容量为十四发,被用作警方的辅助武器)。此外还有"二战"后由加拿大约翰·英格利斯公司开发,并一直被加拿大军方使用的布朗宁 1935 大威力手枪(FN GP35),其双排盒型弹匣可容纳十三发子弹。其他不在考虑范围内的半自动手枪包括星式、史密斯·韦森、阿斯塔、拉马、纽豪森、泽布罗约维卡、哈斯科瓦纳、埃斯佩莱扎以及巴拉贝鲁姆(鲁格尔),弹匣容量均只有八发或七发。当鲁斯特带着林达夫妇来到蓝岩泉时,林达还在惊恐地战栗着。她告诉林奇,达琳最亲密的朋友是迪恩的表姐苏,特里饭馆的金发女郎博比,还有一个名叫鲍伯的男人,他常从墨西哥的提华纳市给达琳捎来礼物。林达也提到了保罗:"保罗猛烈地追求达琳,可达琳对他没有多大兴趣。他衣着整洁,个子不高,身材粗壮,有深色头发,常常来找达琳,这个人非常情绪化。"

案发当晚,迈克的父亲在肯特威格汽车旅馆里。他对林奇说:"达琳周五那天打过来好几次电话。"据推测,迈克的双胞胎弟弟戴维当时应该在洛杉矶,达琳出事前,他已经在那里住了四五个星期了,但也有人对此提出了质疑。

上午 8 点 25 分,迈克的手术开始了。医生用钢线固定了他碎裂了的下颌,用三支金属钉修补了他的左腿然后用石膏加以保护,另外还从他的大腿中取出了一颗子弹，放进玻璃瓶里，交给了林奇。在他手臂上进行的手术是整个过程中最精细复杂的环节，因为这部分的骨头已经碎裂。迈克的舌头严重受损，说起话来极度痛苦。

9点半时，鉴定师约翰·斯巴克斯在警察局车库里彻底检查了一遍受害人开的考威尔汽车。

11点15分，林奇和鲁斯特来到达琳的父母苏恩家。达琳的父亲列奥说他不知道达琳有什么仇人，但她有时候很怕迈克。

迈克被注射了大量镇静剂，最后在病床上接受了林奇的询问。他强调当时漆黑一片，很难看清楚。他虚弱无力，一字一顿地跟林奇讲述着那场悲剧的前后经过："11点40分时，达琳来接我，因为我们都饿了，所以就沿斯普林斯公路西行，准备去瓦列霍。但到了埃得先生汽车餐馆那儿时，我有新的建议，所以我们就掉转方向，朝蓝岩泉开去。我们打算去那里聊聊天。"

然而，我后来在一份机密报告中了解到，迈克的陈述中有一处不实的地方。法律秘书苏·艾尔斯说案发后她和迈克在医院里交谈过，迈克告诉她，事发当晚，他坐达琳的车路过特里饭馆时，达琳与另一个男人发生了争执。他们开车离开时，那个人一直跟踪他们到了蓝岩泉，在那儿又和达琳争吵了起来，而开枪射杀他们的正是那个男人。迈克还告诉苏，至少从达琳去他家接他的那时候起，他们就已经被跟踪了。

在后来的询问中，迈克提到那个袭击者身着蓝色衬衣或汗衫，体重160磅左右，梳着大背头，而凶手的车则被描述成了浅茶色的雪佛莱。

达琳的妹妹帕姆说迈克曾在医院里告诉过她，那个人走过来后就向他们开枪，他认识达琳，因为他叫达琳"迪"，而只有达琳的好朋友才知道这个昵称。

后来我问过帕姆："你觉得迈克为什么要向警方隐瞒某些事实呢？"

"因为他爱上了达琳，希望保护好她的名声，"她说，"那时他总写信给她。达琳死后，他们发现了三封迈克写给她的信，落款却都签着另一个名字。迈克有个癖好，喜欢用不同的名字。"

警方联系到了保姆，并把她叫到了警察局。

"那些警察们急三火四的，还很自以为是。我一想说点儿什么，就被他们打断，他们总是说'不，那不可能'。直到我说'是的，那不可能'。我还太小，十四岁，不过是个小孩子而已，根本不能与警察们争论些什么，"几年后詹妮特对我这样说，"这事也真够奇怪的。他们把你带到警察局，接下来的几周你每晚都做噩梦，可你还得努力去记住所有事情。"

林奇告诉过我："我这里的材料记载着，达琳11点回家，接着打扫了房子。"但詹妮特不同意这个说法："不是的，事实上她11点35分才回来的。"

"警方的记载和她到家的真正时间出入很大，"詹妮特说，"他们坚称，她只可能是11点回来的，但我还是觉得真正的时间比那要晚。他们却不以为然，连记都不肯记下来。你说她是几点被杀的来着？午夜12点？可她将近午夜都还没离开家，因为我们当时在看一个电视节目，那节目快12点才开播呢。难道她5分钟之后就被杀了？她怎么可能只用5分钟就到那里呢？何况她半路上还接了人。我觉得这点很重要，她不可能那么快就去到那个地方的。"

不过在被人跟踪的紧急情况下，那种极快的车速也是有可能的。

同赫曼湖谋杀案一样，此案与性侵害或抢劫均无关。在这两起案件中，凶手都采取了连续射击的方式，并且都未留下任何可鉴别的轮胎印或鞋印。凶犯对瓦列霍的地形了如指掌，他会不会就住在这一带？难道是贝蒂或大卫的邻居？又或者是所有受害人都认识的朋友？

林奇联系到了布拉德警探。警探正在对比两起案件，他确信警方接到的那个电话不是什么玩笑话。布拉德接受了媒体采访，谈到了两起案件的相似之处，但对那个电话只字未提，也没有对相关证据详加阐述。

一位曾与达琳要好的瓦列霍警察也受到了嫌疑，后来林奇帮他脱了身，但最终他还是离开了警察局。

两天后的周日夜里12点02分，迈克的母亲卡门从洛杉矶一路赶到了瓦列霍。她和迈克的双胞胎弟弟戴维都跟林奇谈了一阵。"我们不知道达琳有什么仇人。"迈克的弟弟说。

后来，一对父子给林奇打电话，说7月4日晚上10点半他们在特里饭馆的停车场看见一对男女在争吵。据他们描述，那男人看上去30岁，大概6英尺高，体重180~185磅，香槟色的头发往后梳着。

傍晚 6 点 45 分，林奇与那三位路过案发地的年轻人谈了谈。7 点，达琳的父亲开车去接克里斯蒂娜和保姆，随后就把她们带到了达琳在弗吉尼亚大街的房子，林奇和鲁斯特在那里等着。

在五名警探中，林奇被任命为此案的首席调查员。他考虑了每一个可能的作案动机，但从妒杀到复仇没有哪个动机站得住脚。想到那个变态的电话，他决定将搜寻的目标集中在精神病人身上。

"她是一个漂亮的女孩儿，我后来也去了验尸房。那几天我没有一刻能停歇，在像瓦列霍这样的小镇，那着实是个大案，尤其在那之前还有另外两个孩子被杀。"说到这些，林奇露出悲伤的神色。

达琳遇害的第三天，考威尔汽车给送还到家里。林达和父亲不得不把车送到山下离家较远的地方去清洗。"车里全是血，"林达说，"小戴娜撕心裂肺地哭着找妈妈，那情景真让人心碎。"

迪恩把达琳所有的日记、电话簿和信件都交给了林奇。他发现了一本黄色的相册，上面有些奇怪的字迹，他无法解释那些字的意思。在封套的边上可以看到"hacked（砍）""stuck（刺）""testified（做证）"和"seen（看到）"几个词，是达琳的笔迹。林奇也辨认出了一串不完整的词："acrqu""acci""calc"和"icio"，但难解其意。除此之外，达琳还用笔在打印出的"on""by"和"at"三个词上画了圈，并画掉了"highly"一词。封套背面记着一个电话号码，经查是埃得先生汽车餐馆的电话。

还有其他棘手的问题困扰着林奇。4 日夜里，达琳出去说是为了买烟花，但她妹妹却说当时已经买到了。被发现时，达琳身边既没有烟花也没有用来买烟花的钱，她的手袋里只有十三美分。"我猜想，"林奇回忆说，"她开车到迈克家，告诉他她家晚上有烟花表演让他一起去，这样他们就可以一起去买烟花了。镇上到处都有卖烟花的商店。"

透露给警方的秘密情报称，达琳谋杀案涉及毒品和维京群岛上的巫术，甚至与瓦列霍的一个邪教组织撒旦教会有关。

我问过林达关于巫术的事情。

"达琳17岁时就迷恋上了巫术,她信奉转世说和伏都教之类的东西,在维京群岛上的那段日子里,她还亲身体验过。"

卡米拉后来告诉我:"她很可能加入了某个神秘的组织。她和那些笨蛋搅和到一起无非是因为她喜欢做刺激的事情,她前夫和她都是同一类人,这可能就是她的生活所好吧。"

帕姆也谈过此事:"说到在特里饭馆柜台前坐着的那个男人时,达琳会或多或少地提到巫术方面的事,如他讲话的方式啦,还有他如何把一支滴着蜡的蜡烛放进骷髅头骨里去啦。她说他能让蜡烛不熄灭,她还经常讲那些诡异的事情和巫术。"

"但是也没有什么仪式,达琳那些朋友只是偶尔过来嬉闹一番而已。但带头的总是那个家伙,那个送包裹的男人,也就是出现在粉刷聚会上的那个人。"

我和波比·奥科斯纳姆谈到了报纸上刊登的有关达琳与毒品的文章。

"那些文章让我们很多人都气愤不已,她可能偶尔抽过几次大麻,但毒品对她来说一直都是禁忌。"

"依我看,"波比·奥科斯纳姆解释说,"警方向我提的问题是不对的。所有那些有关毒品的说法都让我很厌烦……达琳深陷某件事情中无法脱身,她很恐惧,我觉得她是真的想脱身,可凶手却说:'既然这样,我得把她干掉,因为她可能会去报案。'"

但林达却有不同的看法,她的话很有说服力:"他们花在新房子上的钱,没有一丁点儿是迪恩的,不管达琳和那个开白色汽车的男人到底做什么,这钱肯定就是那么来的。有一阵子我一周带她去两次银行,就是佐治亚大街上的克劳克尔市民银行。"

那么又为什么迈克会在一个闷热的夏夜穿三条裤子和三件衣服呢?那个失踪的车门把手又是怎么回事?迪恩表示车内乘客座一侧的门把手从没掉下来过,克里斯蒂娜也回忆起她从那辆车里出来走进家门的时候,车门把手还在上面。

但最让人恐慌且难以解释的是,两个受害人在蓝岩泉被发现并送往医院后,警方已经封锁了现场,但考威尔汽车前排乘客座一侧失踪了的车门把手竟又神秘地出现在原位置上了。

后来林奇把调查目标锁定在了酒吧招待保罗的身上。保罗有一辆 1956 年产白底蓝纹的雪佛莱，一辆红色庞蒂克，还有他从迪恩那里买来的敞篷小货车。他经常在夜里 2 点酒吧关门之后来特里饭馆吃早餐。

林奇了解到保罗不仅不断地骚扰达琳，还多次跟踪她。达琳对他怕得要死，总是避之远之。林奇这样跟我说："其实保罗倒没什么攻击性，只不过他是那种死缠不放的人，不断地去咖啡店骚扰达琳。为了找他我们花了一周的时间。"最后林奇得到了一个信息，他一直在找的保罗现在去了贝尼西亚的一家酒吧工作。于是他们联系上了贝尼西亚的探长柏多，查到了保罗 1966 年登记的住址。林奇和鲁斯特先是在贝尼西亚寻访了几家酒吧，均无功而返，最后只能依照那个旧住址来到了"D"字街并找到了女房主，从她那里听说保罗一个月之前还露过面。据她描述，保罗敦实粗壮，有着深色的直发。

晚上 8 点，女房东打电话到瓦列霍警察局，找到鲁斯特，说她已经打电话问过了，保罗现在住在位于纳巴郡和贝利桑湖之间的尤特维勒那里。警探立即驱车前往，在保罗家里见到了他。当时，他已经是个锅炉修理工了。

"达琳的朋友我一个都不认识。"他斩钉截铁地说道。

"我们只想知道 7 月 4 日那天你在哪儿？"

"那天我参加了一场垒球比赛，我所在的那个队还是纳巴郡警察局赞助的。我挺喜欢警察的，"他草草地说，"比赛是上午 10 点半开始的，结束后我就直接回家了，吃过晚饭，我去观看了一个为退伍老兵举办的焰火表演，7 点回到家后就再没出去过了。"

保罗的新婚妻子证实了这些。

林奇十分沮丧。他的一个同事后来告诉我："本来嘛，整个案件调查的焦点就落在那个人身上。我是说，每个人想的都是保罗，保罗，保罗。那人甚至还在蓝岩泉那边的爱尔克酒吧干过活儿。但我们核查了一遍，发现他的不在场证明真的是无懈可击。"

林奇和鲁斯特郁郁寡欢地回到了警察局。

迈克搬进了一间狭小的二层公寓，那儿成了他的隐匿处，他把头发染成红色，而他父亲一次又一次地送他到医院去处理他的腿和已残废的手臂。一段时间后，他会去南加州和母亲与弟弟住在一起。

"我们觉得，"卡米拉后来声音颤抖地对我说，"迈克一定是想到了凶手是谁，因为如果我中了枪，我是不会想到要搬出这个镇子的。所以我们觉得也许他知道真相。"

后来，林奇问迈克为什么穿了那么多衣服。林奇告诉我说："迈克总嫌自己太瘦，所以就多穿了几件，那样会显得壮实点儿。"

"不过7月4日那天，穿成那样可不大舒服啊。"我说。

那么那个曾失踪了的车门把手呢？为什么在警方的看管之下，它又能神秘重现呢？这似乎暗示着，凶手应该是个警察或是某个与警方联系密切的人，这样他才能有机会将门把手安回去。但我又想起鲁斯特曾给身份鉴定师写过一张便条，让他在车门把手附近找找子弹。鉴定师也许照做了，他可能在前排座位下面找到了凶手扔进来的门把手，完成搜查之后便将它安了上去。

接下来的几个月里，案件越发扑朔迷离。身强力壮、体格魁梧的警官杰克·姆拉纳克斯接手了此案，他甚至追查到了远在桑塔克鲁兹的达琳前夫的下落，并且对其进行了询问。杰克告诉我："那个人身材矮小，弱不禁风，我肯定他不是凶手。"

鲁斯特和林奇约林达见面，请她帮忙制作一张合成素描，对象是出现在聚会上的那个男人。"我坐在警察旁边，人像合成专家根据我的描述作画。我跟警察们在一起待了好几个小时，"她跟我说，"后来，他们给我看了一份很长的名单，让我把那天在聚会上看到的人圈出来。每一个人都可以查明来路，除了那个身着套装的男人。在特里饭馆那次之后，我就再也没有见过他了。"

不久之后，《旧金山纪事报》的编辑部收到了一封信。信封上印着旧金山邮戳，一上一下贴着两张六美分面值的罗斯福邮票。当编辑抽出那封信时，映入眼帘的是信纸上细小的、狭促难辨的字迹，页尾一行往右下方倾斜，渐渐隐没，冷冰冰的，带着邪气。随信一起寄来的还有一份只有三分之一的密码，上面整齐地印着一些怪异的符号。

这是一封寄给编辑的信。写信人称，他是谋杀大卫、贝蒂和达琳的凶手。

信与密码

1969 年 8 月 1 日周五上午 10 点，我正在位于第五大街和密仙大街交汇处的《旧金山纪事报》办公室里开会。参加会议的还有另外两名编辑泰鹏·派克、阿尔·希曼以及报刊发行人查尔斯·迪昂·赛利奥特。每天早晨我们都会碰面，讨论一下当日的新闻，为第二天的社论专栏选定话题。我会粗略浏览一遍报纸，画六幅漫画草图，编辑从中选出他觉得满意的一幅，然后我就用墨水笔把那幅图画到纤维板上，它便成为下一版社论专栏的插画了。

就在这个办公室里，我们收到了瓦列霍杀手寄来的第一封信，署名处只有一个画了十字的圆圈。杀手还随信附寄了一份密码，上面满是神秘的符号。

长期以来，作家和艺术家们都喜欢通过他们虚构的作品来破解真实的罪案。从爱伦·坡[1] 的（《玛丽·罗杰疑案》）到玛丽·罗伯茨·莱因哈特的（《布拉姆前夫谋杀案》），再到作家柯南·道尔、阿加莎·克里斯蒂，其中阿加莎·克里斯蒂的作品还帮助破解了现实中的草乌投毒案。而奥斯卡·王尔德和 19 世纪的英国画家沃尔特·西克尔特都声称知道真正的"开膛手杰克"是谁。

王尔德将线索写入了他的作品《道林·格雷的画像》中，而西克尔特则将有关凶手的信息隐藏在持刀凶手的画像里。近些年来，有那么一段时间，西克尔特本人甚至也被怀疑是"开膛手杰克"。

看着信纸上促狭的字迹，我的脑海里不禁闪现出一些想法。我百感交集，

---

[1]译者注：指埃德加·爱伦·坡（1809~1849），美国作家，以其阴森可怖的诗歌如《乌鸦》（1845 年）和短篇小说《厄舍大宅的倒塌》（1839 年）而著名。

但更多的还是对凶手的冷酷和狂妄感到愤怒。做社论专栏插画家时间久了，总会慢慢积聚起一股极为强烈的正义感，渴望着去做些改变。作为漫画家，我每天都要和符号打交道，可现在，我用来执业的工具却被一个杀人犯肆无忌惮地盗用了。

在这个年代，自"开膛手杰克"以来，还没有哪个凶手敢如此嚣张地给新闻界写信，还在信里留下身份线索以嘲弄警方。这封诡异的信霎时攫住了我，我深陷其中，难以自拔。我迫切地想要弄明白这份密码，直觉告诉我，它必将成为一个巨大的谜团。

信件是用蓝色标签笔写的，内容如下：

亲爱的编辑：

我是一名杀人凶手。去年圣诞节，我在赫曼湖杀了两个十几岁的年轻人，今年7月4日又在瓦列霍郡高尔夫球场附近杀了一个女孩儿。为了证明我所言属实，我将列举一些只有我和警方才知道的犯罪细节。

圣诞节：

1. 子弹的牌子是超 X；

2. 一共开了 10 枪；

3. 男孩儿仰卧、脚朝着车；

4. 女孩儿右面向下侧卧、脚朝西。

7 月 4 日：

1. 女孩儿穿着碎花裙；

2. 男孩儿的膝盖也中了枪；

3. 子弹的牌子是西部。

好了，就这些。

这是密码的一部分，另外两部分已经分别寄给《瓦列霍先驱报》和《旧金山观察报》的编辑了。希望你们将这份密码刊登在报纸的头版上，里面隐藏着我的身份。如果 1969 年 8 月 1 日（即周五）中午之前还没有刊登，我将继续在周五晚上大开杀戒。整个周末，我将四处搜寻，夜里碰到独个儿的人就杀，再碰到再杀，直到杀满 12 个人。

Dear Editor

This is the murderer of the 2 teenagors last Christmass at Lake Hermon + the girl on the 4th of July near the golf course in Vallejo

To prove I killed them I shall state some facts which only I + the police know.

Christmass
1 Brand name of ammo Super X
2 10 shots were fired
3 the boy was on his back with his feet to the car
4 the girl was on her right side feet to the west

4th July
1 girl was wearing patened slacks
2 The boy was also shot in the knee.
3 Brand name of ammo was Western

Over—

1969 年 8 月 1 日十二宫写给《旧金山纪事报》的第一封信。
此处首次被翻印。

　　《旧金山观察报》和《瓦列霍先驱报》同样收到了此类恐吓信，内容大同小异（"我是杀人凶手……"），随信各附寄了三分之一的密码信息。

　　对信件出自真凶之手一说，瓦列霍警察局局长杰克·E. 斯狄尔兹将信将疑，于是他公开要求作者寄出第二封信件，提供更多犯罪细节以示证明。斯狄尔兹承认信件里的确有未被公开的犯罪细节，但他认为任何在犯罪现场的目击者都可能获得这些细节。最后，应警方要求，报纸只刊登了信件的部分内容，而非全部。

ciphen on your front page by Fry Afternoon Aug 1-69, If you do not do this I will go on a kill rampage Fry nyhte that will last the whole week end. I will cruse around and pick of all stray people or couppies that are alone then move on to kill some more untill I have killed over a dozen people.

1969 年 8 月 1 日凶手给《瓦列霍先驱报》的恐吓信，它与写给《旧金山纪事报》的信在措辞上稍有不同。

这样一来，被保留的那部分内容就只有凶手自己知道了。这是警方处理杀人案件时的一贯准则，为的是能有确凿的证据证明凶手的身份并将其逮捕。

拍照备份后，报社打算将原信和密码全部寄给林奇。瓦列霍郡警察局将密码备份后又寄给了马雷岛海军造船厂的海军情报局，请求协助解码。海军情报局未解开密码，他们开始向官方密码破译机构国家安全局和中央情报局寻求帮助。

　　《瓦列霍先驱报》和《旧金山纪事报》都在下一版上刊登了他们各自收到的那三分之一的密码。各个三分之一的密码都有 8 行, 每行 17 个符号, 包括希腊字母、摩斯电码、天气预报符号、字母、海军旗语和星象学符号。《旧金山纪事报》周六版第四页的头条赫然写着:

　　凶杀案密码线索。该密码中可能隐藏着瓦列霍凶手的真实身份。以下是《旧金山纪事报》收到的部分密码:

　　《瓦列霍先驱报》刊登的那部分密码见下图; 而《旧金山观察报》决定等到周日再登载他们的那部分密码, 或许因为他们怀疑信件并非出自真凶之手。

　　两天后, 《旧金山观察报》终于在周日版刊登了他们收到的那部分怪异密码 (见下图)。

　　在密码下方, 《旧金山观察报》还附上了凶手寄给《旧金山纪事报》和《瓦列霍先驱报》的密码。这样一来, 所有密码第一次被集中到了一起, 呈现在世人面前。

41 岁的唐纳德·吉恩·哈登是一位历史经济学教师，任职于旧金山以南 100 公里处的北萨利纳斯高中。他从小就对破译密码颇为在行，因此对今天的这份报纸格外感兴趣。

周日的早晨让人感觉懒洋洋的，哈登决定用这份密码来打发时间，于是，他从书架上取下一本有关密码破译的旧书——弗莱契·普拉蒂的《紧急密文》，清理完餐室的桌子，拿出削尖的铅笔、尺子和橡皮，开始探寻其中的玄机。

"密码术（cryptography）"一词源于两个希腊单词——"秘密（kryptos）"和"书写（graphos）"，而"密码（cipher）"则来源于希伯来语里的"编码（spahar）"一词。一份密码，要么是重新排列文章中本来的字母顺序，要么就是用其他的字符、字母或是符号替代通常使用的字母。

哈登开始观察这些排列有序的大写字母，查找各个符号出现的频率。他知道英语中最常出现的字母是 E，往后依次是 T、A、O、N、I、R 和 S，最容易连续出现的字母有 L、E 和 S，最容易出现的字母组合有 TH、HE 和 AN。一半以上的英文单词是以字母 E 结尾，以 T、A、O、S 和 W 开头的。哈登还注意到最经常出现的三个字母组合有 THE、ING、CON 和 ENT。最后，他认定这是一个替代型密码，每一个符号、字母和图形都代表着英文字母表里的一个字符。凶手用了如此繁多而迥异的符号，所以这不可能是一对一的替代型密码。哈登苦苦思索着，试图找出每一个符号所替代的字母，并搜索着重复出现的符号。整整几个小时，哈登一直坐在餐桌旁，反复在纸上写着萦绕于脑际的相同字符。要是可以减少变动的符号的数量该多好啊！

在破解密码的过程中，真正让哈登感到困难的是，他不清楚三份密码的先后顺序以及词句在哪里断开 [1]。

三个小时后，哈登的妻子贝蒂·琼·哈登也开始帮丈夫破解密码。她是个有毅力的女人，一旦投入一件事情就很难停下来。她还是个极有耐心的人，虽然她从来没接触过密码，但她却能立刻全身心地投入其中。毕竟，从理论上说，任何

---

[1] 笔者注：事实上，后来我发现凶手是标出了密码的先后顺序的，也许是为了提醒他自己，也许是想要提供另一个线索。凶手在寄给《旧金山观察报》的信封上贴了两张邮票，寄给《旧金山纪事报》的贴了三张邮票，而寄给《瓦列霍先驱报》的则贴了四张邮票。

被编码的信息都是可以被解码的。这对夫妇加快了速度，解码过程有条不紊地进行着。夜幕开始降临，他们已经研究一整天了。夜色渐浓，他们决定先去休息，希望可以在梦里找到破解密码的线索。

第二天一早，哈登打算放弃破解密码，可他说服不了贝蒂。有时她即使毫无头绪，也不会轻言放弃。最终，哈登还是加入了妻子的行列。

贝蒂认为凶手是个自大狂，所以写信的时候，他很可能以"我"作为开头。直觉告诉贝蒂，凶手可能会说到杀人的事，可哪一份密码才是第一份依然无从知晓。贝蒂的想法是，凶手可能会以诸如"我喜欢杀人……"这样的句子开头。

灵感在夫妇二人的脑海中瞬间闪现。密码中包含了许多重复且连续出现的符号。从频率表可以看出，英语中最常见的双写字母是 L。频率表还列出了出现频率相对较高的字母，双写字母，字母组合和音节。写文章时不可能不重复使用一些单词，因此夫妇二人开始寻找和 4 个字母的单词"杀（kill）"相匹配的符号组合。"杀"一词可能出现了不止一次（与此类似，战地密码分析学家会在获取的密码中找出所有象征"进攻"含义的符号组合。）

密码开始被破解是一件不可思议而又振奋人心的事情。哈登夫妇最终发现凶手用了单词"杀"的原形（kill）一次，现在分词（killing）两次，过去分词（killed）一次，单词"刺激"（thrilling）一次。其他含有双写字母 L 的单词还包括出现四次的"将要（will）"以及只出现一次的"收集（collecting）"。

哈登夫妇还发现了凶手为了扰乱他们而精心设计的陷阱。首先，凶手一共用了十五次逆向的"Q"，让密码破解者误以为那代表最常使用的字母 E；而对于真正的字母 E，凶手又用了七个不同的符号来替代它。

其次，凶手采用了核对编码系统，尽管有两个不同的符号交互着替代字母"A"和"S"，替代符号的使用是有序的。凶手的单词拼写能力很差，但或许他是故意为之，有些地方连他自己设计的密码都用错了。哈登夫妇最终找到了答案，他们一致认定除此之外再没有其他可能的答案了。整个解码过程花了他们二十个小时。

破解的密码内容如下：

我喜欢杀人，因为杀人乐趣无穷，比在丛林里捕杀野生猎物有趣得多——

人才是最危险的动物。杀人给了我最刺激的经历，比和女人在一起还爽。最让我开心的是，死后我会升入天堂获得重生，而被我杀死的那些人会成为我的奴隶。我是不会把我的名字告诉你们的，因为你们会减慢或加快我为自己的来生收集奴隶的进程。

EBEORIETEMETHHPITI

寄给《瓦列霍先驱报》的密码（上）
寄给《旧金山观察报》的密码（中）
寄给《旧金山纪事报》的密码（下）

哈登拨通了《旧金山纪事报》夜间编辑的电话，告诉他自己已破解了密码。然而电话那端的回应却听不出多少热情，因为自密码被刊登以来，报社已接到了数以百计类似的电话，这只是其中之一罢了。编辑让哈登把答案邮寄给《旧金山纪事报》，由他们转交给林奇警官。

然而，这份令中央情报局、联邦调查局和国家安全局都困扰不已的密码确实被这对来自萨利纳斯的夫妇破解了。海军情报局从林奇警官那里要到了哈登夫妇破解出的答案，经反复核对之后，宣布答案准确。

哈登夫妇破解三部分密码的结果。

1969 年 8 月 7 日周四这天，为了回应局长斯狄尔兹的要求，凶手再次执笔。这一次，他提供了更多关于瓦列霍的那两起凶杀案的细节。

信总共有三页。在信里，凶手第一次称自己为：十二宫。

亲爱的编辑：
我是十二宫。

　　您说想知道我在瓦列霍度过的快乐时光的更多细节，为了回应您的要求，我很乐意提供更多的信息。

　　对了，警官先生们，密码破解得愉快吗？要是不愉快，你们就打起精神，等你们把密码破了，就能抓到我了。

　　7月4日：

　　我没有打开车门，因为车窗已经打开了。一开始我开火的时候，男孩儿是坐在前排的。当我朝他的头部开第一枪时，他立刻朝后跳过去，让我这一枪落了空。他跳向了后车座，接着跌到车底板上，双腿剧烈地抽动着，所以我想我射中了他的膝盖。我并没有如瓦列霍报纸上描述的那样仓皇逃离。为了不引起别人的注意，我缓慢地开车离开了那里。告诉警察我的车是棕色的。我在电话亭里快活地和瓦列霍警察通话时，有个40~45岁衣衫褴褛的黑人刚好路过。我挂断电话，电话里传出的忙音引起了他对我和车的注意。

　　所有这些事均未被报道过。

　　去年圣诞节发生的那件事很有趣，警官们一直没弄清楚我是怎么在漆黑的夜里射中受害者的。他们没有公开承认这一点，反倒说那天晚上光线很好，我可以看到所有东西的轮廓，简直是胡扯。那里周围全是高山和树林，我只是在我的枪管上绑了个小型笔筒式手电。注意观察的话就会发现，把光束照向墙壁或天花板时，会在光圈的最中心看到一个黑色的大小3~6英寸的圆点。

　　把灯固定到枪管上，枪子儿就会准确地射到光照处的中心，我要做的就是扫射他们……

　　（无地址）

　　十二宫在信中提到只要警察破解了密码就可以抓到他。可是，他不知道哈登夫妇已经破解了密码，但依旧无法确定他的身份。

　　几天后，哈登夫妇破解出的答案最终公布了，旧金山海湾地区所有的业余密码破译员一致认为，密码最后的那串英文字母"EBEORIETEMETHHPITI"可能是凶手打乱其真实姓名的字母顺序后写出的。这串让人迷惑不解的字母添

1969 年 8 月 7 日凶手写给《瓦列霍先驱报》三页信件中的第一页，
信中凶手第一次用了"十二宫"这个名字。此处首次被翻印。

上字母 R、M、P 之后便成了"嬉皮士罗伯特·埃米特 (ROBERT EMMET THE HIPPIE)"。

随后的数日里，《旧金山纪事报》很多有想法的读者给字母串做了不同的排序，得出以下结果：埃米特·欧·怀亚特 (EMMET O.WRIGHT)、罗伯特·汉普菲尔 (ROBERT HEMPHILL)、凡·M. 布莱克曼 (VAN M. BLACKMAN)、我是欧·雷亚特 (I AM O.RIET)、肯尼斯·欧·怀亚特 (KENNETH O.WRIGHT)、利奥·布莱克曼 (LEO BLACKMAN)、F.L. 布恩 (F.L.BOON)、提摩西· E. 费伯特 (TIMOTHIE E.PHEIBERTE)。

　　一位订阅报纸的读者建议警方寻找一位名叫"火速"的先生, 因为在十二宫写给编辑的四封信的信封上都写着"火速交给编辑"的字样。另一位热心的市民写信给林奇警官, 说他认为最后那串字母代表"圣贝尼托精神病院", 但问题就在于这个地方根本不存在。

　　林奇警官并不是很在意这些推测, 他认为那个署名顶多是凶手的笔名。罗伯特·埃米特是爱尔兰的一位爱国主义革命者, 1803 年被处决。不过, 为了保险起见, 林奇警官还是核实了一下罗伯特·埃米特的身份, 看他是不是嬉皮士。他说: "那个排列无序的字母串或许本来就是一些字母的混杂而已, 目的无非是要误导我们, 毕竟凶手在信件最后写到'我是不会告诉你们我的名字的'。所以我们无法确信罗伯特·埃米特就是我们要找的人," 他接着说, "或许凶手在下一封信里会告诉我们。"

　　哈登认为最后那行字母只是为了把密码补充完整, 不让密码破解者知道密码在哪里真正结束。

　　我认为凶手并不是密码方面的专家, 而只是在效仿他人。与哈登夫妇一样, 十二宫不过是个业余编码者。追捕者与被追捕者就这样相互试探着、周旋着, 同时摸索着案件的最终走向。我们已经知道每个符号在字母表中所对应的字母了, 而我想知道的是凶手是如何选择这些符号的。

　　这份错综复杂的密码由 55 个符号组成。十二宫是完全自创了一套密码版本还是通过其他来源来构建自己的密码体系呢? 如果真是借用了有关密码的专业书籍, 或许我们可以由此找到他。

　　我开始查阅有关密码基本原理的书籍。大卫·卡恩的《破译者》一书的前言里有份字母密码表的样本, 一共有 26 个字母密码, 凶手的密码中使用了其中的8 个, 这说明十二宫肯定有这本书。

　　而其他那些稀奇古怪的符号则类似于具有宗教性质的三角形、圆圈、方块和十字图形, 这让我想起了出现在中世纪的一份图画密码。对当时无知的人而言, 那份密码颇为神秘, 据说还有摄人心魄的力量, 充满了邪恶——这正是十二宫那类人所渴求的。

　　和找到大卫·卡恩的密码样本一样，我很快就在约翰·拉芬的《密码与密文》里找到了这幅来源于 13 世纪的图画密码，这份密码就叫作"十二宫字母表"，我终于弄懂凶手为何给自己起了这样一个怪异的名字。十二宫使用了许多符号来替代字母表中的字母，他的灵感正是来自这张年代久远的图画密码。

　　举个例子，十二宫用符号"（ ＼ ）"代替字母"R"，用符号"（ ⊢⊣ ）"替代字母"T"，而十二宫字母表也用其他不同的符号代替字母"R"和"T"——分别是"（ ⤙ ）"和"（ ⊷ ）"。

　　如果是这两本书给了十二宫灵感的话，那么或许可以去旧金山海湾地区的图书馆里找这两本书以及近期的借阅者信息。因为，十二宫的密码中有海军图案，而且据说蓝岩泉谋杀案的凶手留着的是海军船员式发型，因此，旧金山和瓦列霍地区的陆军和海军基地便成了我特别关注的对象。

　　我分别致电旧金山普西迪基地、金银岛海军基地（那儿的图书馆部分已被烧毁）和奥克兰军事基地询问这两本书的情况，谁知它们不是被偷了就是丢了。其他像阿拉米达海军飞行基地根本就没有这两本书，汉密尔顿海军基地无相关记录，瓦列霍马雷岛海军造船厂的图书管理员说有关记录已经清除了。瓦列霍约翰·菲茨杰拉德·肯尼迪信息中心的图书馆记录显示，这两本书不久前丢了，而且《密码与密文》这本书由于语言简单，现已成为八年级学生的阅读材料，旧金山的公共图书馆则把这本书收藏在了少儿读物储藏室。

　　十二宫在信中写道：

　　死后我会升入天堂获得重生，而被我杀死的那些人会成为我的奴隶。

　　斯坦福大学的教授们认为，这种说法糅合了基督教与古老的异教教义，来源于东南亚地区的宗教以及某些由撒旦狂热信徒组成的邪教。在旧金山，以安东·利瓦伊为首的宗教团体便是这其中的代表之一，十二宫会不会是这些狂热信徒中的一员呢？

　　十二宫的密码中还提到人是最危险的猎物。多年前上映过一部影片，片名也叫"最危险的猎物"。于是我去了旧金山附近的一个默片影院，看了一遍这个电影。

　　这部电影是 1932 年由雷电华制片公司发行的，改编自理查德·康内尔 1924 年写的一篇著名短篇小说，讲述的是疯狂猎手佐罗夫伯爵的故事。在故事里，佐罗夫用伪造的导航灯将过往船只引诱到他所在岛屿附近的暗礁上，船只撞礁沉没后，幸存者便沦为伯爵的猎物。由莱斯利·班克斯扮演的佐罗夫身材高大，举止文雅，前额有道锯齿状的伤疤，而这道伤疤正好成为佐罗夫伯爵疯狂人格的标志。他告诉他的猎物："我的生活就是一场辉煌的猎杀，"他还说，"我已经数不清杀了多少动物了。一天夜里，我躺在帐篷里，脑子转得飞快，接着一个邪恶的想法如毒蛇般偷偷溜进我的大脑——我已经开始厌倦捕猎（动物）了！如果我失去了对猎杀的兴趣，那么我也就失去了对生活的热爱和对爱的向往。在这座岛上，我捕杀着那些最危险的猎物（人类）。只有在杀人之后，你才能真正感受到那种爱之狂喜，这是人的天性。去杀，然后去爱！懂得了这些，也就懂得了这种狂喜！"佐罗夫伯爵一身黑色装扮，袖口和裤脚扎得紧紧的，他牵着一群黑色大驯犬，左边挂着一尺长的带鞘利刃，右手握着一把精准度很高的来复枪。他敏捷地在迷雾中穿行，追踪着一对年轻的情侣。

　　电影结束后，我走出影院，驻足于柔和的夜色中，望着迷雾中漆黑的街道思忖着，难道那两本密码读物和这部电影就是十二宫的灵感之源？

　　密码破解之后，《洛杉矶时报》刊登了瓦列霍警方收到的精神病医疗分析报告，这份报告来自维卡维尔市加利福尼亚医疗机构。

　　"凶手可能一直身陷与世隔绝、为世人所抛弃的感觉中。他用杀戮带来的刺激来满足性需求，这通常是性机能不全的一种表现。"

　　"凶手可能认为身边的人出于某些原因而轻视他。凶手坚信受害人死后会成为他的奴隶，这是妄想症患者对上帝所抱有的一种强烈而虚幻的信念，是原始人类的一种普遍信仰。"

　　"那些嘲弄警方的信件和电话可能是凶手向世人发出的一种呼叫，他渴望被发现，被关注，甚至可能还打算在重重围困之下以神圣的姿态自行了结性命，以报复这个世界对他的冷遇。"

刀 刺

1969 年 9 月 27 日周六，这天是西西莉亚·安·雪柏和她的朋友布莱恩·哈特奈尔告别的日子。西西莉亚就读于位于纳巴山谷以东纳巴郡安格温市的太平洋联合大学，布莱恩是她的同学。在大学的第一个学期，西西莉亚就认识了高大英俊的布莱恩，他是法律预科班的学生，两个人的关系一直十分亲密。

整个暑假，西西莉亚都在洛马林达与父母在一起。假期结束后的那个周末，她回到太平洋联合大学，想整理一下遗留在学校的物品，打包运到加州南部。她在安格温市生活了两年，10 月份的时候就要转到河滨市的加利福尼亚州大学学习音乐了。

布莱恩刚和父母从俄勒冈州的楚特戴尔旅行完回来，就开车回学校帮西西莉亚整理行李。

清晨，他们在学校里碰面，做完礼拜之后，一起花了一个小时的时间把行李打包。校园里的空气让人倍感清新愉悦，两人从牛顿大厅漫步至学校的咖啡厅，一路徜徉于狭长低矮的现代化米白色建筑群之间。

午饭时，布莱恩问："今天下午有什么特别的安排吗？"

"你有什么想法？"

"我也不清楚。要不出去散散步吧？还是去旧金山？毕竟我们在一起那么快乐，有那么多美好的回忆。"

布莱恩为他身边这位娇小精致的金发女孩儿打开了他那辆白色卡曼·几亚跑车的车门，随后他坐进驾驶座，两人便愉快地驶下豪厄尔山路，路过圣赫勒拿疗养院后，又开向了 29 号高速公路，接着左转朝卢瑟福开去。著名的葡萄酒园英格露客和比利奥就在那儿, 它们都是用石头筑成的带有地下储藏室的酿酒厂。在他们开车路过纳巴一间教堂的慈善捐赠品义卖会时, 他们买了一台旧电视机, 随后又在圣赫勒拿逗留了一会儿, 见了些朋友, 之后还送了两个小孩儿回家。那时已经比较晚了。

所以布莱恩提议, 还是不要去旧金山了, "我知道一处地方, 那儿是我最喜欢的, 以前我常去。"布莱恩说。那地方就是贝利桑湖。

他们穿过波普山谷和诺克斯维勒路, 沿着人工湖水域周边蜿蜒曲折的小路行驶。贝利桑湖长 25 英里, 宽 3 英里。湖里满是蓝色的菌褶, 德国棕色麻花鱼、彩鳟、鲶鱼、黑色鲈鱼和内陆硬头鳟等。

在他们之前, 大约下午 2 点 50 分, 三个 21 岁的女孩儿沿着同样的路线开车兜风。她们把车停在了艾德熊餐厅附近的一个停车场里, 有一辆车紧随其后, 车里坐着一个男人。男人倒车停下, 车尾的保险杆与女孩儿们的几乎持平。那个男人一直低头坐着, 做出在阅读的样子, 可三个女孩儿觉得他根本没在读什么。

那是辆 1966 年出产的银色抑或冰蓝色双门雪佛莱, 加州车牌。那个人年龄 25~35 岁, 高 6 英尺多, 体重 200~300 磅, 没戴眼镜, 黑色直发向两边分开。他身穿黑色短袖毛衫和深蓝色裤子, 里面的 T 恤衫从身后的裤腰露出一角, 头发剪得倒是利落整洁, 长相也不错, 正一根接一根地抽着烟。

女孩儿们把车朝湖边开去。享受了一个小时的日光浴之后, 她们发现那个男人还盯着她们看。20 分钟过后, 那个人终于开车走了。

4 点的时候, 布莱恩将他那辆 1956 年出产的白色乙烯基顶盖的几亚跑车停在了湖区附近的马路边, 旁边没有其他车。在靠近湖西岸的一个半岛上, 他们在两棵高大繁茂的橡树旁找了处适合野餐的阴凉的空地, 这里距离马路大约四百多米。

"逢到雨水多的季节, 这儿便成了个小岛。从这儿可以看到大堤, 景色美极了。"布莱恩说。

他们铺开毯子, 坐在上面, 相互依偎着, 就这样度过了将近一个小时的光景。湖水四周群山环绕, 眼前, 宁静的水面上洒满了金色的阳光, 闪烁着星星点点的光芒。从这里可以看到前方的戈斯兰岛, 偶尔还会有小船从旁边经过。这个地方鲜有人知，湖岸上浓密的灌木丛为两人带来了更多的僻静与安逸。

傍晚时分，在离马路约 1.2 公里的地方，一位牙医停下了车，和他的儿子走到湖边。这时，他们发现一个陌生男人正注视着他们，那个人绕过水湾停在了离他们约 91 米的地方。他是个白人，身高大约 1.55 米，身材粗壮，穿着黑色裤子和深红色长袖衬衫。他空着手，应该只是想在马路与湖区之间沿着山路散步。他突然意识到牙医父子已经发现了自己，而且那孩子手里好像还有把 0.22 口径的来

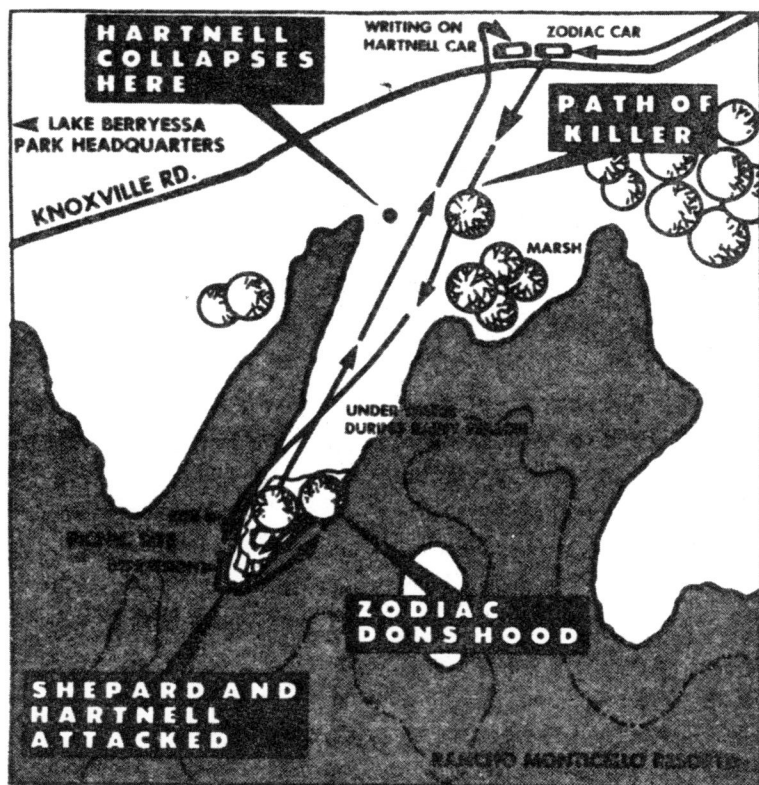

上图为 1969 年 9 月 27 日十二宫在贝利桑湖的行动路线。罗伯特·格雷史密斯绘制。
①凶手的行动路线；②布莱恩昏迷的地点；③十二宫戴上头罩的地点；④西西莉亚和布莱恩遇袭的地点。

复枪。于是他立即转身，走上山丘，双手插进蓝色风衣的口袋里，朝南边走去。

　　从车轮轨迹可以看出，那个男人一直紧跟在牙医开着的车的后面。他估计一直暗中追踪着沿途停靠的每一辆车，一看到形单影只的汽车，便立刻去湖边搜寻车主。

　　那个男人开车走了。往南开了1.2公里后，他发现了一辆白色的几亚跑车，就立刻把车停在后面。

　　他步履从容地从公路走到石子路上。左侧有一片小树林和灌木丛，那儿离公路大约180米，再远处是一座植被稀疏的狭长半岛，长约280米，一直伸展到湖边。半岛的一端，突兀地立着两棵橡树，树底下躺着一男一女。

　　他盘算着穿越这片开阔的空地，跟踪他的"猎物"，然后给他们一个"惊喜"。可这并不容易，他要怎样才能在不被发现的情况下穿过这一大片贫瘠荒芜的空地呢？

　　西西莉亚发现远处有个人影，但她看不清他的脸，因为他远在空地的另一端。虽然那儿朦朦胧胧，模糊难辨，但她感觉那人好像正注视着他们。他身材粗壮健硕，留着一头深褐色的头发，在离半岛约229米处，那人突然消失在西西莉亚右侧的一片树林里。

　　过了一会儿，西西莉亚又瞥到了那个粗壮的身影，他正从树林那儿朝两人走来。西西莉亚提醒布莱恩，说有人向他俩走过来了。布莱恩仰卧在毯子上，在他的正后方，一个巨大的身影正缓慢地穿行于一片狭窄且布满岩石的空地。西西莉亚趴在地上，头枕着布莱恩的肩膀，面朝岸边，此时那个身影已经近在咫尺了。

　　微风扬起的尘埃飞进了西西莉亚的眼睛里，她再抬起头时，那黑色模糊的身影已经不见。傍晚的气息格外温和怡人，布莱恩甚至都懒得转身，但西西莉亚开始警觉起来，那个人已经离她很近了，这要比远距离观望更令人胆寒。那人的脚步缓慢而沉重，他刚刚是如何瞬间消失得无影无踪的呢？

　　又过了一会儿，布莱恩听到树叶沙沙作响的声音。"你戴着眼镜没？"布莱恩问道，"瞧瞧那边到底出什么事了。"

　　"有个男人。"西西莉亚回答道。

"他一个人吗？"

"嗯，他刚才走到树后面去了。"布莱恩以为她指的是几百米以外的树林里的某棵树。

"好吧，接着观察，有什么情况再跟我说。"布莱恩说道。

他们躺在两棵橡树中较大的那一棵下面，而那个身材粗壮的男人就在她右侧的另一棵橡树后面，距离她仅 6 米远。

"天哪，他手上有枪！"西西莉亚掐着布莱恩的胳膊大叫起来。那个男人突然从树后面出现，布莱恩用余光瞥到，就在他左边，有个人正静静地盯着他看。他们俩站了起来，那人径直朝他们走来。

陌生男人是绕了一圈才慢慢

图片为作者根据布莱恩·哈特奈尔的描述所画出的凶手于 1969 年 9 月 27 日在贝利桑湖行凶时的衣着。

接近他们的。藏在树后时，他戴上了乌黑的头罩。头罩是方形的，四角突出，像个方形纸袋。

他装扮得很像中世纪的行刑官。无袖头罩遮住了他的肩膀，一直垂到腰际，在落日的余晖下，泛出一丝橘黄色的光晕。头罩制作精良，顶部平整，边缘有缝线，但眼睛和嘴巴处都留有缝隙，而且那人还戴着副夹式眼镜，布莱恩对这样奇特的设计惊讶不已。那人的前胸后背各罩着一块布，胸前的布块像是围裙，上面有个醒目的白色标记——圆圈里画着一个 3 英寸 ×3 英寸大小的十字，十字往上延伸出圆圈外。

他把袖口收得很紧，裤脚稍稍卷起塞进短靴里，穿的是浅口橡皮套鞋，那是种军用鞋，因此可以把裤角塞进鞋里。他左侧的皮带上挂着一把至少 1 英尺长的带鞘刺刀，右侧腰际别着个打开着的简易手枪皮套，夹克衫下面还挂着些长短不一的白色空心塑料晾衣绳。

他的脚深深地陷进岸边的淤泥里。布莱恩感觉那人的肚子突出来了，但其实那人长得很结实，并不是松弛的虚胖。

他向他们走去，右手一直朝前伸着，手里握着把蓝色钢制半自动手枪。

暮色中，两人眼睁睁地看着那个陌生男人一步步地向他们逼近，不寒而栗。这绝不可能是哪个朋友开的玩笑，因为谁也不知道他们今天的行踪。那难道是这个人在跟踪他们？

布莱恩后来跟我描述："他终于走到我们面前了。有些事情你不亲身经历过，根本就想不到会发生。我当时想，好吧，我身上总共就六十五美分。遇上这种事，这点儿钱总能派上用场吧，其他我也没多想。"

那人巨大的身影矗立在两人面前。

"我当时跟他说话了。"布莱恩后来说。

他听见从头罩后面传出的声音异常冷静，不高不低，始终保持着一个声调，说话人像是 20~30 岁。

"那声音听起来像是个学生，慢声慢气的，但又不是南方人拉长调子的感觉。"布莱恩事后描述道。

"把钱和车钥匙给我。"那个男人说道。

"不过是抢劫罢了。"布莱恩心想。

那人接着说："我想开你的车去墨西哥。"

"他似乎没受过多高等的教育，但又不至于是个文盲。"布莱恩后来描述道。

布莱恩抬起头，看了看陌生男子的黑色头罩和夹式眼镜，只见那黑色头罩的眼部缝隙之下，另一副眼镜正闪烁着金属的光泽，布莱恩还看到了那人被汗水浸湿的深棕色头发。

那人穿着件轻便的蓝黑色风衣，里面是一件红黑相间的羊毛衫。布莱恩可以清晰地看到绣在布上的"十字圈"标记。他戴着黑色手套，穿着条宽松的打褶裤，式样很旧。布莱恩估计他的身高在 1.77~1.88 米，体重 225~250 磅。由于自己长得特别高，布莱恩不太擅长估测别人的身高。

布莱恩马上从钱包里拿出钱，并从口袋里掏出车钥匙。"我只有这些了。"他一边说着，一边把仅剩的那点儿钱和几亚跑车的钥匙递给了陌生男人。那人把钱放进口袋，把钥匙扔到毯子上。

布莱恩心想，这家伙也许真的需要帮助，于是便对他说，"我没有什么条件。现在我身上也没钱了，但如果你真的急需帮忙，我可以用其他方式帮你渡过难关。"

"不用了，"那人回答，"我已经没有时间。我是从蒙大拿鹿栈区监狱逃出来的。在那儿我杀了一名狱警，还偷了辆车，我什么都没了，彻底完蛋了。"

"好吧，哥们儿，你是想被判成谋杀罪还是盗窃罪呢？"布莱恩说道。

"别跟我耍花样，也休想抢我的枪。"那人说。

"我觉得那枪并没有上膛，因为我听说过很多类似的情况，凶手拿着枪只是为了虚张声势，但我还是不敢抱侥幸心理。"布莱恩后来跟我说。

布莱恩对那人说："你简直是在和我浪费时间，我只有一个皮夹和这些零钱，就这些。"

布莱恩后来跟我说："当时我说了一大堆稀奇古怪的话，都是些废话，如'我是社会学专业大二的学生''永远不要卷入一场真实的犯罪'。哦！天，根本就不用太过担心，他只是想要我的钱而已。我告诉他我只有六十五美分，可他还是不死心。如果没记错的话，我给了他钥匙，但他可能没拿，因为他跟我说他的车是如何的棒。我以为他想说他的车速度快，就和他聊起了车，然后他又说那车是他偷的。接着他又谈起了监狱里的事，还有他是如何跟上我的，就这样，我们谈了好长时间。"

接着，那人解开了那几段 76~91 厘米不等的晾衣绳。

布莱恩紧紧地盯着挂在那人身上的那把刀，努力记下所有观察到的细节。刀片宽 19~25 毫米，长 28~30 厘米，刀片的两边都很锋利，应该是把刺刀或者面包专用刀。硬木制成的刀柄上饰有两枚铜铆钉，外面包裹着约 2.5 厘米宽的外科手术用的白纱布。整把刀插在一个木制的刀鞘里。

要是布莱恩看过《最危险的猎物》，他就会发现这把刀和佐罗夫伯爵挂在黑色狩猎服外的那把一模一样。

"趴下，我得把你们捆起来。"戴头罩的男人说。

布莱恩站着没动，那人再次命令他趴在毯子上。布莱恩后来跟我说："罗伯特，说真的，他要捆住我的四肢，我真的很愤怒，我和他争论了起来，想象着警察从劫犯手中夺走枪支的场景。我总觉得，照他拿枪的方式，我是有机会把枪抢过来的。但我没有这么做。因为太悬了，万一我搞砸了，西西莉亚和我可能会因此而受伤，而别人则会说我逞英雄。"

"我觉得我可以把枪夺过来，你觉得可行吗？"布莱恩小声对西西莉亚说。

布莱恩对我说："西西莉亚当时很害怕，考虑到这关系到我俩的性命，我就没有这么做。为了安全起见，就这样吧。有人想抢劫，那就配合一下，把钱给他。那人虽然怪僻，但说起话来还算正常，他不过是想要钱而已。"

男人转过身，举着枪对西西莉亚说："把这男孩儿捆起来。"

西西莉亚一下子蒙了，她没想到那男人会提出这样的要求，却不得不照做，她用绳子绕过布莱恩的手脚打了几个很松的结。布莱恩回忆说："她真的系得很松，我都可以把手和脚分开，就像从电视上看到的那样。"绑完后，西西莉亚又从布莱恩的口袋里掏出钱包扔给了那个男人。但是那个男人并没有拾起钱包，他大跨步到西西莉亚的身后，把西西莉亚的手脚也捆了起来。当触碰到女孩儿的身体时，他的双手开始颤抖，但还是把绳子系得死死的。接着，他发现布莱恩手脚上的绳结很松，于是又把它们系紧了。

布莱恩跟我说："他又重新捆紧我身上的晾衣绳，特别紧。"

"我有点儿紧张了，好了，现在都趴下来。"那人说。

西西莉亚一边在心中祈祷上帝一边顺从地趴在了地上，而布莱恩则左侧着贴地也趴下了，他们俩已经毫无抵抗之力。布莱恩对我说："我后来回想了一下，他都知道我身无分文了为什么还要把我们捆起来呢？为什么不让我走出100米之外然后别转身呢？把我捆起来没什么意义啊。"

那个男人说话的声音很平静，布莱恩根本没想到会受到伤害。他一直强调自己可以帮忙，两个人在黑漆漆的小岛上又谈了几分钟。

布莱恩对我说："他的声音很有特点，没记错的话，是很自然的声音，没有什么口音。说话的方式也很特别，和我们现在说话的感觉不一样。我不是刻意打听他的事情，但好像一直都是我在问问题，他没心思和我说话，也不愿主动开口。

我刚趴下时就对他说：'好了，现在一切都按你说的办了，你可以给我看看枪里到底有没有子弹吗？'他'啪'的一声打开枪的后盖，抽出弹匣，取出一颗大约 0.45 口径的子弹让我看个清楚 [1]。接着，他重新装上子弹，我下意识地转过头去。"

接着，头罩后面传来一个有些沙哑的声音："现在，我要拿刀捅你们了。"

两个无助的人立刻战栗起来。

"他拿出刀的那一刻，我才开始怀疑自己是不是把事情想得太简单了，然后我很快就意识到，绝不仅仅是被绑着困在岛上一晚这么简单，事情开始变得越来越严重了。"

"请先捅我吧，我是个胆小鬼，不敢看见她被捅。"布莱恩说。

"就是要先捅你。"那人回答。

接着，那人猛地跪下来，从刀鞘里抽出刀，高高举起，悬在布莱恩的后背上方。他朝男孩儿的背部猛刺下去，鲜血飞溅到西西莉亚的脸上，顺着她的面颊流淌下来。

布莱恩后来对我说："当时我是趴着的。你可以想象一下，如果是你，有人刺你后背，你会怎样？我当时无法动弹，处在最易受到攻击的一种状态，什么都做不了，唯一能做的就是等他住手。西西莉亚目睹着这一切，尖叫哭喊着让他住手。她侧转过身来，这样，当凶手逼近时，她会明白接下来会发生什么，知道该如何逃生。"

布莱恩因剧痛发出呻吟，几近崩溃。凶手把目光转向了女孩儿，他喘着粗气，脸上的遮布也随之起伏着。此时，那层黑布背后会是一种怎样的表情呢？

凶手仍旧双膝跪地，发出一声癫狂可怕的吼叫，低声长舒一口气后，便开始向女孩儿刺去，一连刺了十刀。西西莉亚本能地翻过身去，背部朝地，但凶手并没有就此罢休。有一下他刺进了西西莉亚的胸腔，接着就是乳房、腹股沟、腹部……

"停下，停，停……求你了！"女孩儿苦苦哀求着，可她挣扎得越厉害，凶手就刺得越疯狂。

---

[1] 笔者注：柯尔特 0.45 口径 1911A1 手枪为美国陆、海、空三军专用，设计和功能类似布朗宁大威力手枪，但更重、更长，并且只能装 7 发子弹。

布莱恩跟我说："有那么几秒钟，我可以清醒地意识到正在发生的一切，我身处在从未有过的境地，而她——她身材娇小，不是十分瘦削但骨架也不大——凶手刺碎了她的肋骨。她是侧躺着的，我后来听说他是在刺他的十二宫'十字圈'标记，但因为西西莉亚猛烈地扭动着身体，他很难做到。西西莉亚的前胸、后背和身体的两侧都被刺到了。没记错的话，他想把她按住不动，但是她……刚开始我还眼睁睁地看着，可突然间感到一阵恍惚，天哪，我都在看些什么啊？我真的受不了了。于是我别过头去。转头的时候我在想，最好还是不要乱动，我很清楚自己救不了她，而我也不能弄出任何动静，否则我就死定了。"

最后，凶手感到腻了，他站起来，把钱扔到受害者身旁的地毯上，缓慢地走过空旷的半岛，很快就消失在无尽的暮色里了。

当他回到马路上时，凶手摘下头罩，把头罩和沾满鲜血的刀一起放在他的车前座上，然后大步走向布莱恩的几亚跑车，在副驾驶的一侧也就是马路的外侧停住了脚步。他蹲了下来，在车门上做了些手脚，然后坐回自己的车里，发动引擎。接下来，他要去打个电话。

"我觉得我没有昏迷过去，"布莱恩说，"我当时是有些不清醒了，但我的脑海中还残存着一丝记忆，我听到他迈着缓慢的步子走开了。我屏住呼吸，身体僵在那里，濒临死亡，但我记得很清楚，我始终没有失去意识。仔细想想，我是十分幸运的，因为他的刀只擦破了我的心囊，渗出了一些瘀血，并没有刺穿心脏。如果稍稍再往右偏个二三厘米，那我就必死无疑了。西西莉亚被刺伤了好几处主动脉，而我只是身体两侧各被刺了一刀，也不算真正受伤，虽然也有伤口，但不是那种致命和永久的伤口。"

西西莉亚也苏醒过来了，两人便开始大声呼救。但布莱恩又想到应该保留精力，先松绑再去救人。他在剧痛中扭动着身体，挪到了西西莉亚身边，刚好可以咬到系在她手腕上的晾衣绳。从女孩儿伤口里流出来的血浸满了绳索，绳子异常滑，布莱恩嘴里也沾满了鲜血。经过整个缓慢而让人备受煎熬的解绳过程，女孩儿的手终于被解开了，接着她转过身开始解布莱恩手上的绳索。

布莱恩跟我说："最麻烦的是，他把我捆得实在是太紧了。所以我到现在都很困惑，她是怎么解开那些绳子的，要知道她当时已经奄奄一息了。无论如何，她最后还是解开了那些复杂的结，但我的双手被绑了半个多小时，动弹不得，所以过了好长时间才恢复知觉，也不再颤抖了。"

布莱恩本打算爬到远处求救，但由于失血过多，他动弹不了。

这时，一个来自旧金山的中国渔夫和他的儿子乘着小船划过湖区，听到小岛那端传来的呻吟声，便划近了以探究竟。看到那惨不忍睹的一幕时，他们便再不敢向前靠近了，赶紧离开现场去寻求帮助。两公里之外就是蒙蒂塞洛牧场，渔夫飞奔进牧场，把看到的惨状告诉了巡逻员。当时巡逻员丹尼斯·莱顿和巡警威廉·怀特正在开车巡游，"于是我让威廉先下车去，"丹尼斯对我说，"他乘船去了案发现场，而我则继续开车，根据报案人提供的信息寻找案发地。我不知道自己到底在找什么，只知道有人受了伤，大概是腿被砍了之类的。"

而小岛上，那个中国渔夫和他的儿子离开后，布莱恩以为不会有人来了，所以他开始朝公路爬去。途中布莱恩一遍遍地在心中祈求着："哦，上帝，不要让我死在这里。"凶手离开的时候一定以为他们已经死了。布莱恩说："当时我脑中只有对死亡的恐惧，记不清太多疼痛的感觉，而她却被疼痛占据着，那是无比揪心的疼痛。过了一会儿，当我爬到越野车道时，突然看见有辆车正朝我开来。"

"我发现了那个受伤的男孩儿，他正爬向马路，"丹尼斯说，"他已经从遇袭的地方爬出了两百多米，他的手脚已经完全松绑了。但我没看到什么可疑的人。他躺在脏兮兮的马路旁，我下了车跑到他身边。他告诉我他的女朋友还在岛上，我立刻上车，飞速开往那座小岛。"

威廉·怀特和蒙蒂塞洛牧场的主人分别乘两艘船抵达小岛，他们给布莱恩和西西莉亚裹上毯子，等待救护车的到来。湖区叫不到救护车，而皇后谷医院派出的车赶到这儿得一个多小时。在向巡逻人员陈述案情的过程中，布莱恩和西西莉亚昏死了过去。

威廉后来对《洛杉矶时报》的戴夫·史密斯说："他们受的伤实在是太重了，那个女孩儿一直苦苦地哀求我，请我帮她消除剧痛，要不就把她打昏。她痛苦到了极点，在地上不停地挣扎着，我几乎感觉不到她的脉搏。我尝试了各种办法，终于给他们止了血，可他们身上的刺伤实在是太多了。"

西西莉亚一共被刺了24下。

威廉接着说，"很久以前我听说过一种止痛的方法，就是掐着身上不痛的部位，暂时转移注意力。我把这个方法告诉了女孩儿，她试了一下，但这只能让她好过几分钟，之后她又开始求我帮她摆脱痛苦。"

受害者危在旦夕，他们被火速送往医院。女孩儿几乎整晚都在急诊室抢救。

"西西莉亚一路承受着剧痛，"布莱恩后来跟我说，"最后她再无痛苦，不省人事了。如果他们没来，我不知道事情会变成什么样子。西西莉亚肯定会当场死去，我不知道自己会怎样，也许是同样的命运。要知道，就算身体的主要器官没有受伤，我也会因为大量失血而很快死掉。"

晚上 7 点 13 分，纳巴郡治安官办公室将贝利桑湖双重刺杀案记录在案。警长戴夫·克林斯和副警长雷·莱顿，他也是丹尼斯的弟弟，一起前往案发现场。

7 点 40 分，纳巴郡警察局里的电话响了，办公人员接起了电话。

"这里是纳巴郡警察局，我是警官斯莱特。"

电话接的是 1 号线。"我想报告一起谋杀案——不，是一起双重谋杀案。"打电话的人说。斯莱特觉得电话那端应该是个二十出头的年轻人，说话的声音很平静。

"受害人在园区总部以北三公里外的一辆白色的大众卡曼几亚跑车里。"

接着电话那端是一阵沉默。

"你在哪儿？"斯莱特问道。

"我就是凶手。"电话那端的人用几乎难以听清的声音回答道。

接着斯莱特听到放下电话的声音，但线路依然未断。"还在吗？还有人吗？"斯莱特不断追问着，他知道线路还是通的，因为他听到了过往车辆的嘈杂声。他后来说："我感觉那旁边或是不远处有人，因为我好像从听筒里听到了女人的声音。但我当时还在另一条线上和纳巴郡治安官办公室通话，所以不清楚声音到底是从哪端传来的。我把这个奇怪的电话报告给治安官办公室后，就打电话给线路操作人员看能否追踪到这个电话的来源。"

地点很快就追踪到了，是位于纳巴郡 1231 干道洗车处的一个付费电话亭，距离警察局只有四个半街区，离案发现场四十三公里之遥。赶到的警察们先用人造光将听筒上的掌印烘干，再刷上粉，因为如果掌印是湿的，那么显粉就会附在水分上, 而不是附在手掌分泌的酸性物质上, 最终, 他们提取了一个很清楚的掌印。

凶手以为两个学生都死了, 这表明作案后他立刻离开了湖区。纳巴郡的单行车道路况不佳, 从电话亭的所在位置来看, 凶手对纳巴郡的地形必是了如指掌的, 绝不亚于对瓦列霍的熟悉程度。凶手大概是先右转至第一大道, 径直朝纳巴郡警察局开, 然后中途右转到干道上, 去电话亭给警察打了个电话后, 又取道索斯科大街回到121号高速公路(现29号高速公路), 由于不能再往湖区方向走, 他可能朝南向瓦列霍驶去。难道凶手住在瓦列霍? 还是在更远的地方?

凶手喜欢在警察局附近打电话, 这也许就是他不在离开贝利桑湖的途中打电话的原因。但他通常会在警察局管辖权限比较模糊的地带行凶。

整个案件的侦查由纳巴郡治安官办公室的警探肯尼斯·纳罗负责。纳罗性格刚毅, 身材魁梧。他在犯罪现场周边进行了缜密的调查, 试图寻找看见过可疑人物的目击者。"接到办公室的电话后, 我立刻前往医院和受害人交谈。之后我毫不迟疑地奔赴贝利桑湖。当时西西莉亚已经没有知觉了。"

到达犯罪现场时, 纳罗那张古铜色的宽大面庞瞬间阴沉下来, 露出一丝不快, 因为有人先他一步把现场的彩色毛毯和绳索收进了一个盒子。接着, 他看到白色几亚汽车的车门, 倍感震惊, 脖颈上的毛发根根竖立起来。

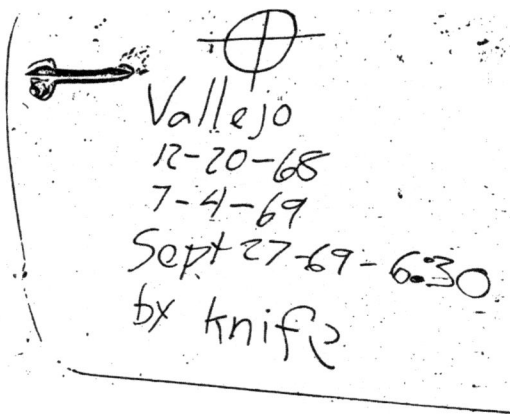

上图为十二宫行凶后用黑色标签笔在布莱恩·哈特奈尔的卡曼·几亚跑车上写下的字迹。

凶手在门上用黑色的标签笔写道:

瓦列霍

68-12-20

69-7-4

1969-9-27-6:30

用刀

纳罗理解数字的意思，那分别是瓦列霍和索拉诺凶杀案发生的时间。

那个疯子正逍遥法外，向北边逃去。法医实验室的技术人员发现了凶手留下的车胎印记，于是铺上石灰，使用印模推断出，两个前轮磨损严重并且大小相异，两胎间距为 57 英寸。

副警长克林斯进行了细致的调查，在布莱恩的车附近，他发现了一些奇怪的脚印，应该是朝着写有字的那侧车门走过去时留下的。去往谋杀现场的途中以及从山上返回马路的途中都发现了同样的脚印。脚印长 10.5 英寸，而且很深。纳罗选了名较胖的警察从凶手的脚印旁走过。这名警察体重 210 磅，但他的脚印却没有凶手留下的深。纳罗对我说："我们挑选了一名警官在沙土中做脚印对比测试。按照脚印陷入泥土的深度估算，凶手的体重应为 220 磅。这家伙真的很壮！还有，脚后跟留下的印迹很清晰，这说明凶手离开时应该是从容不迫的，并没有奔跑。"

布莱恩后来对我说："我当时把那家伙描述得很壮，不知道多重，反正蛮壮的，他穿着件粗条纹的风衣。说他那深色头发是假发，也不是不可能。还有，他的额头上泛着油光。"

纳罗弯下腿跪在砂石上，仔细观察着鞋印，他发现脚跟和脚掌之间有个奇怪的小圆圈，里面还印着字。纳罗告诉我："的确有个圆圈，虽然我们看不清楚里面的字，但光凭这一点我们就可以准确地辨别出这种特殊的

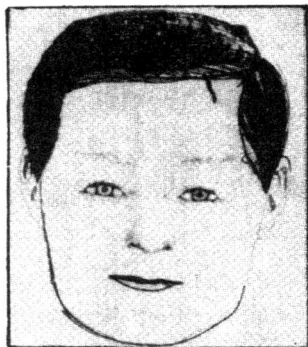

鲍伯·麦克肯兹为纳巴警察局所绘贝利桑湖持刀嫌疑犯的头像。见过该头像的人不多，并且该头像从未被刊登过——至少在旧金山肯定没有。

鞋底，从而找到它的制造商。"后来纳罗发现那是一种叫作"翼行者"的褶皱靴。"鞋帮的产家是位于威斯康星州梅里尔郡的温布瑞纳制鞋公司，那儿离我的家乡只有二十英里。鞋底的制造商是位于马萨诸塞州的亚凡橡胶公司，鞋底圆圈里的字迹就是'亚凡'。"纳罗说。制鞋公司在与政府的协议下共生产了超过 100 万双这样的鞋，有 103700 双已经装船运至犹他州奥格登市，分发到西部海岸的空军和海军基地。如果凶手穿的是政府协议采购的靴子，那么他肯定多少跟军队有些关系。

"我觉得布莱恩和西西莉亚在遇害前并没有被跟踪，原因很简单，他们是一时兴起才决定去贝利桑湖的，"纳罗说道，"事先都没有安排过，事实上，他们本来的目的地是市区。而且很多报道都不实，凶手并没有在他们身上刺出性虐狂倾向的标志图案或者十二宫的标志符号。"

"为了可以近距离地接触受害人，有些凶手会使用特定的凶器。如果只是单纯想杀人，大可以拿把超强威力的来复枪，再加上一个望远镜，那样在两三百米之外就可以杀人了。但这无法让凶手享受到肉体上的快感，而刀可以让凶手和受害者有最近距离的接触。毫无疑问，十二宫就是想以此寻求刺激。"纳罗对我强调说，"刀子是无声的凶器。"

他还发现，那天早些时候，有个人曾在湖区附近鬼鬼祟祟的，于是便派纳巴计算中心的鲍伯·麦克肯兹用合成技术画出这个人的头像。纳罗对我说："画像是在太平洋联合大学的三个年轻女孩儿的帮助下完成的，因为她们之前见过一个坐在车里的男人，形迹十分可疑。虽然那个地方离案发现场还有一段距离，但那个家伙很有可能就是凶手。"

纳巴郡治安官办公室的长官唐·汤森说："即使那人不是凶手，但我们还是很想和他谈谈。"

技术人员检查了晾衣绳，并把车门卸下来，对写在上面的文字进行了检测分析，最后将结果存档。档案将一直被保存，直到凶手被抓获。

我和朋友开车前往贝利桑湖，同莱顿巡警进行了交谈，并亲自看了遍案发现场。

这个季节的贝利桑湖人迹稀少，我很容易就找到了园区总部。他们通过无线电联系上了莱顿，15 分钟以后，我们就向 2.4 公里之外的案发现场出发了。

"罗伯特，这件事实在是太古怪了。其实也不是没有人在这儿遭袭过，光是夏季的这几个月里，我们就接到了各种不同刺杀事件的报案。在这儿已经是第二次了，但前一起有点儿蹊跷，我们不清楚那到底是谋杀还是自杀。"

在一段土路上，一条上了锁的铁链截住了我们的去路。莱顿下车解开了链锁，我们便一路开到了半岛。

"小心响尾蛇。"莱顿提醒道。

谋杀案发生的第二天，莱顿乘坐着一架事先准备好的飞机从上空拍摄案发地点的照片，半岛笔直地延伸进水域。我看了下照片，很难想象一个人竟可以神不知鬼不觉地穿过那么一大片开阔的空地到尽头处的两棵树下面来。我坐在布莱恩和西西莉亚遇害的位置，然后让我的朋友穿越半岛朝我走来。我的朋友突然在某处就不见了，我这才明白为什么那个粗壮的男人会突然从视线中消失了。

我的左边，也就是面朝湖岸的方向，是一段很深的凹地，凹地深 6 英尺多，如同一圈狭窄的岩脊围绕着小岛。这样，粗壮的凶手甚至都不用弯腰就可以绕过他们的视线，穿越一整片沙滩，走到其中的一棵橡树下，然后戴上头罩。

我眺望着宁静的湖面。现在是雨季，再过一个月，湖面就会上涨，淹没我此刻站着的地方。我突然意识到，发生十二宫凶杀案的地点附近都有水的存在，吸引着他的到底是什么呢？

在遇刺的第三天下午 3 点 45 分，西西莉亚因后背、胸部和腹部多处刺伤，在父母的身边离世了。

汤森立刻对布莱恩实施严密保护。他说："那个疯子依然逍遥法外，我们不能再冒任何风险失去这最后的目击者。"

救护车花了一个多小时才到达湖区，然后又过了一个小时才抵达医院，对此，布莱恩一直耿耿于怀。"如果当巡逻人员发现我们时西西莉亚就能得到抢救，那她可能还不会死。可事实上，医疗救助来得太迟了。"

西西莉亚的葬礼在大学教堂的神殿里举行，"基督再临论社团"的成员也到场了，个个悲痛万分。汤森告诉媒体："目前我们手头上掌握着很多线索，只要凶手再次致电，我们就可以认出他来。他一定是个精神病患者，想通过杀人来满足肉体上的需求。"

汤森证实了车门上的"十字圈"标记与十二宫寄给报社的信件上的标记是一样的。他还提醒纳巴郡的居民，疯狂杀手落网之前，不要到偏僻的地方去，夜里也不要独自出行。自此以后，一入夜，快餐连锁店和汽车电影院便无人问津了。而在瓦列霍，家长们甚至都同意，只要他们的孩子能够安全地在家里待着，就尽可以亲密约会而不受打扰。

纳罗和布拉德、林奇以及刑事鉴定与调查中心的麦尔·尼古莱四人紧密合作，交流彼此的信息和想法，一起开展侦查行动。

他们认为十二宫系列案件有以下特点：

1. 受害者都是成双成对的年轻学生。

2. 作案时间大都在周末，有两起接近节假日。

3. 傍晚或夜间作案。

4. 行凶目的不是抢劫也不是性侵犯。

5. 使用的凶器有变化。

6. 凶手喜欢在作案之后通过电话或者信件的方式炫耀自己的犯罪行径。

7. 行凶地点都是在偏僻的情人小径。

8. 案件都发生在车里或停车地附近。

9. 受害者大多在近水地域遭袭。

汤森认为凶手对女人的仇恨要比对男人的大，因为三起谋杀案的男性受害人受伤害程度都相对较轻于女性受害人，其中两起案件中的男性都幸存了下来，而女性受害人却都惨遭杀害。这个疯子通常在周末夜里，那可能是他感到最孤独的时刻，在年轻情侣私密约会的场所四处游荡、搜寻目标。现在，让人倍感恐惧的是，杀手作案的时间间隔变短了。

枪 杀

1969 年 10 月 11 日周六，一个开着车的身材粗壮的男人来到陡峭的旧金山脚下，在那儿停车可不是件容易的事。他把车开到路边，拉手刹，锁上车门，喘着粗气爬上了山，接着搭乘公交车来到了剧院区。

他在邮政街与鲍尔街的交汇口下了车，接着在联合广场上停留了一阵，注视着一排排淡黄色的计程车从古香古色的圣弗朗西斯大酒店门前掠过。他穿着件蓝黑色的皮制大衣，以抵挡从海湾吹来的刺骨寒风。

穿过鲍尔街后，他沿着基立街前行，来到了马森街。数不尽的红色汽车尾灯在他身边熙攘流动，一个街区之外的剧院区，一对对男女的身影出现在炫目的灯光下。现在是晚上 9 点 20 分，看了"毛发"第一场的观众正从基立剧院里蜂拥而出，剧院旁边是更为宏伟华丽的库林大剧院。他退回到哈罗德书报亭，站在红色条纹遮阳篷下，凝望着汇聚在剧院门外的计程车，有些计程车来自不同的计程车公司：鲁克瑟、狄索托、退伍兵，还有城市计程车和黄色计程车。

保罗·李·史坦恩的计程车停在圣弗朗西斯大酒店门前的计程车停靠区内，有人打来电话，让他赶去第九大街。于是史坦恩驶入鲍尔街，汇入车流之中，接着又转进了基立街。他的计程车侧面写着"如有需要，请拨分机号 626-2345"几个字。驾驶座那侧的车门有一处凹陷，是几天前的一次事故留下的。

路面拥堵，史坦恩放慢了车速。经过派恩克莱斯特餐馆时，那个身材粗壮的男人从条纹遮阳篷下走了出来，把手放在计程车驾驶座一侧的后视镜旁边，弯身向车内探了进来。光线从他身后照过来，衬托出他的轮廓。他留着船员式的发型，光线透过他的发梢，更突显出了他头部的线条。坐进计程车后座后，他说了个地址，就在普西迪高地住宅区那里。史坦恩将这个地址录入"华盛顿街与枫叶街交汇口"的行程记录器中，接着打开了计价器。

计程车沿基立街西行，在凡内斯大街的拐角处右转，顺着机动车道开到加州路，继而左转，经过了十一个街区之后，史坦恩转了个弯，来到迪维沙德罗街，接着又向左转进入了华盛顿街，继续向西开去。夜的帷幕徐徐落下……

华盛顿街上灯火通明，雾气弥漫。街两边排列着富丽堂皇的别墅，各家门前都有长长的阶梯和大片的金色或银色的铁丝网。目的地——华盛顿街与枫叶街交汇口——到了，计程车减速停下。那个身材粗壮的男人可以隐约望见他之前停在陡峭山崖下的车。他打算在计程车内把事情搞定后就奔下山去，然后开车消失在夜色中。

突然，车灯射出的光线中闪过一个人影——一个牵着狗的路人。于是，身材粗壮的男人倾身向前，对史坦恩说，"再开过去一个街区。"

一丝微风吹过，附近某个房子里传出了编钟的乐声。他们到了华盛顿与彻立街的岔路口，史坦恩将车停在两棵树之间，直对着华盛顿街3898号楼。

突然，那个身材粗壮的男人拿出一把枪，枪口紧紧抵着史坦恩的右脸颊，同时他用左臂绕过史坦恩的颈部，勒住了他的喉咙。史坦恩抬起左手竭尽全力想挣脱，但都是徒劳。那个男人扣动扳机，开了火。

几乎没有任何声响。皮肤和枪口的接触点上出现了一片图章般的印迹，冲击波扩散到身体内，未燃烧的火药颗粒从枪尾喷散出来，撒落在袭击者的手套上。子弹穿过头骨，形成了一个圆锥形的洞，接着，便以每秒钟三百多米的速度在体内扭转盘旋着，细碎的金属颗粒四散开来，史坦恩的头颅已支离破碎。铜被甲的铅弹碎裂成四块，水平向左穿行，直达他的左颧弓中央，最后卡在他的左侧颧肌里。

开枪的瞬间，枪管和滑套在后坐力的作用下一起向后移动。枪管稳定后，滑套继续回退，撞开击锤，然后撞击机匣，弹壳便被抛出枪外，落在了计程车的地板上。接着，滑套又向前弹去，同时从双排弹匣中推出下一颗子弹，并将子弹顶入膛室，最后与枪管再度闭锁。此时，枪又处于待发状态了。

凶手猛地撞开后门，又从右侧前门进到车里。他抓住史坦恩的头，按在自己的双腿上，接着掏出了史坦恩的钱包，还把他的衬衫扯下了一块。

晚上 9 点 55 分，街对面那幢楼二层的一个房间里正开着派对，而一个 14 岁的女孩儿正倚着窗向窗外张望着，她双手遮在额前挡住光线，凝视着窗外雾气氤氲的街道。忽然，她把她 16 岁的哥哥和一个弟弟叫到了窗前。他们当时距离那辆计程车大概 15 米远，视线范围内没有任何障碍物。

一个身材粗壮的男人把计程车司机的头按在腿上，似乎在与司机撕扯着，又像是在司机身上寻找着什么东西。接着，他越过司机身体朝驾驶座位那侧探过身去，大概是在擦车。那个男人应该对司机做了些什么，但挤在窗前观望的那几个孩子无法辨识。

计程车前排乘客座的车门敞开着，那个男人从车里走了出来，手中攥着一块破布或者毛巾之类的东西，他开始擦拭左侧的乘客座车门和门把手，接着绕过车身走到驾驶座那侧，开始擦拭驾驶座的车门和门把手，车外的后视镜，最后，他似乎又想起了什么，打开了驾驶座车门，探身进去，擦了遍仪表板的周围。为了保持平衡，他左手握着那块布，右手则撑着前后车窗之间的窗棂。擦完车子后，他关上车门，离开了。

他没有奔跑，而是紧挨着邮筒拐过街角，往彻立街向北面的普西迪地区走去，消失在孩子们的视线中。

这时，孩子们已经联系警讯中心了。9 点 58 分，接线员接到了他们的报案电话，他能听出来，报案人十分焦急。他边在卡片上填写报案人所在的地址边问道："正在进行吗？""是的。"

他记下了凶手的外观描述，但他犯了个难以置信的严重错误。他竟然把袭击者记成了一个成年黑人男子。一个黑人！

"他大概是朝哪个方向去的？有武器吗？"

接线员粗略地记下了报案人的回答后，就将记录卡转交给了调度员，随即俯身查看带有照明装置的面板，上面是一张复杂的旧金山街区图，接着，就向所有的警务小组、警车和巡逻车发出了全境通告。

"这是紧急通告。"他补充说。

彻立街和华盛顿街附近的一个警务巡逻队驱车开往现场，10 点便到达杰克逊街与彻立街的交汇口，这时他们看到雾霭中有个身材粗壮的男人正往普西迪方向步履沉重地前行。

　　当时，由巡警唐纳德·福柯和埃里克·泽尔姆斯组成的无线电通信组正在寻找那个"黑人"。他们喊来了那个过路人，问他前一分钟左右的时间里有没有什么异常情况，那个身材粗壮的男人大声回答说："是啊，是有个人挥舞着一把枪跑过去啦"。巡逻车便开足了马力，朝那个方向驶去。

　　倘若他们及时拦住那个人，可能就会发现他身上曾与史坦恩头部接触的地方已经被鲜血浸染。血迹隐藏在他深色的外衣下，街边浓重的树影更使这一切模糊难辨。巡警被错误信息误导，根本不会去怀疑一个白人男子。但如果巡警把陌生人叫到车旁询问，那么两人很可能会遇害，因为凶手的手里正握着一把枪。其中一位高级巡警当时清楚地看到了那个人的左脸，他们也曾商量过要不要先把这个

①

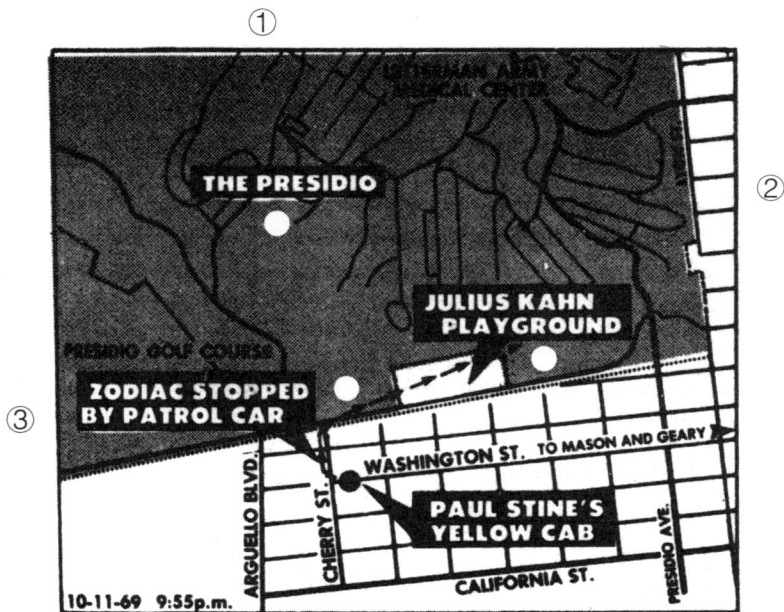

左图为1969年10月11日凶手在旧金山谋杀史坦恩的路线图。罗伯特·格雷史密斯绘制。
①普西迪地区；②朱利尤斯·卡恩运动场；③十二宫被巡逻车拦下的地点；④保罗·史坦恩的黄色计程车。

人抓起来，但到后来他们才知道那个人就是杀死史坦恩的凶手。而从那晚后，凶手开始近乎病态地与旧金山警方纠缠不休。

那人停下脚步，在夜晚的冷风中伫立了一阵。他没有快步返回停车之处，而是径直朝普西迪方向走去，冲进朱利尤斯·卡恩运动场里。他倚着石墙蹲伏下去，稍息片刻后，便往南走，回到车里。

10 点 05 分时，警官阿曼德·派利塞蒂和弗兰克·佩达接到警报后到达了现场，凶杀案调查员瓦尔特·克拉克也来了。接到警报时，克拉克正在回家的路上，他家就在案发现场附近。两辆车都停在了计程车后面。走近计程车时，他们发现保罗·史坦恩头部中弹卧倒在副驾驶座上，头抵着计程车底板。

克拉克打开车门，死者的左手垂落到车外，手掌向上，几乎触地。警探看了眼死者手腕上的黑色表带，是天美时手表。看来凶手似乎对死者戴着的手表并不感兴趣，而且死者的戒指也没被拿走。

计价器还开着，但钥匙却没了踪影。

警官叫了救护车，并发布了更正信息：凶手原本是一名白人男子，这是从那几个少年口中得知的。不一会儿，其他警务小组也在案发现场会合了。

10 点 10 分，82 号救护车抵达事发地，医务人员宣布史坦恩当场死亡。克拉克叫来了所有可调用的警犬队，还调了一辆配有聚光灯的火警车，以照亮整个现场。接着，他通知了旧金山验尸官。由于克拉克接到警讯后立即采取了行动，再加上另外两名来自里士满警察局的警官的协助，他完好地保护了犯罪现场。

10 点 20 分，正在值班的凶杀案调查组接到了电话通知。在接下来的日子里，他们将负责此案，直至水落石出。

而凶杀案调查员戴夫·托奇已然身心俱疲。晚上 8 点，他一回到家就倒在了床上。夜里 10 点半时，电话响了。

托奇接起电话，是值夜班的警方接线员从布莱恩特街上的法院办公室打来的。

"戴夫，"接线员说，"黄色计程车公司的一名司机遭到枪击，也可能被刺伤了，估计是抢劫。"

"在哪儿？"托奇叹息着，低声问道。

"华盛顿街。枫叶街和彻立街之间的位置，靠近彻立街。"

"见鬼，又发生什么事了？"托奇心想。从 10 月 7 日到现在，这是他接手的第四起谋杀案了。那晚回家前，他一直在处理一宗袭击致死的案件。"我的天哪，四天之内，四起凶杀案！"

警探找出他常用的便笺簿，本子上画着黄色横线。他在上面记下了日期，接到电话的确切时间和那位接线员的名字。

托奇打电话给他的搭档比尔·阿姆斯特朗，说自己 10 分钟之内开车去接他。接着，托奇仔细斟酌了一下，又拨通了接线中心的电话："周六晚上从那儿经过的人会很多，要尽最大可能保护好现场。让他们尽量隔离那辆计程车，任何情况下都不要让任何人触碰那辆车。"

托奇给犯罪调查实验室打了个电话后，就步履蹒跚地走进了狭小的卫生间。他用手梳理了一下黑色的卷发，刷了牙，麻利地穿上了深褐色的休闲裤和深色的短裤，外面很冷，于是他套上那件柔软的暇步士休闲 T 恤，又穿了件灯芯绒夹克，最外面披了件风雨衣。警探们分为八组，每组两人，各组轮流工作，而"随时待命小组"要接手他们工作周里发生的凶案，并且在接下来的七周内继续调查下去，于是托奇常常一出门就是两天。

托奇冲了杯温热的福杰仕速溶咖啡，一饮而尽，然后抓起他随身带的文件夹，与妻子卡罗尔亲吻告别。无论早晚，丈夫总会在接到紧急通知后匆忙离开，卡罗尔早已习惯了。

托奇从车库里开出家里那辆红色双门伯格瓦德车。几分钟后，他远远望见他的搭档站在街角上，身着黑色高翻领羊毛衫和黑色风衣。托奇把车驶了过去，阿姆斯特朗便打开车门坐了进去。在去往犯罪现场的路上，托奇通知军警协助搜寻凶犯。11 点 10 分，两名警探到达出事地点，这里一片骚动。这时，军警也赶来了，而验尸官则在 3 分钟之前赶到了现场。

红色车灯，闪烁着的蓝色警灯，强弧光灯，刺眼的黄色照明灯……霎时间，华盛顿大街明亮燥热，如同白昼，现场聚集了几百人。警探们把车停在计程车对面的路边，恰好在开派对的那个房间的窗户下。按照托奇的指令，计程车周边已经被严密地封锁，这一点让托奇很满意。尽管如此，他们也必须慎之又慎，既不能错失任何重要的证人，又要小心自己破坏了现场。

巡警向他们描述了有关此案的一些细节。在他们看来，这不过是旧金山每周都会发生的计程车抢劫案中的一件，只是这次劫犯的手法太过笨拙，未能达到目的，才导致了可怕的后果。

他们认为，此案应该出自一个毫无经验的凶犯之手，因为现场血迹斑斑，而且作案人很可能是白费力气，所获无几。凶手拿走了史坦恩的钱包，但从车里的行程记录单可以推测出，史坦恩身上最多仅有二十到二十五美元。

托奇在他的记录本上详细记下了尸体的状态以及周边情况：史坦恩身上有七把钥匙、一个戒指、一本支票簿，还有汽车及机动车登记证，衣兜里还有四美元十二美分的零钱。而这些凶手可能都没注意到。计程车里血流成河。

托奇在车周围搜寻线索的同时，阿姆斯特朗负责记录目击者的名字和住址。

托奇俯下身，仔细检查尸体，记下了所有情况，如死者衣物上有几处破损和撕痕，血迹是否已变干，或者视线范围内能否看到武器等。车座上、仪表板上、计价器上，湿漉漉的血迹泛着微光。驾驶座周围的每个角落和缝隙都隐约粘黏着血痕。"史坦恩大量出血。"托奇写下了这一行字。

与此同时，阿姆斯特朗命令两名警探反复核查附近的居民，看是否有人曾看见或听到了什么。两位警探即使不在一起，也十分清楚对方在做什么，因此他们的工作从来不会重叠。通常，托奇会选择留在尸体旁边，因为他深信，有关案件的一切问题都可以在尸体上找到答案。

托奇在空白的纸上熟练地绘制出现场的草图，标明了计程车和周围建筑物的位置以及尸体与它们的位置关系。因为无论从什么角度拍摄，照片都多少会有些失真，不能精确地反映尸体与周边环境的关系，所以他用钢卷尺做了精确的测量，并将所得数据标示在草图上。

验尸处的工作人员从计程车内抬出尸体，一张浸满鲜血的旧金山街区导图被一并带了出来，落在了地上。他们把尸体放进深绿色和黑色相间的塑料装尸袋里，拉上长长的拉链，抬到了担架上。刚才在史坦恩身下藏着的东西现在露了出来，于是他们将照相机对准了这一小块地方。

托奇弯腰向前看去。

就在座椅下，在靠近计程车中心位置的地方，一颗9毫米的铜弹壳正泛着金属的光泽。而在副驾驶座靠背的一角，有三条印记，可能是沾染了鲜血的手指留下的血痕。史坦恩是手掌朝上倒在乘客座上的，也就是说这三条指印很可能就是凶手留下的。

在仪表板下面，托奇发现了一副黯淡无光的黑色皮手套，上面沾满了鲜血。对于男人的手而言，这手套太小了。后来他查到，这副手套是那天早些时候一个女乘客遗落在计程车里的。

11点半时，犯罪调查实验室也出动了，来自圣拉斐尔市的鲍伯·达吉斯和来自帕塞菲卡的比尔·柯金达尔也来到了现场。他们是警察局里最出色的两名实验人员，都是指纹专家。他们在计程车内仔细地搜寻着，凶犯可能留下的一切潜在指纹都不能放过。

如果一个人的手接触了头发或面部等油脂分泌较旺盛的部位，那么沾在手掌或手指上的油脂会将指纹转移到其他物体表面，形成潜在的掌纹或指纹。手上分泌的汗液不足以在物体表面留下显现的指纹。因此，除非曾接触过油脂或灰尘，否则留下的指印是无法用肉眼看到的，必须在物体表面刷上一层灰色或黑色的粉末，才可使之显现，随后便可以用透明胶带提取显现的指纹，再将其敷在一张3英寸×5英寸的纸板上，纸板的背景色要与指纹形成反差。

指纹专家们标记出潜在指纹的分布点，测量了在车顶部与车底板上发现的指印之间的距离，并让照片实验室的工作人员对整个区域进行了拍摄。之后，就需要根据车上的行程记录器，寻找所有可能在那天乘坐过该计程车的人，提取他们的指纹，与经实验室处理得到的所有清晰的指纹进行对比。车内提取的指纹大部分都是不完整的，抑或有多层重叠的。史坦恩的指纹也需要采集，不过那在黄色计程车公司的档案中应该能找到。同时，警方还需要仔细检查受害人的双手，查看是否有切口、瘀伤或被扯裂的指甲，当然还要检查受害人的头部。

托奇注意到，在史坦恩的左手上有两条长长的深色印记，或许是在面对枪口时自卫留下的。随后，两名实验人员发现了本案中最重要的线索：几处右手的血手印。这条线索以及发现该手印的位置将一直保密，不为外界所知。经验尸官批准，受害人的尸体被转移到了停尸房，代理治安长官舒尔兹和金德里德负责保管尸体。

那几个少年目击者对凶犯外貌的描述极为模糊，托奇和阿姆斯特朗于是决定扩大搜寻范围。"对整个地区进行彻底搜查！"托奇命令道，"寻找所有符合下述相貌特征的人：深色夹克，船员式发型，大块头，身材粗壮结实……"

警犬队开始在周边街区搜寻，它们穿梭于房屋入口处、车道上、树荫下……

托奇和阿姆斯特朗费了很大力气寻找其他的弹壳和弹孔，但最终一无所获。一般来说，警官在为搜寻到的子弹作标记时，需要十二万分的谨慎，不能破坏子弹被发现时的状态，他们要在找到的所有废弃弹头的弹尖上留下特殊标记，不能在弹头两侧做记号，这样才能保证弹道痕迹不会被破坏。就这样，从被发现的那一刻起，可以向法庭提交的证据就得到了妥善保管，而对保管过程的时刻追踪，使得证据得以完整保存。犯罪调查实验室需要对致命的弹头、弹壳以及受害者身上任何有火药灼伤痕迹的衣物进行研究，如果可以，也要对致命凶器进行研究。

普西迪军事基地当时是第六军团的驻扎地，位于彻立街与华盛顿街北面，就在一个半街区以外。该基地全天候开放，几乎没有任何安保措施或设限区域。警探们从附近居民口中得知，当晚有人看到一个粗壮敦实的身影从朱利尤斯·卡恩运动场上猛冲而过，继而钻进了普西迪基地浓密的灌木丛中。在托奇的指挥下，从火警部门借来的高强度探照灯移入了那个区域，照亮了整片场地。巡警们开始挨树挨丛地搜查。探照灯的光线穿透了夜空，远处传来此起彼伏的呼唤声。

他们一心想着，凶手就在前方不远处的灌木丛中狂奔着，试图将自己隐藏在普西迪基地那片广袤的绿里。他们也一心希望，凶手就在前方不远处，悄无声息地躲在黑暗的角落里，束手就擒。

警犬巡逻队由当地最优秀的七只搜寻犬组成，他们齐集在普西迪基地的前门入口处，继而分别被派往不同的方向。在一个多小时的时间里，这些警犬一直迅速而果敢地在高墙内浓密的灌木丛中穿越着嗅着气味。

托奇和阿姆斯特朗考虑了种种可能性：凶手会不会在迅速穿过幽暗的树林后，便从普西迪基地面对理查德森大街的出口逃脱，接着跑上 101 高速公路，途经福特加油站，到达金门桥，最后隐入了马林郡呢？还是在横穿朱利尤斯·卡恩运动场之后，快步向南走，回到杰克逊大街呢？

在与史坦恩的雇主、黄色计程车公司的老板雷罗伊·史威特通过电话后，警方了解到，史坦恩晚上9点25分时接到了派给他的最后一个任务，目的地是第九大街500号。但因为他迟迟未到，这份活儿便交给了另一辆计程车去做。史坦恩被发现时，车里的计价器还开着，显示的时间是晚上10点05分，车费累计6.25美元。这说明，史坦恩在前往第九大街的途中又接了一名乘客，而这名乘客正是杀害他的凶手。

依照计价器的读数所对应的距离原路返回，便可大致确定凶手招呼这辆车时所停留的地点。在1969年，这个城市的车费是全美最贵的，一段两英里的路程，史坦恩应该向乘客收取1.35美元的车费。

"首先要弄清的是，凶犯是如何到达剧院区的呢？他是不是回到自己的车里去了？他的车现在是不是正停在市中心的停车场或车库区里？"托奇寻思着。

夜里1点，史坦恩的计程车被一路拖送到了法院，达吉斯和柯金达尔的车跟在后面。

夜里1点20分，警方打电话通知了史坦恩的妻子克劳迪亚。10分钟之后，也就是1点30分时，达吉斯和柯金达尔在法院的扣押室内开始对史坦恩的车进行搜查。那是黄色计程车公司的第912号计程车，有着加州执照Y17413。他们全面检查了这辆车，寻找着弹壳、弹头、弹孔或其他的任何线索。

2点，警方放弃了搜捕行动。托奇和阿姆斯特朗离开了现场。

而此时，凶手正从容地在这片繁华而典雅的街区中穿行着，最后消失在了雾霭之中。整整一晚，一直到第二天清晨，收音机都在不停地播报着警方对案犯的外貌描述。此时，军警在普西迪地区的搜捕行动也已终止。

上午刚过9点半，对史坦恩尸体的解剖便开始了。

乳白色的、冰冷的法医科解剖室位于法院楼后，从那里再上三层楼就是托奇的办公室了。储存室里的尸体都置于抽屉式斜面金属解剖台上，跟长途汽车的存物柜一样，每个抽屉外面都标示着号码。解剖室里的温度保持在华氏60度，在它旁边是华氏38度的不锈钢尸体冷藏柜。凄冷的荧光灯驱散了所有阴影，病理师们穿着绿色的手术袍，戴着厚重的胶皮手套，衣服袖口向上卷起。

　　通常情况下，主验尸官会亲自对尸体进行观察及解剖，一份验尸报告至少要包括死者年龄、性别、种族、体格以及显著的外貌特征，还有种种死亡迹象，如尸僵、尸冷、尸斑、腐烂等。在清除血迹和污渍之前，要在病理师的指导下对未褪去衣物的尸体近距离拍照。从伤口处提取的任何材料都要保留下来进行粉状微粒检验。为了排除其他可能的死因，即使尸体上的洞孔不是盲管创（盲管创是物体进入体内后未脱离人体，而如果物体在进入之后又脱离了人体，则称之为穿通创），也都需要完整地进行一遍验尸过程。除了对头部和躯干的外部检查，验尸官还需要仔细观察尸体内部器官的状况，包括对胃内容物、颈部、脊髓、颅内、主动脉以及心脏的检查。最后他要将一个一端穿绳的红色吕宋纸标签系在尸体右脚的大拇指上。

　　验尸官检查了史坦恩头部的枪伤。伤口呈锯齿状或星状，火药与烟灰在头皮与颅骨之间形成了一个气囊腔，在极度高温的灼烧下已经变黑。在枪火和气态物质的作用下，一些粉状颗粒深嵌入锯齿形伤口周边的皮肤，仿佛文身图案一般，烧焦的痕迹从伤口四周向中心汇聚。史坦恩太阳穴上的烟熏痕迹以及成焦炭状的伤口都表明，开枪时枪口曾紧紧压住受害者的头部。以此种方式射击，子弹的射出口会比射入口小得多，而在非紧密接触的射击情况下，情形正好相反。在本案中，子弹没有脱离人体，而是留在了史坦恩体内。

　　史坦恩头部、颈部、下颌及眼睑周围的肌肉已经僵硬，这是尸僵产生的最初表现。两到三天之后，硬化现象会开始消失。

　　与此同时，那几名少年目击证人也接受了警方的询问，根据他们的描述，人像合成专家汤姆·马克里斯将制作一张凶手外貌的合成素描像。他拿出了他的乌木铅笔、橡皮擦和 16 磅重的斯特拉兹摩尔绘图板。

　　汤姆·马克里斯是整个加州最优秀的警方人像合成专家。有一次，他对我说："你必须要让目击证人充分相信他们自己，相信自己对事件细节的记忆力是无穷的。在整个过程中，你要引导他们，同时感受他们的内心，他们的思维活动，他们发散的想象。"同样，人像合成专家的工作也离不开他的感受与直觉。跟大部分同行一样，他收集了一个图库，都是不同脸型、发型的人物照片，以供目击证人浏览, 找到与嫌疑犯相似的面孔。接着人像合成专家以此为基础, 画出凶手面部的全貌。但在凶杀案中, 要得到对凶手精准的外貌描述往往是最困难的, 因为目击者当时的关注点很可能都集中在凶器上面。

"他身材粗壮," 少年目击者称, "看上去有 1.73 米, 穿着深蓝色或是黑色的皮制大衣, 深色长裤。"

"他的脸型呢?" 专家问, "三角形? 圆形? 还是方形? 接近这些中的哪一个?"

半小时后, 专家将尚未完成的合成素描像拿给那些孩子看, 接着说在他作画的时候他们可以在一旁看着, 这样可以协助他修正或确定人像的细节。

"前额是什么样的? 眼睛? 鼻子? 耳朵大不大? 头发什么颜色? 长发还是短发?"

"有没有注意到他的脸上是否有伤疤? 我画的这个鼻子像吗? 这样更好些? 好的。还需要改一下哪个部位呢? 两眼之间的距离是这样吗? 要不要再远些? 看上去与他的年龄相符吗?"

根据几个少年的描述, 凶手应是一名白人男子, 留着略带红色或金色的海员式短发, 年龄在 25~30 岁, 戴着眼镜。

最后, 警方发布了 87-69 号公告, 将完成的合成素描像公之于众。这个城市里的每家计程车公司都收到了, 因为警探想提醒计程车司机们, 这可能会是一系列针对司机的凶杀案。每家计程车公司都收到了一百份通缉令详述了该凶手的作案手法:

嫌疑犯在晚上 9 点半于市中心地段搭乘计程车并坐在副驾驶座上。

他让司机前往华盛顿街或劳力尔地区, 又或者是金门公园或普西迪基地的周边地区。到达目的地后, 嫌疑犯举枪胁迫司机继续开车, 直至进入公园内或到达公园附近某处, 继而实施抢劫。

在本案件中, 受害者被近距离射中头部。

凶器为 9 毫米自动手枪。

托奇和阿姆斯特朗要求计程车司机如见过与人像相似的可疑人物, 应立即与他们取得联系。但他们并不知道，事实上还有其他证人，就是那两个曾碰见过凶手并被其引入荒谬的追捕之路的无线电通讯组警员。

在这个时候，打扮花哨、柔声细语的托奇大概是警察局里最活跃的精英分子。作为一名凶杀案探员，他被称作这座城市的"超级警探"。

他总是穿得光鲜亮丽，时尚有型，即便在工作时，也穿着短袖丝织衬衫和灯芯绒夹克，他的衬衫上打着蝴蝶领结，腰间露出黄铜色的皮带搭扣，脚上蹬着深棕色短靴。托奇左肩上的挂肩枪套造型很别致，上下反转过来，便于拔枪，上面还有竖直向下排列的七个可填充式弹药筒，以及一副手铐。他的配枪是 0.38 口径的双动或单动转轮式眼镜蛇手枪，是具有固定式枪身的 0.38 特制系列六种改良型手枪之一，全长 7 英寸，有外摆式弹筒，铝合金制成，重约 1 磅多。史蒂夫·麦奎因在 1968 年拍摄了一部以旧金山为背景的电影《警网铁金刚》，在影片开拍之前，他曾与托奇见过一面。后来在影片中，麦奎因仿制了托奇的独特枪套，并以这名出生于意大利马利纳的警探为原型塑造了影片中的人物。

托奇身材结实，肌肉发达，有一头格外引人注目的浓密的黑色卷发，眼睛也是黑褐色的，脸颊瘦削凹陷，嘴唇厚实上翘。多年来，他都尽可能不把因案件而生的烦闷心事带回家，但案情扑朔迷离，侦破工作毫无头绪时，他总会心神不宁，便索性开车在高速公路上漫无目的地游荡，或是于午夜时分徘徊在他所居住的"日落"住宅小区里。

有时，经过一天的劳累困顿后，托奇回到家中，见到卡罗尔和三个不到十岁的孩子后，便懒洋洋地躺进棕色的皮制安乐椅中，播放"大乐队"的唱片，播的通常是"阿蒂·肖精选集"，然后再倒上杯曼哈顿酒，悠闲自得地随着旋律哼唱，就像当年他在伽利略高中读书和在加利福尼亚街做酒吧招待时一样。他还曾以为自己会干音乐这一行呢。

但结果，他成了一名警察。

托奇的搭档比尔·阿姆斯特朗年纪稍长，高个子，相貌英俊，会让人联想到早先热播的佩里·梅森电视节目中的保罗·德雷克。四十岁的他有时会配戴眼镜，他长着一头银色的卷发，脸上棱角分明，下颌宽厚。他的工作装颇具品位，配上一头银色短发，恰好与一头黑发、瘦小精干的托奇形成对比。比尔有三个女儿，和托奇一样，他也尽量不让家人受到自己工作压力的影响。

可近来，他们却很难坚持这一原则了。

此时，法医科的人取下史坦恩身上沾满血迹的衣物，在每一件上都加了标签，放在烘干灯下面，待到彻底干燥后，便摊开放着，彼此之间用黄油纸隔开，以免混杂。在案件告破之前，任何一件衣物都要妥善保管，从死者衣袋中找到的物品也要分类存放起来。并且，所有衣物都列在一张清单上，转交给负责保管死者随身物品的工作人员，以便得到妥善保管，用于实验室后续研究。

尸体被放置在斜面金属解剖台上半部有光栅的台面上。台脚处有个倾斜的浅水池，光栅下方延伸着水管，水源源不断从管中流过。尸体的双臂置于台面两侧，肩胛骨下面用一段圆木抵着，以抬高胸部，使头部自然后仰。从天花板上悬下来一个麦克风，录着验尸官的口述，包括对所有伤口状态及位置的精确描述。验尸官一边检查尸体，一边对法医约翰·李口述观察到的现象：

死者是一名白人男子，生前发育及营养状态良好，外观与所述年龄相符。头部形状匀称，黑发，发量较少，在太阳穴处更为稀疏。

头部右侧有一处明显的大面积子弹射入伤，伤口边缘呈不规则锯齿状，位置在右耳上方及前方的连带部位，伤口尺寸纵向为 4 厘米，横向为 2 厘米。

创道内 2 厘米的组织性状已发生了改变，变成了黑色。用探针检测得知，射入的子弹水平向左穿透颅内组织，直达左颧弓的中央。死者的面部有大量血迹。

验尸官取下死者的伤口组织，在显微镜下观察以寻找火药残留。接着，他在事先印好的男性人体解剖示意图（前／后面）上做着标记。

接下来，正式的解剖开始。解剖时，需要先呈 Y 形切开胸腹部，将胸腔的三角形胸骨取出。检查过咽喉和颈部后，验尸官取出了心脏和肺，他将主动脉扎紧，便开始检查心脏。验尸官将心脏置于黑色的切割板上切下小块，以便研究。随后，他又从腹腔中取出肾脏、胰腺、肝脾及肠胃组织，然后抽取血样，鉴定血型。他还检查了一遍死者的盆骨及生殖器。

最后是对死者大脑的解剖。验尸官用注射甲醛的方法固定了小脑，用电圆锯切开颅骨，此时要十分小心，避免穿透大脑。在他撬开头盖骨时，只见死者颅骨内的脑膜仍旧粘连着。接着他研究了一下大脑以及头盖骨的内表面，完好无损地取出大脑, 放在一台白色金属天平上进行称量。称量完后, 他又从大脑上切下小块组织, 检查是否有什么异常。

与此同时, 法医约翰·李从尸体内开始提取弹头, 这项工作需要万分谨慎, 因为枪筒留在子弹壁上的痕迹有助于找到行凶的枪械。他从史坦恩身上取出了一颗铜被甲的铅弹, 子弹已破裂成四块, 他在弹头的尖端刻下自己的身份标记, 将金属碎片装进薄玻璃纸袋中, 然后密封并签上了自己的名字, 最后还在封盖上注明了子弹被发现时的位置。

剩下的便是助手的工作了。他放回内脏和各器官, 并将三角形胸骨放回原处, 大致还原了尸体的内部形态。接着, 他开始缝合 Y 形切口, 从耻骨缝起, 直至胸部中央。缝好后, 又用水清洗了尸体并用海绵擦拭。待一切就绪, 他用黑色的胶皮盖住尸体, 送回了停尸房。

鉴定结果: 头部皮肤及皮下组织枪伤。
死因: 头部中枪。

史坦恩的计程车被扣押在一个上了双重锁的房间中。接下来的两天里, 实验室的技术人员将继续对它进行检查。车内的血迹全是呈 O-RH 阴性, 正是史坦恩的血型。

再过 69 天, 史坦恩便年满 30。他当时就读于旧金山州州立大学, 为了挣足学费, 他受雇于黄色计程车公司, 每晚出车拉活儿。他甚至还卖过保险。在 1 月份时, 他就计划完成研究生课程后继续深造, 攻读英文专业的博士学位。念高中时, 他曾做过校报的记者, 后来又在特洛克杂志社工作了一段时间。他身强力壮, 高约 1.75 米, 体重达 180 磅。他和妻子住在位于菲尔街 1842 号的一幢老房子里, 这是座绿色的维多利亚风格的房子, 有许多房间, 对面就是通往金门公园的狭长的绿荫道。夫妻俩还没有孩子。

大约五周前, 史坦恩就曾被两个持枪歹徒拦住去路。12 天前, 一个周二的晚上, 另一名黄色计程车公司的司机也遭到了抢劫。这难道是凶手在开始真正杀戮之前的演练?

史坦恩被害的第三天早上9点,他的指纹被送到了凶杀案调查实验室,与在车内收集到的显性指纹作对比。指纹大致分为几类:平弓型、帐弓型、平箕型、平斗型、中心对称箕型、放射性斗型、双箕型和杂型。指纹中的细线是"嵴线","嵴线"之间的缝隙称"沟","嵴线"构成的图案称为"纹型"。指纹一般有约50个"嵴线"特征,不完整的指纹通常也有12个特征项,但像本案中血手印这样的碎裂的指纹,往往不能实现绝对匹配。而如若相似点不足12个,就需要听取专家的意见了。结果发现,那些血手印不是史坦恩留下的。

托奇与阿姆斯特朗借助车内的行程记录器,定位了史坦恩案发当天拉载过的每名乘客下车的地点,并挨家挨户地寻找,最终找到了这些人中的三分之一。之后,犯罪调查实验室的有关人员将过来采集他们的指纹,以排查凶杀嫌疑。

而在犯罪调查实验室里,指纹专家鲍伯·达吉斯正对车上发现的显性指纹进行整理归类。由于凶手在倾身擦拭仪表板时,曾将右手撑在前后车窗之间的窗棂上,他的右手印便也留在了上面。达吉斯观察到了这个手印,写道:"右手中指和无名指上有8个特征项。血指纹。"

死亡威胁

1969 年 10 月 14 日周二的上午 10 点 30 分,在《旧金山纪事报》的编辑部里,刚休完长假的卡罗尔·费希尔正忙着。她是读者来信专栏的编辑,在三楼办公,同屋的还有另外两名编辑。我与作家和发行商们开会,她则负责查阅堆积如山的读者来信,因为每天都有信件如潮水般涌来。这天,她发现了封特殊的信,信封上用蓝色标签笔写着:

加利福尼亚州旧金山市《旧金山纪事报》,
火速交给编辑! 火速交给编辑!

邮戳上显示的日期是前天,从旧金山本埠发出的。没有回信地址,只有一个符号,一个画了十字的圆圈。

卡罗尔小心地撕开信封,抽出折叠的信纸。打开信的瞬间,一块 3 英寸 × 5 英寸灰白相间的布片飘了下来,落在桌子上。布片不是剪下来的,而是整齐撕下来的,让人惊骇的是,上面有着褐色的喷溅状的血迹。

这是十二宫的第五封信。

她快速扫视了一遍那几行纤细的蓝色字迹:

我是十二宫,昨晚在华盛顿街和枫叶街杀害那个计程车司机的是我。为了证明这点,我把从他衬衫上扯下的一块有血迹的布片也一块寄给你们。还有,北部湾地区的那几个人也是我干掉的。昨晚,旧金山警察们要是选对了地方,在公园里搜一搜，而不是骑着摩托车一路狂奔，比谁发出的噪声更大的话，可能他们已经抓住我了。那些警察本就该停下车，坐在那儿静静地等着我，我会从掩护中走出来的。

另外，信的结尾令人不禁毛骨悚然。（此信的前一部分曾被翻印过，但在这里是第一次公开整封信的内容。）

那些上学的毛孩儿们倒是不错的选择，我想我应该在哪天早晨扫荡一辆校车。先用枪把前车胎击破，然后等毛孩儿们从车里蹦出来，我就可以把他们一个一个地干掉了。

This is the Zodiac speaking.
I am the murderer of the
taxi driver over by
Washington St + Maple St last
night, to prove this here is
a blood stained piece of his
shirt. I am the same man
who did in the people in the
north bay area.
The S.F. Police could have caught
me last night if they had
searched the park properly
instead of holding road races
with their motor cicles seeing who
could make the most noise. The
cab drivers should have just
parked their cars + set there
quietly waiting for me to come
out of cover.
School children make nice targ-
ets, I think I shall wipe out
a school bus some morning. Just
shoot out the front tire + then
pick off the kiddies as they come
bouncing out.

1969 年 10 月 13 日十二宫写给《旧金山纪事报》的信件，信中附寄了一片带血迹的布块，正是从保罗·史坦恩被害时身穿的衬衫上扯下来的。

　　卡罗尔两手捏着信角，惊慌地跑来将此事告诉了我们，随后到本地新闻报社那里说明情况，"我刚刚从这封信里得知……"于是新闻报立即通知了旧金山警察局凶杀案调查组。

　　这封信随即被复印并拍了照。我们凑在一起，边读边琢磨着。记者皮特·斯达克，同时也是在法院工作的鲍伯·波普的替班，将这封信与那块带血的布片送到了托奇和阿姆斯特朗的办公室里。"我不知道这东西有什么帮助，"斯达克说，"一收到这封信，头儿就让我送过来，看看它能说明什么问题。"

　　托奇坐在办公桌前，抬头看了看他。

　　"这可真是下三烂的做法，"斯达克说，"信里还有这么一块带血的布片。"他把那块布片放到托奇和阿姆斯特朗面前的记录本上。

　　托奇端详了一阵，突然想起周六晚上的事情，"我的天！"他惊呼起来，"这看上去像是史坦恩那件衬衫上的！比尔，我想这就是史坦恩的！"

　　阿姆斯特朗转过头对斯达克说："我们要将这块布片转交验尸官办公室，史坦恩的衣服就保存在那里。"

　　警探们需要知道有多少人碰过这封信，因此他们请斯达克帮忙了解。前往验尸官那儿之前，托奇和阿姆斯特朗来到首席调查官马蒂·李的办公室，要求尽快见到他。"我们有重要情况要报告。"托奇说。

　　他们终于见到了李，阿姆斯特朗从薄玻璃纸袋中抽出那封信，小心翼翼地放在首席调查官的书桌上。

　　"我想我们卷入了一个重大的案件，"托奇说，"我们撞上了一个连环杀人犯，旧金山已经成为他的目标。这些东西是《旧金山纪事报》的记者斯达克送来的。"

　　"信件内容刊登出来了吗？"李说着，朝信上瞥了一眼，没去碰它。

　　"还没有。"阿姆斯特朗回答说。

　　"我想最好还是和上面谈谈这件事情。"李一边说着，一边伸手拿起了电话。

　　托奇和阿姆斯特朗将信送到了照片实验室。拍摄完 8 英寸 ×10 英寸的照片后，犯罪调查实验室就开始寻找信件上的潜在指纹。纸张表面总是最难处理的，不仅如此，大多数惯犯在写信时都会戴上手套，或者在指尖上涂抹飞机修补胶、指甲油或火棉胶。

指纹专家达吉斯往信上喷了些水合茚三酮。这是一种剧毒的紫色化学试剂，遇上手指留在纸面上的汗液和氨基酸时，就会发生化学反应，改变印迹的性状，并使纸张变成紫色。信的正反面都喷上了试剂，送到旁边指纹显影室的架子上，以待显影，整个过程需要三到四个小时的时间。

一楼大厅里，托奇和阿姆斯特朗见到了验尸官亨利·特科尔，他从死者物品保管员那里取来了史坦恩的所有衣物。三个人一起回到楼上，告诉李说，附在信中的那块布片确实是从史坦恩衬衫的左下部撕扯下来的。

毫无疑问，旧金山已经成了凶手的目标。

接下来，他们要将这封信与报社之前收到的所有寄自十二宫的信件进行对比，以确认字迹是否一致。

纳巴郡警官道恩森德同意在他的办公室里与托奇和阿姆斯特朗面谈此事，警探纳罗也将到场。他们也与索拉诺郡治安官办公室打了电话，因为所有这些人都可能要参与这个案件的调查。托奇和阿姆斯特朗极度震惊，他们碰上了杀人狂魔，到目前为止已经形成了可怕的局面：五死二伤。

过了不久，托奇致电一直在跟踪报道十二宫连环杀人案的《旧金山纪事报》的记者保罗·艾弗利。"寄来的布片与司机的衬衫相吻合，"托奇透露说，"现在我们肯定要为十二宫谋杀案忙得焦头烂额了。"

当晚，托奇和阿姆斯特朗开车抵达纳巴郡，与道恩森德和警探纳罗进行了交谈。他们一致认为，《旧金山纪事报》收到的这封信与先前收到的十二宫的信在字迹上是一致的。

第二天，托奇与阿姆斯特朗驱车赶往萨克拉门托，向刑事鉴定与调查中心的主任舍尔伍德·毛利尔出示了信的原件。作字迹对比的时候，即使会经过化学处理，信的原件也要比复印件的效果好得多。毛利尔发现，无论从哪一方面对比，此信都与杀手早先寄来的信字迹吻合。

十二宫的字体十分古怪，草体和印刷体字母混合交杂。其中，字母"r"总小得像个勾号，而字母"d"则常常一笔带过，仿佛倒在了纸面上。

"如果这个家伙还这样干下去的话，"毛利尔说道，"他很可能会紧盯着你们警察局不放。选择把信寄给发行量很大的报纸的这种做法，就说明了他是个狂妄之徒。"

托奇低头看了一眼当天《旧金山纪事报》的头版头条，上面写着："狂妄凶手再度写信自曝罪行，计程车司机及另外四人惨遭毒手。"报纸上再次刊登出凶手的合成素描像，并公开了这封信的前半部分。

应警方的要求，信件结尾处的恐吓内容当时没有公之于众，有关部门正设法寻找对策。

10月16日上午9点，福柯和泽尔姆斯，就是那两名曾碰见过凶手的无线电通信组巡警，突然意识到他们可能错过了凶手而深感懊恼，十分沮丧。他们立即向上司做了报告，随后这份报告便转交到另一个部门的托奇和阿姆斯特朗手中。两名警探于是协助制作出了第二张十二宫合成素描像。从修改后的画像上可以看出，此人年龄34~35岁，身高约5英尺8英寸，重约200磅，红棕色头发，海员式发型，戴着厚重的镶框眼镜，下颌宽厚，桶状胸，身穿海军蓝黑色的及腰拉链式夹克。两名巡警的报告及陈述均被列为机密文件，旧金山警方对外声称，不曾有任何警员见到过十二宫，直到今天，他们仍对此事矢口否认。我听过一个内部消息，"可以肯定地说，十二宫曾经差一点儿就落到旧金山警方手里了。"而对于突然要制作第二份素描像的缘由，警方从未给出解释。

通缉令的内容为：

补充1969年10月13日发布的87-69公告。通过新的信息修改得出了谋杀案嫌疑犯"十二宫"的新头像。

白种男人，34~35岁，身高大约5英尺8英寸，体格粗壮，棕色短发，可能挑染过红色，戴眼镜。持有9毫米自动手枪。

可参照的证据：子弹、弹壳、指纹、笔迹。

若有消息请联系：

托奇或阿姆斯特朗警探

WANTED

SAN FRANCISCO POLICE DEPARTMENT

NO. 90-69	WANTED FOR MURDER	OCTOBER 18, 1969

ORIGINAL DRAWING   AMENDED DRAWING

Supplementing our Bulletin 87-69 of October 13, 1969. Additional information has developed the above amended drawing of murder suspect known as "ZODIAC".

WMA, 35-45 Years, approximately 5'8", Heavy Build, Short Brown Hair, possibly with Red Tint, Wears Glasses. Armed with 9 MM Automatic.

Available for comparison: Slugs, Casings, Latents, Handwriting.

ANY INFORMATION:
Inspectors Armstrong & Toschi
Homicide Detail
CASE NO. 696314

THOMAS J. CAHILL
CHIEF OF POLICE

这是对十二宫下发的第二张通缉令，已根据旧金山警察局两名巡警提供的更详细的描述进行过修改。

　　最终，信的恐吓内容在 10 月 17 日周五获批公开了，民众对此极为恐慌。电视台、电台、通讯社和报刊的报道汹涌而至。警方各部门以及各郡、市的教学负责人都收到了紧急公告：

> 所有执法机构请注意：
>
> 旧金山的一位计程车司机遇害，凶犯为一个精神错乱的杀手，至今仍逍遥法外，他还曾恐吓说：要"扫荡一辆校车……等毛孩儿们从车里蹦出来，我就可以把他们一个一个地干掉了"。

为帮助校车司机应对各种暴力袭击事件，警方提出了以下建议：

> 1. 如果车轮爆裂，司机要继续驾驶，不得停车。
> 2. 告诉孩子们俯身趴到车底板上，避开车窗位置。
> 3. 司机继续驾驶，并开启所有车灯，不停按响喇叭。
> 4. 在未到达人群密集区时，校车不得停下来。
> 5. 到达人群密集区后，应立即通知当地的执法机构。

警方把纳巴谷统一教学区的90名全职或兼职司机召集起来，提醒他们"如有袭击发生，司机将会是十二宫的第一个枪击目标"。因此，每辆校车都安排了替补司机作为观察员，如发生狙击事件，他们将接替司机负责校车的安全。加州法律规定，校车司机为护送学生们过马路而离开车时，应将车钥匙带在身边。但面对危险时，钥匙应交由守护在孩子们身边的替补司机保管。如果司机中弹，替补司机应尽快驾车远离现场。"记住，"警方最后说，"要用车喇叭、车灯和非正常的行车方式引起他人的注意。"

纳巴郡的28所学校有上万名小学生，由65辆黄色条纹校车分别负责接送。他们每天都要沿环形公路行驶四千公里，一路上还有许多危险的弯道和隐蔽的交叉路口，有些地方的乡间公路偏僻荒凉，不见人烟，走上两公里才能看到一户人家。托奇不禁在脑海中想象着，载着满满一车孩子的校车，沿着倾斜的乡间土路疾驰而下，路旁的果园和葡萄藤飞一般向后掠去，孩子们尖叫着，车笛凄厉地长鸣，车灯疯狂地闪烁着，司机身受重伤，倒在方向盘后面。或者也可能是这样一种情景：十二宫淡定地开着枪，八个车胎依次爆裂，车停在了路中间，随后他举起枪，瞄准车内的四十个孩子，一颗又一颗地射出子弹。

公告发出后，警方立即组织了七十个全副武装的小分队，负责守卫纳巴郡各校车的安全。纳巴郡治安部、圣海伦娜镇警察局以及公路巡逻队都接到任务，负责车内学生的安全。林业部门和贝利桑湖园林保护站的敞篷货车也派上了用场，将以相隔一百码的距离跟在校车后面。纳巴航天协会和治安部空中巡逻队将派出塞斯纳飞机在校车经过的几百公里路段上空盘旋。纳巴郡的教学官员不解："何必对这封恐吓信大惊小怪的呢？无论做多少准备，恐怕都是不够的。肯尼迪身边的保护措施够多了吧？他还不是照样被一个疯子杀死了！何况在纳巴这个小地方，即使做得再多，该发生的事情还是会发生的。"

在桑塔罗萨，一个自称十二宫的人打来了电话，威胁说他将要使用炸弹。因此一大早，校车出发前都进行了细致搜查。旧金山法院里也同样弥漫着恐慌与不安。

不久，《帕罗奥多时报》办公室也接到了一个男人打来的电话，那人说："我是十二宫。我得离开旧金山了，因为这儿太多人关注我了。"帕罗奥多警察局长觉得那个匿名电话向他们传达了些极为严重的信息。即使这可能只是个变态骚扰电话，他也不敢怠慢，立即与当地交通监察员取得了联系，派遣武装护卫队保障全区 25 辆校车的安全。北加州几乎每处都部署了警力。在旧金山，便衣警察们驾驶着 24 辆无警车标志的汽车分别跟踪保护着校车，此外还有一百多台警车参与了此次行动。

"凶手作案的时间间隔越来越短，这太可怕了，"阿姆斯特朗对媒体说，"任何一天他都可能会出现。天哪，我真讨厌去推测这种事情。"

大 律 师

1969 年 10 月 18 日周六, 首席调查官马蒂·李任命了一个 10 人小组负责史坦恩的案件, 同时他自己也展开了对十二宫漫长而艰巨的搜捕行动。在李看来, 在侦查的同时, 了解占星学的知识也很必要, 于是他请教了许多占星学家, 还做了相关笔记。此外, 李还安排了与纳巴郡及瓦列霍郡官方人员的会面。由于担心再次发生袭击案, 李向纳巴郡、瓦列霍郡及旧金山市这三个地区的校车司机发布了内容详尽的公告。他坚信, 十二宫对普西迪基地一带非常熟悉, 知道晚上 10 点以后那儿几乎没有车辆经过。

李对媒体声称十二宫是个骗子:"十二宫吹嘘说在我们搜捕时他就在搜捕的区域内, 这不是真的。当时我们将整个区域都打上了灯光, 还派出了 7 条警犬和人数众多的巡警队, 挨树挨丛地搜寻着他的踪迹。我们的警犬可是全国最好的, 连一只老鼠都逃不过我们的眼睛。但十二宫的信里并没有提到警犬和泛光灯, 这就说明他当时根本就不在附近。"

惶恐不安的市民要么发邮件, 要么打电话, 给旧金山警察局提供了成百上千条信息, 指认他们的邻居、同事、前夫可能是十二宫。警察们开始对这些信息加以整理。各种来电淹没了警察局的电话总机, 于是李在周末时增加了两倍的工作人员, 轮流接听电话。

瓦列霍警察局局长韦德·伯德自 7 月份起便开始搜寻十二宫的下落, 他有着自己的见解。"我认为十二宫智商极高, 他已经远离此地了。他可能是本地人, 也可能不是。有许多, 不, 是成千上万的人在战争期间曾住在这里, 熟悉了之后又搬走了。十二宫的确对这儿的情人小径了如指掌, 它们之间相隔也不太远。有人说十二宫是个上班族，每天搭乘公交车，杀了这么多人之后，又从在旧金山的工作地寄来信件，向报社描述作案详情。可是我不这么认为，我不相信这么一个精神错乱的人会有稳定规律的工作，这简直不可能。"

纳巴郡的一位精神病学家李昂蒂·汤普森告诉媒体："对某些精神病患者来说，杀人是为了抵制绝望与无助的情绪。精神病是在自我意识的逐渐消退中形成的，因而患者丧失了对自我形象的认知。他们会忙乱地重复做一件事情，然后再度精神失常。其中，伴有妄想症的精神分裂患者通常会隐秘而谨慎地与外界保持某种联系。他们一方面可以较为正常地与外界接触；另一方面又固守着自己对这个世界真正面目的幻想。"

纳巴郡副治安官汤姆·约翰逊已经收到了成百上千条线索，但依然没有获得让人信服的有关犯罪嫌疑人身份的线索。他宣称："我们一心想要抓到十二宫，也一定会坚持到底的，他已列入了我们的头号通缉犯。"

此刻，空气中到处弥漫着恐惧：十二宫将再次行凶。而且，这很快就会发生。

周日这天，州总检察长托马斯向十二宫发出迫切请求，希望他尽快自首，并组织各辖区代表召开了有关十二宫的会议，讨论前几次凶杀案的相关信息。

托马斯在请求中说道："我们将确保十二宫获得帮助，他的所有权利都会受到保护。十二宫是个聪明人，他应该知道他最终将逃不过法律的制裁，所以我们希望在悲剧上演之前他可以自首，这是他最好的出路。"

然而希望嫌疑人自首的请求如石沉大海，了无回应。

周日的《旧金山观察报》也在首页顶端刊登出了对凶手的请求：

已经死了五个人了，请不要再继续杀戮。警察承认你是个很聪明的人，那就仔细听听，好好想想吧。现在整个州甚至整个国家都在追捕你，在这个世界上你是孤身一人的，你的秘密没有人倾听，也没有朋友可以帮助你。

你自己犯下的罪行，使得你和那些被你谋杀的人一样成了受害者。你无法以自由之身行走在大街上，哪怕连安身之处也没有。毫无疑问，你最终会被捕入狱，而在此之前，你将如同被追捕的猎物一样无法安生——除非你能够自救。因此我们请求你向《旧金山观察报》自首。

虽然我们无法给予你保护或是同情，但是我们可以给予你公正的待遇，为你提供医疗帮助，并最大限度地保障你的法律权益。

我们还会报道你的故事——你为什么要杀人？生活如何亏欠了你？

请随时致电《旧金山观察报》的编辑，我们会24小时等候着你。

电话号码（415）781-2424。电话免费。电话记录不会被追踪。

十二宫不仅无视此请求，而且再也没有写信给《旧金山观察报》。显然，他觉得受到了侮辱。

发生保罗·史坦恩谋杀案的9天后，在旧金山的法院里举行了一次有关十二宫案件的会议，托奇和阿姆斯特朗参加了会议，纳巴郡、索拉诺郡、贝尼西亚、瓦列霍郡、圣马帝奥郡、马林郡的治安办公室和警察局也都派了探员出席。此外还有联邦调查局和海军情报局以及美国邮政监察署、公路巡逻队、刑事鉴定与调查中心以及纳巴郡政府也派出了代表。刑事鉴定与调查中心派来了笔迹鉴定专家，还提供了萨克拉门托刑事案件实验室。总检察长托马斯委派了其副手阿洛·史密斯出席会议，因为他自己当时还在科罗拉多参加西部各州检察长会议。

会议室前摆放着一个巨大的黑板。黑色的板面上用白色粉笔画着个巨大的圆圈，中间是十字分割线——十二宫的标记。警探们轮流画出案发场景，交流案件的诸多细节。

十二宫谋杀史坦恩时使用的9毫米半自动手枪比较少见。在过去的三年里，旧金山海湾地区仅出售过143把这样的手枪。托奇认为十二宫谋杀计程车司机使用的9毫米手枪可能是一款新布朗宁手枪，但奇怪的是，这把手枪不同于十二宫之前使用过的9毫米手枪。

在《旧金山纪事报》未收到十二宫信件之前，托奇一直将史坦恩一案当作一起大城市持枪抢劫案。是凶手故意这样误导警察？还是史坦恩本就是凶手预谋好的受害者？

即使对托奇和阿姆斯特朗这样老到的警探而言，劫持计程车司机的谋杀案件也是特别棘手的。因为凶手通常会出没于漆黑的夜里，将司机引到偏僻荒芜的地方，且作案方式多为枪击头部，只留下紧密接触性枪伤，没人能听见枪声。

多年来的经验告诉托奇，计程车里很少能找到物证。袭击者通常只是进出计程车时会碰到车门把手，而且留下的都是模糊不清的指印，用处不大；或者恰恰相反，在计程车内，车门边框或侧镜上有5处完好可用的指印，却被发现大多是之前的乘客或计程车公司的员工留下来的。

"寻找计程车凶杀案的证据，要么收获颇丰，要么一无所得。在食品杂货店里行凶时，凶手通常会购买或拿起一罐可口可乐、啤酒或是一盒曲奇饼干、一瓶烈性酒，那样的话至少会留下隐性指纹。有时凶手为了抢取全部现金，慌乱中甚至还会碰到柜台，因此留下对破案大有用处的指纹。而在大部分计程车谋杀案中，物证可以说是微乎其微。你得坚持不懈地侦查下去，"托奇顿了一下，接着对我说，"还得靠运气。"

后来，在瓦列霍，我向负责达琳案件的警探姆拉纳克斯询问了计程车一案中的指纹问题。

姆拉纳克斯说："在我看来，他们获得的隐性指纹未必就是十二宫留下的，有很多疑点。在车身上刷一些显粉，当然就会得到一些隐性指纹，但这并不意味着指纹的主人就是凶手。"

犯罪调查实验室的调查结果显示，凶手只在史坦恩的车内开了一枪。因为只在尸体旁的地板上找到了一个9毫米的弹壳，没有其他的弹孔和弹头。

托奇从史坦恩的雇主和同事那里得知，史坦恩通常将收取的车费放在口袋而非钱包里。据史坦恩的妻子透露，史坦恩早晨离家时身上仅有三四美元。他常将收取的车费和小费放在一起，换班的时候再将它们分开。

首席调查官又组织了一次会议，这次会上只有警察，没有巫师、神秘学家或占星学家。会议持续了三个小时，临结束时，李说："这次会议并没有太大进展，我们仍在原地踏步。"会议结束时，警探们记下一条信息：所有的十二宫谋杀案都发生在周末。

接下来便是查访全加州枪贩的艰难过程了。警探们将迄今为止收到的十二宫信件上的字迹同枪支登记表上的签名仔细地进行比较。然而，尽管当年新的联邦枪支法律已经生效，但是仍有许多枪贩在男性杂志上刊登广告，通过邮寄的方式出售国外制造的枪支。

与此同时，纳巴郡的武装警卫、志愿者、下班后的教师、司机和消防员依然守护着校车。

1969 年 10 月 22 日周三的夜里 2 点，奥克兰警察局的电话响了。接线员拿起电话，顿时惊呆了，电话彼端传来一个男性的声音："我是十二宫。我想找 F. 李·佰利，如果联系不上佰利，那就联系梅尔文·贝利。我希望他们中的一个出现在 KGO 电视台的脱口秀节目中。到时候我会打电话过去。"

如果说有谁可以和波士顿刑事犯罪律师 F. 李·佰利相媲美的话，那就非"民事侵权案之王"梅尔文·贝利莫属了。贝利满头银发，巧舌如簧，其风采和财富简直羡煞旁人。震惊之余，奥克兰警察局立刻联系上马蒂·李，李接到消息后立刻通知了托奇和阿姆斯特朗。两小时不到，李就给住在电报山蒙哥马利街 1228 号的贝利打了电话，贝利很快就接受了请求，之后他和脱口秀节目主持人吉姆·顿巴进行商谈，被安排参加当天早晨两小时的节目。通常顿巴会邀请观众拨打电话，一起讨论当天的话题，但是在这个特殊的早晨，他希望他的粉丝们能够空出电话线路，好让凶手联系上贝利。

节目通常在早上 7 点开始，但那天提前了半小时。贝利和顿巴面对面坐着闲聊，其间穿插了些广告。

和成千上万名观众一样，我也在观看 KGO 电视台的这场脱口秀，期待着能听到十二宫的声音。

7 点 10 分的时候，电话响了。

铃声是在广告时段响起的，但电话立刻就被挂断了，只传来忙音。

第二次响起是在 7 点 20 分。

以下便是对话内容：

贝利摆出其在法庭上的煽情姿态，恳求自称十二宫的杀手给出个吉利点儿的名字。

"山姆。"电话那端传来一个年轻人的声音。

"我们怎样才能见到你呢？在哪儿可以？"贝利问。

"到费尔蒙特旅馆的楼顶见我。"他说。沉默了片刻,他又接着说,"不许其他人随行,否则我就跳下去。"

山姆挂断电话,随后又打过来,总共打了 35 个电话,但从电台中听到的只是其中的 12 个。他就这样断断续续地打了两个小时,最长的一次打了 9 分钟。"你觉得你需要医疗护理吗?"贝利问道。

"是的,需要医疗护理,但不需要精神治疗。"山姆回答。

"你有健康问题吗?"

"我病了,头疼。"山姆回答。

"我头也疼,一个星期前有位医生用脊柱按摩疗法帮我治好了,我可以帮你,你不需要跟别人说话,只要跟我说就可以了。"

山姆再次挂断电话,显然他害怕电话被追踪。

李在他的办公室里观看这档节目,他说:"我们不会追踪电话的,因为那是极其漫长又复杂的过程,而且这些断断续续的电话对我们也毫无用处。"

8 点 25 分,他再次打来,贝利问他到底怎么了。

"我不想进毒气室。我有头疼病,但我一杀人头就不疼了。"他回答。

"已经很多年没有人进毒气室了,"贝利说道,"你不想死,对吧? 现在我们给你个机会。你头疼多长时间了?"

"自从杀死一个孩子之后。"山姆回答。

"你能记起你的童年吗?"

"嗯。"

"你会经常眩晕吗?"

"嗯。"

"你会痉挛吗?"

"不,只是头疼。"

"你吃过阿司匹林吗?"

"吃了。"

"你的头疼好些了没?"

"没有。"

"两三个星期前贝利先生和我们在一起时你尝试打过电话吗?"顿巴插了一句。

"是的。"

"你为什么想和贝利说话?"顿巴询问道。

"你想什么时候和我谈谈?"贝利开口了。

"我不想受到伤害。"山姆说。

"没有人会伤害你。你和我说话是不会受到伤害的。"

"你不会进毒气室的。"顿巴说。

"我想他们不会判你死刑。我们可以求助地方检察官——山姆,你希望我这样做对吗?你希望我和地方检察官谈谈吗?"贝利问道。

电话那端传来一小声尖叫。

"你怎么了?"

"我头疼。"山姆说。

"你听起来好像很痛苦,声音很微弱。"贝利说。

"我头疼,我病了。现在又头疼了。"

电话那端又传来一小声尖叫,接着是沉默。

"我要杀了他们。我要把那些孩子都杀了!"山姆尖叫道,挂断了电话。

当山姆再次打来电话时,贝利将电话切入私谈,这样观众就听不到了。"你希望我做你的律师吗?你还是有善良的那一面。有什么想跟我说的吗?"

"没什么可说的。"

"你是不是感觉自己快要精神失常了?山姆,你希望我怎么帮你?"

"我感到孤独,很孤独。"

"你需不需要免费药物或是其他的什么?你不想摆脱那可怕的头疼吗?"贝利说他会努力争取地方检察官约翰·J.费尔顿的同意,承诺即使被判谋杀罪,十二宫也不会被送进毒气室。

贝利不赞成去费尔蒙特旅馆,而是建议在唐人街的旧圣玛利亚教堂见面。但山姆又提出了另一个地点:达利城密仙街6726号圣文森特·迪·保罗便利商店的门前,约定的时间是当天上午10点30分。

"照顾好你自己。"贝利说。

"嗯。"山姆回答。

上午 10 点 30 分，贝利准时赴约，这或许是有史以来最不私密的私下会面了。警察紧随贝利之后，负责监听专用线，后面跟着电视台拍摄人员、记者、装载无线电设备的车。所有人都到场了，除了吉姆·顿巴，他对接下来的事情已然失去了兴趣。当然，未到场的还有那位惊动了所有人的十二宫——如果打电话的人真是十二宫的话。

在等待了 45 分钟之后，贝利放弃了，他决定回家睡觉。

虽然山姆所说的话没有给警方提供任何可用于抓捕他的信息，也无法证明他就是十二宫，但至少 KGO 电视台已经将这个神秘人的声音录下来了。

在夜里 2 点接到十二宫电话的那位奥克兰巡警确信，真正的十二宫的声音与从顿巴电视节目里听到的截然不同。

还有 3 个人曾听到过十二宫的声音——巡警大卫·斯莱特、电话总机接线员南茜·斯洛沃以及受害人布莱恩·哈特奈尔，他们正聚在 KGO 电视台的一个小房间里听山姆和贝利的谈话录音。他们仔仔细细反反复复地听了近一个小时，最后都沉默无语。这真的是十二宫的声音吗？

布莱恩首先开口："我觉得录音里的声音不像十二宫的声音那样低沉苍老。"另外两个人耸耸肩摇摇头以示同意。"声音太年轻了，"黑发、长下巴的斯莱特巡警说道，"不太像十二宫的。""十二宫的声音听上去没显得这么可怜。"南茜·斯洛沃说道。

"很显然是有人想搅和一下'十二宫系列节目'，就利用这个机会打电话给顿巴，"一位警察不无讽刺地调侃道，"干脆把顿巴节目的名字改成'十二宫之子'好了。"

"事情发展到现在，凶手的身份依然无迹可寻，"另一名警探说，"我们将不惜采取一切措施，哪怕凶手是个疯子。"

最后，关于"山姆"的谜底解开了：贝利后来又接到了几个电话，追踪记录显示，电话是从纳巴郡公立医院打来的，打电话的人是个精神病患者。

　　后来，KGO 电视台在他们的晚间新闻临开始时拨通了法院的电话，询问有关十二宫后来在达利城露面时被警方抓获的传闻是否属实。原来谣传十二宫已被秘密抓获并等待进一步身份验证，虽然后来证明此事子虚乌有，但还是引起了不小的骚动。

　　与此同时，《旧金山纪事报》也接到读者的电话，称十二宫和最近流行的迪克·特蕾西连环漫画有关系。8 月 17 日，也就是杀手自称十二宫的几个星期之后，连环漫画上出现了一个由一群熟悉占星术的杀手组成的十二宫帮，领头人是一个叫作"天蝎宫"的性格怪诞的恶棍。这帮人溺死了一个占星术专栏作家，而特蕾西在作家衬衫袖口链扣处发现了天蝎宫标记和星座图。刑事鉴定与调查中心的警探希望可以从这群虚构出来的人物当中找到和现实中的十二宫相对应的那个人物。刑事鉴定与调查中心的高层分析师厄尔·鲍尔说："到目前为止都还只是猜测，我们并没有真的对此进行调查，这种事太没谱了，随便看看就好。"

　　迪克·特蕾西连环漫画是在出版前的几个星期内完成的，以便留出时间校对、制作字模、校样和投递。十二宫给自己选定了大名之后这部漫画才刊登出来，因此十二宫不可能是受到连环漫画的启发——除非他是在报社工作的。

　　1969 年 11 月 10 日周一，《旧金山纪事报》又通知了托奇和阿姆斯特朗，说又收到了十二宫的两封信，邮戳是旧金山的。为避免让警察查出他的笔迹，凶手书写的字母跟往常一样小而整齐。毋庸置疑，信件都出自真凶十二宫之手。因为第一封信里装着贺卡和密码，第二封随信又附寄了受害人保罗·史坦恩灰白色衬衫上的一小块布片。信封的地址栏上只写着《旧金山纪事报》和"火速交给编辑"的字样。这两封信分别是在 11 月 8 日（周六）和 11 月 9 日（周日）寄出的。

　　在 11 月 9 日寄出的那封信里，十二宫吹嘘又杀了两个人，声称受害人总数是 7 个而不是 5 个。

　　据托奇所知，旧金山海湾地区最近发生的谋杀案中，有一起持刀杀人案尚未侦破。8 月 3 日上午，圣何塞的两名学生 14 岁的黛柏拉·盖伊·弗陇和 15 岁的姐姐凯西·史努孜离家前往圣何塞南部崎岖的阿拉米达山谷野营。她们将自行车锁在山脚的栅栏上，接着向洒满阳光的小山坡走去，在山坡上她们可以看到自己家的房子。傍晚 6 点了，她们都还没有回家，她们的父亲便出门寻找女儿。接近野营地时，那位父亲看到很多人聚集在那里，有骑摩托车的，还有一大群警察。他惊恐万分地跑向树丛，却看见两个孩子的尸体躺在地上。她们身上的衣服完好无损，其中一个孩子的一只凉鞋丢了，但在附近找到了。警探们断定她们是在别处遇害的，因为这里几乎没有血迹。后来，警察在山坡的橡树丛里发现了一连串脚印，他们铺撒了粉尘，以获取脚印。

桑塔克拉拉郡的主任医师兼验尸官约翰·E.豪瑟看到这个景象惊得目瞪口呆。

"我从没见过一起凶杀案的受害人身上有这么多刀伤，"他惊叹地说，"要知道，涉足这一行这么久，有时候我感觉自己已经很麻木了，但看到这些女孩儿时，说真的，我惊呆了。与此次案件相比，'二战'时期纳粹性虐狂的恶行甚至都不算什么了。"

凶手疯狂刺扎，窄刃刀在年轻女孩儿们的身上一共进进出出了 300 多刀，伤口全部集中在腰部以上。

托奇担心十二宫正在实施谋杀小孩儿们的威胁。他的恐吓使得人心惶惶，圣何塞的 475 名义愤填膺的家长自发加入了治安维持会，以协助搜寻杀害弗陇和史努孜的凶手。他们开着插有白色旗帜的汽车在附近巡逻，所有人都携带着武器。大家一致认为，凶手是一个高高瘦瘦的年轻人，并且就住在附近，因为案发后他马上就消失了。尽管如此，直到两年后该案的凶手才被抓获。

托奇所知的近期凶杀案受害人只有这些，此外还有一个婴儿，但他怀疑婴儿是被狗咬死的。于是，探员们将注意力转移到十二宫 11 月 8 日寄出的那封信上。邮资一如既往地超额，不过邮票粘贴的方式是正确的，没有倒着或竖着贴。信封里有一张诙谐贺卡，是"勿忘我卡片"，由美国贺卡公司设计的(在这里首次被翻印)，卡片的封面上画着支正在滴水的钢笔，钢笔上系着一根绳子，旁边写着：

抱歉我什么也没写，我只是刚刚洗了下钢笔。

Please Rush to Editor

S.F. Chronicle
San Francisco Calif
Please Rush to Editor

上图为贺年卡信封。如往常一样，邮资超额。

里面的内容更嚣张，字也写得很狂野，上面还有污点：

没有它我什么也干不了！

十二宫在贺卡里写道：

我是十二宫。我想，你们在听到坏消息之前应该先好好笑一下。不过你们一时还听不到什么消息。

Sorry I haven't written,

but I just washed my pen...

1969 年 11 月 8 日十二宫寄给《旧金山纪事报》贺年卡的封面。

附言：你们可以把这则新密码登在首页上吗？被人忽视时我会感到特别孤独，这样，我可能又要去做我那些活儿了！！！！！！

卡片底部是 5 个月份的缩写："12 月 6 月 8 月 9 月 10 月 =7"。除了 8 月份，其他月份的受害者都已明了，十二宫似乎在暗示他在 8 月份杀了两个人。弗陇和史努孜一案是 8 月份唯一未被侦破的案件，此外旧金山警察局找不出其他案件了。一个小时内，负责十二宫案件的警探们四处查访出售贺卡的文具店，也许某个店员会记起自己曾卖出过十二宫用的那种贺卡。目前仅旧金山便有 55 名警官和 10 名巡警专门负责十二宫一案。

贺卡里附有十二宫给出的最复杂的一份密码。密码有 340 个符号，共 20 行，署名是他的个人标记，一个画了十字的巨大圆圈。托奇用照相机将新密码拍下，并将照片

This is the Zodiac speaking,
I though you would need a
good laugh before you
hea- the bad news
you wont got the
news for a while yet
PS could you print
this new ciphe-
on your front page?
I got aaefully lonely
when I am ignored,
so lonely I could
do my Thing !!!!!!!!

Cant
do a
thing
with
it !

Des July Aug
Sept Oct = 7

1969 年 11 月 8 日十二宫寄给《旧金山纪事报》贺年卡的内文部分。

复印件寄给了位于华盛顿的国家安全局和中央情报局。国家安全局称密码里肯定包含着某些信息。

托奇和阿姆斯特朗希望《旧金山纪事报》可以刊登这份密码的照片复印件，希望有幸能让业余密码破译人员破解出答案。一名破译人员说："能否破译只是耐心的问题，你需要不断尝试和不断犯错，才能解开密码。"麻省大学的一位语言学专家一遍一遍地在电脑上尝试破译密码，但毫无进展。

为了破解密码，《旧金山观察报》刊登了美国密码协会会长玛什博士对十二宫发出的挑战，也是一段密码。玛什博士告诉《旧金山观察报》："凶手没有胆量像在信中所言那样将自己的真实姓名透露给密码破译专家。因为他知道，用埃德加·爱伦·坡的话来讲，'有人能编码便有人能解码'。"玛什博士借用十二宫的密码向十二宫发出了一条信息，问他敢不敢将编码后的真实姓名寄给美国密码协会。向十二宫发出的挑战密码的最后经解码后将是一个电话号，玛什博士希望十二宫可以拨打这个电话，给出自己这份密码的答案。

在 11 月 9 日寄给《旧金山纪事报》的第七封信里，十二宫以 7 页的篇幅谩骂警方。信的内容之前从未报道过，也从未被翻印过。托奇和阿姆斯特朗将信从

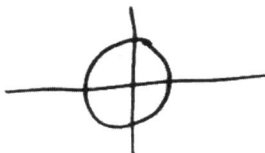

随贺卡附寄的有 340 个符号的密码。

头到尾看了一遍并做了记录。

我是十二宫。到 10 月底我已经杀了 7 人。警察对我的胡言乱语让我十分恼火，所以，我决定改变收集奴隶的方式。以后杀人，我将不会再跟任何人宣布了。我会伪装成普通的抢劫案、出于愤怒的凶杀案或意外事故，等等。

警察永远也抓不到我，因为对于他们而言我聪明绝顶。

1. 警察发布的外貌描述只符合我在杀人时的形象，其他时候的我完全是另一个模样。我不会告诉你们我杀人时会伪装成什么样。

2. 我至今没有留下任何指纹。跟警察说的完全相反，杀人的时候我没有戴透明指尖防护套，只是在指尖上涂了两层飞机修补胶——十分隐蔽，也非常有效。

3. 我的杀人武器是在禁令[1]生效之前向交易所下订单邮购的。只有一支例外，

---

[1] 笔者注：1968 年《联邦枪支控制法案》禁止通过邮件订购枪支和弹药，同时禁止不通过交易所直接向郡外居民、精神病患者以及重罪人出售枪支和弹药的行为。

是从郡外买的。现在你们清楚了吧？警察没什么工作可做的。我为什么要在那辆计程车里擦上擦下的？那是因为我要留下错误的线索，好让警察到处奔忙，嗯，如人所云，我给警察们添了些忙碌活儿，这样他们才快活。我特别喜欢戏弄这些蓝猪。嗨，蓝猪，我在公园里呢。你们想用救护车的声音掩盖巡逻车的声音，但警犬从未在两个街区的范围内靠近过我。它们去了西边，那儿只有两片草坪，相隔 10 分钟车程，接着摩托车就从南向西北方向行驶了大约 150 英尺。

　　附言：我离开计程车 3 分钟之后，两个笨蛋警察就犯了个大错。在我从山坡上走向公园的途中，一辆警车停了下来。其中的一个警察叫住了我，问我在之前的 5~10 分钟内有没有看见什么行为可疑的人，我说：'是啊，是有个人挥舞着一把枪跑过去啦。'他们立刻加大油门，朝着我指的方向奔去，拐了个弯道便不见了，我便消失在一个半街区之外的公园里，再也没有谁看见过我。

　　哎，猪鼻子总不灵，蠢事老不断，你们会不会很恼火呢？如果你们警

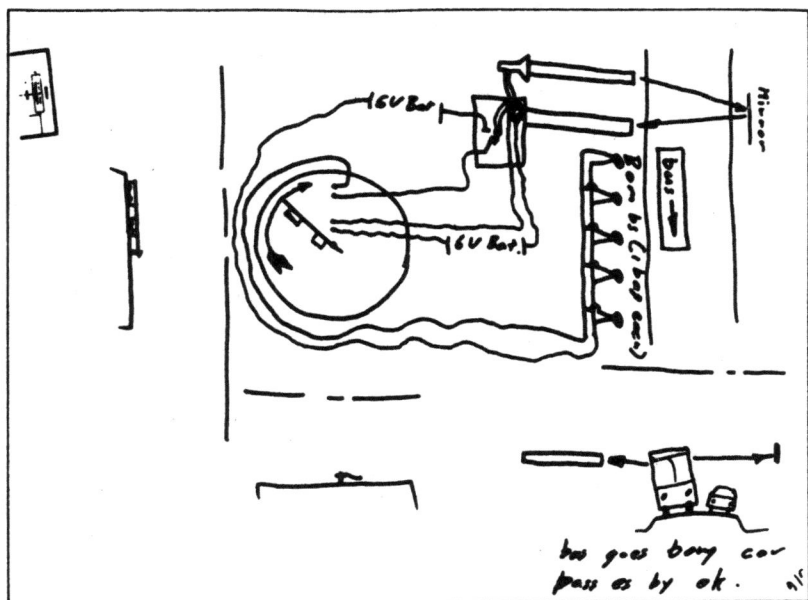

十二宫于 11 月 9 日寄给《旧金山纪事报》信中所绘的校车炸弹设计图。

察认为我会像我说过的那样炸校车的话，那你们就活该脑袋开花了。

　　拿一包硝酸铵肥料，加上一加仑燃料油，再往里倒几袋碎石子，然后将它们点燃，被炸到的都将必死无疑。死亡设备已经准备好。我本打算给你们寄照片，但估计你们又会天真地去找制造商，想顺着找上我，所以我就此给你们描述下我的杰作。设计最天才的地方就在于所有的设备都可以在露天集市上买到，不费吹灰之力：

　　1个电池计量表——可以维持一年左右、1个光电开关、2个铜簧片、2个6伏汽车电池、1个闪光灯泡和反射镜、1面镜子、2个18毫米电路板黑色导管以及内外擦拭得很亮的极靴。

　　在信的第5页上凶手画出了炸弹的内部设计图。按照设计图，炸弹会在与校车等高处爆炸，而比校车矮一些的机动车辆则可以安全经过。

　　整个系统我已经从头到尾检查过一遍了。至于它是已经启用还是藏在我的地下室里以后再用，你们不会知道。

This is the zodiac speaking up to the end of Oct I have killed 7 people. I have grown rather angry with the police for their telling lies about me. So I shall change the way the collecting of slaves. I shall no longer announce to anyone. when I comitt my murders, they shall look like routine robberies, killings of anger, + a few fake accidents, etc.

The police shall never catch me, because I have been too clever for them.
1 I look like the description passed out only when I do my thing, the rest of the time I look entire different. I shall not tell you what my descise consists of when I kill
2 As of yet I have left no fingerprints behind me contrary to what the police say

十二宫于1969年11月9日寄给《旧金山纪事报》的7页信件中的一部分，信中十二宫声称他要"改变收集奴隶的方式"。

如果十二宫真的有个地下室, 那就意味着他有自己的大房子, 而不是住在公寓里。这就限定了他居住的地方, 因为旧金山海湾地区带地下室的房子并不多见。

我认为你们不可能有人手一直守在马路边搜寻炸弹阻止它爆炸。改变校车路线或者调整出车时间都是没用的, 因为炸弹的设置会随新情况的变化而有所调整。祝你们过得愉快! 另外, 如果你们想骗我, 那可就完蛋了。

页尾处画着个大大的十字圈, 左边还画了五个顺时针移动的 X 符号。这指的是多起十二宫凶杀案? 还是去往他家的路线? 对此, 警察认为这表示的极有可能是七起谋杀案的先后日期。

附言: 确保将我在第 3 页上标记出的第一部分内容登出来 (关于被警察叫住一事), 否则我就要做我那活儿了。如果想核实我是不是十二宫, 可以向瓦列霍警方打听一下我一开始收集奴隶时经常使用的手电筒。

托奇放下手中的信, 向李报告了信的大致内容。李随即下令道:"给军队那边打个电话, 问问他们, 这个奇特的土炸弹到底有没有可能造出来。"

军队炸弹专家回复说:"可不可能? 当然可能了。"

后来, 警长阿尔·奈尔德亲自下令, 让负责十二宫案件的警探们对有关炸弹的细节保密。为了配合警探们的工作,《旧金山纪事报》同意不报道与炸弹有关的任何信息, 但大家对将要发生的校车爆炸事件的恐惧正极速升温。

几天后, 官方宣布, 警方已经排除十二宫在 8 月份杀死两名圣何塞女孩儿的嫌疑, 因为十二宫是个自大狂, 杀完人后肯定会炫耀他的暴行。

马蒂·李说:"媒体认为十二宫是个精神错乱的疯子, 但在我看来他从法律上来讲是健全的。他可以顺利地逃过警方追捕, 这显示出了他的高智商。我推断, 他不是靠双手干体力活儿的人, 估计从事着与报纸相关的工作, 因为他的密码称得上是件艺术品, 符号的排列极度细致缜密。而且, 他应该还在旧金山海湾地区。"

　　1969 年 12 月 27 日周六这天，梅尔文·贝利正在德国慕尼黑参加军事法庭律师会议，管家将一封新寄来的未拆封的信件转寄给了贝利的办公室秘书。邮戳上显示的日期是 12 月 20 日，信很可能因圣诞节期间邮件过多而给耽搁了。信是谁寄来的无须多言，因为 4 英寸 ×7 英寸大小的白色信封里附着一小片叠得很整齐的布块，还带着血迹，正是受害人保罗·史坦恩衬衫上的。信用标签笔写成，字迹很小；和往常一样，也有标点符号和单词拼写的错误。

　　贝利的秘书带着信、信封和布块的照片复印件飞往慕尼黑，将东西全部交给了贝利。随信还附寄了一张卡片，上面写着：圣诞快乐，恭祝新年。这第八封信是用印刷体字母写的，内容如下：

Dear Melvin

This is the Zodiac speaking I wish you a happy Christmass. The one thing I ask of you is this, please help me. I cannot reach out for help because of this thing in me wont let me. I am finding it extreamly dificult to hold it in check I am afraid I will loose control again and take my nineth & posibly tenth victom. Please help me I am drownding. At the moment the children are safe from the bomb because it is so massive to dig in & the triger mech requires much work to get it adjusted just right. But if I hold back too long from no nine I will loose complet all controol of my self & set the bomb up. Please help me I can not remain in control for much longer.

凶手于 1969 年 12 月 20 日寄给梅尔文·贝利的信件，信中又附寄了受害人保罗·史坦恩身上一小片带血迹的衬衫。

亲爱的贝利，我是十二宫。祝你度过一个愉快的圣诞节。我唯一想让你做的就是请你帮帮我。我无法向外界求救，因为我体内的某种东西占了上风。我发现它难以控制，害怕自己会再次失控，杀掉第九个甚至是第十个人。请帮帮我！我快要不行了。目前毛孩儿们是安全的，不会被炸，因为需要挖很大的坑，引爆装置也还要做很多调整才能弄好。但如果太久没杀人，我就会完全失去控制，然后引爆炸弹了。请帮帮我吧！我撑不了多久了。

这信里似乎暗示，自寄出 11 月 8 日和 9 日的信件后他又杀了第八个人。而目前已知的只有两个可能的受害人：伊莱恩·戴维斯和利昂娜·拉雷奥·罗伯茨。

戴维斯于 1969 年 12 月 1 日周一失踪，之后音信全无。

16 岁的利昂娜·罗伯茨于 1969 年 12 月 10 日周三早上 6 点失踪。她的尸体于 12 月 28 日被发现，当时她全身赤裸，躺在波里娜丝内陆湖附近公路的路基上。她是在男朋友的位于罗迪奥的寓所里被人绑架的，之后还活了 10 天。现场没有找到她的衣服，但她并没有遭到性侵犯。最重要的是，尸体是在水域附近找到的，这点和十二宫案件的其他受害人一样。凶手还拿走了她大众汽车的钥匙。

十二宫在信里使用了短语"一个愉快的圣诞节（a happy Christmas）"。这个短语在英国和加拿大的使用率要高于美国。他还恐吓说要把"毛孩儿们（the kiddies）"一个一个地干掉，这是英国和澳大利亚使用的俚语。难道说十二宫是英国人？

贝利随时愿意私下会见这个杀人狂。他通过《旧金山纪事报》对凶手说："既然你向我求助，那么我保证会尽全力给你提供任何你需要的帮助。如果你只想见我一个人，那我就单独前往。但如果你想让我带上一位牧师或是一位精神病医师，又或是一名可以交谈的记者，我都会照办。我会严格遵照你的要求去做。你说你正失去控制，可能又要杀人，请不要让情况恶化，现在就让我帮你吧。"

贝利对记者说："我相信他不想再杀人了。我仔细研读过他的信，感觉是在他冷静理性地考虑将来时写下的。他知道自己难逃被捕的结局，而且除非他有合适的辩护代表，否则他极有可能被判死刑送进毒气室，这就是他寻求帮助的原因。为什么要来找我？因为他不想被送进毒气室啊！"

贝利的管家和一个自称十二宫的人通过一次电话，谈得很是融洽，贝利说："真希望一回到家就看见十二宫和管家一起坐在前屋里。我希望我们可以为他做点儿事情。拯救他，就能拯救更多的人。"

凶手对贝利的请求毫无回应。直到数月之后，他才再次给贝利写信。

通　灵　师

近一个月来，芝加哥的一位通灵师约瑟夫·迪路易斯一直感觉自己与十二宫之间有心灵感应。他声称感应到凶手已褪去杀人的激情，现在想通过安全的途径向警方投降。更不可思议的是，迪路易斯居然逐渐在脑海中构建出了十二宫的真实面孔。

迪路易斯曾因两年前准确预测肯尼迪家族中的一名成员会遭遇与水有关的惨剧而名声大噪。提出预测的两个月后，参议员爱德华·M.肯尼迪的车跌落马萨诸塞州大桥，冲入恰帕奎蒂克的运河中，与随行秘书玛丽·乔·珂派克尼均溺水身亡。

这个神秘人大约43岁，黑黑瘦瘦的，发型和穿着都是典型的芝加哥式，表情严肃，看上去甚至有些邪恶。从意大利搬来美国后，他便一直在芝加哥艰苦的环境中长大。待在意大利时，他甚至自称从4岁起就拥有预知未来的能力。

他曾在1967年11月25日预测会发生一场大桥惨剧。之后不到一个月，就在12月15日，横跨在西弗吉尼亚普莱森特俄亥俄河上的"银桥"便塌陷了，46人因此丧生。沙陇泰特凶杀案中，在抓获凶手的3个半月前，这位预测家就精确地说出了其中一个嫌疑人在得克萨斯州的藏身之处，还准确地描述出其他两个涉案罪犯，并预测出涉案罪犯的总人数。1969年9月，他预测印第安纳波利斯上空将发生一次空难，发生时间是3点半。一个月之后，一场空难在3点31分发生。

这个被誉为"绝对先知"的人接受了2000英里之外《瓦列霍先驱报》巴德·克雷森的独家采访，把他所预见的信息都告诉了克雷森。

迪路易斯在电话里说："我总会想到'伯克利'这个地名。我觉得他不是瓦列霍来的，也没住在那里，反而有强烈的感觉他应该住在伯克利或最近曾在那里住过。"

"我感觉他内心极度紧张。他并不喜欢开车，倒宁愿走路。他非常矛盾，很需要我们的帮助，我也不知道自己为什么会有这种感觉。还有，他有个小盒子，里面装着一些东西，好像有石头。当他看到那些东西，拿在手上把玩时，就会想做些可怕的事情。我感觉到他若想自首，首要便是要摆脱那些东西。"

"做出这些行为是因为缺少监护。他的童年时代是在类似教养院的地方度过的，没有父亲的监护。13 岁时他受到了不公正的审判，他的人生也因此发生了重大的改变。我感觉当时的他是无辜的。"

十二宫的面孔在通灵师的脑海里盘旋了将近一个月，不断出现又不断改变着。迪路易斯印象最深刻的形象是一个 28 岁左右的男人，约 5.8 英尺高，体重 135~145 磅，脸色看上去有些营养不良，光滑的深棕色头发，通常向后梳，伪装时又往前梳。迪路易斯说："我觉得十二宫没有戴眼镜，即使需要他也不会戴，因为他太自负了，他戴眼镜只是为了掩饰。"

这位预言家认为，十二宫服用的毒品损害了他的大脑，使他产生了受迫害情结。而且，毒品会使他兴奋，即使在贝利桑湖凶杀案中他服用了一些镇静剂，作用也不大。迪路易斯说他接收到了大脑感应信号，十二宫依赖的药物是"可卡因"，杀人之前他都会服用。通灵师又说："凶手正在传送信号，只有有着超强感应能力的人才能感觉得到，而我希望能以某种方式向他证明我想帮他。"

迪路易斯打算会见芝加哥的警察，协助他们画出他脑海中的十二宫头像。他还预测凶手可能是水瓶座或天蝎座的，因为他一直接收到数字"11—2"和"2—11"，分别代表 2 月 11 日和 11 月 2 日。

对凶手自首意愿的持续感应驱使迪路易斯自费前往旧金山海湾地区，希望能帮助十二宫找回心灵的平静。

1970 年 1 月 20 日周二 7 点，迪路易斯到达旧金山，见到了从好莱坞飞来的西部海岸代理人克里斯多夫·哈里斯。下午 2 点，他抵达瓦列霍后便径直去了瓦列霍警察局。警官们将他带到了大卫被谋杀的地点，但谋杀案已经过去数月，警官们担心通灵师的感应能力可能会受到影响。但迪路易斯称，他的超强感应能力不受时间限制，一年中的任何变化都不会削减他的这种能力。

接着迪路易斯拜访了纳巴的执法官员，他们将贝利桑湖凶杀案的细节重述了一遍。迪路易斯又得到了一些新的感应，包括几匹马和一只白狗，孤独，对花的喜爱和对警察的极度憎恨。他推测凶手可能申请过执法部门的工作但被拒绝了，或者可能是精神病院的病人。迪路易斯的脑海里不断闪现单词"罗斯""菲尔德"以及镇南边 9 英里处的一座小桥，但这意味着什么，和十二宫的身份又有什么关系，他无从知晓。

他对警察说："我会一直待到周末，但我只会待在旧金山，因为我预感留在瓦列霍会非常危险，原因我无法解释，只是有这种感觉。"

在旧金山，他想接触史坦恩一案的物证，但没有得到许可，因此没能获得任何感应。迪路易斯说："有时候接触这些东西可以激发感应，能想起某个名字，这叫心灵占卜术。"但警察们似乎不为所动。

接下来的 3 天，通灵师通过电视和广播向十二宫发出请求，希望他自首，但毫无回应。最后，他只好又回到芝加哥。

逃离魔爪

1970 年 3 月 15 日周日这天, 在桑塔罗萨, 有三个女人在开车途中先后受到同一名男子的恐吓, 时间都在夜里 3~4 点。夜里 5 点 10 分, 警察拦住了这名男子的去路, 因为他的车和车牌号正好与那三个女人的描述一致。

经查, 该男子居住在瓦列霍, 他的车是 1962~1964 年生产的白色雪佛莱。这名大约 23 岁的男子刚刚跟踪一个女人进了邮局停车场, 开车回到第四大街时便遇上了警察。但他自称迷路了, 正在寻找出城的方向, 于是警察放走了他, 还送他离开了城镇。

两天后的周二, 在瓦列霍, 一名女子正去往特拉维斯空军基地, 这时一辆白色的雪佛莱紧紧跟上了她。司机一直朝她这边看, 接着开始开关车灯, 按响喇叭, 竭力想使她停下车。而她加快了车速, 径直朝前开去, 终于将那辆车远远地甩在了后面。

又过了一个星期, 这天是周日晚上 7 点, 家住圣伯纳迪诺的凯瑟琳·约翰斯给十个月大的女儿詹妮弗穿好衣服便出门了。她们将前往一个叫作佩塔卢马的乳业区, 她的母亲就住在那儿。夜间出门有个好处: 孩子一般都在睡觉, 不会太让人操心。

凯瑟琳的车沿着尘土飞扬的 5 号州际公路高速行驶, 继而转入 99 号公路, 经过贝克斯菲尔德、弗莱斯诺和莫西迪后, 来到莫德斯托, 又从这儿左拐开上了 132 号公路, 这段路很少有车经过。她瞥了一眼后视镜, 注意到有辆车正紧随其后，那车好像在莫德斯托那里就跟上她了。"没 1968 年产的车那么新，"她后来跟我说，"是辆快要报废的旧车。"

将近午夜，凯瑟琳减慢了车速，想让那辆车从她旁边开过去。但那人突然开始在她后面开关车灯，按响喇叭。凯瑟琳没有理会，他于是加速开进旁边的车道，与她的那辆 1957 年产的栗白色的雪佛莱旅行车并肩行驶。打开的车窗传来他的叫喊声，意思大概是她车的左后车轮松了。当时凯瑟琳已怀有七个月的身孕，她很怕在这样一个偏僻的地方停下车，何况旁边还有个开着车的陌生男人。

"那条路有双排车道，"她后来回忆说，"那人的车灯不停在闪烁。我的车确实已年久失修，我当时还怕它真出了什么问题。但是我没有停下来，因为那个地方太危险了。我径直驶入高速公路后，才在 5 号州际高速旁边停了车。"

凯瑟琳驶进 5 号州际高速旁边的马泽路，靠着路边停了下来。而那辆浅色的车也在她车的后方停了下来。那个胡须剃得很干净，穿着也十分整洁的男人走下车，左手握着铁钳。他走到她旁边，朝旅行车后部指了指。

"那个男人大概 30 岁，"她回忆道，"看上去像是个可信的人，完全看不出有什么异样。当时我还以为他是个服务生呢，看起来那么整洁利落。他从车里出来时，手里还拿着把铁钳。"

"你车的左后方那个车轮松了，"他轻声说着，倚靠在她的车门上，向车内张望，"如果你不介意，我可以帮你把螺母拧紧些。"凯瑟琳于是伸手给熟睡着的孩子盖上毯子，然后把头伸出窗外，朝男人所指的方向望去。

"不用担心，"他一边说着，一边走到她的车后，"我很乐意帮你修好它。"凯瑟琳能听到铁钳触碰车轮的声响，但看不见他的身影。过了一会儿，男人站起身来，绕回到她的车窗旁。"好了，应该没问题了。"说完，他摆了摆手，回到他的车里，接着开动了车，又回到高速公路上。

可是，在移动了五到六个车长的距离后，她的整个左后车轮旋转着飞了出去，跌跌撞撞地落入路旁的杂草丛中。她关掉引擎，没顾得上拿钥匙，就从车里跑了出来，一头雾水。就在这时，那人的车又出现了，在她的车前停了下来，那个男人走下车来到她面前。他的身影从车灯的光线中穿过，而她这次看清了他的样子。

"呀，比我想象的要糟！"他说，"不如我开车送你去服务站吧？"那人当时就站在凯瑟琳与她的车之间，凯瑟琳朝他身后望去，路边不远处有一丝光亮。在距此处不到 250 米的地方是灯火通明的 ARCO 服务站。她觉得可以去 ARCO，因为那地方可以刷卡，而她身上没有钱，只有信用卡。

"来吧，"男人恳求道，"我送你过去。没问题的。"

"如果我当时预感到不对劲儿，肯定是不会坐他的车的，"她后来对我说，"我告诉他我要去哪里，当时以为他会与我同路。"

凯瑟琳抱起詹妮弗，坐进男人的车里。车刚要开动，她意识到自己的车灯还没关，钥匙还在车里。男人笑了笑，把车倒回去，停在她的车旁。她关了车灯，把钥匙揣进衣兜，坐上男人的车离开了。

但男人没有带她去 ARCO 服务站。"他从服务站旁开过去的时候，我没有多想，也没说什么，"凯瑟琳跟我说，"可到了下一个出口，他还是径直往前开，这时我才意识到情况不妙，但他不张口，我也就不出声。经过了几个出口，才驶下高速公路。我依旧一言不发，他则一直开着车。"

他们开到了一条崎岖不平的乡间小路上，很偏僻，车里也很长一段时间寂静无声。他的风衣敞开着，白色衬衫上流淌着清冷的月光。男人突然开进路边，又加速向前，如此循环往复，凯瑟琳以为他在挑逗她。

最后，她首先打破了沉默。"你是不是经常在这种地方兜风，等着帮助别人？"她戏谑地问道。

"我帮了他们之后，他们就再也不需要任何帮助了。"男人凝望着远方那一片幽暗的树林，音调骤然起了变化。

凯瑟琳往窗外看，树影掠过车窗，阴森森的，偶尔出现一两家农舍，但瞬息即逝。就这样过去了 30 分钟，男人突然转头看着她，说道："知道吗？我会杀了你，你会死。"

"接着他又说：'我要把这孩子扔出去。'"凯瑟琳跟我说，"刚听到这话时，我吓得魂飞魄散，但一会儿的工夫，我便冷静下来，开始想我该怎么办。有需要的时候就得采取主动！他有什么要求，我都照办。我时而痛哭，时而哀求，但他仍径直开着，在那条漆黑的乡村公路上，开了足足两三个小时。"

男人载着受惊的女人在如迷宫般曲折错杂的车道上游荡着。一路上，他沉默不语，偶尔会转头看她一眼，重复道："我会杀了你。"

凯瑟琳看得出来他不是在开玩笑。"他的眼睛，"她心想，"如此的冷漠无情！"她只觉天旋地转，但仍强撑着记下一切细节。当车减速时，她注意到男人擦得铮亮的鞋，鞋面反射着车内的黄色灯光。"那不是平常的靴子，像是海军式的，现在仔细想来，他全身上下都是海军风格的装扮。"

他身着深蓝色尼龙风衣，毛呢料黑色喇叭裤。黑色的粗框眼镜用一根从脑后绕过的细皮筋固定着，稳稳地架在鼻梁上，脸颊上还留有痤疮疤痕。

"他的鼻子不小，"她跟我描述道，"下颌饱满，看起来并不单薄羸弱，但前额不是很宽大。棕色头发，留着海员式发型，可能也因为如此，我一开始才会以为他是服务生。他块头不大，应该 166 磅重。"凯瑟琳本人身高 1.75 米。

"我清楚地感觉到，他大概没意识到自己当时在做什么，估计连自己是谁都不清楚，像是精神有问题似的。"

一轮满月悬在空中，月光映衬着凯瑟琳金色的头发，她灰色的眼珠转动着，正竭力记住每个细节。

他开的是一辆美国产汽车，浅色车身，双门，挂着黄底黑字的加州车牌。这是一辆有控制板的运动型汽车，在两个黑色的凹背折椅之间是自动排挡变速器，右边放着香烟打火机，左边有个烟灰缸，这两样似乎是这辆车的一部分。车内一片狼藉，前、后车座上甚至是仪表板上都散落着书报和衣物。衣物大部分是男式的，也混杂着几件小号 T 恤，像是 8~12 岁的孩子穿的。"穿得像模像样的，可车里却是一团糟。"凯瑟琳心想。仪表板上还放着两块彩色的塑料百洁布。"百洁布是家居用品，却出现在车上，真奇怪。"在百洁布旁边，放着一支装四节电池的橡胶握柄黑色手电筒。

陌生人自言自语着，听不出口音。"他说话没有感情，"凯瑟琳告诉我，"不愤怒，也不带其他感情，就只念叨着那几个词。尽管语速特别快，咬字却很清晰，就那样冒出来。我受不了了，决定趁他下一个好莱坞式停车时就跳车。好莱坞式停车，你知道吧，就是遇到红灯时不完全停下车，而是溜过停车线。"但车陡然刹住了，原来男人不小心开进了高速公路的一个出口匝道。

凯瑟琳抱起小詹妮弗跳下车，冲向路的另一边。田野中央有一条草木环绕的灌溉渠，凯瑟琳纵身跳了进去。那是葡萄园里的小集水沟，她趴在那儿，尽量放低身子。因为怕詹妮弗会大哭，她便将女儿藏在身下。

她的心怦怦直跳，太阳穴也像脉搏似的剧烈跳动着，呼吸沉重而急促。那辆车停在原地，纹丝不动。男人的身影出现在她视线里了，他握着手电筒，扫遍了田野的各个角落。他叫喊着，但话音一落，四周便恢复死寂，只剩蟋蟀的鸣叫声。男人晃动着手电，慢慢逼近。

"就在那时，"凯瑟琳后来对我说，"一辆旧双轮拖车正好从高速路上开过来，停在了那儿，司机跳出来，吼着：'该死，怎么回事呀？'车灯可能照到了那个男人，于是他冲进车里，飞快地溜走了。"

陌生人的车在漆黑的公路上加速离去，车后留下盘旋着的灰色烟尘。卡车司机朝凯瑟琳的方向走来，她惊恐万分。

"又来了一个男人！他从坡顶往我这个方向走来。我一直没敢出声，直到一个女人路过，让我搭了她的车。后来我们到达了这个偏僻的小镇，我在警察局门前下车了。我走进那间肮脏破旧的小办公室，见到了里面的老警官。我把事情经过讲给他听，他霎时脸色惨白。我估计在这么一个小镇里，这种事不是每天都能遇见的。接着他拿了个表格给我填，让我详细描述一下那个男人和他的车。"

就在与警官谈话的时候，凯瑟琳环顾四周，发现墙上贴着许多张通缉令，都是长时间积攒下来的。突然，她的目光锁定在了公告板上，顿时大惊失色，尖叫起来："哦，我的天啊！是他！就是他！"

在公告板上，贴着杀害保罗·史坦恩的凶手的合成素描像——十二宫的合成素描像。

"当我告诉警官那人就是画像上的那个家伙时，他一阵惶恐，慌慌张张地要带我离开那儿。因为他猜想那个人可能会找回来，然后把我们两个都干掉。那天只有他一个人值班，最后他把我带到一个已经打烊的餐车饭店，让老板开了门，这样我就可以待在那，而不必待在他的办公室里。我有点儿恼火，心想他应该是觉得和我待在办公室不安全吧。"

"我坐在昏暗的餐馆里，向他描述我停车的位置，"凯瑟琳说，"就是离ARCO服务站不远的那个地方。后来治安官去查看过，但却发回报告说那里没有车。他们于是继续寻找，不久之后，有报告说车找到了，但是在另一条路上，而且已经烧得不成样子了。"

他们发现，陌生男人为了将凯瑟琳的车移到 132 号公路的拜尔德路上，不得不将车轮重新装回车上。

"车里面已经是一片灰烬，我来到被烧毁的车前，因为我宝贝女儿的所有东西都在那儿。我想看看有没有什么可以抢救出来的。没有，车里的东西全被烧掉了。"

接下来的几天里，托奇让凯瑟琳看了一组嫌疑犯的照片，他们的年龄都在 28~45 岁。后来我问过凯瑟琳此事。

"是啊，他通过斯坦尼斯劳斯郡的治安官把照片送到我手上。但我觉得嫌疑犯比这些人年轻，不在那里面。不过，如果我再次看到他，我会马上认出他来。"

凶手在将近午夜时试图对凯瑟琳和她的女儿行凶，那天是周末，又赶上月圆之夜，并且那个男人穿着海军模样的衣服，梳海员式发型，所有这些事实都使我相信，她的确是从十二宫的魔爪下逃脱的。除此之外，那个男人戴着黑框眼镜，说起话来声音单调冷漠，所有幸存者都曾提到过这两点。

如果凯瑟琳真的遇到了十二宫并得以逃脱，那么，在所有受害者中，她是近距离面对杀手真面目时间最长的一个。

而且，她还活了下来，把整件事情讲给我们听。

频繁挑衅

　　1970 年 4 月 19 日周日这天, 在海湾街和内河码头之间的街角处, 停着一辆新款金属顶盖式汽车, 车里的男人似乎被旧金山的犯罪率困扰着, 正一条一条地列举着那一年发生在城里的三十五起谋杀案, 说个不停。

　　"自己一个人在外面走可不太安全, "他对客轮乘务员克里斯托弗·爱德华兹说, "想想那些罪恶的行径吧, 抢劫、凶杀、强奸。"爱德华兹本来是要步行前往渔人码头的, 途中停下来向那个男人问路, 从见到这个陌生人的那一刻起, 他就有种不祥的预感。那个男人自称是一名在旧金山已经居住了十年的英国工程师, 并提出可以开车载爱德华兹一程。爱德华兹婉言谢绝了, 不过倒是耐心地听完了他对那些凶杀案的长篇大论, 只是他没有提到那几起盘踞在人们心头的案件——十二宫连环杀人案。

　　陌生人避而不谈十二宫的事实一直萦绕在爱德华兹的脑海中。他刚到达码头, 就报了警。不久, 在中心警署, 他指着一张十二宫的合成素描像说, 就是他。

　　那么, 十二宫会不会是一个英国工程师呢?

　　同日, 在圣弗朗西斯科大酒店后面, 也就是史蒂文森大街 754 号的一个雅致的工作间里, 四十岁的著名灯具设计师罗伯特·塞勒姆的尸体被找到了。他的身体残缺不全, 头部几乎已被砍掉。凶手(或者是凶手们)用一把薄刃的长刀试图砍下塞勒姆的头, 但未能成功, 因此只好割掉死者的左耳并随身带走。凶手蘸着死者的血在墙上写下几个字: 撒旦的拯救。接着, 凶手画了一个被钉在十字架之上的人形符号, 上面还流淌着血迹, 在它旁边, 几个大大的字母赫然在目: 十二宫。在塞勒姆的腹部，凶手留下了同样的十字圈符号，也是蘸着死者的鲜血画出的。另外，凶手在行凶时没有穿衣服，他的身上沾满了受害人的血，血滴落下来，在工作室的地面上留下了一条条血迹。

警探古斯·科尔里斯和约翰·福蒂诺斯认为，这绝不是十二宫所为，只不过是他人的效仿之作。

当警探们继续调查塞勒姆谋杀案时，真正的十二宫正在别处忙着自己的事。他找来了一张型号奇特的信纸和一支蓝色标签笔，开始写下一封信——他的第九封信。

信封上写道："加利福尼亚州旧金山《旧金山纪事报》编辑收"。上面贴着两张水平倒置的六美分罗斯福邮票——是所需邮费的两倍，似乎写信人迫不及待地想要收件人看到他的信。以前，他时常会选择贵一些的"伊顿"证券纸，但这次所用的信纸却极为廉价，上面甚至没有任何用于标记生产商的水印。

信是用手写印刷体夹杂着草书体写成的，内容很简单：

我是十二宫。

我说，上次寄给你们的那份密码有没有破解出来啊？

我的名字是——

A E N ✦ ⊕ K ⦿ M ⦿ ⅃ N A M

这可是最挑逗人的一条线索，十二宫声称用这 13 个字符可以拼出他的名字。

每个人都试图用不同的方法来探究这些符号。其中，有三个数字夹杂在一行密码中，显得很不协调，要知道，十二宫以前从未使用过数字密码。瓦列霍的警探们尝试着将那三个画圈的数字"8"以各种方式相乘或相加。那么，除了数字"8"，它们会不会还代表着其他的意思呢？

这些符号也可能不仅仅是一组代位密码，也许它们可以直接照字面读作："KAEN MY NAME（卡昂，我的名字）"，赫伯·卡昂是《旧金山纪事报》的主要专栏作家之一。

或者，杀手在说他的名字叫作凯恩（Kane）。难道是"杀手凯恩"？那个身材粗壮的杀手到底是在寻开心，还是真的最终透露了他的名字？我们能从密码中找到答案吗？

接下来，信中的内容是这样的：

AEN ⊕ 8K8M8 人 NAM

AEN K MYENAM

KAEN MYNAME

我只是有点儿好奇，你们对我这颗脑袋到底赌上了多少钱。希望你们不会以为是我在警察局用炸弹摆平了那个"蓝色小气鬼"[1]。

虽然我说过要给上学的毛孩儿们送上一颗炸弹，但混到别人的地盘上去可不成。不过干掉一个警察倒是比弄死一个毛孩儿帅得多，因为警察会朝你开枪。到目前为止，我已经杀了十个人。要不是我的汽车炸弹报废了，死的人就不止这些了。几天前的那场雨

This is the Zodiac speaking
By the way have you cracked
the last cipher I sent you ?.
My name is ——

AEN⊕⊕K⊕M⊕JNAM

I am mildly cerous as to how
much money you have on my
head now. I hope you do not
think that I was the one
who wiped out that blue
meannie with a bomb at the
cop station. Even though I talked
about killing school children with
one. I+ just wouldnt doo to
move in on someone elses teritory.
But there is more glory in killing
a cop then a cid because a cop
can shoot back. I have killed
ten people to date. I+ would
have been a lot more except
that my bas bomb was a dud.
I was swampt out by the
rain we had a while back.

1970 年 4 月 20 日，《旧金山纪事报》收到寄自十二宫的信件，信中他声称自己的名字是信件内容里的一行符号。

---

[1]译者注："蓝色小气鬼"是卡通长片《黄色潜水艇》中的人物，是片中披头士协力对抗的心胸狭窄的蓝色恶人。十二宫做此联想是因为美国警察身穿蓝色制服。

差点儿把我淹死。

信里十二宫提到了谋害警察的事情，这是暗指 2 月 16 日发生在金门公园警察局的爆炸案，在那起案件中，警官布赖恩·麦克唐奈尔遇害，还有其他八名警官受伤。

信左侧的空白和字行都整齐笔直，应该是用尺子比着写下的，而且从字体的大小也可以看出，杀手在写这封信时耐心极大。这种字体会让人联想到一名学生或者科学家。其中表示"我"的大写字母"I"写得一丝不苟，看上去就像是罗马字母"I"。

信的第二页以这几个字开头：

新炸弹是这样安装的。

接下来的整页纸都画着改装后的校车炸弹设计图，画得很是详尽。并且页尾附言道：

找找看我又杀了谁，

希望你们找得开心。

最后是精心画出的十二宫符号，此外，还有一个"比分"：

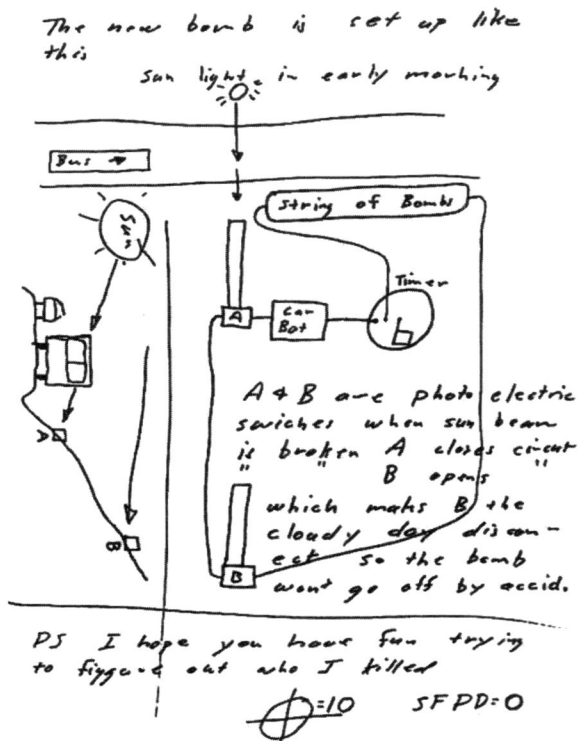

The new bomb is set up like this
sun light in early morning
Bus →
Sun
String of Bombs
A Car-Bot Timer
A + B are photo electric swiches when sun beam is broken A closes circut " B opens " which maks B + the cloudy day disconect so the bomb wont go off by accid.
PS I hope you have fun trying to figure out who I killed
⊕ =10   SFPD=0

第二张炸弹设计图，随 4 月 20 日的信件一同寄来。此处首次被翻印。

十二宫 -10　　　旧金山警察局 -0

1970 年 4 月 21 日周二，《旧金山纪事报》收到了十二宫寄来的第九封信，于是立即电话通知了托奇。托奇随后迅速赶来，以鉴定此信的真伪。尽管信里没有夹着从史坦恩衬衫上扯下的带血的布片，但也足够使警探相信，这封嘲弄警方的信的确来自十二宫。

"就是他写的，"托奇说，"又是这种把戏。"

他思忖道："那么谁又是第九和第十个受害者呢？如果十二宫把凯瑟琳·约翰斯看成第九个，那另一个人是谁？"

1970 年 3 月 13 日周五，玛丽·安托瓦内特·安斯蒂在瓦列霍郡的克洛纳多酒馆停车场搭了一辆车。1970 年 3 月 21 日，在湖郡地区一条僻静的乡村公路旁，她的尸体被找到了。她全身赤裸，衣服不见踪影。死前，她先是被灌了酶斯卡灵（一种致幻剂），接着头部遭到重击，最后溺水身亡。

该凶手与十二宫的作案手段有许多一致的地方：发生在周末，没有性侵害，在靠近水的地方。克洛纳多酒馆也曾经是瓦列霍郡的第三个受害者达琳·菲林最喜爱的娱乐场所。在我看来奇怪的是，至今为止，所有曾发生过的十二宫连环杀人案的地点名都与水相关：赫曼湖路、蓝岩泉、贝利桑湖以及距离湖街很近的华盛顿大街（注："华盛顿"的英文是 Washington，而 wash 是"冲洗"的意思）。那么湖郡地区是否也是这个链条中的一部分呢？

令警方尤其感兴趣的是，十二宫声称他已经杀害了十个人，并且说他自己差点儿被淹死，而这么说并非指他的袭击目标因下雨而没有踏上情人小径这个事实。他曾说过自己是在地下室制作炸弹的，那么是不是雨水淹进了他的地下室呢？他是否住在一个偏僻的地方，与外界隔绝呢？

于是，托奇与阿姆斯特朗来到了最近曾遭遇水淹的地区，对几名嫌疑犯进行了盘查。

1970 年 4 月 29 日周三这天，《旧金山纪事报》收到了十二宫的第十封信。信是前一天的午后寄出的，地址仍是旧金山。在警长埃尔·奈尔德的要求下，报社整整一天都没有将此信公开，因为警长正面临着一个艰难的抉择。

自从去年11月这家报纸第一次将汽车炸弹这个"死亡威胁"的消息（见十二宫的第七封信）公开以来，它便自动隐去了所有与之相关的信息，以免再次引发公众的恐慌。当时，在史坦恩被害之后，十二宫扬言要摧毁一辆载满学生的校车，由此导致了十分混乱的局面。而现在，他又在要求将他的炸弹威胁公之于众，否则他可能真的会将某辆校车炸飞。

托奇和阿姆斯特朗仔细研究了这封信。这又是一张沉闷乏味，毫无幽默感的贺卡，十二宫居然那么喜欢向报社邮寄这种东西。

贺卡（在这里第一次被翻印）上的图案是两个采矿的老头儿，其中的一个骑在龙背上，那龙精疲力竭地吐着舌头。而另一个骑在驴子上，对第一个说："听说你骑的是条龙，我真为你难过。"在龙的上方，十二宫写道：

当我玩炸弹的时候，也愿你们过得开心。嘣！

附言：见背面

这张卡片由祝贺国际礼品有限公司制作，是乔利·罗杰海盗系列卡片中的一张。卡片背面上写着：

如果你们不想让我玩炸弹，那么就得做两件事情：

1. 把关于汽车炸弹的每个细

十二宫在1970年4月28日寄给《旧金山纪事报》的"龙坐骑"贺卡。

节告诉所有人。

2. 我很想看到在镇上走来走去的人都戴着漂亮的十二宫徽章。

其他人身上戴的那些徽章都是什么黑权主义啦、梅尔文吃鲸脂啦什么的。如果能看到那么多人戴着我的徽章，我会感到极大的振奋。

还有，千万别戴梅尔文那样恶心的东西。

谢谢。

If you dont want me to have this blast you must do two things. 1 Tell every one about the bus bomb with all the details. 2 I would like to see some nice Zodiac butons wandering about town. Every one else has those buttons like, ☮ , black power, melvin eats blaber, etc. Well it would cheer me up considerbly if I saw a lot of people wearing my buton. Please ne nasty ones like melvin's

Thank you

写在贺卡背面的信。

如此看来, 十二宫对梅尔文·贝利已经毫无敬意了。

在信的末尾, 这个粗壮的家伙第二次醒目地画上了他的标志。这就是他要用来制作所谓的"十二宫徽章"的图案。

奈尔德警长觉得, 第九封信里的炸弹设计图不过是一个花招而已, 但他还是召集了一次记者招待会。"我本不想惊动大家, 不过这个家伙现在又要求我们将他的炸弹威胁公之于众, 还扬言, 如果我们不照做, 他就会真的去炸校车。我斟酌再三, 最后还是决定将此事告诉公众。"

一直以来, 报纸上只登载十二宫信件的部分内容, 现在, 为了避免民众产生恐慌情绪, 报纸又开始描述此炸弹计划的可疑之处。十二宫画的炸弹设计图也从未在报纸上出现过。

当然, 也没有制作徽章。

1970 年 5 月 8 日周五这天, 在桑塔罗萨, 一家名叫 K-Mart 的商场在接到一个匿名电话后进行了人员疏散。打电话的人自称是十二宫, 并恐吓说商场里安装了炸弹。就在一年前的这个时候, 也曾有一个自称是十二宫的人在桑塔罗萨发出过炸弹威胁。

两星期后, 瓦列霍市长佛罗伦斯·E. 道格拉斯出席了在洛杉矶召开的一次记者招待会, 这位民主党州长候选人在会议上说: "我觉得在达琳·菲林的谋杀案中, 警方遗漏了一些线索。" 她发誓要动用自己的影响力重新开启达琳案件的调查工作。她相信这是一起有预谋的凶杀事件。

通灵师约瑟夫·迪路易斯的代理人克里斯托佛·哈里斯从达琳母亲口中得知, 案发当晚, 达琳曾对她说: "明天你可能会在报纸上读到我的消息。" 哈里斯与迪路易斯都认为, 达琳认识杀她的凶手。在这次会议上, 哈里斯是以一名自由作家的身份与道格拉斯市长一同出现的。

我熟悉这个哈里斯。人们曾经怀疑他是十二宫而将其扭送至警察局, 原因是他一直在向瓦列霍的居民询问可疑的问题。但警方最终确认, 他与十二宫连环杀人案没有任何关系。

"毫无疑问, 瓦列霍警方对达琳·菲林遇害案的调查是很不充分的, "哈里斯在记者招待会上说道, "我曾与几位调查员, 瓦列霍和纳巴地区的警方负责人, 达琳·菲林的母亲以及佛罗伦斯·E. 道格拉斯市长等人交谈过……在此基础之上, 我才得出了这个结论。我注意到, 瓦列霍警方对一些荒谬的事实没有理会; 而现在我坚信, 正是在这些看似荒谬的事实中, 尤其是与达琳·菲林一案相关的许多事实中, 隐藏着大量的线索。警方应该对达琳·菲林本人做一个全面的特征分析。"

"在她的案件中仍有许多谜团。凶手使用手电筒的事实说明他想确定自己是否找对了人, 我不同意那种认为用手电筒是为确认受害人死亡的说法。如果达琳·菲林一案重新开始调查, 那个精神错乱的十二宫的心理情绪必然会产生巨大波动, 这将最终使他在青天白日之下现形。"

在瓦列霍, 达琳遇害案的调查工作还在继续着, 也就是说警方尚未结案, 没有哪部法律规定了谋杀案的调查期限。在警察局里, 从警长一级开始向下进行了人员重组。

两个月后, 十二宫向《旧金山纪事报》寄出了他的第十一封信 (此信仅有一小部分曾被翻印过)。邮戳地址是旧金山, 寄出时间是 6 月 26 日。

信的内容如下:

我是十二宫。

我对旧金山海湾地区的人们失望透了。他们没有按照我说的那样戴上漂亮的徽章。

我曾发誓, 如果他们不遵照我的意思办, 我就会惩罚他们, 把一辆装满毛孩儿们的校车炸飞。不过现在又到了学校放暑假的时间, 所以我不得不换一种方式。我用一支 0.38 式手枪杀死了一个坐在车里的男人。

十二宫 -12　　　　旧金山警察局 -0

寄给你们的这张地图和两行密码会告诉你们炸弹装在了什么地方。在下一个秋天到来之前, 你们可得把它挖出来。

周五早晨, 年仅 25 岁的旧金山警官理查德·拉德迪奇被人用一支 0.38 式手枪射死在车中, 当时那辆车停在沃勒街的第 600 号街区, 而他正坐在车中填写交通罚单。凶杀案探员否认这是十二宫干的。"如果他是在暗示杀死拉德迪奇警官的人是他, 那么他一定是在撒谎。这个案子我们已经下发拘捕令了。"一名警探说。

十二宫随信寄来的地图实际上是一张改动过的菲利浦 66 号服务站的路况图, 上面标出了位于康特拉科斯塔郡的迪阿卜罗山 (又称"魔鬼山", 内战结束后, 迪阿卜罗山一直被用来测量旧金山海湾地区的经纬度) 的顶峰, 那里与旧金山之间隔着一片海湾。令我感兴趣的是, 十二宫选择了一张公路地图, 另外, 菲利浦又是达琳前夫的名字。

这封新寄来的信称, 已经有十二个人成了十二宫的牺牲品。警探们想到了一种可能: 地图上所标注的并非是他安放新炸弹的位置, 而是第十二个受害者的

This is the Zodiac speaking

I have become very upset with
the people of San Fran Bay
Area. They have not complied
with my wishes for them to
wear some nice ⊕ buttons.
I promiced to punish them
if they didnot comply, by
anilating a full School Buss.
But now school is out for
the summer, so I punished
them in an another way.
I shot a man sitting in
a parked car with a .38.
                 ⊕-12   SFPD-0

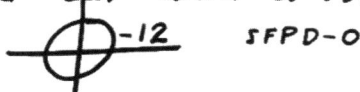

The Map coupled with this
code will tell you where the
bomb is set. You have antill
next Fall to dig it up. ⊕

C ⊿ J I ■ O ⋊ ⅃ A M ꟻ ▲ Ω R T G
X O F D V ? ■ H C E L ⊕ P W ⊿

十二宫在 1970 年 6 月 26 日寄给《旧金山纪事报》的信，
信中附寄了一张迪阿卜罗山地图。

罹难地。在地图中央的一小块方形区域，他仿照自己的"十字圈"标记画了一个
向外发散的指南针符号。但菲利浦路况图还不够精确，无法从上面看到那一块
区域的名称，因此我找来了一张大些的地图，最终发现位于地图中心的那个地
方正是海军无线电联络站，是一个坐落于南部山峰的重要中转站。

很长时间以来，人们都认为十二宫可能是一个海员，在作案和写信的间隙出
海执行任务，因此踪迹难觅。这个想法让人为之一振。在岸上时，这个疯子会不会

是联络站的工作人员呢？每到夜深人静的时候,他会不会像个国王一样站在山顶,俯瞰那延伸在脚下的整个海湾地区,而环绕在他四周的深邃星空上缀满了所有天文学符号的原形?

在信的末尾,那张地图的下面,十二宫又加进了这两行密码:

C△⅃ϽI□◖K▲M∃⅃◰ΩⱯRT◶
X◎FD∇ꟿ▣⬒HϾℇⱢ◆PW△

1970 年 7 月 24 日周五这天,十二宫写下了他的第十二封和第十三封信。我推测,那应该是这样一种场景:

身材粗壮的男人开始狂躁地写起信来。他蜷缩在寂静的地下室里,戴上了手套,拿起了标签笔。外面是明亮的白昼,而此刻他却隐藏在一片阴沉晦暗之中。四周的每个角落都漆黑凝重,只有一道光线斜插进空气,企图割破这层黑幕。

他在第十二封信中写道:

我是十二宫。

我觉得非常不爽,因为你们这些人就是不肯戴上漂亮的徽章,所以,我已经列好了名单,第一个就是那个女人和她的小婴儿。几个月前的一个晚上她们搭过我的车,那几个小时的车程倒是充满了乐趣。不过我最后还是在她一开始停车的地方烧掉了那辆车。

他所说的"那个女人"只可能是凯瑟琳·约翰斯。凯瑟琳的那一番惊险经历仅仅在一个发行量很小的报纸上刊登过,因而少有人知。十二宫提到她,似乎是想证明自己就是曾和那对母女同路的男人。

粗壮的男人将这封信寄了出去,接下来要写的,便是他寄给《旧金山纪事报》的最长的一封信了。

"我是十二宫。"像往常一样,他写下了第十三封信的开头一句(在这里,信的内容第一次全部被翻印)。他又一次提到了他有多生气,因为在旧金山没有看到任何一个人的领子上别着十二宫徽章,甚至连"恶心的"徽章或者"任何一种"十二宫徽章都没有看到。

　　他停下了笔。该怎样表达出他因未被重视而产生的不快和愠怒呢? 蓝色的笔在证券纸上飞速地移动着, 他那奇特的书写方式达到了极致。

　　他写下了"我", 字母"I"赫然立于纸上, 仅小于页首处"十二宫"中的字母"Z"。

> 我将要 (这是最最要紧的事) 折磨我的那 13 个奴隶,
> 　他们正在天堂等我。
> 我会把其中的几个捆着扔在蚂蚁堆上,
> 　然后看着他们尖叫、抽搐、蠕动。
> 还有几个我将用削尖的松木片插进他们的指甲,
> 　然后把木片点燃。
> 还有几个会被关进笼子里,
> 　不停地喂他们吃盐水牛肉直到他们被噎住,
> 　然后我会听着他们讨水喝的哀求声并且大声嘲笑他们。
> 还有几个会被绑着拇指悬在空中被太阳灼烤,
> 　巨大的热量会裹住他们全身让他们暖暖活活的。
> 还有几个我会活剥他们的皮让他们四处狂奔尖叫。
> 还有⋯⋯

　　在这里, 他引用了吉尔伯特与苏利文的作品, 只是换上了自己的语句。他写下的这几行来自幽默轻歌剧《天皇》中由天皇演唱的那一段。模仿着《让有罪的人罪有应得》[1] 的诗句, 十二宫写道:

> 所有爱玩弹子球的人我会让他们穿着扭曲变形的鞋子。
> 在黑乎乎的粪池里用弯曲的球杆去撞球。
> 是的, 让我的奴隶们经历这些最最刺激的痛苦,

---

[1]译者注: 幽默剧作家威廉・吉尔伯特 (Williams S. Gilbert) 与英国作曲家亚瑟・苏利文 (Arthur Sullivan) 合作写成了 19 世纪最受欢迎的一系列轻歌剧。《天皇》(The Mikado) 是其中的一部喜歌剧, 而《让有罪的人罪有应得》是剧中的一首曲子。

会使我到无比的快乐。

这一次, 他画了一个硕大的十二宫标志, 占据了信纸底部的全部空间, 几乎将下面的"比分"也遮盖住了:

十二宫 -13　　旧金山警察局 -0

身材粗壮的男人继续蜷伏在信纸上。现在他又开始改写《天皇》中 Ko-Ko 的唱词, 列出了所有他想要杀害的目标:

也许就在某一天,
我必须要去寻觅一个受害人。
我列好了一张单子。
我列好了一张单子。
上面列着那些可能隐藏在暗处的犯法者,
他们是逃不掉的。
他们是逃不掉的。
那些只会给人签名的杂种,
所有手软无力笑声恼人的老家伙,
所有一面忙着约会一面装可怜衷求你的小东西,
所有正在握手的就那样握着手的人,
所有铁了心的百折不挠死缠烂打的第三者。
他们没有谁能逃得掉。
他们没有谁能逃得掉。
还有拨弄着五弦琴唱着小夜曲的卖艺人和他的同伴,
还有那弹风琴的琴师, 他们全在我的名单上。
所有边嚼着胡椒、薄荷边往你脸上喷的人,
他们是逃不掉的。

他们是逃不掉的。

还有那些充满激情赞叹着别的时代别的国家

唯独对自己的时代和国家看不上眼的傻瓜们。

还有从省里来的扮相古怪从不哭喊的女士和从不接吻的怪异女孩儿。

我想她是逃不掉的。

我肯定她是逃不掉的。

还有四处风光的牧师和在法庭上敲着法槌的那个人，

他们都在我的名单里。

所有可笑的家伙，

生活中的笑料或是小丑，

他们没有谁能逃得掉。

他们没有谁能逃得掉。

还有那些从不让步的硬钉子和什么都不在乎的冒失鬼，

还有，啧，啧，啧，啧，

还有随便什么人随便什么名字，你们清楚。

把名单上的空白都填满这个任务就交给你们了。

不过你们写谁都无所谓，反正他们没有谁能逃得掉。

他们没有谁能逃得掉。

　　在这段由行刑官所唱的咏叹调的末尾，他依旧画了一个大大的十二宫符号，占据了最后一页纸四分之三的空间。在这下面，他又写了两行字，意在提示一个月前寄出的标有迪阿卜罗山的地图和那两行密码的含义：

　　附言：迪阿卜罗山密码的关键——

　　发散的弧线和沿弧线＃英寸之内的范围

　　周日早晨，粗壮的男人在信封上写下了"旧金山纪事报"几个字，推开他的座椅，把一张6美分的罗斯福邮票贴了上去，只见那张邮票扬扬得意地倾斜地被贴在信封的右端。接着，他拿起信，出了门，走进清晨明亮的日光之中。

1970年7月27日周一这天，两封信同时抵达《旧金山纪事报》编辑部。在接下来的三天里，十二宫等待着媒体公开他最新的恐吓信。但是什么动静都没有——媒体对此只字未提。难道出了什么差错？两封信不可能都寄丢的。

10月紧跟着8、9月到来了，如今距离保罗·史坦恩遇害的日子已有一年的时间。十二宫最后那两封信仍旧无人提起。他怎么也想不到，在7月27日那天，警方与《旧金山纪事报》决定做一个试验，看看他如果见不到媒体报道会作何反应。[1]大家都觉得，这种渴望得到公众关注的心理正是他大开杀戒的动机。

信中的"诗行"与吉尔伯特原剧中的歌词有很大出入，托奇和阿姆斯特朗由此推测，十二宫的"诗"是凭着记忆写下的，而并非是照着剧本摹写的。他们开始艰辛地寻访曾经在剧中扮演过Ko-Ko的人，因为他们认为十二宫可能在念书的时候扮演过这个角色。他们先从旧金山本市排演吉尔伯特与苏利文歌剧的专业剧团"点灯人"开始，询问了剧组的每一个人，尤其是男中低音演员。但他们的字迹和外形都与十二宫有着巨大的差异，因此可以排除每一个过去或现在曾扮演过行刑官的演员的嫌疑。托奇猜测，更大的可能是，杀手只不过是吉尔伯特与苏利文的一个剧迷而已。

我发现，保罗·史坦恩遇害当晚，"点灯人"剧团正在普林森剧院排演一周后即将公演的歌剧《天皇》，而那家剧院与案发地之间相隔大概十三个街区。

更让人感兴趣的是，《天皇》在本地公演的那段时间里，十二宫没有写过任何信。演出在11月7日周五那天结束，在接下来的两天内，他寄出了两封信。

在凯瑟琳·约翰斯遇袭后四个月的时间里，十二宫写了四封信，大部分是为了获得公众的关注，他仅在第四封信里提到了那段可怕的乘车经历。为什么在这时候提起呢？《旧金山纪事报》没有登载这几封信的内容，警方则公开对十二宫近来宣称的行凶事件表示质疑。或许杀手只是在截取一些具体的事实以证明自己仍未罢手。他曾提到过：

---

[1]笔者注：这两封信最终于1970年10月12日在《旧金山纪事报》上予以公开。

……那个女人和她的小婴儿。几个月前的一个晚上她们搭过我的车，那几个小时的车程倒是充满了乐趣。不过最后我还是在她一开始停车的地方烧掉了那辆车。

我于是思忖着，倘若他不是那个袭击者，那么他又是怎么了解到这件事情的呢？在出事后的第二天，仅有发行量很小的《莫德斯托蜜蜂报》刊载了一条报道，提到了凯瑟琳的车被烧毁的事实。如果十二宫仅仅是把此事妄加在自己头上，那么他只有住在离莫德斯托极近的地方才有可能看到那篇报道。

我猜想，十二宫之所以迟迟才提到此事的原因在于，他的确就是当晚的那个开车人，他担心凯瑟琳会记住一些事情，从而把警察引到他家门前。

此时，凯瑟琳已经躲藏起来，行踪隐秘。直到 1982 年 2 月 18 日，我才找到她。

1970 年 10 月 6 日周三清晨，《旧金山纪事报》收到了一张 3 英寸 ×5 英寸的白色简易资料卡，上面的信息是寄卡人用从前一天的《旧金山纪事报》上裁下的字母拼出来的，还有一个蘸血画出的十字。上面写道：

亲爱的编辑：

虽然知道你会讨厌我，但我还是不得不告诉你，我的速度不会再那么慢了！事实上，刚刚已经有了第十三个，这次干得可真不错。他们中有些人还在反抗，真刺激。

数字"13"的下面是一个血十字。在卡片左侧上下倒贴着一张附言：

有报道说，城里的那些猪头警察们正在包围我。他妈的，我可是无法击溃的。现在我的身价是多少了？

右侧是罗马字体的"十二宫"签名和一个大大的十二宫符号，那个十字是由几条胶带拼出的。寄卡人在卡片边上扎了十三个孔，意指十三名受害者。

几乎有两天的时间，托奇和阿姆斯特朗都相信这封信出自真正的十二宫之手。但在最后存档时，他们还是将它归为又一封冒名顶替的信。现如今，十二宫的相关证据存放在一个有四层抽屉的青灰色防火金属柜中。

《旧金山纪事报》的首席调查记者保罗·艾弗利已经撰写了大量关于十二宫连环杀人案的报道，因此，当看到十二宫的下一封信，也就是第十五封信是寄给他本人而非寄给编辑时，他没觉得特别意外。

1970 年 10 月 28 日周三，十二宫寄来了一张色彩艳丽的万圣节贺卡。贺卡的前页有一个抱着南瓜的骷髅在跳舞，黑色与橙色相间，旁边还有几个白色的黑体字：

寄自你的密友

卡片左下方是一段小诗，开头是这样的：

我有一种直觉，
你在苦寻
我的名字，
所以我将
给你启示……

艾弗利的喉咙干涩起来，手指因激动而颤抖。他慌张地翻开卡片，等待看到那首诗的高潮部分：

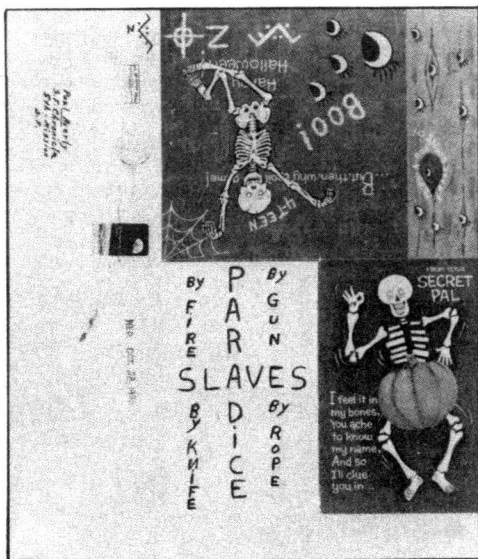

1970 年 10 月 27 日，十二宫寄给《旧金山纪事报》的记者保罗·艾弗利的写有死亡威胁的贺卡。

不过何必要毁掉我们的游戏呢！呸！
万圣节快乐！

十二宫在卡片里面贴着一张与前面截然不同的骷髅图，应该是从别的贺卡上裁下的，旁边还夸张地画上了十三只偷窥的眼睛，其中有几只还透过缝隙向外张望。除了硕大的字母"Z"和熟悉的"十字圈"外，杀手还画了一个从未出现过的诡异符号，最初看起来像是一个气象学符号。

卡片背面还有一些字母，是用画家和制图人专用的白色墨水写的：

```
 By   P    By
 FIRE A    GUN
      R
   SLAVES
 By   D    By
 KNIFE I   ROPE
      C
      E
```

当托奇和阿姆斯特朗从艾弗利那儿得到这张贺卡时，他们将注意力转移到了杀手从别处裁下又贴在卡片里面的那张骷髅图。他们仔细地将它掀起，想看看后面是不是藏着什么信息，却什么都没有。

但是，在信封内侧倒是工整地写着一些东西：交叉成十字形的两句相同的话语"抱歉没有密码"。

"我们当时想检查一下十二宫寄来的所有贺卡，看看它们之间的共同之处以及十二宫买到这些贺卡的难易程度，"托奇后来告诉我说，"他寄来的所有卡片都很普通，在任何一家零售店都可以买到。我利用周六和周日的时间特意去调查了这个情况，我只是想把事情办得稳妥些。有时我所做的事情，无非是为了让十二宫看到我们没那么糟糕。"

我也买到了一张这样的万圣节贺卡，与写上字之前的十二宫的那张贺卡完全相同。我发现十二宫将一个剪下来的南瓜图案贴在了贺卡前页上，遮住了骷髅的骨盆，这是性压抑的表现吗？

原始的贺卡上只有一只窥视着的邪恶的眼睛，十二宫自己加上去十二只，并且还在印上去的那个骷髅头上画了两只。卡里面那个剪贴画上的骷髅被戏谑地摆出了一个被钉在十字架上受刑的姿势。这张贺卡是由吉布森贺卡公司制作的。

至于那个除了字母"Z"和"十字圈"之外十二宫画的那个新的诡异的符号，几名远在底特律的读者来信说，它代表着宽缘钢梁，一种在建筑工程中常使用的金属工具，因此，他们认为十二宫是个土木工程师。那个符号是这样的：

十二宫在给艾弗利的卡片上写下了"躲猫猫[1]——你要完蛋了"以及"14"这几个字，不是在夸耀他已经杀害了第十四个人，就是在暗示艾弗利将成为第十四个受害人。

万圣节那天，《旧金山纪事报》在首页刊登了此消息，立即引来了广泛的关注。有那么一阵子，报社的接待室里挤满了各方记者，摆满了摄像机。有着浅色头发和颀长身材的艾弗利发现自己变换了角色，成了一位被采访的对象。

结果，令警方高兴的是，他们从中得到了一系列线索。当被记者问到他是否为万圣节的死亡威胁而担心时，艾弗利回答说他只把它当作"无稽之谈"。

艾弗利曾经在越战中做过战地记者，如今又是一名获得许可的私家侦探，因此，他可以很好地解决问题。但奈尔德警长还是决定不冒任何险，因而特别批准艾弗利随身携带0.38式左轮手枪，并允许他携枪在警方的执法范围内工作。

"《旧金山纪事报》的记者保罗·艾弗利濒临险境，"赫伯·卡昂写道，"他对十二宫的追踪报道使得他被十二宫盯上了——十二宫在寄给他的信件中警告说，'你要完蛋了。'结果《旧金山纪事报》的所有记者——包括艾弗利在内——都在衣领上佩戴起写有'我不是保罗·艾弗利'字样的徽章。此外，艾弗利还申请获得了专门为他设计的车牌，上面写着'十二宫'三个字。在我看来，这可不是什么明智之举……"

"似乎我写的什么东西让十二宫感到窘迫难堪了。"艾弗利说。

通讯社将艾弗利受到人身威胁一事播出之后，《旧金山纪事报》收到了一封寄自南加州的匿名信。信中说，十二宫可能是在加州的河滨市就开始杀人的。

[1] 译者注："躲猫猫"是大人把脸一隐一现来逗小孩儿发笑的游戏。

这位不愿透露姓名的寄信人说, 他曾经向河滨市的警方提过此事, 但他的想法并未受到重视。因此, 他想请艾弗利分析一下他所列举的种种可能性:

请将此信内容传达给负责调查"十二宫连环杀人案"的警探。

希望这些信息能够给你提供帮助, 因为我们都想看到案件被顺利侦破。

至于我自己, 我不想公开身份。希望你能够理解。

几年前, 在加州的河滨市, 一个年轻的女孩儿被谋杀了, 我相信案发时间正是"万圣节"前夜! 我可以写一封更长的信, 详述此案与十二宫连环杀人案之间的相似之处。但如果警方对我经比较得出的相似点不以为然的话, 我也仍有不抱太大希望而坚持到底的决心。我想, 在仔细研究过这些案件的所有事实之后, 即使警方还没有对这些可能性进行调查, 没有意识到"河滨市凶杀案"的重要性的话, 他们也应该考虑一下我所说的……

在寄给报社的信中, 从相似的古怪笔迹上可以看出二者之间的关系……你可以打电话问问克劳斯警官, 他知道我是不会放弃的。

艾弗利先生, 近期我会给你打电话, 请仔细考虑一下这个案子, 河滨市的警方已经掌握了大量信息, 旧金山警方也是如此, 希望他们都能够放下各自的利害考虑, 相互协作, 若协作已经开始, 我希望双方已经相互交换了信息……

在与河滨市的警察局局长伊尔夫·克劳斯核实之后, 艾弗利查到了写信人的名字, 他的通讯地址不详, 邮局登记簿上只有"存局候领"的字样。(这个人也曾给林奇警官写过信, 他的字迹与十二宫的字迹并不一致。)克劳斯说, 有很长一段时间, 这个人都一直试图说服河滨市警方相信, 十二宫曾在1966年杀害过一名女大学生。他向艾弗利讲述了那起案件的大致情况, 并答应尽快将相关材料整理好给他寄过去。

最初, 艾弗利对两起案件之间的联系充满了怀疑, 因为尽管那个案子与十二宫连环杀人案有某些相似之处, 但是并不存在明确的关联。

事实上, 这只是艾弗利收到的几百封信中的一封, 那些寄信人不是自称"知道十二宫是谁", 就是称其"知道怎样能够抓住他"。

旧　案

1970 年 11 月 9 日周一这天, 艾弗利最终得知了河滨市凶杀案件的信息, 这也是河滨市有史以来唯一一起未被侦破的谋杀案。在受害人的凶杀案记录中, 艾弗利发现了一张手写信件的照片复印件, 是案发五个月之后才收到的。警方当时仅仅认为它又是哪个疯子的行为, 信下方的署名对他们而言也是毫无意义。然而, 写信人在信件下方的署名是字母:"Z"。

两小时后, 艾弗利便驱车前往距离洛杉矶东南方向 62 英里的河滨市。艾弗利在那里见到了目前负责该案件的首席警探戴夫·伯尼纳, 并获许查看编号为 No.352481 的该案件资料。受害人名叫彻利·乔·贝茨, 由于该谋杀案是四年前发生的, 所以卷宗已经积攒了很多。在与克劳斯和伯尼纳的会谈中, 艾弗利了解到了受害人遇害当天的详细情况。艾弗利觉得是十二宫杀死了彻利·乔, 并用铅笔写出了这封信。

根据警察局的记录, 彻利是一名 18 岁的大学新生, 她是个优等生, 最大的理想是将来成为一名空姐。她曾在河滨市大学附近的拉蒙纳高中担任啦啦队队长, 之后又成为河滨市大学的学生。她只在学习的时候戴眼镜, 身高 5.3 英尺, 体重 110 磅, 蓝眼棕发, 肤色白皙, 遇害时皮肤已被晒成深古铜色。她和父亲约瑟夫住在河滨市圣何塞 4195 号, 父亲是科罗娜海军实验室的机械师, 母亲于 1965 年离开人世, 弟弟现在佛罗里达州海军服兵役。

1966 年 10 月 30 日, 也就是谋杀案发生的当日, 约瑟夫和他的女儿参加了在布拉克顿市圣凯瑟琳教堂举行的弥撒。上午 9 点, 父女二人一起在哈得曼中心的桑蒂餐厅共进早餐。10 点, 约瑟夫离家前往海滨。下午 3 点左右, 彻利打电话给朋友史蒂芬妮，但电话无人接听。3点45分她又打了一次电话，这次史蒂芬妮在家。彻利问她是否想和自己一起去大学图书馆借些书，再学习一会儿，史蒂芬妮婉言拒绝了。4点半，彻利的一些朋友路过她家门口，发现她那辆柠檬绿的大众汽车停在房前。而彻利独自在4点半~5点离开了家。5点她父亲回到了家。

离开家的时候，彻利穿着一条已褪色的红色速干七分裤和一件长袖淡黄色衬衫，领口处系着个蝴蝶结。她手里还提着一个超大款的红褐色编织袋，脚上穿着一双白色凉鞋，脚跟处以及两个前脚趾之间都用丝带缠绕着。

"下午5点的时候，约瑟夫在冰箱上发现了这张便条，"克罗斯警官一边说着，一边把用塑料膜覆盖的便条递给了艾弗利，只见上面写着："爸爸——我去了河滨市大学图书馆。"

"约瑟夫帮彻利记下史蒂芬妮的电话留言后就又出去了，"克罗斯接着说道，"大约5点半时，彻利发现自己将期末论文的参考书目写错了位置，于是便打电话询问正在河滨市国家银行共组的朋友多娜问题要不要紧，就这样，两人在电话里聊了片刻。"

"我得开始制作笔记卡片了。"彻利告诉多娜。

伯尼纳说："我们有一个相关目击者的记录，那天下午6点10分，彻利的一个朋友看到她正开着大众汽车前往位于马格诺利阿的河滨市大学图书馆。朋友还朝彻利挥了挥手，但彻利显然没有看到，因为她并没有做出回应。"

"另一个记录来自住在图书馆附近的某空军人员。他回想起，那天，在与马格诺利阿路平行且位于谢瑞林公寓东边的车道上，有一辆淡绿色的大众汽车从他身边驶过，开车的是个棕发女孩儿。紧跟其后的是一辆1965~1966年产的青铜色老式汽车。"

"我们估算彻利到达河滨市大学图书馆附近的时间是7点左右，之后她进了图书馆。当时她有朋友也在图书馆学习，但没人记得见到过她。我们确定她的确进了图书馆，因为她借了三本选举团方面的书，后来我们在她开的车的前座上找到了这三本书。很明显，凶手趁彻利待在图书馆之际，对她的汽车引擎做了手脚，拔除了分电器线轴和电容器，切断了分电器中间的电线。说不定他也进了图书馆，等待她在发动引擎时将电池耗尽。接着他有可能走过去说要帮忙，给她提供搭顺风车的机会……凶手沿着没有灯光的石子路将她载到停车场，在东边离她的车 75 码处停了下来。随后凶手用一只手捂住她的嘴，另一只手拿刀架在她的脖子上。"

伯尼纳说："他肯定打算把她闷死，可彻利是个健硕的女孩儿，她用力反抗着，我们发现她将凶手手腕上的表给扯掉了。"

"她一边使劲儿抓他的脸，一边大声尖叫起来。对此我们有记录……一位附近的居民在晚上 10 点 15 分 ~10 点 45 分时听到过一声可怕的尖叫，接着是 2 分钟的沉默，后来听到一辆旧车发动的声音。还有一个人告诉我们他 10 点 30 分返回那儿的时候听到了一声尖叫。"

医学报告上显示彻利的头部被踢中，左边脸颊和上嘴唇处都有被刀割过的痕迹，颈前部、颈静脉以及喉部被狠狠地割了三刀，整个头都几乎被割掉，胸部被一柄短刀扎了两次。当凶手将刀刃插入她的左肩时，她已经趴在了地上。记录上写道："他们打斗过的地面犹如新翻的田。"

警察们推断凶手在离开之前找寻过他的腕表。

"约瑟夫回到家时已是午夜，他发现自己留给彻利的便条未被动过。他当时估计女儿是和她的朋友一起出去了，便去睡觉了。可是第二天一早女儿依然未归，于是他赶紧打电话给史蒂芬妮，看女儿是不是在她那儿。早上 5 点 43 分时，约瑟夫报警称女儿失踪。那天是万圣节，紧接着 45 分钟之后，河滨市大学图书馆的球场管理员克里奥福斯·马丁便开着扫路车驶向泰拉奇纳，途中他看见一具尸体俯卧在地上，旁边还有一个用草编织的钱包。他立刻给我们打电话报警，之后我们用绳索将案发现场围了起来。"

"女孩儿的钱包里还有她的身份证件以及五十六美分。距离尸体 10 码之外，我们找到了凶手遗留下的天美时手表，表面周长为 7 英寸，手表一边的黑色表带已经被扯断。"

"我们还发现了一个鞋印，从鞋印看来，此鞋应该只出售给军队，如附近的空军基地。鞋码 8~10 英寸大小，由莱文沃斯堡监狱制造。"

"我们在她的指甲缝里发现了被撕扯下的头发和被刮下来的皮肤碎屑。另外，在车前座上我们还发现了一个油性的手掌印。在附近一座建筑的楼顶上，我们也找到了她开的大众汽车的钥匙。"伯尼纳说。

艾弗利浏览了一遍验尸报告，做了几处笔记，然后他合上笔记本，把它塞进了夹克衫里面的口袋里。女孩儿最迟搭乘上凶犯开的车的时间可能是周日晚上9点，也就是图书馆关门的时间。10点30分左右有人听到可怕的尖叫声，所以女孩儿极有可能在那时遇害。此时各种各样的问题在艾弗利的脑海里涌现出来：难道彻利和凶手在黑暗中的两栋荒废的房屋之间站了将近两个小时？他们是否交谈了很久？莫非她认识凶手？凶手在等待什么呢？

记录显示凶手使用的刀片1.5英寸宽、3.5英寸长，一条血路从谋杀地点一直延伸到泰拉奇纳。

案发后的24个小时里，克劳斯和他的手下就已经审问了75个人，并对附近空军基地的官兵以及彻利的同学和老师进行了询问。最大的嫌疑犯是当地的一名年轻人，他和这位美丽的啦啦队队长认识。虽然有很多细小的证据可以证明这位年轻人有犯罪嫌疑，但是在法庭审判中这些证据没有一个能站得住脚。艾弗利对于此人是否会是在北加州行凶的十二宫感到很迷惑。

案发五天以后，彻利的尸体得以安葬，成百上千的人前往葬礼现场哀悼。负责凶杀案的警探挤过人群，仔细观察着现场每一个人的面孔，试图找到一些蛛丝马迹。克劳斯告诉我们："葬礼快要结束的时候，约瑟夫已经彻底崩溃，他大声地哭喊着：'我的女儿！我的女儿！'"

伯尼纳透露："葬礼结束九天后，克劳斯警官召集了所有案发当晚在图书馆的人，试图重现当时的场景。一共是65个人。"

"我们让他们穿着和当晚同样的衣服，坐在和原来相同的位置上，把车停到同样的地方。克劳斯警官还拿自己的车充当彻利的那辆车。我们询问了他们每个人到达的时间，看到馆外都有哪些人，分别在什么位置，以及注意到哪些车辆。我们还告诉他们，如果回想起有谁当晚在图书馆却没有来接受询问，就随时向我们汇报，同时我们录制下了所有的采访对话。警官从每个人身上都提取了指纹和一绺头发的样本。指纹的样本给了联邦调查局，头发的样本我们寄给了刑事鉴定与调查中心。"

"我们漏掉了两个人：一位妇女和一个大约 5.8 英尺高、长着络腮胡的粗壮年轻男人。我们出去专门寻找过脸上有抓伤痕迹的年轻男人。"

伯尼纳看着文档，摇了摇头。

"这两个人我们还没找到，还有人说当晚看到了一辆 1947~1952 年产表面刷有氧化漆的灰褐色双座小货车，我们也没有找到。"

在第二次的简要交谈中，艾弗利得知警察们曾经收到过一份"自白书"。伯尼纳说："我们确信凶手对于身份鉴定技术了如指掌，他设计出的笔迹足以让顶级的专家感到无能为力。设计的方法大致如下：首先他将打字机全部设置为大写，然后把十三张白纸和十二张复印纸重叠放置在一起，寄出的是最后那一张，这样就会确保信上不会留下任何指纹，同时由于打印出来的字迹非常模糊，要想确认打字机的型号也十分困难。"

他打开最上面一层的抽屉，拿出一份照片复印件递给艾弗利。"这封信的全文之前从未刊登过。"[1]

她年轻貌美，
但现在她被毁了。
她死了，
她不是第一个也不会是最后一个。
我整晚辗转难眠寻思着我的下一个受害人，
她可能是那个在小商店附近
当临时幼儿保姆的棕发美女，
她每晚 7 点走过漆黑的街道。

---

[1] 笔者注：我获得了一张河滨市警察局桌面上放着"自白书"的照片，借助于放大镜才弄到了完整的信件副本。纳罗没法把他的副本拿给我看，但他读过我写的内容，确定内容无误。

又可能是那个身材姣好、蓝眼褐发的女孩儿，

我高中时曾约过她但被拒绝了。

也可能两个都不是。

但是我会割下她身体上的女性器官，

让整个城市的人都看得见。

所以不要让我轻易得手。

让你们的姐妹、女儿和妻子

离街道和小巷远点儿。

彻利小姐很蠢，

她如同一只温顺的小绵羊向我乖乖就范。

她没有丝毫挣扎，但我却累得不行。

玩得真尽兴。

我先是拔掉了分电器中间的电线，

然后在图书馆里等她，

两分钟后就跟着她出来了。

电池那时肯定已经耗尽，

我问她需不需要帮忙。

她当时十分乐意和我说话，

我告诉她我的车就在下面的街上，

可以顺便送她回家。

当我们距离图书馆越来越远时，

我说是时候了。

她问我："什么时候？"

我说是你死的时候了。

我用一只手捂住她的嘴，

另一只手持短刀架在她的脖子上。

她十分顺从。

我的双手可以感觉到她异常温暖挺拔的乳房，

而我的脑海中只有一个念头——

我要让她为以前给我带来的痛苦付出代价。

她死定了。

当我扼住她喉咙的时候，

她不停地蠕动挣扎着，嘴唇抽搐着，

她还尖叫了一声，

我立刻踢她的头让她住嘴。

当我把刀插入她身体的时候刀断了，

接着我就割破了她的喉咙草草了事。

我没生病，只是有点儿精神错乱。

然而游戏不会就此结束。

你们必须刊登这封信让所有的人都看到，

说不定这样会挽救小巷里某个女孩儿的性命。

但这要取决于你们了。

这事你们得考虑清楚，与我无关。

没错，电话也是我打的。

这只是个警告。

小心点儿……我正在跟踪你们的女儿。

抄送：警长

《河滨市商业报》

凶手在信中提到了"游戏"二字，坚持要报社刊登信件，这些行为都是十二宫所特有的。

"这封信是凶手从一个偏远隐蔽的乡村邮箱寄出的，未贴邮票。我们毫不怀疑这封信肯定是杀死彻利的凶手写的，因为信中提到了十分隐秘的细节，尤其是作者提到了将大众汽车分电器中间的那根电线拔掉了。"伯尼纳说。

《河滨市商业报》在彻利死后六个月刊登了一篇关于此谋杀案的文章。第二天，警察们又收到了一封新信件。艾弗利发现这是一封用铅笔随手写出的信，信纸只是一张普通的三孔活页纸。标题的字迹大而潦草，从左边竖着写下来，内容是：

> 彻利必须死，
> 还要死更多。

> Z.

活页纸的每行线条都是蓝色的，信的底部有一个很小的、类似数字"2"或者字母"Z"的符号。信封上贴有两张四美分林肯头像的邮票，这是双倍邮资。虽然这封信被置于彻利·乔谋杀案的案卷里，但警方只将其视为恶作剧，认为它和自白书没有任何联系。

艾弗利独自一人翻阅着彻利谋杀案的案卷。他很快发现还有另外两封信件也写明了"彻利必须死"。一封寄给了《河滨市商业报》，另一封则很残忍地寄给了彻利的父亲约瑟夫。

艾弗利还发现了一张桌面的照片，这张照片是河滨市图书馆的管理员于案发

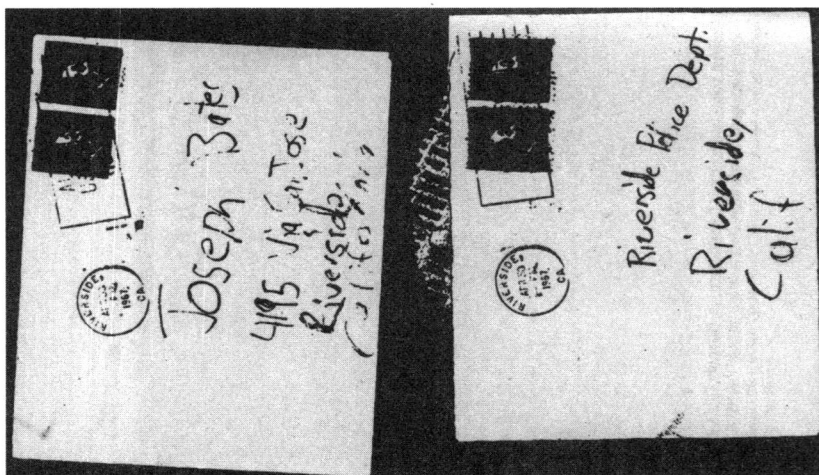

1967 年 4 月 30 日，十二宫寄给约瑟夫·贝茨和河滨市警察局的信的封皮。
请注意其使用的是双倍邮资。

五个月之后在一间储藏室发现的。桌面上刻了一首可怕的诗（这里是第一次被翻印），占据了 5 英寸长、3.9 英寸宽的面积，是用蓝色的圆珠笔在刷过油漆的桌面上刻出的，内容如下：

厌倦了生，却不想死。

切开，

擦掉，

红了，

擦掉。

血飞溅，

滴落，

溢满

她的整条新裙子。

哦！好极了，

它红了。

无论如何，

生命正枯竭成

未知的死亡。

这一次

她不会

死，

有人会找到她的。

等待

下一次。

r.h.

1967 年 4 月 30 日，十二宫在加州的河滨市用铅笔写给受害人彻利的父亲约瑟夫的便条。此处首次被翻印。

在河滨城市大学图书馆的一张书桌上发现的诗（用圆珠笔写出），是在约瑟夫·贝茨收到十二宫的信后不久被发现的。

自彻利死后，警方收到过很多类似的令人作呕的信件，而这首被发现的诗不同，它似乎署了名。注意看的话，诗的最下面有两个小写字母"r"和"h"。

在和克劳斯的会谈中，艾弗利指出那封铅笔写的"贝茨必须死"的信件上的字迹和最近十二宫用蓝色标签笔写给《旧金山纪事报》信上的字迹很像，并且和圆珠笔刻在桌面上的诗的字迹更是一模一样。艾弗利终于说服克劳斯和伯尼纳将彻利案件和十二宫连环杀人案结合起来调查。

最后他们决定让艾弗利将证据放在密封的文件袋里带往萨克拉门托交给刑事鉴定与调查中心的专家舍尔伍德·毛利尔（从而保证了证据的连贯性）。艾弗利在家里给毛利尔打了个电话，要求和他在萨克拉门托机场会面。

很快，艾弗利登上了前往萨克拉门托的飞机，他随身携带着杀害彻利的凶手寄的所有有关彻利的信件和信封，包括打字机打印的"自白诗"和桌面上那首诗的照片。而毛利尔正焦急万分地等待着艾弗利的到来。艾弗利一到，毛利尔就迫不及待地将信件当场检查了一番。然而，"自白书"副本上的字迹十分模糊，几乎无法识别出打字机的型号和字体。[1]

接着艾弗利翻印了他在警察局案卷里发现的用铅笔写的信件。片刻之后，笔迹专家发话了。

"这完全不像十二宫的笔迹。"他说。

专家接着又看了一下装铅笔信的信封。

"现在倒是觉得有点儿像了。"毛利尔说道。

他紧紧地盯着信封。"没错，就是它。河滨市一案中的信件和北加州的十二宫信件就是出自同一个人之手。"

毛利尔是个老到的笔迹鉴定师，他还暗中获取了艾弗利本人的笔迹，把它们和来自河滨市信件里的字迹进行了比较，鉴定结果证明艾弗利是清白的。

经过四天的仔细研究之后，毛利尔肯定地对艾弗利说，他认为河滨市信件里

---

[1]笔者注：毛利尔后来发现信件是由一款皇家手提式打字机打印的，坎特伯雷阴影，每英寸打12个字。

的字迹"毫无疑问为十二宫所特有。图书馆桌面上刻出的字迹和铅笔写的三封信里的字迹相同，和信封上的字迹尤其相像。《旧金山纪事报》收到的十二宫信件也是出自此人之手"。

艾弗利就他的河滨市之行写了篇文章，发表在周二的《旧金山纪事报》上，标题是"十二宫难逃干系"。

而克劳斯就彻利一案展开了全面调查，但他认为十二宫只是想吸引公众的眼球，因为信件毕竟是在谋杀案发生半年之后才收到的。

"警方曾经逮捕过一名嫌疑犯，如今已经获得保释，但我们一直没有充分的证据证明他就是杀害彻利的凶手，"克劳斯透露，"我不是笔迹鉴定专家，但我总认为无论这个十二宫是谁，他可能读到过一些有关彻利凶杀案的案情，知道案件未破，然后写信暗示他就是杀人凶手，而事实上谋杀案和他毫无关系。大家请注意彻利是 1966 年 10 月遇害的，而这封信却是 1967 年 4 月才收到的。信上也并没有暗示说凶手不是本地人。"

艾弗利又给《旧金山纪事报》写了另一篇文章，内容有关在河滨市举行的一次秘密会议，会议聚集了旧金山、萨克拉门托和纳巴郡的凶杀案警探。这次会议长达九个小时，主要围绕着艾弗利发现的"河滨市凶杀案与十二宫之间的联系"展开。

会议结束后，克劳斯、托奇、纳罗以及刑事鉴定与调查中心的梅尔·尼古莱对会议涉及的内容都只字不语。艾弗利发现警探们一致认为十二宫曾一度和河滨市有着密切的联系，另外，西西莉亚·安·雪柏，即贝利桑湖凶杀案的受害人，也曾是河滨市的一名学生。

由于桌面上的那首诗，警察们断定十二宫肯定在作案前后停留于河滨市大学图书馆。而这个杀人狂犯下的一个错误就是在那首血淋淋的诗歌结尾处留下了首字母缩写，是人名的缩写吗？"r.h."指的会是谁呢？

另外，毛利尔收到了其他七份笔迹样本，河滨市的警察们曾认为这些笔迹是杀害彻利的凶手的。现在，毛利尔已对这些笔迹进行了鉴定。结果显示笔迹不符。

警方宣布"州里的一位专家将我们搜集的主要嫌疑犯的笔迹和十二宫的笔迹进行对比之后，认为它们并非出于同一个人之手。虽然说十二宫也很可能是河滨市杀人案的嫌疑犯，但这并不意味着杀害女孩儿的凶手就一定不是我们本地人"。

罪恶累累

由于十二宫曾对保罗·艾弗利发出过死亡恐吓，艾弗利于是在当地的电视节目中把凶手奚落了一通，当时他的夹克衫下面挂着枪套，里面有一把 0.38 式左轮手枪，这样他才对自己的安全稍感放心。1971 年 1 月 3 日，艾弗利拔枪将一名流浪汉从刀下救出，这让他不得不重新开始思量一番。他告诉我："如果我身上带着枪，就会不由自主地想用它，所以最后我选择了不佩带枪。"

在艾弗利揭露了十二宫和河滨市凶杀案件有联系的四个月之后，即 1971 年 3 月 15 日周一的这天，《洛杉矶时报》收到了来自十二宫的第一封信。

信封上的邮戳第一次显示的不是旧金山，而是阿拉米达市旁边的一个小镇普莱森特。凶手同样支付了双倍邮资，信封上倒贴着两张六美分的罗斯福邮票，还写着那句同样的话："火速交给编辑"。这已经是他的第十六封信了。这次，他选择了加州发行量最大的报纸。

信的开头照常写着："我是十二宫。"

一直在跟你们说我可是无法被击溃的。如果蓝色小气鬼们很想抓住我的话，他们最好从肥驴身上下来并干点儿什么。因为他们越是瞎转悠[1]，我为来生收集的奴隶就越多。我不得不说他们干得不错，发现了我在河滨市的所作所为，但

---

[1] 笔者注：短语 "fiddle & fart around（瞎转悠）" 是旧式用法，因此让警探们误以为十二宫比他们想象的要老。我了解到此短语在得克萨斯州使用，主要集中于拉伯克市一带。

是他们只找到了一些简单的线索，还有许多需要他们仔细搜罗的呢。

我写信给《洛杉矶时报》是因为，他们并没有像其他报纸一样把我的信放在倒数几页里埋没。

十二宫 -17　　旧金山警察局 -0

艾弗利和旧金山海湾地区的精神病学家进行了交谈，后者认为十二宫只是在信中自诩又杀了人。"十二宫经常夸耀他正在增加'奴隶'的总数，这可能只是他在吹嘘。"

无论凶手是否在吹嘘，托奇和阿姆斯特朗都得一如既往地做着大量让他们感到身心俱疲的工作。

警方在太平洋联合大学附近白色小屋路的停车道上，发现了一辆女孩儿开的

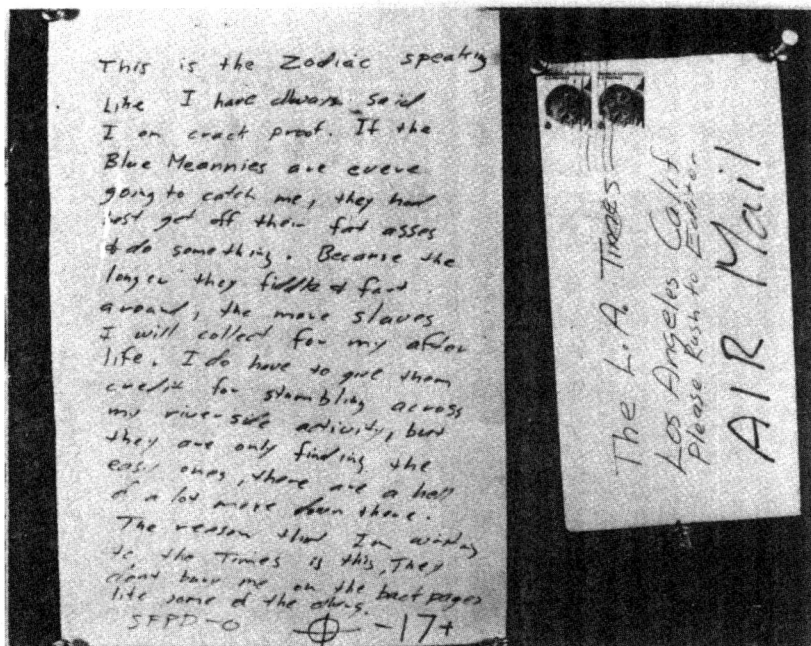

1971 年 3 月 13 日，十二宫从加州的普莱森顿镇寄给《洛杉矶时报》的信。

车，车座上的便携式收音机依然在响。他们还在附近发现了两片从她身穿的金色连身裙上撕扯下的布块。太平洋联合大学的二十一个学生，包括布莱恩·哈特奈尔在内，一起开始步行搜寻女孩儿的下落。由于下过雪，早晨的气温很低，于是他们带上了一只警犬。峡谷地区的地面崎岖不平，八天之后他们才找到尸体。尸体相距被丢弃的汽车只有225码，靠近豪厄尔山路，被埋在一堆灌木、原木和一个破败的士兵行军背袋下面。整个尸体用美国国旗包裹着，遍体鳞伤，头部左侧的黑色长发边有被重击后留下的血迹，颈部被一根电线紧紧地缠绕着。警方还找到了一根死者用来串钥匙的带子，带子上的所有钥匙都已经被凶手拿走。和西西莉亚·雪柏一样，女孩儿也是在一个偏僻的树丛里被杀害的。

20岁的受害人琳达·凯恩斯已是近两年内太平洋联合大学第二个被谋杀的女生了，尽管如此，县治安官厄尔·伦道还是向学生们保证他们不会成为被谋杀的目标。他还表明，最近的这起谋杀案和十二宫连环杀人案没有任何联系。

警方在圣赫勒拿找到了一个嫌疑犯，并下令通缉此人。他们搜查完嫌疑犯的住所后带走了大量不明物件进行调查，结果还是一无所获。

仅隔了一周，《旧金山纪事报》就收到了一张普通的四美分明信片。收件人还是保罗·艾弗利，上面贴了更多的从报纸上剪下的图片和语句。

这些语句包括"寻找第十二个受害人""窥视松树林""穿越塔霍湖地带""山岭俱乐部"和"在四周的雪地里"，十二宫用售票员专用的打孔器将明信片的边缘修饰成半月形。明信片的背面贴着一幅艺术家所画的透视图。警方后来发现那是为松树林设计的广告图，松树林位于内华达州塔霍湖北海岸，在因可莱恩村庄附近，是一个正在开发的共管村庄。

第十二个受害人有可能是25岁的多娜·莱丝，一位美丽的棕发护士。1970年9月6日，她从内华达州斯戴特莱恩的撒哈拉旅馆下班离开，之后就失踪了。人们在她居住的小寓所内发现了她的汽车，但并未见到任何挣扎的痕迹，只发现她车上的钱包和衣服不见了。据说有个身份不明的男子曾在多娜失踪的当天打电话通知多娜的房东和雇主，说她不能回来，因为家里有人病了。但是后来据警方调查发现，多娜家里并没有人生病，打电话的人其实在撒谎。

　　旧金山市和内华达州的警探们开始互通电话,努力地探寻着那句令人费解的"在四周的雪地里"所隐藏的含义。莫非多娜遇害后被埋在了新开发区附近?就在两天前《旧金山纪事报》还刊登了有关共管村庄的广告呢。

　　在向托奇汇报时,毛利尔认为卡片地址栏上的字迹和所有他检查过的其他(十二宫)信件上的字迹一模一样。

　　南塔霍湖的警长雷·劳利斯说:"由于这起案件没有其他的嫌疑犯,所以我认为十二宫很有嫌疑,我们完全可以从他寄给《旧金山纪事报》的明信片上入手调查。我们最初就认为多娜是被绑架的,而且已经死了。因为依多娜的个性她不可能出走——她千真万确是一个乖女孩儿。"

　　由于受到积雪的影响,对尸体的搜寻被延迟,然而雪却接连不断地下起来,所以警方对年轻女护士尸体的搜寻不能正常进行。多娜·莱丝依旧下落不明。

　　托奇思忖着短语"窥视松树林"是不是凶手向他们发出的邀请,暗示他们搜

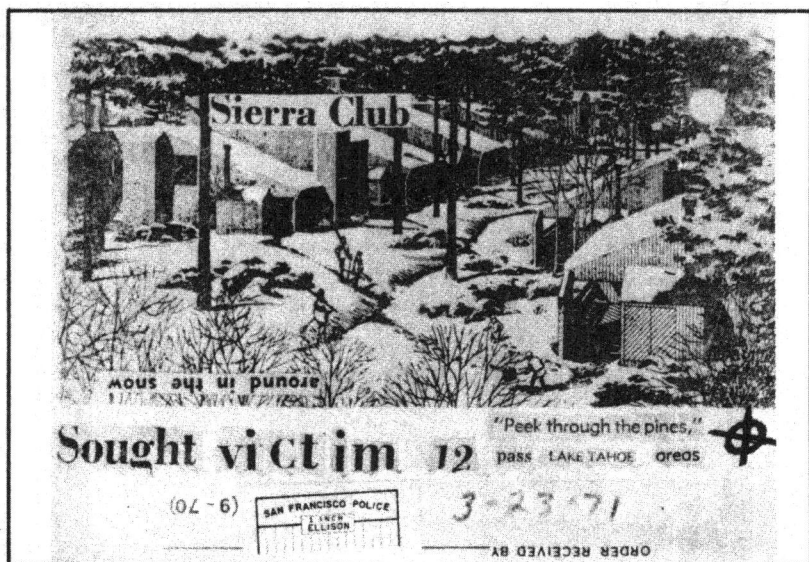

1971 年 3 月 22 日寄给保罗·艾弗利的明信片。此明信片引出了十二宫与塔霍湖失踪的护士多娜·莱丝之间的关联。

寻一下画中的松树林,从而找到女孩儿被掩埋的地方。画面的前景里有人正手持铁锹挖地,这多少让人有种不祥之感。

　　"从来没人向我询问过,我很惊讶警察们居然从来没问过我任何问题。"多娜·莱丝的前室友乔·安妮数年后告诉我。我曾问过她是否知道多娜与河滨市有没有什么联系。她解释说她和多娜曾经住在旧金山,当时和两个来自河滨市的男人坐过同一架飞机,而警方却从未将多娜·莱丝和旧金山联系起来进行调查。

　　"多娜和我曾在普西迪基地的雷特曼总医院工作过。多娜在那里一直工作到1970年6月,之后搬到塔霍湖,三个月后就失踪了。"安妮透露。

　　普西迪基地也和谋杀案有所关联。保罗·史坦恩是在普西迪基地附近被杀害的,十二宫也在此消失。如果十二宫继续朝东北方向转移的话,他可能会来到马洛卡225号高速公路,而几个月后多娜和乔·安妮正是搬到了这里。莫非这里离凶手1969年居住的地方很近?难道他是在这里遇见多娜,接着几个月后开始对她实施跟踪,并在另一个郡将其谋杀的吗?

　　我去金门电影院看了一场低成本制作的有关十二宫的电影。电影只上映了一周,观众寥寥无几。电影中最初的嫌疑犯是一个粗暴的卡车司机(鲍伯·琼斯),但警方后来发现那个年轻人(哈尔·里德)才是十二宫。影片在结尾还暗示观众十二宫有可能就在电影院里,或许就坐在他们的身后。

　　由于十二宫既是个电影迷又是个自大狂,加之旧金山上映的那部电影的观众人数又极为有限,所以他坐在观众身后看电影的可能性极大。《旧金山纪事报》的记者达菲·詹宁斯告诉我,十二宫电影的制片人曾设计了一个有奖竞答,邀请每位电影观众用二十五个字或更少的文字回答卡片上的问题,奖品是一辆新摩托车,问题是:"我认为十二宫杀人的原因是?"

　　詹宁斯说:"考虑到真正的十二宫可能会对影片产生好奇,并且大摇大摆地前来观看,我们在影院入口处的休息室里放置了一个很大的纸盒,用于存储观众从上面缝隙中投递进来的卡片,休息室里会有专人坐着一一过目卡片。一旦他发现有自称是真凶的可疑卡片,便会即时通过对讲机通知影院的经理。"

　　尽管影院并没有接收到类似的信息,警察们还是将所有的卡片都仔细研究了一遍，看笔迹有没有和十二宫相像的。

1971 年华纳影片公司也制作了一部电影，叫作《哈里警探》，该电影是以十二宫为主题制作的最好的一部影片。主角是一个类似托奇的警探，由克林特·伊斯特伍德饰演，他在电影中搜捕的是一个名叫"天蝎宫"、戴着头罩的杀手（安迪·罗宾逊饰）。电影的情节十分贴近十二宫案件本身，其中"天蝎宫"写给《旧金山纪事报》的信件使用的就是真实的十二宫信件的副本。

1971 年 4 月 11 日周日这天，十八岁的凯西·比莱珂身穿白色衬衫和蓝色牛仔裤，带着一本软皮书和一个双筒望远镜，开着家里的车前往郡里的维乐·蒙塔尔沃公园，公园就在萨拉托加市外。她将车停在植物园的停车场，然后步行至一条小溪旁，在这儿她可以一边读她喜欢的哥特式小说，一边观察那片人迹罕至的丛林深处的鸟儿。1969 年 8 月 3 日，也正是在这里，两个年轻女孩儿凯西·史努孜和黛柏拉·弗陇被利刀刺了三百多下。

就在女孩儿阅读的时候，一个身影在她的身后出现，身影悄无声息地穿过高高的草丛，潜到对女孩儿的身体触手可及的地方。他举起一柄短刀，在女孩儿的背上刺了十七下。女孩儿倒下后，他又在她的胸部和胃上刺了三十二下，刻意避开了乳房部位。

在接到女孩儿失踪的报警后，警察们找到了女孩儿的车，但由于天太黑搜寻被迫中断，天亮以后大家才又开始搜寻这位金发碧眼的高中生。凯西的父亲查尔斯在清晨的第一缕阳光里找到了女儿的尸体，此时还有三十个副治安官正在相隔数码之外的地方搜寻着。女孩儿的尸体被扔到一个浅沟里，第二天当人们清理该区域试图寻找线索时，他们发现了从女孩儿衬衫上撕下的血迹斑斑的布片。

桑塔克拉拉市的法医将发生在复活节这天的凶杀案以及 1969 年史努孜和弗陇的那起谋杀案联系到一起，他认为前者完全是后者的翻版。

两个星期以后，警方得到消息说有一位可疑人士经常在案发地点出没。此人叫作卡尔·F. 沃纳，有着棕色短发，戴着镶有角质架的眼镜，他曾和史努孜和弗陇同是橡树林高中的学生，住处离女孩儿家有三个街区，他还曾经被警方怀疑持刀袭击过一名妇女。

警探们手持搜查证突然造访沃纳家，沃纳当时还是圣何塞城市大学的一名学生，正在备考物理。警探们从他家搜到了一把刀，之后他们就把这个18岁的嫌疑人带到了案发现场。沃纳于9月承认自己三次持刀杀人，并被判处终身监禁。

然而沃纳并非十二宫。沃纳曾是一名来自马萨诸塞州莫尔伯勒市的交换生，于1969年年初搬到加州，而十二宫早在那之前就已经出现。

1972年3月22日周三这天早晨，阿姆斯特朗和托奇两人仔细地查看了邮件，因为今天刚好是十二宫写信以来一周年的日子。

可是他们一无所获。此时案件给托奇带来的困扰变得越来越大，他时而推测十二宫或许已在某次事故或作案时被杀身亡，时而又认为十二宫已经远走他乡，他的仇恨也可能已经耗尽，不再杀人。还有一种可能，就是十二宫已经入狱或是进了精神病院。但有一点托奇坚信不疑，那就是这个超级自大狂一定会在销声匿迹之前留下最后一封自我吹嘘的信件，或是一些犯罪证据——比如一把枪、一柄刀、一张密码表或者至少是从史坦恩衬衫上撕下的一片带有血迹的布块。

托奇感觉十二宫还活着，并且正在等待时机。

1972年4月7日周五这天晚上9点，旧金山的一名法律秘书33岁的伊泽贝尔·沃森在塔玛尔帕斯山谷下车，步行爬上松树山林。突然间一辆白色雪佛莱车不知从何处向她疾驰而来。汽车在她的身边停下，司机探出头对她说："真是打扰了，让我开车送您回家吧。"

司机大约40岁出头，身高5英尺9英寸，戴着黑框眼镜。

"不用了，谢谢。"沃森太太回答道。

那人继续用很亲切的声音反复请求着，可沃森太太还是坚决拒绝了。这时，男人变得无比愤怒，他拔出一把短刀，朝沃森太太的背部刺去。沃森太太尖叫起来，附近房屋的灯光顷刻间全亮了。

那人在刺眼的光线里稍怔了片刻，就立刻窜回车上迅速逃离了现场。邻居们赶紧叫了辆救护车将受伤的女人快速送往马林郡总医院进行抢救。

纳巴警察局的肯·纳罗说："我认为凶手很有可能就是十二宫，可能性超过一半，要知道我搜寻那个畜生已经两年半了，沃森太太的描述完全符合。作案时间是周五晚上，十二宫每一次作案的时间都是周五或者周六。我们花了很长时间来研究这个案子，我倒希望那个人就是他，如果真是十二宫干的，我们就又多了一个目击证人，同时我们也确定了他仍旧在这里。"

"警察局里依然保留着一个专门负责十二宫案件的办案小组——由警探戴夫·托奇和比尔·阿姆斯特朗两人组成，"赫伯·卡昂在《旧金山纪事报》上这样写道，"然而十六个月以来，凶手没有丝毫动静，甚至连恶作剧信件都销声匿迹了。而托奇曾坦言'我们过去平均每周可以收到十封信件'。"

接下来的十八个月里，警方依然没有收到任何关于十二宫的消息。尽管全美国和加拿大的公民都在出谋划策，可是几年以来，托奇和阿姆斯特朗不断受到错误的指引，希望也一次次破灭，两个人被弄得垂头丧气。他们甚至连一个主要嫌疑犯也没有找到。

大约是三年以后，凶手才再次给《旧金山纪事报》写信。

1974 年 1 月 30 日周三这天，十二宫新寄来了信件，上面的邮戳显示为"940"，这表明信件是前一天从旧金山南部的邻郡寄出的。

托奇和阿姆斯特朗迅速奔到《旧金山纪事报》，他们读到以下内容：

我认为《驱魔人》[1] 是我看过的最好看的讽刺喜剧。

署名，你忠实的：
他一头扎进汹涌的海浪里，从自掘的坟墓里传出一个回音，踢踏…踢踏…踢踏…

附言：

---

[1] 笔者注：这是一部很火的电影，当时仅在旧金山北部地区上映。

如果我在你们的报纸上没看到这封信，我会干出些坏事来，你们知道我有这个能力。

我 -37   旧金山警方 -0

1974 年 1 月 30 日《旧金山纪事报》收到的关于电影《驱魔人》的信。

十二宫在信件的底部画了一个奇怪的符号，符号或许包含着他真实身份的线索，或许只是对警察的又一次嘲弄。

看到"踢踏"这一行时，托奇感叹道："他又在引用吉尔伯特与苏利文的轻歌剧，又在把矛头指向旧金山警察局，为什么他每一次都要把我们单独拿出来说事呢？和我们到底有什么仇啊？"咏叹调唱的是《最高行刑官》，源自歌剧《天皇》的第二乐章。对于十二宫长时间沉默的原因，人们不得而知。而他重新出现又是怎么回事呢？于是人们开始广泛关注起《驱魔人》这部影片。[1]

托奇说："当然了，这家伙确实是个电影迷。但是我敢打赌，从周一晚上开始肯定又有一大堆乱七八糟的事情。"

果不其然，最近的案件全部都是发生在晚上 8~10 点这两个小时之内。周二的晨报上写满了关于周一晚上一群黑人因宗教狂热胡乱枪击白人的事件，这一连串的杀人事件被称作"斑马凶杀案"。23 名受害人惨遭一群宗教狂热分子的刀砍和枪击，其中 15 人死亡，仅 8 人幸存，之后的 179 天，空气中都弥漫着令人恐惧的气息。此次凶杀案调查小组派出了全体警员，对歹徒展开了 24 小时的全面搜捕，结案时共有 5 名罪犯被判处终身监禁。

托奇被迫从病床上爬起来处理"斑马凶杀案"，与此同时他还要负责处理十二宫案件。托奇说："这封信出现的时间让人很头疼，但现在它至少让我明白，过去三年里我们对这起案件所付出的努力并没有白费。"

真正让托奇和阿姆斯特朗头疼的是，十二宫在信件中称他已经杀了 37 个人。十二宫曾说过他以后作案时会将其伪装成意外事故，要是这个疯子真的杀了 37 个人该如何是好呢？

而在过去的四年里，瓦列霍周边地区的警探们已经找到了一名十二宫主要嫌疑犯，这一点托奇和阿姆斯特朗并不知情。此时警探们正在对此人展开秘密调查。

---

[1] 笔者注：作者兼制片人威廉·彼得·布拉提根据据十二宫的故事编写了 1983 年的《驱魔人》续集《古罗马军团》，杀手的名字叫双子官。

嫌疑人一

　　早在 1970 年, **警方就开始注意安迪·沃克这个人了。**

　　一位公路巡警发现, 一个开绿色福特汽车的男人和他玩起了猫捉老鼠的游戏。那是一个大热天, 两辆车面对面地停在两个相向的高地上, 无数车辆从他们之间和下方的高速公路上川流而过。巡警可以肯定, 坐在福特汽车里的那个人正在注视着他, 于是他决定查查那人的来路。

　　他把车退出停车位, 拐进高架桥下的通道, 想开到公路对面去。当他到达时, 发现那里空无一人。于是他朝高速路对面张望, 只见那辆崭新的绿色福特车出现在了他的巡逻车先前停靠的地方。当巡警返回原地的时候, 那人已沿着桥下通道把车开回了对面, 再次和他交换了位置。

　　过了两天, 那个人又出现了, 这样的情形持续了几个星期。陌生人没有采取任何行动, 不过巡警却一心想要探个究竟。在那些漫长而炎热的白日里, 两辆车就那样面对面地停在那儿, 任车流从它们之间呼啸而过。每一次当巡警开车绕到公路对面时, 那辆绿色汽车就会与它来个乾坤大挪移。

　　这一天, 巡警的车正停在猎人山上的停车场里, 突然那辆崭新的深绿色福特 LTD 四门汽车也驶进了停车场, 开到巡逻车的旁边停了下来, 两辆车靠得很近, 甚至都无法打开车门。巡警估计两车间的距离仅有两英寸宽。

　　巡警心想, 还没有哪个人敢向一个身着全套制服、开着加州公路巡逻车的公路巡警挑衅。他觉得那个男人正对他怒目而视, 但他决定不予理会。可是最后, 他还是转过头来, 和那个人四目相对。

　　陌生人两眼深陷, 蓝色的目光深邃而有穿透力, 似乎有一股愤恨的火焰从里面喷射而出。"我这辈子从没见过那种神情,"巡警后来告诉我说,"他就像是癫痫发作了一样,面部扭曲着,很可怕。"

这就是那名巡警遭遇安迪·沃克的经历。

沃克是个中年人,身高 6 英尺,体重约为二百多磅,有一张如猫头鹰般宽大的脸,嘴唇却细薄而紧绷。尽管他的发际线较高,但头发却很浓密,发色已见灰白。他戴着黑框眼镜,啤酒肚向外凸着。在 1971 年,瓦列霍警探莱斯·伦德·布拉德曾将其拘捕,因为怀疑他是谋杀达琳·菲林的凶手。

"我早就知道十二宫是谁,"一个有着墨西哥式面孔的黑人说,"他不像警察们说的那样只有二三十岁,那家伙应该在 44~54 岁。他每周总有两个晚上不在家,还有,他爱穿'翼行者'鞋。"

傍晚时分,在瓦列霍,三个人正站在马厩旁的阴影里。其中一个就是刚才说话的人,是一位社工。另两个人是他的朋友,一个在纳巴保龄球馆工作,另一个则是那个公路巡警。

巡警调查到了有关沃克的一些情况,知道他住在一个偏僻的地方。因为沃克曾经是十二宫凶杀案的嫌疑犯,并且看上去对警察充满了敌意,所以这名巡警坚持不懈地继续着他的调查工作。

1974 年 5 月 1 日周三这天,一位年轻漂亮的小学女教师接到了打给她的第四个匿名电话。她住在维卡维尔镇的一个住宅区里,该住宅区位于瓦列霍东南部。这个电话和前面的几个一样,只能听到线路那头传来的迅疾的风声。她惊恐万分地赶到距萨克拉门托很近的狄克逊市,她的男朋友家住那儿的斯尔维威勒路。她找到他,在他家里待了三天。当她最终回到家时,干脆把电话的话筒从话机上拿了下来。

周一,她回到家,发现了一封写给她的信。

从信封上可以看出,寄信人对她并不十分了解。"似乎是从我的信箱上看到或从电话簿里查到的,"那之后的很久,她颤抖着对警察们说,"只有我的姓和开头名字的首字母缩写。"这封信写道:

我注意你很久了，也打了很多电话给你。我在狄克逊市的戴维斯路和斯尔维威勒路那儿都见过你。到了晚上你的电话就是打不进来，这让我非常生气。如果你还让它无法打通的话，事情会很糟糕。

教师感到十分迷惑。写信人所提到的地方竟然不包括她的工作地——科迪利亚小学，她在那所小学里教七、八年级的课程。

女教师惶恐不安地坐进车里，一路开到了爱索布伦市，在她父母那里住下。将近午夜时，她父母房中的电话又响了起来。在电话的另一端，仍旧只是同样的风声。

1974年5月11日周六，第二封写给女教师的匿名信寄到了她父母的家中。信里写道：

监视你可真不容易，如果你的号码没列在电话簿里，打个电话也很难。我可不喜欢这样。

写信人先是把信纸揉皱，然后又仔细地将上面的指纹清除得一干二净。位于萨克拉门托的刑事鉴定与调查中心称，此信上的字迹设计得非常巧妙，写信人试图装作一个八九年级的学生，故意使用很烂的语法和歪歪扭扭的字体。

维卡维尔住宅区的女经理曾经看见一辆深绿色的四门福特汽车停在住宅区的后方，而一个穿着邋遢的男人坐在车里。好几个下午他都出现在那儿，在4月的一天，他还走进了经理办公室，装作生意人搜集信息的样子，问了几个问题，然后就驾车离开了。"他衣冠不整，还挺着啤酒肚，一点儿也不像是做生意的人。"那名经理说。

令警方感兴趣的是，有这么一位教师，持续不断地收到匿名信，这与十二宫的行为模式相吻合；并且还有人看到，一个符合十二宫外貌特征的人一直在监视着这个住宅区。警方决定弄清楚与经理谈话的那个人是不是沃克。此事本身所能印证的无非是沃克使用了一个虚假的身份，却无法证实沃克就是给女教师写匿名信的人或者他就是十二宫。但是如果能将沃克与这个住宅区联系到一起，至少可以提供一丝线索。

沃克每周都要参加一次会议，因此他们安排这位经理去会场上指认。她一下子就从 25 个人当中把他认了出来。"今晚他穿得还挺整洁，"她说，"不过，他肯定就是到我办公室来的那个人。"

瓦列霍的警探们感到十分振奋。沃克被那位社工指控为十二宫，那几封与报社收到的十二宫信件字迹极为相似的匿名恐吓信很可能是他写的，而这名嫌疑犯现在就在眼前。另外，警方还研究了关于沃克在停车场的可疑行径的报告，十二宫案件经常涉及车辆和停车区域。警方意识到，沃克极有可能就是在特里饭馆不断向人打听达琳的那个男人，于是几位警探开始利用休息时间跟踪调查这个人。

他们针对沃克写了一份 17 页的机密报告，题为："找到一名十二宫嫌疑犯？"一天当我在其中一位警探家里喝咖啡时，他们允许我阅读并抄写下了这份报告。在接下来的几年中，我在许多不同的地方都多次见到过这份报告，这会儿在柏克莱市警察局，那会儿又在一位著名的女侦探的办公室里。

在离开之前，我与他们具体深入地讨论了这份报告。警探们告诉我，他们曾在圣何塞让达琳的姐姐林达看过几张相片。"她指认出了沃克，"他们说，"她的说法是'他应该就是在达琳死前几个月里不断恐吓她的那个男人'。"

"她还告诉我们她曾见过这人两次。一次是在 1969 年 2 月（特里饭馆），另一次是在 1969 年 5 月（新房粉刷聚会）。"

这个发现让警方备受鼓舞。[1]

许久之后，我与林达谈到了她见到过那个男人的事。而林达又提到了瓦列霍警察史蒂夫·巴尔迪诺，那是达琳的一个交往甚密的朋友，他也参加了那次聚会，并且指出沃克当时就在那里。"这件事让史蒂夫非常震惊，"林达说，"他与达琳一家都很熟识……他真是一名好警察，达琳遇害后，他曾一度疯狂地寻找凶手。"

警探们从国家安全局那里获取了一份十二宫密码的电脑打印件，并声称有几个与沃克的名字相似的词语在密码中反复出现过。很明显，他们所指的是十二宫

---

[1] 笔者注：我后来得知，其他人对于他就是十二宫的说法表示怀疑。达琳的朋友博比·拉莫斯不相信他是十二宫。林奇说他也不相信。最后，达琳的妹妹帕姆也表示了质疑。

在 1969 年 7 月 31 日寄来的密码的最后一行。

十二宫曾在信中写道：“几天前的那场雨差点儿把我淹死。”在收到此信的那段时间里，沃克居住的地区遭受了洪水的侵袭，警探们有照片为证。十二宫寄来的一张卡片上写着“窥视松树林”几个字，对此警探们告诉我，沃克住在一个偏僻的地区，房子四周是一片松树林。“如果你不走近些，只是透过长排的松树林往里看的话，甚至都看不到他那所房子。”

我看了他们拍的沃克房子的照片，照片上雨水淹没了路面，在道路中央堆积起了一道道淤泥。后来当我亲自去那里查看时发现，尽管有一大片郁郁葱葱的松树林，但整个地区都笼罩着阴森荒凉的气息。

接着，他们开始列举沃克与十二宫以及信件之间的种种关联。“我们发现他与‘山岭俱乐部’有关。”十二宫在卡片上也曾提到过“山岭俱乐部”。

为了查出沃克与贝利桑湖之间的关联，调查员们做了大量的工作。在布莱恩·哈特奈尔与西西莉亚·雪柏于湖边遇袭的当天，一个身材粗壮的男人从位于湖边的皮尔斯雪佛莱服务站那儿径直走到莫斯科维特街角的综合商店里。他当时神色紧张，像发了疯一样，见人就问走哪条路能最快离开湖区。

警探们找到了一位当时正在店里就餐的目击证人。这名证人觉得那人行为异常，甚至还跟着他走出了商店，注视着他直到那个身材粗壮的男人坐进一辆白色汽车驶离了湖区。

“我们让这位目击者看了许多照片，”他们继续说，“突然，他一拍桌子，挑出了我们的这位嫌疑犯的照片，说这就是他在莫斯科维特商店看见的那个人。接下来的那个周二我们把他带到集会那里，于是他见到了沃克本人。但是他并不完全确定沃克就是那个人。他认为沃克染过头发，并且还说，沃克的声音与在贝利桑湖谋杀案发生那天前来向他问路的那个男人的声音完全相同。这个时候距离西西莉亚遇害已经有五年了。”

“很不幸，在我们带他去指认沃克之后的第十天，这位证人在一场爆炸中死去了。他的死被认定为一次事故。”

他们对我说：“他还与一个人的外貌描述十分相符，那个人据目击者称曾在布莱恩与西西莉亚遇害的地点附近窥视过几个晒日光浴的女孩儿，而我们却从未找到那个人或是他开的车。"我告诉他们，我记得出现在湖边的那个男人应该比沃克年轻许多。

最后，我们一致同意，除了年龄这个因素外，沃克与十二宫的描述大致相符。警探们看过了沃克填写的职业登记表，发现他曾于1942~1945年在部队里教授过密码课程。"他教了两年的密码。他在一所密码学校接受了七个月的培训后，就直接成了一名教师，所以设计密码这种事对于他来说是不在话下的。"

警探们查阅了沃克在社会保障办公室的记录，发现有关他的卡片上不仅仅有他自己的姓名，而是还登记了其他三个名字。有人告诉我："在所有十二宫谋杀案发生以及信件出现时，沃克都没有工作；而在他受雇期间，又并没有案件发生，也没有信件出现。他的左右两只手都很灵活，我亲眼见到过。"

调查员们同时强调："当达琳在特里饭馆做招待时，沃克大部分时间都待在那儿，那正好是在她被杀之前，史蒂夫·巴尔迪警官可以证实这点。我们还从机动车辆管理局了解到，在1968年，沃克拥有一辆1961年产的四门白色比斯坎汽车。你知道，这种车的设计与雪佛莱羚羊很相似。"

"他对执法部门公然表示过敌意。"他们接着给我讲述了那名巡警的经历，"我们也知道，他在那名收到恐吓信的女教师的住处出现时改换了装扮。现在我们至少能将他与两起案件联系起来，他认识达琳·菲林，并且很可能在贝利桑湖出现过。"

"沃克脾气很爆，有严重的头痛症，常常和一起工作的女员工发生矛盾。这些是他先前的雇主告诉我们的。"

最终，沃克承认自己常泡在特里饭馆里，但这显然不能证明他就是那个不断骚扰达琳的人。于是警探们开始策划一系列行动，以期获得更多对此嫌疑犯不利的证据：指纹。

警探们找来一个人配合，让他守在沃克的工作地附近。他们给这位朋友的双臂都套上了石膏模，然后把一大一小的两只鱼缸放在店前的货架上。

当沃克沿街朝这里走来时，那人便迎上前去说道："先生，打扰一下。你能帮我搬一下这两个鱼缸吗？我的车就停在街边。"

沃克上下打量了一遍眼前的这个人，接着看了一眼那两只装满水的鱼缸。

"好吧。"说着他抱起了那只大一些的。

那只鱼缸在沃克的手中不过停留了几秒钟，这时那个人突然喊道："不，不，我说的是这个小的。"话音未落，那人便朝前冲了过去，伸出缠着石膏模的双臂，一把就从外面抱住了大鱼缸（为了不破坏内壁上的指纹），接着闪电般飞奔而去，一路上水滴四溅，留下沃克呆站在原地，一头雾水。

很不幸，由于水的缘故，玻璃壁上没有留下任何指纹。

三名警探只好进行下一个计划：跟踪沃克。每个周末的夜晚，他们的两辆车都藏在沃克那间平房周围的松树林里。在一个周五，他们注视着沃克开一辆1972年产的道奇汽车冲出树木围绕的车道，向右转继而呼啸着开进夜色中，车轮扬起的尘埃长长地跟在车后。

警探们立即出发，跟上了那辆青铜色汽车，但没有开车灯。

"他知道我们在后面，你就使劲儿开吧，越快越好。"然而，沃克加速行驶，很快就把尾随者远远甩在了后面。半个小时后调查员们赶了上来，发现那辆道奇汽车已停在了车道上，而沃克正斜倚在车后的挡泥板上，抽着烟。

在接下来的一周里，警方安排社会保障办公室假借某一理由把沃克找来，以收集他的字迹样本。沃克回家后把此事告诉了妻子，还说他相信那些人是在寻找对他不利的证据，他也讲到了那件被人盯梢的倒霉事。他的妻子于是把这些事报告给了有关部门。于是第二天一早，几名警探就接到了法官下达的命令，要求他们停止骚扰沃克，并结束针对他的案件调查。

两名警探认为，沃克是十二宫的可能性非常大。在报告结尾处，他们强调，在目前这个阶段，有关部门之所以拒绝认定沃克为嫌疑犯是出于两个合理的原因：第一，他们告诉我，沃克的字迹与十二宫信件上的字迹不吻合。警探们认为他们并没有得到足够的字迹样本来进行对比，并建议重新核对。第二，沃克的指纹与旧金山的保罗·史坦恩计程车外的血指纹不符合。

警探们做出的解释较为牵强，他们觉得，即使十二宫人格已极度扭曲，精神已濒于分裂，但他还是有办法精心策划这一过程。

"指纹是他故意留下的，"他们说，"但那并不是他的指纹。我不清楚他是如何做到这一点的，我们觉得他可能使用了反转影像的指印，或是从某个我们还不知道的受害人身上切下来的手指，或是其他什么办法。他想好好戏弄一下警察们。他对旧金山警察局有着特殊的敌意。仔细想想，在那起旧金山计程车司机谋杀案里，他把一切都计划得滴水不漏。成功地杀了人，从史坦恩衬衫上撕下一块布片以证明自己就是凶手，把车里里外外擦了一遍，还把用于逃离现场的车停在几步之遥的地方——显然他已经做好计划工作了，我不相信他会疏忽大意地留下指纹。"

最后，还有一件事很令人费解。警探们在沃克家附近的电线杆以及他家房子的后门上发现了手绘的彩色符号。这些符号已经用宝丽来相机拍了照，被寄送给了司法部门：

"信内附了五张照片，显示的是在乡间发现的各种符号。请查证它们是不是某些巫术符号。如果是这样，请查证每个符号在巫术里所代表的含义。"然而，专家们没能找到与它们相关的任何巫术符号。

我找到了史坦恩一案中的三个少年目击证人，给他们看了沃克的照片。他们都觉得沃克年龄太大，不可能是凶手。

现在，我相信沃克并不是十二宫。但毕竟在当时，在赫曼湖路凶杀案发生后的六年里，沃克已是我们所能够找到的最接近目标的嫌犯了。

沉　寂

1974 年 7 月 10 日周三这天，托奇提到了十二宫新寄来的两封信：

"他骗不过任何人——无论他耍什么花招，我对这两封信都确信无疑。我把它们拿到文件专家那里，不到 5 分钟他就确定地告诉我，它们肯定是十二宫写的。这家伙正试图神不知鬼不觉地把信和卡片塞到《旧金山纪事报》的信箱里。"

像往常一样，这些新的信息是手写的，但拼写和标点都很准确，信中也没有声称有新的受害者。

第一封信是一张明信片，是在 5 月 8 日从阿拉米达寄出的，但报社直到 6 月 4 日才收到。

先生们——我想表达一下我此刻的心情。你们趣味低下并对公众的感受缺乏了解令我

consternation concerni your poor taste + lack o: sympathy for the public, evidenced by your runnin of the ads for the movie "Badlands," featuring the blurb - "In 1959 most peop were killing time. Kit & Holl, were killing people." In light of recent events, this kind of murder-glorification can only be deplorable at best (not that glorification of violence was ever justifiable. why don't you show some concern for public sensibi + cut the ad?

A citizen

1974 年 5 月 8 日，寄给《旧金山纪事报》的关于电影《穷山恶水》宣传广告的信。

感到十分震惊，这在你们为电影《穷山恶水》刊登的宣传广告中可以看出。看看那句夸张的广告词："1959 年，大部分人都在消磨时间，而凯特和霍利却在消灭人类。"考虑到现今发生的一些事情，这种对凶杀行为的赞颂应该受到严厉的谴责（对暴力的弘扬永远都是不对的）。你们为何不体谅一下公众的感受，把这则广告删掉呢？

（签名）一位市民

第二封信是在 7 月 8 日周一那天从圣拉菲尔市寄出的。在所有的信件里，这封信最为古怪，写信人必是煞费苦心地写下了那些整齐的字母，而每个字母都拖着长长的迂回的尾巴，连成一行行流畅的字迹。

编辑——

马克从哪儿来的就让他回哪儿去吧——他的心理已经产生了严重的紊乱——总想体验一种优越感。我建议他去看看精神科大夫；同时，得把那个考恩特 · 马克的专栏去掉。既然写给考恩特专栏的信可以匿名，那我也可以——

（签名）红色魅影

（怒火中烧）

有反女权主义倾向的专栏作家考恩特·马克·施比奈利曾经是一名发型设计师。因为这个威胁，他在任职十五年之后离开了《旧金山纪事报》，搬到了夏威夷过上了安稳的日子，再也没有回来过。

当时有一部电影里出现过"红色魅影"，影片名为"歌剧院魅影"，由朗·钱尼领衔主演，正在一家默片剧院上映，这家剧院的穹顶上点缀着巨大的十二宫星宿图案。

旧金山警察局仍未能查出十二宫连环杀人案的主要嫌疑犯。此时是 1976 年7 月 24 日周六，在凡尼斯大道旁的人行道上，阿姆斯特朗正注视着一具四肢张开仰卧在地上的尸体。忽然之间，因为案件调查而殚精竭虑的许多个昼夜一齐涌现在他的脑海，他感觉到胸口被堵住了，喘不了气。就在此刻，他决定辞去凶杀案探员的职务，彻底远离这一切，第二天他就被调到了诈骗犯罪调查处。舍尔伍德·毛利尔曾听说他与托奇之间产生过摩擦或纠纷，至今仍未解开，而两个人都不愿提及此事。但最主要的原因是，对于睿智而又颇为敏感的阿姆斯特朗而言，哪怕再发生一起凶杀案，他都无法再承受下去。

在瓦列霍，林奇警官告诉我说："阿姆斯特朗似乎已经崩溃了，他再也不能安安稳稳地坐下来和你像这样聊天了。你不得不避着他，溜达到别处或是到楼上去，这家伙好像炸弹一样随时都会爆发。"

《旧金山纪事报》的专栏作家赫伯·卡昂在他的每日专栏里写道：

目前，戴夫·托奇是旧金山警察局里负责十二宫案件的唯一一位凶杀案探员，他上一次收到杀手的信还是在几年前，当时十二宫写信批评《驱魔人》是一个很糟糕的喜剧片，信尾还公布了他的杀人成绩："我 -37，旧金山警察局 -0"。也许这次，电影《凶兆》会再度将他从藏身的洞穴中引出来。

既然阿姆斯特朗已经调走了，托奇就只能独自一人继续在这美国犯罪史上最离奇的案件中艰难地走下去。

"这的确是个挑战。每天我的脑海中都不断浮现出'十二宫'的身影。现在，既然调查此案的只剩我一人了，"托奇说，"事情就更加私人化了。我的文件柜里有八个抽屉都放着十二宫的资料，其中包括两千多名嫌疑犯的名字。我不知道最终能否侦破这个案子，但我相信我会坚持下去。我总觉得他就在不远处，马上就会现身。"

为了寻觅这个变态杀手，托奇已身陷迷宫，找不到出口，由此而来的紧张和疲乏必将使他身心俱损。在这个过程中，他会赢得名誉，听到来自整个城市的赞颂，但同时也会遭遇心怀嫉恨的劲敌的攻讦。

直到 1977 年, 全国顶级语言心理学专家默里·S. 米伦博士研究了十二宫的十九封信, 最终得出了关于十二宫的一些结论。在他的这份锡拉库扎调查中心机密报告中, 他写道: "十二宫曾接受过初级密码术的培训, 未婚, 高加索人, 年龄二十多岁。仅有高中文化, 阅读少, 离群索居, 少言寡语, 处世冷淡, 性格不讨人喜欢。米伦认为十二宫视力很好, 是一个'随意性文盲', 就是那种喜欢被动地接收图片、电视和电影中的信息但却连便宜的袖珍普及读物都没有读过几本的人。在米伦看来, 十二宫会在电影院里消磨许多时间, 专看那种有施虐受虐内容和隐秘情欲的影片, 并且处于正常人和精神病人之间的两可状态……从他的交流方式中可以看到奇想症的特征表现和自恋型幼稚症这一精神分裂者的典型症状。"

"十二宫非常符合所谓的'假性反应型精神分裂症'的特征……这样的人常以奇特的行为来掩盖他们潜在的, 更多时候是刻意隐藏的精神错乱。可想而知, 他们很可能会表现出巨大的情绪波动, 时而是强烈的狂喜症, 时而又陷入深层的抑郁之中。"

"他与世隔绝, 行踪隐秘, 当不得不面对世人时, 便会伪装起来, 俨然一个自我抑制、态度温和的普通人。"

米伦认为, 那封 1969 年 12 月寄给贝利的信已经暗示出, 他常常受到忧郁症的侵袭……也许某一次, 在极度忧郁的情绪中, 他会选择结束自己的生命, 这种可能性不是没有的。由于十二宫不想放松对自己的控制, 因此米伦觉得他会远离酒精所引起的解除抑制的作用, 也会避免与女人正常的性接触。

十二宫在 1974 年那封信中所表述的"道德准则"不包含显而易见的威胁, 没有自我吹嘘, 也没有使用他的标志性符号。在这次交流中表现出来的"道德感"与可能导致其自杀的动机是一致的。对于十二宫心理的这种好转还有另外一种解释, 这种"道德感"代表着十二宫象征性陨灭……随着年龄的增长……他的反社会型人格最终将燃烧殆尽。

1977 年 6 月 10 日周五上午 10 点左右, 在瓦列霍, 一名联邦调查员正在一位名叫凯伦的年轻女子家中与之谈话。在 1969 年 2 月时, 她还是达琳·菲林家的保姆, 而且她第一个看到那个坐在白色汽车里的男人, 当时那辆车停在了华莱士大街旁达琳家门前。最终，在朋友的劝说下，她找到了警察，带来了一些信息。

在她的起居室里，调查员与她边谈边喝着咖啡。最后，调查员拿出了一台录音机，放在玻璃咖啡桌上，又掏出一支笔和一个黄色记录本。尽管整个谈话过程都被录了音，他还是将每一个字都记在了本子上。

她仔细回忆了 1969 年 2 月 26 日发生的事情。从前一天晚上 10 点起，一辆白色的美国产轿车就一直停在房子外面，一个男人正在监视着这幢房子。将近午夜时，他点燃了一支火柴，在那一瞬间，她看到了他的脸，但只是一个大概的轮廓。

"他长得很结实，是圆脸，"她告诉调查员，"他有深棕色的卷发，我觉得是个中年人。"

凯伦说，第二天她向达琳提到了这个男人。"她似乎知道那是谁。达琳对我说，'我猜他是在跟踪我，听说他已经回加州了……我看见他杀了人。'"

"达琳提到了他的名字，但我现在所知道的就是他的名字很短，只有三到四个字母，姓氏稍长一些。"

"那名字很常见，我对人名一向记得很牢。应该是……应该是……"

"要的就是这个！"调查员心想，"没关系，慢慢想，凯伦，"他说道，"我们有的是时间。"

调查员将刚刚记在本上的文字从头看了一遍，抬起身在椅子上坐直，盯着壁炉架上的挂钟，时间在一秒秒地流逝。最后，凯伦耸了耸肩，"对不起，我实在想不起来了。""我有一个主意，"调查员说，"请把电话借我用一下。"他联系到了瓦列霍警察局的副队长詹姆斯·哈斯提德，问可不可以给凯伦进行一次催眠来帮助她回忆起 1969 年的那个夜晚发生的一切事情。哈斯提德说没问题，并答应马上去做准备。接着，调查员又征得了凯伦本人的同意。最后他便开着车，慢悠悠地回到了旧金山。

哈斯提德找到了加州康克德警察局的拉里·海恩斯副队长，海恩斯曾在洛杉矶警察局的执法催眠中心接受过培训，他同意提供帮助。他说，现在与当时相隔那么多年时间并不是问题。

1977 年 6 月 16 日周四下午 1 点，在瓦列霍警察局，凯伦见到了哈斯提德，随他们一同前往康克德，与海恩斯见了面，然后被实施了催眠。整个催眠过程不仅被录了音，还摄了像。

哈斯提德在报告中写道："海恩斯首先引导凯伦进入了恍惚状态，接着开始探寻其意识中的某个区域，特别是让凯伦回忆起她与达琳的那次谈话，回忆起与那个被达琳看到杀过人的男人有关的信息。针对具体的提问，凯伦大致描述了汽车中男人的样子……"

"尽管她清楚地回忆起了与达琳的谈话，但那人的名字却未能记起，"报告接着写道，"她提到，当时电话响了起来。似乎这个电话铃声抵消了她的潜意识，也许她在潜意识里也在试图抑制信息的留存，因为她担心会承担在法庭上提供证词的责任。"

对此，这位联邦调查员却有自己的看法。哈斯提德是一个好警探，但言行却很粗鲁，调查员相信，凯伦之所以无法回忆起那个名字，是因为哈斯提德在身旁，让她感到很紧张。

报告结尾处称："在引导下，她还在恍惚之间回忆起了那个男人的面容。我们需要她协助警方的人像合成专家制作杀手的合成素描像。"

但报告里的这个想法从未付诸过实践。

作为刑事鉴定与调查中心可疑文件鉴定处的负责人，舍尔伍德·毛利尔从一开始就参与了十二宫案件的调查，甚至在退休之后，他也没有停止追查。毛利尔是加州最出色的笔迹鉴定专家，在一个月里最多处理过一百起案件。在过去几年中，十二宫寄来的每一封信都是由他验证真伪的。他一心盼望着在某一天可以发现与十二宫的独特笔迹相符的字迹。在他的萨克拉门托办公室里，我多次与这位高大健壮、气宇轩昂的科学与心理学专业的学者会面，还与他成为好友。作为加州数一数二的笔迹鉴定专家，他工作了 39 年，于 1972 年 12 月退休。他曾在法庭上做证 2500 次，参与过胡安·科罗娜、安格拉·戴维斯以及"圣昆丁监狱六人案"系列案件，但是在他看来，在十二宫案件面前，那几起案件都算不了什么。

　　我问过毛利尔："你觉得那潦草的字母'd'和像勾号一样的字母'r'都是十二宫真正的笔迹特征吗？"

　　"我想是的。那是他连贯的书写方式。"

　　"那个不寻常的字母'k'呢？"

　　"最初我们以为它也是连贯的,但后来发现有了偏差。他写这个字母用了三画,而不是常见的两画。"毛利尔说。

　　"我听说你曾保证过, 如果能在银行碰到十二宫, 只要你站在他身边, 看着他填写的存款单你就能认出他来。"

　　"我相信我会的。如果他在存款单上留下足够多的字迹, 我会一下子就把他认出来的。"

　　"我听说, 那几封信的纸张型号都是 7.5 英寸 ×10 英寸的。"我说。

　　"7.5 英寸 ×10 英寸,"他若有所思地回答说,"这个型号不寻常, 一般的都是 8.5 英寸。"

　　我于是决定去查查这个问题。

　　十二宫在河滨市写的那封信用的是电传打字纸（TTS 纸）。他会不会像使用厨房纸巾那样摊开一卷信纸, 接着把它按某种尺寸裁剪开？在 20 世纪 60 年代后期, 报社曾用过许多这样的卷状打字纸撰写未经编辑的稿件, 而这种纸现在已经不再生产了。我记得那纸很窄, 但是当我打电话向美联社和合众国际社询问时, 他们告诉我, 与十二宫所用的信纸相比, 那还不够窄, 除非杀手自己将纸的两侧也裁下去了一些。电传打字纸这一线索再一次把矛头指向了与报社有关的人。

　　我寻思着, 十二宫会不会是一位印刷工呢？他可以把仓库中剩余纸张的边角余料拿来使用。

　　我给几家文具店打了电话, 他们告诉我, 那几封信所用的信纸是一种叫作"蒙那多"的纸张；如果我要购买这种纸, 至少需要订购五百张, 而这五百张"蒙那多"纸又是从五百张普通大小的证券纸中央裁下来的。

　　十二宫所用的信纸边缘清晰、齐整、光滑, 应该是在商店或工厂里用机器裁出的，而非手工裁剪而成。但每张的大小都有着细微的不同，在宽度或长度上会有多至八分之一英寸的差别。没有哪家工厂会生产出这样参差不一的纸张，因此我把考虑范围缩小到由顾客自行裁剪的纸张销售点。不同的纸张大小说明，每一次十二宫都会专门订购五百张纸，而使用的只是其中的几张。

也许，在某个地方，某个印刷工会记得那个曾经买过这么多"蒙那多"证券纸的人。

"我觉得他还活着。"戴夫·托奇在《旧金山观察报》头版关于十二宫的新闻概述中说道。"这只是我的直觉。但是，如果说他在一场事故中死掉了，自杀或被谋杀了的话，我相信总会有人进到他房间里去的。我想，他会留下些东西让我们去找。在向我们通报他的谋杀行为时，他能从中得到极大的乐趣，我猜他已经许久没有杀人了。他非常自我，这正是驱使他杀人和写信的动机，因为他知道媒体会将他的事情广为传播。我想，他应该正处于病情的消退期，某些症状可能已经减轻。或许在这段时间里，他再也没有杀人的欲望了。"

不过，在３月份出现了一些骚动，这些诡异的迹象都和精神错乱的人有关，使得整整一个月都显得很不安定。

托奇低头看着一份旧金山警察局初始事故报告，报告编号为 64070 的可疑事件：

事发时间：1978 年 3 月 13 日周一 07:00 至 1978 年 3 月 14 日周二 00:30

事发地点：塔拉瓦街区

报告小组：311 号

报告地点：422 号

建筑设施类型：单户寓所

嫌疑犯：一人，未知

物品：一件（可证明身份），便条

数量：1 类别：30

事件经过：

　　报案人——称其在别处照看婴儿后回到家时,发现前门上用别针别着一张便条和一枝花。便条上写道:"你是下一个"(十二宫)。

　　报案受理人:卡瓦古奇/托德/L/PTL/1099

　　托奇给这个女人打了一个电话,向她保证便条不是十二宫写的,因为字迹不符。他建议她回想一下在她的同事或邻居中谁有可能搞这种可怕的恶作剧,并将此事告诉房东。如果类似事情再次发生,她可以打电话到法院与他取得联系。

　　托奇又研究了一下在密仙街区发生的可疑事件:

　　事发时间:1978年3月13日周一23:00

　　事件经过:

　　报案人——称其当天早晨在播放电话留言时,听到了以下内容:"我是十二宫。告诉报社那些人,我又回到旧金山了。"报案人称不清楚这个电话为何会打给他,并表示他经常接到可疑电话。他认为打电话的是些未成年人。

　　进入5月份后,类似报告仍旧频繁出现。

　　事发时间:1978年5月5日周五07:00

　　事发地点:蒙特高梅利街600号

　　事件经过:

　　报案人称接到了炸弹恐吓,凯利和辛普森两名警官随后被派往泛美大楼。据悉,在大约17:00时,圣马帝奥警察局接线员接到了一个男人的电话,此人自称是"十二宫",他声称已在泛美大楼里安装了炸弹,并将引爆它。

　　从保安处长官那里得知,此前曾有人向他发出过威胁。在17:30时,经过全面搜查,已确定楼内不存在危险因素。在此之后警察继续搜查了所有公共区域,未发现可疑装置。

副本已送至警长办公室以及任务组。

歌剧《天皇》将于 5 月 30 日上演，托奇把关于它的一则广告圈画出来，寄给了我。"我在想十二宫会不会注意到这则广告，毕竟旧金山已将近十年没演过《天皇》了。"他写道，"到时我们得关注一下那些信件！"这部吉尔伯特与苏利文的作品将在基立街 445 号的库林大剧院登台演出——在很久之前的一个雾色弥漫的夜晚，十二宫就是在距此仅几英尺的计程车内袭击了司机保罗·史坦恩。

《天皇》共有四场，与吉尔伯特与苏利文的另外两部作品相继上演。那四场演出我都去看了，因为剧组演员都是英国人，之前从未来旧金山演出过，所以我只是在观众中苦苦搜寻，希望找到我们的嫌疑犯。但什么都没有发现。

我不禁想，十二宫对剧中那位"最高行刑官"的重现真的会做出反应吗？

"去见见拉尔夫·威尔逊警官吧，"温斯·墨菲警长对我说，"他会帮你的。"当时是 1978 年 4 月 24 日周一，我正站在治安官办公室里，脚下就是加州费尔菲尔德监狱。我打算亲自去大卫和贝蒂遇害的地点看一看，于是墨菲便替我安排了此事。

威尔逊警官招呼我走进他的办公室。他曾在治安官办公室工作了十三年，又在瓦列霍警察局待了四年。他身材健硕，皱纹深陷，浑身散发着领导者的魅力，同时又和蔼可亲，使我不禁想起了男影星本·约翰逊。他领我走到外面，坐进了他的巡逻车。

我们沿着狭窄的有双排车道的赫曼湖公路前行，经过了那些用鱼钩线串联的黑色木制篱桩。每到路的转弯处，就会看到悠闲吃草的奶牛，看到灌木与乔木在砂石路上洒下的斑驳碎影。到了晚上，这里将陷入彻底的黑暗之中。我们开进了一块布满岩石的空地，旁边是一排弯曲的金属网围栏。这块空地将我们与远处连绵起伏的山脉隔开，远远望去，能看见山上的两座有着三层平台的高压电塔和一个观测站。

威尔逊警官为我精确地再现了十年前的那一天所发生的事情。那时，大卫与贝蒂就在这片漆黑寂静的空地上停下了车，刚好就在威尔逊停车的位置上。警车旁边的空间曾经被十二宫的车所占据，当时那辆车与贝蒂的旅行车紧挨在一起。威尔逊指着地上的某一点告诉我说，大卫从漫步者汽车的右前门跌落出来后，就躺在这个地方。

我拿出相机，对准这片死亡之地拍了十张照片。阳光明媚，微风轻拂，在下午2点，站在这里感觉不到一丝危险。后来，当我冲洗照片时却发现，在画面上较远处，阴沉浓稠的乌云正在天边翻滚，在地面上投下了长长的黑影。

威尔逊又载我去了蓝岩泉停车场，把1969年7月4日达琳与迈克遇袭的地点指给我看，然后我们回到了他的办公室。在谢过这位警官后，我开车回到了旧金山。

那天晚上，我在笔记本上草草地写下一些东西，正准备去吃晚饭，突然听到电视的2频道传出了新闻播报员的声音，他正激动地讲着关于十二宫的事情：

"晚上好！在沉寂四年之后，踪迹难觅而又爱自我夸耀的十二宫终于在今天又一次向《旧金山纪事报》寄来了一封信。"

我坐进车里，只用了10分钟时间就赶到了《旧金山纪事报》。艺术部正在处理那封信的照片，照片上面附着一条大字标题。

标题写道："十二宫不再沉默——'我已回到你们身边'"。

笔迹之谜

我开始低头查看十二宫四年以来寄出的第一封信。

亲爱的编辑

我是十二宫。我回来了。告诉赫伯·卡昂我就在这里，并且一直都在。托奇那猪头不错，可我比他聪明多了。等他筋疲力尽了，就不会再来烦我。我正在等待上映一部关于我的佳片。谁来扮演我呢？我正掌控着一切。

你忠实的：

十二宫 - 猜猜看

旧金山警方 -0

这是十二宫于 4 月 24 日周一新寄出的一封信。尽管邮戳上显示的是旧金山，但是其他标记上显示的却是桑塔克拉拉或者圣马帝奥。因此信件很有可能是从别处寄出，只是途经旧金山时处理过而已。

这是自 1969 年以来凶手写出的第二十一封信。如果加上刻在桌上的，写在车门上的，以及河滨市收到的信件，那么凶手总共给警察们写了二十七封信。

邮资又照常超额了，凶手潜意识里希望信件可以尽快被收到。《旧金山纪事报》大约下午 2 点 15 分收到此信，当时我和威尔森警官正在赫曼湖路上。

校订员布朗特·帕克是最近才回到报社的，他认出了笔迹。于是他把信件交给了上司迈克·顿肯，并告诉他这是一封新的十二宫信件，也是五十一个月以来

Dear Editor
    This is the Zodiac speaking I
am back with you. Tell herb caen.
I am here, I have always been here.
That city pig toschi is good · but
I am ~~bu~~ smarter and better he
will get tired then leave me
alone. I am waiting for a good
movie about me. who will play
me. I am now in control of all
things.
                    Yours truly :

        ⊕ - guess

    SFPD - O

1978 年 4 月 24 日，十二宫再次出现，并向《旧金山纪事报》寄来了此信。

的第一封。邓肯刚把信打开，就冲着几个桌子之外的达菲·詹宁斯惊呼起来。当时艾弗利已经离开了《旧金山纪事报》，这个案子就由詹宁斯接手了。

詹宁斯立刻让拍照组将信件和信封拍照备份。他习惯将可能是十二宫的信件都收集起来，因为它们或许会被报纸发表，随后他会把信件打包，拿给凶杀案调查组的托奇。詹宁斯对这封信的来路坚信不疑，所以在他电话联系托奇失败之后，便立刻乘车抄近路去了法院。

托奇和他的搭档弗兰克·法尔仲正准备传讯三个骑自行车的目击证人，这三人曾目睹两起谋杀案，一件发生在第七街道，一件发生在市场街道交汇处玩偶匣餐厅门前。此时托奇听到无线电广播里正在呼叫自己的代号，让他给警察局回个电话。瓦伦西亚和第 21 街道交汇处正好有一个紧急报警电话，托奇便使用它打给了助理，此时詹宁斯正站在电话那端等他。

"戴夫，这封信是真的！"詹宁斯兴奋地喊着，"你看到会疯掉的。"

"看什么，詹宁斯？"托奇问。

"你快过来，我得回报社了。我打算写篇文章报道一下，十万火急啊！"

从年轻记者兴奋的话语里，托奇已经十分清楚等待他的将是什么。他立刻冲回办公室。

"副警长迪阿米瑟斯正在办公室等你。"托奇的助理告诉托奇。当时已是下午3点50分。

托奇在副警长的桌子上看到了自己十分熟悉的用来装证据的塑料信封以及里面用蓝色笔写的信。

"我想让你看看，"迪阿米瑟斯说，"你觉得怎么样？"

托奇由于过度激动，眼里只看到零零落落的单词。他好不容易才把注意力集中到整封信的具体内容上。

"这真是太好了！"托奇感叹着。

整个旧金山市在20世纪60年代末都沉浸在十二宫散布的恐惧之中，而那时迪阿米瑟斯还未加入凶杀案调查组，所以他是无法体会到托奇看到信件时激动的心情。

托奇立刻拨通了约翰·施莫达的电话，此人是圣布鲁诺市邮政服务犯罪调查实验室的领导。

"约翰，我可能收到了一份十二宫寄来的信件，你多久能赶回你的办公室来看看？"

"4点半之前一定赶到。"

"那你等我20分钟，我马上去找你。"

信件依然被装在塑料信封里，托奇总共复印了6份，3份给迪阿米瑟斯，3份留给自己，因为施莫达很可能会把信件留在他那里一晚上。

托奇迅速地从桌子上的香烟盒里抖出一支帕尔玛点上。不过，在走向电梯的途中，他一把将烟从嘴里拽出扔掉了，"见鬼，再也不抽了！"

他到达施莫达那里的时间是下午4点10分。

笔迹鉴定专家用镊子夹着信走到了房间的中央，那儿有一个盒子，里面装有

8 英寸 ×10 英寸大小的照片, 照片拍的是十二宫从一开始至 1973 年寄来的所有信件。半个小时过后, 施莫达抬起头。

"我得说, 他回来了。"

"你确定吗?"

"就是你要找的人," 施莫达说,"他回来了。"

"我需要你写一份笔迹鉴定证明。这件事《旧金山纪事报》肯定会报道的。"托奇说。

"我百分之百地确定是他的笔迹。"

托奇还在施莫达的私人办公室时, 就打电话通知迪阿米瑟斯信件确实来自十二宫无疑。他刚一回警察局, 人还在停车场, 就直接拨通了达菲·詹宁斯的电话, 告诉他十二宫信件是真的。

"已经长达四年了," 托奇说,"我感觉自己兴奋得浑身发抖。"

托奇直接来到迪阿米瑟斯的办公室。"你打算怎么处理信的原件?"迪阿米瑟斯问他。

"我打算把它拿到照片实验室。"

照片当着托奇的面被拍摄下来。"我没打算把照片留下来。"托奇后来告诉我。托奇为其他执法机关又备份了 10 张照片之后, 亲自把原件送到犯罪调查实验室, 交给了指纹鉴定专家肯·摩西, 并告诉他这是一封来自十二宫的真实信件, 问他能不能尝试着从上面取下一些指纹。摩西将信件撒上茚三酮, 然而信件上什么也没有显现。"等到明天早晨看看, 不行的话再用硝酸银, 看能不能找出茚三酮遗漏掉的东西。"他说。然而所有的实验都以失败告终, 第二天信件便被收录到物品登记处了。

9 点半, 在一家电视台的媒体发布会上, 迪阿米瑟斯诵读了此信, 当时信被写在他身后的黑板上。"信件的内容并不恐怖……语气也和之前收到的信件有很大的差异。"迪阿米瑟斯如此评价说。

官方的媒体发布会一结束, 新闻人员便把目光聚集到托奇身上。托奇告诉媒体, 警察局会将十二宫新信件的副本送给此案牵涉的所有市郡, 而且到目前为止, 所有实验测试的结果都表明, 信件和信封上没有遗留下任何指纹或线索。

　　接连数天,有关凶手信件的分析以及凶手在过去四年里行踪猜测的报道铺天盖地地呈现在报纸上。然而此时托奇却感到有一股强大的压力正朝他袭来。警察局派遣了一名警探前来监视媒体对他的采访,使托奇一时间感到很迷惑。对此我有着自己的看法。托奇曾被意大利城市公社请求参加治安官的竞选,此外,一位市领导在竞选市长职位时,曾将托奇定为警察局局长的人选。托奇智商极高,事业又如此成功,凶手在信中特别提到他的姓名之后,他更成了公众瞩目的焦点。

　　因为收到了十二宫寄出的新信件,迪阿米瑟斯特地将调查组的特戴斯科警官和办案组的詹姆斯·戴西调过来负责该案件的侦查工作。迪阿米瑟斯宣称:"特戴斯科将协助案件的调查,托奇继续担任现场总调查员,戴西则负责分析警方收集的数据。"这样一来,警察局局长查尔斯·盖恩就通过迪阿米瑟斯牵制了托奇对案件的控制权,同时还可以监视托奇和媒体之间的对话。

　　托奇发现自己的文件也被人动过了。难道有人千方百计要找出攻击他的把柄吗?他是否会对某些人构成政治威胁呢?

　　当有记者问迪阿米瑟斯为什么不让托奇负责案件调查时,他回答道:"我们不可能让一个警探既做监督又搞调查。"

　　托奇开始变得心神不宁。他是一个非常敏感警觉的人,他感到事情有些不妙。

　　"托奇那猪头不错,可我比他聪明多了。等他筋疲力尽了,就不会再来烦我。"十二宫在他新寄来的信中这样写道。凶手为什么要把托奇从此案牵涉的众多城市和警察中单独列出来呢?莫非他在电视上看到了托奇警探?还是因为他读到了一些有关托奇的文章因而被激怒或是感到恐惧了呢?托奇警探是不是就要抓住那个疯子了呢?他放置文件的抽屉里会不会有一封淡黄褐色的信封,里面装有十二宫的真实姓名呢?

　　"他在信里提到我了,你觉得我该有所警惕吗?"托奇问我。

　　"你最好小心点儿。"我提醒他。

　　1978年6月6日,《旧金山纪事报》的一位专栏作家阿姆斯戴得·毛平和他的宣传人肯尼思·马莱也表达了对托奇的不满。毛平和马莱觉得,十二宫最后一封信的"口吻"和毛平收到的几封托奇写的对自己的表扬信的"口吻"极为相似，因此他们认为信是托奇本人写的。在毛平最受欢迎的小说连载专栏《城市故事》里，托奇被塑造成给虚构的小说人物提供建议的角色，如"谭狄侦探"，他最后成为臭名昭著的十二宫式杀人狂"丁克贝尔"，被警察逮捕。

晚间电视新闻上有报道称："一位经验丰富的警察正腹背受敌，遭受重大政治性对抗。"州长杰瑞·布朗办公室则声称："会给凶杀案调查组的托奇警探提供他办案需要的一切帮助。"

后来，托奇很直率地向记者坦言自己曾在1976年给毛平写过几封表扬自己的信件。

"我犯了个愚蠢的错误，"托奇解释，"他当时打算将我写成故事的主人公，我和我的家人都感到十分有趣。所以我就寄了几封信过去，大概三四封吧，称赞他能将一名现实中的凶杀案警探写进专栏故事里是多么好的一件事。这多少听起来有点儿像给我自己写表扬信，但我并没有恶意，我不认为有人会因此受到伤害。但是，任何谣传十二宫信件是我捏造的话语都荒诞至极。"

"盖恩警长告诉我，周末的时候州文件专家将我的笔迹和十二宫的进行了对照，我真是大吃一惊。十二宫信件确实不是我写的，十二宫还在信里第一次提到了我的名字，这件事让我和我的家人都感到惴惴不安，我已经惊慌不已了。"

刑事鉴定与调查中心的前任笔迹鉴定专家舍尔伍德·毛利尔对托奇遭受的不公感到愤愤不平。"最后一封信就是出自十二宫之手。这一点毫无疑问。我听说有人指控信件是托奇写的，如果说托奇写了最后一封信，那么他就是十二宫，以前所有的信也都应该是他写的。"

事实上，约翰·施莫达、戴夫·迪加摩、普莱森特山的笔迹专家，以及毛利尔都确认了新十二宫信件的真实性。

"从现在开始，我不会再为旧金山警察局鉴定任何十二宫物件了，"毛利尔说道，"托奇和阿姆斯特朗是最先和我联系的人，我只为他们效劳。我想托奇的曝光率太高了，有人可能会不高兴。"

由于盖恩警长禁止了那帮爱嚼舌头的官员以及托奇在凶杀案调查组的一些神经兮兮的同事继续有关十二宫的争论，法院里顿时清净了不少。

1978 年 6 月 14 日周三，当我正在为第二天的报纸画插画的时候，达菲·詹宁斯走到我的桌子前，告诉我他们已经安排好一场秘密会议，参加会议的有来自奥克兰罗帕侦探事务所的让·皮蒙特和奥克兰的一位精通笔迹鉴定的警察。他们自认为手头上有一份十二宫嫌疑人的笔迹样本，想听取我们对样本的意见，同时希望可以看一下《旧金山纪事报》收到的信件副本。他们只给会议附加了一个条件，就是"不要将此事告诉托奇"。看来奥克兰的警察们并不想让他们的上司知道自己的秘密。

在我们与奥克兰的警察们电话交谈时，他们只愿意透露嫌疑犯的名字。他们保证，等我们对他们带来的 7 页笔迹样本发表意见之后，就会把那人的姓也告诉我们。会议被接连推迟了 3 次，达菲开始感到厌烦了。

罗帕侦探事务所的侦探发现，该嫌疑犯前去观看了 3 次十二宫电影，于是便开始跟踪此人。电影院的经理也曾发现，该嫌疑犯在看过电影里最残暴的场景之后便到厕所手淫。此人曾在金门电影院看过电影，并在参加赢取摩托车的有奖竞猜中，用 25 个字回答了十二宫杀人的原因，同时写下了自己的姓名和地址，奥克兰警察因此找到了他。电影制片人汤姆·汉森给罗帕侦探事务所开出了 10 万美元作为抓获十二宫的奖赏，奖金将来自十二宫电影的票房收入。然而奥克兰警察们参与案件调查的主要动机并不是为了奖金，而是为了抓获十二宫所能带来的荣誉。

这让我想到了托奇警探曾坚持认为，十二宫写信的时候会通过手淫来满足性需求。

当会议再一次被延迟之后，我决定根据他们提供的线索自行找出该嫌疑犯。我了解到，此人住在桑塔罗萨市某处，在旧金山有一个上锁的存物柜，还曾是一名越战老兵，现在是一名修理工，来自圣路易斯。

我在我自己列举出的嫌疑犯名单里找到了此人。但他已经被托奇和阿姆斯特朗提审过，并被排除了嫌疑。

第二天我终于看到了笔迹样本，但是它和十二宫的笔迹并不相符。

1978 年 7 月 10 日是托奇 47 岁生日的前一天，此时的他已经为警察局工作了二十五年，前十八年他是凶杀案调查组的精英人物，而后七年他则一直在追查离奇的十二宫案件，他的整个世界也因此而崩溃。

　　第二天，我去看望托奇，他的妻子卡罗尔把我领进了家里的起居室。我看见托奇正穿着栗色的浴袍从椅子上站起身来，他的每一根骨头看上去都在隐隐作痛。他已经精疲力竭，几近神志不清了，眼睛上有黑眼圈，胡须的阴影也让他的脸色显得更加阴冷。1977 年他同时患上了心脏病和肺炎，显然，卡罗尔对丈夫的健康状况十分担忧。

　　"看哪，戴夫，"她喊着托奇的名字，"罗伯特给你带来了一些书，这儿有一本是关于'大乐队'的。"

　　我穿过房间，看到第 2 频道正在播放 10 点档新闻，我想托奇一定是在看毛平的新闻发布会。托奇对着电视摇了摇头，他伸开双臂，说道："我不明白自己到底对他做了些什么，"他把胳膊放在我的肩膀上，"我希望你对我还能有着起码的尊重。"

　　"当然。"我回答。

　　"现在他们说那封最新的十二宫信件是我伪造的。"他很无奈地说。

　　托奇告诉我，上个周五早上 11 点，迪阿米瑟斯曾打电话问他，对于别人的不满有没有什么想法，让他深思熟虑一番。下午 1 点，他便因此事接受审讯。

　　周六下午 3 点 10 分，迪阿米瑟斯来到托奇家，告诉托奇盖恩警长已经决定在未经授权之前不会对他提出控告，只会采取行政手段，托奇的工作调职将会在周一生效，同时公告里还会发布一件事情，那就是托奇两年前曾用其他署名给毛平写过 3 封信。"为什么我调个职务还要发布新闻公告？"托奇不解地问。而在下午 4 点 55 分，警长盖恩不仅发布了新闻公告，宣布将托奇从凶杀案调查组调至特殊物件调查署一事，还声称自己对新的十二宫信件的真实性表示怀疑，并表示其他专家将对信件做出进一步鉴定。

　　沃伦·亨克尔是一名《旧金山纪事报》的专栏作家，戴着彩色的眼罩，他专门搜集并揭发各种丑闻。他在报道中写道："一名野心勃勃的作家及其亲密的宣传人正让警方和媒体在众目睽睽之下经受着考验……毛平在这一周声名鹊起，而戴夫则遭受不幸，只因他太渴望在报纸上看到自己的名字……所有的这一切都旨在对一个人名誉的诽谤。警长查尔斯·盖恩情不自禁地想要发布公告，在笔迹专家尚未查出真相之前，他就已经通过媒体给托奇'判了刑'。"

托奇向《观察报》解释道："把伪造信件的罪名加在我身上，无非是想让公众认为所有的十二宫信件都是我伪造的。人们顺理成章地就会从一件事联想到另一件事……我算是明白了，只有毛平和马莱他们俩可以通过击垮我从中获利，这让警察局备受瞩目……他们俩通过媒体的曝光吸引人们的眼球，目的就是让大家关注毛平的文章和著作。"

"想象一下吧——一名自由撰稿人和他的宣传人只是随口说了一句'口吻相似'，二十五年的辛勤工作便毁于一旦！一个莫须有的罪名就可以将一个人击垮吗？当然可以！"

我看过托奇的职业生涯记录，诸如他如何纵身跳进建在悬崖上的房子旁边的大海，将一名妇女救起；1953 年如何挽救了 3 个因煤气中毒差点儿丧命的人；1956 年又如何给身受刀伤的酒吧男服务员进行急救，最终保住了他的性命；还有如何把一名愤懑的雇员缴械以及在 3 小时内破解了发生在里诺市的一起谋杀案。我还看到托奇在密仙街差点儿被窗户里的两架机关枪射死，还有他如何纵身越过两段楼梯，把门踢开，将两名年轻人逮捕。

当托奇进房间清理桌子的时候，他发现自己的地址簿已经被拿走做笔迹鉴定了。托奇在家接受医疗护理时，监督人迪安娜·费恩斯坦曾去拜访过他，之后她感叹道："这简直让人震惊，警察局如此残忍地对待他真是太不公平了，我还从未见过在毫无证据的情况下如此处理任何一起案件。"

托奇调动职位一周之后，盖恩又突然宣布 4 月 24 日最新的这封信件不是托奇写的，他还表示信件也并非出自十二宫本人。不过，他认为 1974 年的"驱魔人"信件是真的。

毛利尔和迪加摩认为，盖恩破坏了未来所有的有关对十二宫案件的审理。

8 月 2 日，盖恩首次公布了 3 名笔迹专家的鉴定报告。因上级禁止谈论十二宫案件，施莫达推翻了他之前对信件真实性的认可，他声称因为自己当时只看到了照片复印件。毛利尔以前的一名学生特里·帕斯珂也认为信件是伪造的，而帕斯珂的上司罗伯特·普劳蒂原本就怀疑信件的真实性。洛杉矶警察局的基思·L.伍德沃德也认为信件是伪造的。

"但是，"盖恩指出，"信件的伪造者对十二宫的背景和笔迹都十分了解。他对于十二宫书写的每一个细节都了如指掌。"

如果信不是十二宫写的，那会是谁写的呢？

假期中，我将4月份寄来的这份信件仔细地进行了研究。作者准确地支付了双倍邮资，邮票是倒贴的，"火速交给编辑"的字样也一路向下倾斜，在"你忠实的"后面作者奇怪地使用了冒号，而在称谓后却没有使用任何标点符号，除了自己的名字，作者将其他人的名字一律小写。信件中字母与字母、单词与单词之间保留的奇怪间隙与十二宫之前的写法如出一辙，字母"d"和用三笔写成的"k"都和1969年信中的一模一样。

如果说新信件是他人伪造的，而且伪造者还是旧金山警察局以外的人，那么在无法得到信件原件的情况下，他能得到哪些信息呢？

我仔细地剪下报纸上刊登的每一封信和信封的内容，想看看公众能从中得到多少有关信件书写方面的信息。大部分十二宫信件是从未被翻印过的，即使是翻印过，信件大小也经过了修剪。写信人一定是看过十二宫所有的信件，因为信中出现了十二宫九年以来从未使用的字符写法。

有件事一直困扰着我，就是"那猪头"这种表达方式以前从未出现过。十二宫通常会称警察为"蓝色小气鬼"或者"蓝猪"。第二次浏览信件时，我在1970年10月5日寄来的那张明信片上发现了一行倒着书写的狭小字迹，写的是："警察猪头们。"伪造者在写信时很难发现，但它却可能残存在凶手的记忆里。

要说信件是伪造的，除此案的警方调查员之外，不可能有人杜撰出如此完美的笔迹，信里也不可能出现未经公布的信息。如果说可能是内部人出于嫉妒心而写信诋毁托奇，那么伪造者不可能料到信件的真假有一天会被拆穿。

傍晚时分很是温暖，一道强烈的阳光穿透大型落地窗照射进来。我把所有十二宫信件的副本都摊开在地毯上，借着充足的光线，我拿起4月份寄来的那封信和十二宫之前的信件进行对比，想看看有没有任何不同之处。然而我没有发现它们之间的丝毫差异。

我拿起4月份寄来的那封信，工整地将它撕成两半，然后将上半部分上书写的字母和下半部分上的字母进行对照，发现它们完全一致，丝毫不差。信似乎是作者用印章印出来的一样，一般没人会那样写字。

难道4月份寄来的那封信是作者描摹出来的吗？莫非是我猜错了，写信人并非十二宫本人？我知道十二宫经常会在写信的中途停下来，在精心写出的信上把某个词删掉，新信件里也出现了这种情况。他为什么不重新写一封呢？字看上去似乎不是他写出来的，而是被他一个一个费劲儿地印上去的。

我把十二宫之前写出的信件也撕成两半，并将它们一起放置在强烈的光线下。突然间，我明白了十二宫写信的方法。

写信的过程可能如下：十二宫可能先从朋友或者同事那里搜集到各种各样的字母写法，并用35毫米的胶片将它们拍摄并保存下来。然后他将胶片带放置在摄影放大机下，胶带上的每一个字符都被放大机从上方投影到纸上，一次投影一个字符，然后他就用蓝色标签笔进行描摹。除了高过头顶的投影机之外，十二宫可能还会用到一张玻璃光桌，用灯光将桌面下方照亮以便描摹。而字符的大小和方向则可以通过轻轻触碰放大机和转动纸张来改变。通过使用高过头顶的投影机，十二宫可以糅合别人的字迹，创造出不同于他自己真实笔迹的字迹来。

这个过程出奇的慢，这也解释了为什么在三年多时间中的第一封信里，凶手只是将错字从已经工工整整写出的信上划掉，并没有重新再写一封信。凶手可能会有一个私人冲洗照片的暗室，因为临摹一封信需要花费很长的时间。

通过这种巧妙的设计，笔迹完全被改变了。即使警察核查到他正常写字时的笔迹，也仍然发现不了它们和十二宫信件上的笔迹有任何关联。

十二宫在所有信件中都留下了线索，也表明了他使用了让人难以琢磨的技术。有一个事实无可避讳，那就是，即使是再专业的画家也无法将密码中的340个符号写得如此工整，要知道作者并没有使用格子，而每一个符号的大小和倾斜度都毫厘不差。

凶手一定是制作了一个原版字母表以便在将来写信时作为样本。

我确定凶手在新信件中使用的技术便是贯穿十二宫所有信件的共同点。所以4月份的那封信的确是出自十二宫之手，他真的回来了！

舍尔伍德·毛利尔也肯定了我的想法。

嫌疑人二

1978 年 8 月 9 日周三傍晚, 我接到一个匿名电话, 电话里的人告诉我: "我知道十二宫是谁, 我可以告诉你, 这个人对电影很着迷, 他把自己的活动都记录在了胶片上。"《旧金山发展报》的杰克·罗森鲍姆曾跟人提起过我在调查十二宫案件, 打电话的人因此知道了我的姓名。

他不肯向我透露他的姓名, 但同意我录下我们之间的对话内容。他接着说了下去。

"我们有个共同的熟人叫格雷格, 他是一个很棒的无线电报务员, 曾在夜间和这个人交谈过。这个人叫作唐纳德·安德鲁斯, 1969 年他刚刚走过人生中的一段低谷时期。"

"当然, 如果说真有十二宫这个人的话, 就非他莫属了。我的朋友格雷格曾经跟我谈起过这个人的可疑之处, 我以为他搞错了。可是随着时间的推移, 我们越来越多地发现有关他的每件事情都很蹊跷。"打电话的人告诉我, 纳巴郡的纳罗警官也曾对唐纳德感兴趣。

"我不知道纳罗为什么就此罢手, 也许他是不知道该怎样继续调查了。纳罗有一天曾和唐纳德一起待了 6 个小时。唐纳德说话的语速飞快, 纳罗告诉我: '他让我感到很困惑, 等他说完了, 我连他说过什么都没记下。'这家伙可以滔滔不绝。"

"他的身体很好, 我 1972 年就见到过他, 但他的视力很差。我并不害怕他, 因为我自己身高就有 6.3 英尺。事实上, 他要比看上去更令人恐惧, 特别是他的思想要比他强壮的身体可怕得多。"

"他之前有一份工作, 但被辞退了, 原因是和同事相处得不好。他会使用气象电传打字机，我不知道他为什么会对气象如此感兴趣。"

"纳罗一直将有关唐纳德的文件锁在桌子里，而其他嫌疑犯的文案他却公开放置在其他地方。"

"他很像朗·钱尼[1]，背部有点儿弯曲，类似驼背。"

"一个叫马尔文·伯尼尔的人曾和唐纳德在一起很长时间。他为唐纳德保管了一些放置电影胶片的铁罐子，我们觉得十二宫谋杀的证据就藏在里面。"

"伯尼尔知道此事吗？"我问。

"不知道。他以为铁罐子里只储存了几卷35毫米的旧电影胶片。唐纳德曾提醒过他，'不要接近这些罐子，因为装着的电影胶片上有硝酸，可能会爆炸'——他说的没错。我们曾在伯尼尔经营的电影院里看到过这些罐子。可是我和格雷格第二次去的时候它们就不见了，接着我们发现它们被挪到了伯尼尔家红色窗帘后面的储藏室里。"

"你知道吗？我们认为罐子里有每一起谋杀案的证据，但是他在里面设置了一开即爆的机关。"

"你可以试图接近伯尼尔，和他交个朋友，然后慢慢查出事情的真相。我有些替伯尼尔担忧，因为他以前当过警察，却丝毫没有起疑心。你和他谈谈，看他是否会提醒你不要去碰其中的一些罐子。他经常为唐纳德来来回回地搬运这些罐子。20世纪60年代后期唐纳德曾在旧金山的司各特大街住过。"

我得知保罗·艾弗利曾经怀疑过唐纳德·安德鲁斯，有一次还让自己的女朋友前去获取唐纳德·安德鲁斯的指纹样本。唐纳德听到艾弗利一直在打听他的消息很生气，甚至还为此去《旧金山纪事报》让艾弗利辞职。艾弗利获取到的样本只有三四个单词，和十二宫的笔迹也不像。但根据我现在了解到的情况，我意识到这些并不能排除唐纳德作为嫌疑犯的可能。

"托奇知道此人，"打电话的人继续说，"托奇之所以把唐纳德排除是因为有一次他去唐纳德的家里时，在窗户上发现了一个手写签名，而签名和十二宫的笔

---

[1]译者注：朗·钱尼，演员兼化妆大师，因父母都是聋哑人，所以擅长用动作和表情传达信息。他最著名的形象是1923年的 *The Hunchback of Notre Dame*（《钟楼怪人》）和1925年的 *The Phantom of the Opera*（《歌剧魅影》）。

迹并不一致。托奇认为唐纳德不可能是十二宫。"

电话通报人告诉我，唐纳德是由继母养大的，他的父亲有很深的宗教信仰，而他的家庭也有问题。

电话通报人和我聊了一个多小时。他是照着笔记读的，因为我听到了他翻纸的声音。他说他有一张 30 英寸 ×40 英寸用标签笔画出的电影海报，是唐纳德为伯尼尔画的，这让我的精神为此一振。

等他挂上电话，我思考了片刻。我感觉他了解到的案件信息实在是太多了，而且他给我打电话所用的号码未经登记过。

两个星期后的周六，我冒着酷暑前往萨克拉门托拜访舍尔伍德·毛利尔。毛利尔是一个精力旺盛的人，他穿着运动 T 恤衫，正靠在一把舒适的椅子上。我打开录音机，开始问他问题。过了一会儿他让我关掉录音机，表示想告诉我上个月发生的一些事情，但不想被录音。

他说："有一个身材魁梧的人和他的妻子开着一辆大众来找过我，询问我的妻子罗丝可否见我一面。那个男人对我的妻子说：'我真的对十二宫案件十分感兴趣。我给毛利尔先生带来了一些消息，我想这会让我和他都睡得更踏实。我只不过是个评论家，从永特维勒到这儿花了很长时间。我很想说明那封信是十二宫而非托奇写的。'"

"然而我当时正在和另一名笔迹专家戴夫·迪伽莫一起享用午餐，戴夫·迪伽莫当时为公设辩护律师所工作。那对夫妇看上去情绪十分激动，罗丝告诉他们我要到下午 2 点半吃完午饭才能回来，他们说可以等我。"

"当我回来的时候，"毛利尔接着说，"那对夫妇进来了。他自报姓名叫华莱士·彭尼。我看见他的双手一直在颤抖，看样子紧张得不得了。每次当我提到有关十二宫的事情时他都要打断我：'先听我说吧！只需要占用您 5 分钟的时间。'他说要宣布一件十分重大的事件，结果说了很多其他的，足足有一个半小时。直到后来，他说道：'托奇先生今晚会睡得更安稳。'接着终于向我透露了他所认为的十二宫的真实姓名。"

说到这儿，我打断了毛利尔，问他能否把嫌疑犯的姓名告诉我。结果他还没说完那人的名字, 我就先说出来了。

"天哪, 那就是我此次来要同你探讨的嫌疑犯唐纳德·安德鲁斯! "我惊呼起来。

在夫妇二人给毛利尔带来的笔迹样本上, 除了字母 K 以外, 其他的都和十二宫的笔迹相当匹配。

另外, 夫妇二人了解很多只有凶手才知道的细节。毛利尔在他们离开之后对妻子说: "如果十二宫不是唐纳德·安德鲁斯, 那就肯定是这个男人了。"

罗丝·毛利尔哆嗦了一下, 她看着丈夫, 小声地说道: "你刚才有可能和十二宫握了手呢! "

"罗伯特, 你知道吗? 我感觉那人有些事情想坦白。"毛利尔对我说。

又过了几天, 我开车去找副队长吉姆·哈斯提德交谈, 他还兼任瓦列霍警察局情报部门的长官。听说十二宫有可能再次出现, 他十分激动, 许诺给我看他们认定的一个嫌疑犯的材料。

哈斯提德从桌子后的金属橱柜里拿出一沓文件, 开始告诉我有关这个嫌疑犯的信息——此人酷爱电影, 在学校里接受过密码培训, 家里放置着一些奇怪物品。"在多娜·莱丝失踪的那天, 这家伙因在塔霍湖开车超速收到罚单, 当时开的是一辆白色雪佛莱。"

我认出那人是安迪·托德·沃克, 第一个十二宫主要嫌疑犯。不过, 我此时觉得唐纳德的嫌疑更大, 于是决定主动联系那个彭尼。

从彭尼那儿我得知唐纳德是个极易紧张发狂且喜怒无常的人, 对女性常常显示出敌意, 然而, 却好像有过一个女性朋友。

"他是吉尔伯特与苏利文的粉丝, 曾经在朋友的面前唱过他们的歌剧。"彭尼透露。

唐纳德不光接受过密码培训, 家里还有一台缝纫机。难道十二宫的那件黑色头套就是用它制作出来的吗?

彭尼告诉我, 唐纳德曾在他自己的一本册子里把十二宫 1969 年绘制的校车炸弹设计图指给他看过, 而十二宫炸弹设计图是从未被刊登过的。

"唐纳德·安德鲁斯喜欢收集经典电影。"彭尼又透露。很可能那个十二宫的"十字圈"标志的灵感就来源于电影放映时屏幕上投影出的标记。

"唐纳德的双手都可以灵活使用。他曾经告诉朋友：'从表面上看起来我可能很正常，但是内心……'这和十二宫说的'我精神错乱但游戏还是要玩'如出一辙。"彭尼告诉我。

十二宫的衣服里有许多与海军相关的装束，如喇叭裤、军用鞋、尼龙风衣，而唐纳德曾是一名海军。

十二宫和唐纳德都戴着用带子固定的眼镜。

据彭尼所知，唐纳德还曾向他的朋友透露："我拥有比性更好的东西。"

"不仅如此，"彭尼继续说，"唐纳德使用过很多名字，社会保障部门曾让他确定其中的一个。唐纳德在 1961 年和一个叫吉姆的十几岁男孩儿一起去蒙大拿州申请过出生证明。当他到蒙大拿州时，将证件上的名字定为了吉姆·安德鲁斯。"

彭尼还告诉我唐纳德·安德鲁斯看过的电影难以计数，在十二宫写第一封信之前的一个月，唐纳德交了一个朋友，即马尔文·伯尼尔，唐纳德因此还在伯尼尔在加州开的一家小型电影院里工作过一段时间。伯尼尔曾是位默片风琴手，他们的友谊从 1967 年一直延续至今。在唐纳德和伯尼尔见面之后，十二宫信上的笔迹就变得和伯尼尔用黑色标签笔为影院所画电影海报上的笔迹十分相似，所以唐纳德很有可能模仿了伯尼尔的笔迹。

彭尼再次提醒说，他和他的朋友格雷格都认为十二宫谋杀的证据就装在伯尼尔电影胶片储藏室的小罐子里。"那些装电影胶片的罐子里可能还有史坦恩衬衫上的碎布片、很多串车钥匙，和有关赫曼湖路谋杀案的影片胶卷。罐子的上面很清楚地写着：'请勿打开，内有硝酸胶片，危险。'"而彭尼从未鼓起勇气向伯尼尔询问跟十二宫或者那个古老的电影院相关的事情。

我记起唐纳德还是唯一一个自己拥有底片冲洗暗室的嫌疑犯，他的家里还存有电传打字机，而十二宫的第一封信用的正是电传打字机纸张。因为警官纳罗曾告诉我："我发现唐纳德有一件引人注目的东西。在他的地下室里有一个型号为 115A 的电传打字机。罗伯特，听我说，我认为能画出炸弹设计图（即 1969 年11 月十二宫绘制的校车炸弹设计图）的人肯定熟悉电传打字机的使用方法。"

尽管纳罗无法证明唐纳德·安德鲁斯有熟练使用武器的能力，但是他向我坦言唐纳德仍然是他认为的最大的嫌疑犯。

我问过纳罗有关指纹的事情。

"我们核对过他的指纹，但我们从来没有把他带来审问过，事实上，我们连他的指纹都没有要过。因为我们一直没有充分的理由要这么做，更不确定他是否会同意。而且我们对他关注得越多，他将自己保护得就越严实。头几次我们和他交谈的时候他还很坦率，后来就听到他说：'你们要么找我干点儿什么，要么就别来烦我。'我们第一次去他家的时候，在那儿待了好几个小时。他是个聪明有趣的人，似乎并不介意谈论他的过去。"

一个周六，我开车来到唐纳德的住处。

当我刚走到唐纳德所居住的房屋的邮箱前时，一个身材高大的人便走过来冲我大喊道："你想干吗？"

"我找唐纳德。"我回答道，尽管我很清楚现在已经没人住在那儿了。

"他不住这儿，已经搬到旧金山了。"

"该死的，"我立刻拿出钢笔问道，"请问他的新住址是哪里？"

"既然是他的朋友就自己打听去吧！"

那家伙一直站在那里，手叉着腰，直到我开车离开。

我有种感觉，我的到访是在某人预料之中的。

当我到达洛杉矶的时候，天色已晚，我开了辆租来的车从机场前往北高地大道的电影院去找伯尼尔。当晚播放的不是默片，伯尼尔正在看电影院放映的3D电影。

尽管剧院里很黑，但我还是从前排顺利地找到了伯尼尔。由于他穿着黑色的皮制连衫裤，我几乎看不到他的身体。这让我想起了《绿野仙踪》里欧兹国魔法师那颗飘浮在半空中的硕大的脑袋。

我在影片的间歇前去找他说话。他说话的语速飞快，还手舞足蹈的。由于他有些许巴里穆尔家族血统，这使得他可以用伍立策管风琴为一些老电影配乐。

他已经年过六旬，身材魁伟，脸已经开始发胖。他的视力有点儿问题，写地址的时候得戴上黑框眼镜。

　　"不戴眼镜，我看不清，"他解释说，"我要休假去做些生意，9月份就回来。"于是我向他询问是否能在9月份去他家里见面，具体时间看他方便。他同意了，说会再跟我约定见面时间。

　　离开电影院后，我继续开车前往萨克拉门托，和毛利尔就唐纳德·安德鲁斯和十二宫之间的异同进行探讨。

　　"没错，"毛利尔说，"我已经和刑事鉴定与调查中心的首席特别代理人谈论过唐纳德·安德鲁斯，也提到了你告诉我的一些事情。托奇告诉我：'阿姆斯特朗已经调查过唐纳德和华莱士·彭尼这两个人，我不知道他是怎么将他们俩排除的。'托奇还说，'尽管放手调查吧。'"

　　"彭尼把所有的事情都归咎到唐纳德身上。如我所说，当晚他离开之后，我思考了片刻，觉得他可能就是唐纳德·安德鲁斯。托奇告诉我他们已经调查过唐纳德和华莱士·彭尼这两个人了，感觉他们是完全不同的两种人。然后彭尼就一直不停地说着第三个人伯尼尔。"

　　"他是唐纳德的朋友，彭尼也认识。"我说。

　　"但是他从没跟我提起过那个人的名字。我从没看到过那个人的笔迹，也没看到过彭尼的笔迹。我曾写信很热烈地称赞他，希望他可以回信，"毛利尔说，"现在我的同事戴夫·迪伽莫在马林与索诺马郡已经取得了一些联系，他正在努力找出一些有关唐纳德·安德鲁斯的信息，但迄今为止他还没发现什么东西。"

　　"彭尼的确给我留下了唐纳德画的一幅海报，我马上就拿给你。罗伯特，你知道的，如果十二宫可以用双手灵活写字的话，那么字体倾斜方向的不同便可以得到解释了，包括他为什么能用透明纸逐字描摹他人的字迹也一目了然。他的字从上到下写得很直，不是在模仿，就是在描摹。"毛利尔解释道。

　　"彭尼已经怀疑唐纳德·安德鲁斯五六年了，"我说，"但他没有采取任何行动，因此我打算去加州南部拜访一下那位风琴手，看看他干了些什么，在旧金山似乎什么也查不到。"

　　毛利尔又补充道："特戴斯科（托奇的接班人）有一天晚上打电话问我能否

帮他看一下所有的信。我就对他说'我已经不负责这个案子了，而且我不会再为旧金山警察局鉴定任何东西了'。于是他对我说：'我想我可以理解你的立场。'"

接着，毛利尔拿出了彭尼带来的唐纳德·安德鲁斯笔迹样本的照片，那是一幅用黑色标签笔画出的电影海报。

"太棒了！"看到它，我很高兴。

"虽然样本上的有些东西并不匹配，但足以让你思考一番了。"

我问毛利尔有没有什么想法。

"有的。罗伯特，你想过凶手有可能不止一个人吗？我想到了华莱士·彭尼和唐纳德·安德鲁斯他们两个。彭尼长得足够强壮了，身高 6.4 英尺，体重 240 磅。想想看可不可能他们其中的一个人写信，另一个杀人？"

"除了信之外，"他继续说，"警察还有其他证据吗？这已经是他们的救命稻草了。华莱士·彭尼来我家跟我谈论唐纳德·安德鲁斯的那天，我和妻子罗丝坐着研究起十二宫案件。直到彭尼离开，我才意识到他知道的绝大部分事情都是警察未曾揭露的。我不敢肯定十二宫那天是否就和我一起坐在我家，我不知道，也没有意识到这一点。"

"有好多次我都想开车去他住的地方看看，"我说，"但每次又都放弃了。一想到开车去那里我就有种异样的感觉。"

"罗伯特，你最好小心点儿，"毛利尔提醒我说，"我不害怕他会把我怎么样，但我真的担心他对于十二宫案件的动机。这对你可能有危险。我是不会和这个家伙来往的。"

"彭尼的想法简直是异想天开，"我说，"他认为唐纳德把自己的某次谋杀的经历制作成了一部电影，并把胶片放在了罐子里，还设置了一触即爆的机关，可以将证据通通毁掉。"

"哦，这个我可没听说过。罗伯特，你得给我找来更多的笔迹，包括唐纳德的、华莱士·彭尼的，以及唐纳德的朋友伯尼尔的……"

"让我们一个一个地核对。"

"尤其是唐纳德的笔迹。"

"我很想知道阿姆斯特朗是如何排除唐纳德的嫌疑的。"

"我也不知道，应该就是笔迹不匹配，"毛利尔回答，"我一直认为阿姆斯特朗是个很聪明的人，他和托奇的搭配简直绝了。"

"我听说十二宫寄来最后一封信之后，纳罗曾去找唐纳德·安德鲁斯谈过。唐纳德立刻就切断了他家的电话线，反应很是奇怪。"我告诉毛利尔，"纳罗和他谈了 6 个小时，离开的时候头昏脑涨。"

等我回到旧金山时，在邮箱里发现了马尔文·伯尼尔寄来的一封信，他在信中写到，同意在 13 日约我去他家见面。

当我看到伯尼尔的笔迹时，我意识到他的笔迹与彭尼带给毛利尔的那张电影海报上唐纳德·安德鲁斯的笔迹几乎一模一样。

1978 年 9 月 13 日周三傍晚时分，我去到伯尼尔在河滨市附近的家中。伯尼尔把我带到一个很大的旧式风格的起居室里，他也许意识到我要和他谈论的不只是默片，或许是他那位性格有些古怪的老朋友唐纳德·安德鲁斯已经从数家报纸上看到我正在写一本关于十二宫的书然后警告他的朋友不要向我透露太多。那他会意识到自己与十二宫有什么联系吗？

伯尼尔坐在我右侧的沙发上。我问了他一些问题，都是有关十二宫、他自己以及电影之间联系的。

"坦白地说，当我收到你从洛杉矶寄来的信，看到底部你的笔迹时，我真的非常震惊。它们和十二宫信件上的笔迹简直惊人地相似。"我目不转睛地看着他，努力地观察他做出的任何反应，然而他始终很平静，于是我转移了话题。

"十二宫在给报社寄去的信里好多次都间接地提到了电影，比如《最危险的猎物》。那部电影在你们影院上映过吗？"

"哦，还用说吗？"伯尼尔的声音听起来有些颤抖，"都不知道放过多少次了。"

"1968~1969 年期间上映过吗？"

"我们影院是 1969 年开放的，"他说道，"《最危险的猎物》可能当时就引进了，但由于它是一部经典之作，所以接连上映了好多场。"

"马尔文，十二宫在他的那份分成三部分的密码里提及了《最危险的猎物》这部电影，并且穿着带有头罩的衣服，拿着类似电影里佐罗夫伯爵佩带的刀，在贝利桑湖谋杀了两个人。我感觉十二宫在看完电影后，可能一定程度上模仿了影片中的刀和服饰，还有，十二宫在另一封信里提到了'红色魅影'，是有一部电影叫'红色魅影'吗？"

"对，我有这部电影，"伯尼尔身体前倾了一下，谨慎地说道，"十二宫提到它了吗？"

"他曾把他用作笔名。"

伯尼尔用苍白的手捂住牙齿，紧张地笑了笑。"这太巧了，在我们洛杉矶老剧院的天花板上就有一幅十二宫图，"他说，"许多人根本没注意过，他们的注意力大都集中在银幕上。"他停顿了一会儿接着说："让我想想，《红色魅影》是一部默片，我不知道他是怎么知道的。这部电影之前失传了很久，直到雷鸟影片公司的人发现了原版手绘彩色电影胶片。影片首次发行是在……"他想了片刻说，"我可以查一下。"

"十二宫在 1974 年写的信里提到了'红色魅影'。"我说。

"没错，就是那时候。当时我第一次看到那部电影，是在加拿大每年一度的电影收藏家大会上，之后就决定购买那部 16 毫米的电影胶片了。"

我还告诉他凶手在其中的一封信里提到了"弹风琴的琴师"，而伯尼尔曾是默片的风琴弹奏者。"还有他的标记，"我接着说道，"那个十字圈符号，和电影放映倒计时银幕上显示的标记不是一模一样吗？"

"是的，电影快开始的时候，银幕上会显示那个标记。"

"不过，"我说，"警察们一直把它当作来复枪视镜。"

"不是来复枪视镜，我在报纸上第一眼看到它就认出这是一部影艺学院导片符号。为了维持剧院的经营，我们一直都在上映商业片和新片，很少放映经典片。剧院虽然没有巨额的效益，但收入却很稳定。我负责剧院所有事，也包括画海报，但我不会把制作精美的海报留在剧院里，因为这些东西太容易被损坏……"伯尼尔伸出手，指着彭尼带来的那张被放大的曾被作为唐纳德·安德鲁斯的笔迹样本的电影海报照片，"比方说你带来的这张海报，就没有什么收藏价值，电影一结束就会被揉成一团扔掉。"

"那么这张海报是你画的吗？我们印象中是一个叫作唐纳德·安德鲁斯的

人……"我停顿了一下，"他曾为你工作过，我想。"

"是的。"伯尼尔生硬地说道。

"警察已经把他作为十二宫的嫌疑犯了，这张他画的电影海报的复印件被他们当作了笔迹样本。你有唐纳德的真实笔迹吗？"

"我没有收到过他写来的任何信件，"他轻声地说，"我再也找不到任何机会和他通信了。"

"我猜测十二宫肯定受到你其中一幅电影海报上笔迹的启发，"我对他说，"我认为他看到了那些被你丢弃掉的用黑色标签笔画出的海报，并且用照相机拍下了字母的写法，然后在给报社写信时模仿了你的笔迹。"

伯尼尔一直很紧张。他拿来电影记录，我们一边喝着咖啡，吃着巧克力蛋糕，一边查找电影《最危险的猎物》的放映日期。我们发现它最后的上映时间是在1969年5月。

伯尼尔是个很友善也极富魅力的男人，看不出有什么令人恐惧的地方，但直觉告诉我他向我隐瞒了很多东西。和他一起坐在这栋老房子里，我感到随时都会有一个戴着黑色头罩的粗壮男人拿着一把手枪走进房间，毕竟没人知道唐纳德·安德鲁斯现在身在何处。

最后，我随着伯尼尔来到地下室，欣赏他惊人的电影收藏品。它们覆盖了将近一面半墙壁。我看到了那些罐子，猜想华莱士·彭尼对我说的是否属实：他认为十二宫将某次杀人的证据和关于赫曼湖路谋杀案的电影胶片放在了一些罐子里，上面标注着："请勿打开，内有硝酸胶片，危险！"并且为了防止警察搜查他的房间，把罐子交给了伯尼尔保管。

当伯尼尔发现我正紧紧地盯着罐子时，他把我带离了那儿，来到他制作电影海报的地方，海报上那些用标签笔写出的字迹像极了被放大的十二宫笔迹。

我想象着，如果放置胶片的罐子里真的有一触即爆的机关，那么这栋摇摇欲坠的三层楼的房子不知会被炸成什么样，毕竟正在衰变的硝酸胶片就相当于烈性炸药。

那时，我清楚地听到轻柔、缓慢的脚步声断断续续地从楼上的地板传下来。但我假装没有注意到，也并不担心：因为我的朋友知道我在哪里，而所有我知道的有关唐纳德的信息我也都已经告诉瓦列霍警察局的副队长哈斯提德了。

之后，我和伯尼尔谈论起他的朋友和十二宫之间存在的联系。"我听说十二宫可能把犯罪证据藏在几个装默片胶片的罐子里了，据说那些罐子一开即爆，并且他还把罐子丢给了一个不知其名的朋友保管着。"

听到这里，风琴弹奏家脸上的笑容顿时消失得无影无踪。他满脸通红，表情十分尴尬，等到笑容再次恢复时，他咧开嘴，牙齿完全暴露出来，口香糖还包在嘴里。

我思忖着伯尼尔的朋友可能曾经让他保管过这样的罐子，而现在他发现自己或许被利用了。接着，我向他描述了一下罐子上的标注。

"唐纳德曾给过我一些这样的罐子，上面的标注和你说的一样。"他坦言道。

华莱士·彭尼说的居然是真的！真的有这样的装着电影胶片的罐子！我努力保持冷静，尽管那一刻我的心跳急速加快。"那你知道它们现在在哪儿吗？"我问他。

"已经被他拿走了，可能是 1972 年拿走的。"

"见鬼！"如果唐纳德·安德鲁斯真的就是十二宫，那么就没人可以再见到那些罐子了。

伯尼尔呆呆地盯着地板，他似乎很担心自己的笔迹和十二宫的有任何联系。

"你两只手都能写字吗？"我问他。

"不是啊，"他说，"我只用右手。"

"那你就不用担心了。十二宫双手都能用。"

伯尼尔看上去像被我用铁锤在双眼之间狠狠地击了一下。

"唐纳德在剪辑电影的时候用的是左手，"伯尼尔说，"他写字用右手，我猜测他就是个双手撇子。"

这个事实早在我来河滨市之前就已经知道了，而伯尼尔脸上的表情让我坚信，他根本不知道他的朋友可能跟谋杀案有关。

伯尼尔告诉我，唐纳德·安德鲁斯 1975 年离开旧金山，直到 1978 年才回到加州。这正好可以解释警方为什么迟迟没有收到信件，以及他信上的那句"我回来了……"

　　我问伯尼尔唐纳德·安德鲁斯是否回到了旧金山。伯尼尔想了一会儿，走到房间的另一边，站在壁炉前背对着我说，他不确定。

　　之后连续一段时间，我在工作的时候会接到只传来呼吸声的电话。这些电话通常在上午 10 点半打来。

　　1978 年 9 月 19 日周二傍晚，我打电话到在河滨市的伯尼尔家中，又问了一些有关他朋友的问题。

　　"伯尼尔，我从未见过唐纳德本人，"我说，"现在假如我给你描述一下，你可以指出哪些地方不对吗？"我问他。

　　"好的……"

　　"那我开始了，好吗？"我开始描述起来，"他是个成年白种人，身材粗壮，体格魁伟，背有些驼，肚子很大。身高大约 5.8 英尺，年龄大约 35 岁左右。1969 年的时候剪了个平头，他的头发稍卷，挑染了红色。他还戴着黑色粗框眼镜，并用带子固定着。"

　　"没错，他身体粗壮，长得很结实，"伯尼尔说，"我猜他是用橡皮筋来固定眼镜的位置。他的头发做过软化。"

　　"他们说他的脸很圆。是这样吗？"

　　"他的脸和身体一样，胖胖的。"伯尼尔说。

　　伯尼尔曾计划和唐纳德一起做生意，当时唐纳德已经回到了旧金山海湾地区。有件事一直让我不解，既然伯尼尔是唐纳德未来的商业伙伴，那他怎么会不知道他朋友在旧金山海湾的新住址呢？

　　伯尼尔告诉我，唐纳德从 1969 年开始就得了关节炎。那么是这个原因促使十二宫停止杀人的吗？专家在十二宫后来的信件里注意到这一变化了吗？

　　"唐纳德的长相很引人注目，"伯尼尔说，"大部分人不喜欢和他交往，他看上去很自以为是。他是那种想做就做的人，他把所有的钱都拿去买了照相设备。"

　　当我问伯尼尔有关唐纳德的笔迹时，他说："他会努力模仿任何书写方法，他写所有的东西几乎都用标签笔。"

　　唐纳德·安德鲁斯是个诱惑力极大的嫌疑犯。但我还得深入地进行调查，直到我找到他，才能和纳罗进一步探讨。

唐纳德在一家电台人事部工作的时候曾得罪过一个女同事，她给我提供了唐纳德的笔迹样本，但这些并不足以让毛利尔排除或确定唐纳德的嫌疑。

我把唐纳德·安德鲁斯的照片拿给史坦恩谋杀案的几个十几岁的目击者看，不过他们认为他太老、太胖。

1979 年 5 月 3 日周四深夜 11 点 05 分，瓦列霍拉尔夫·威尔逊警官出乎意料地打电话给我。

"有件事情极其怪异，"他说，"我一直都在思考十二宫的事情，不过就在我检查一个曾与达琳·菲林约会过的警察记录时，我接到了一个来路不明的电话，电话里的人说害怕自己被人谋杀。"

我立刻感到整个脊背发凉，因为我知道，如果不是真有事情，威尔逊警官是不会给我打电话的。

"打电话的人说他的一个前室友要杀他，因为他知道那个室友就是十二宫，"威尔逊接着说，"那人恐惧到了极点。他说嫌疑犯住在一个大牧场，是个性格喜怒无常的人，还是个武器专家，嫌疑犯拥有达琳谋杀案的照片和证据，以及所有受害人的照片。现在我们认为他就是那个在餐厅和达琳·菲林争吵的来路不明的男人。嫌疑犯还精通神秘事物以及密码术，和通缉令上的画像也极其相似。他还曾被治安办公室解雇过，"威尔逊说，"我就称他为'杰克'吧，以免出错。"

虽然我认为唐纳德·安德鲁斯是这起案件里最大的嫌疑犯，但我不想错过任何一个可能的机会。

据威尔逊所言，1969 年杰克就被认定是达琳·菲林谋杀案的嫌疑犯，只是那时候有一个问题警方一直无法理解，就是他如何在短时间内到达案发地的。似乎没有一条路可以让他在那么短的时间内到达谋杀现场，作案之后再返回家中。现在，通过这个匿名通报者，威尔逊警官了解到还有一条小路可以通往赫曼湖路。那条小路被一道门堵住了去路，门上有把三个数字的号码锁。杰克可能知道号码，并且通过这条牧场小路前去行凶，再返回家中。所以伯杰斯太太在直接通往贝尼西亚的赫曼湖路窄道上行驶时，并没有看见十二宫的汽车。

威尔逊警官承诺，事情一有进展就会立刻联系我。他得等通报者再次打电话告诉他自己的姓名。"我知道这个杰克，"威尔逊说，"是个无所不能的家伙。"

　　一个月后的周日，经过 10 个小时的工作汇报后，托奇拖着沉重的步伐离开，脚踝处仍然隐隐作痛。但是当他在周日的《旧金山发展报》上看到关于自己的文章时，他欣慰地露出了笑容。文章叙述了他如何在不到一年的时间里官复原职并最终升迁的全过程。他回想着发生的一切，心情豁然开朗。如今他正负责四种犯罪案件的侦查，分别是：性侵犯、谋杀、诽谤以及抢劫案。他如今坐到了最高位置。

　　我真为他高兴。在早晨的编辑会议上，我有机会见到了莫斯克纳、费史坦恩两位市长，并和他们提到了有关提拔托奇的事情，希望能给他带来帮助。

　　我得知"杰克"卖掉了大牧场，并且在内华达买了一间酒吧。为了看看他长得是否酷似十二宫，我亲自驾车前往内华达找他。

　　傍晚时分，我到达那里，他正在第二张豪华台球桌上打球。他长得又高又瘦，头顶和鸡蛋一样秃。

　　我们将他的指纹和史坦恩计程车上血迹斑斑的印迹进行了对比，但发现并不匹配。他说那张达琳在被害现场的照片是他离开警察局时为了留作纪念而拿走的，是官方在验尸和犯罪现场取证时拍下的照片。

　　我相信，他不是十二宫。

星 象 学

1979 年 7 月 27 周五这天，我还在破解那张包含着 340 个符号的密码，破解时间已持续约四个月了，这份密码让美国中央情报局、国家安全局、联邦调查局经验最丰富的密码破译专家和计算机都无能为力。（密码在十二宫 1969 年 11 月 8 日寄来的第 6 封信里，见第 63 页图。）

大部分人认为这个密码是凶手开的玩笑，并没有什么意思。然而就在密码的第 6 行，十二宫涂改了一处。既然凶手如此费尽心思地想要编写一个几近完美的密码，那么如果这个密码没有任何含义的话，他又怎么可能把某个写错的符号画掉重写一遍呢？这样岂不是破坏了密码的完整性吗？

如果十二宫在 1978 年提到了《旧金山纪事报》著名专栏作家赫伯·卡昂，那么他可能也在 1969 年提到过此人，而这份密码的前 3 个字母就是"H E R"。我寻思着，组成这个密码的 340 个符号里，会不会有哪个与哈登夫妇破解的十二宫寄来的第一份密码上的符号含义相同。

接着我发现的确有意思相同的符号，因为接下来的 5 个符号可以拼写成"C E A N B"，和"H E R"合在一起，再调整一下字母顺序就正好是"HERB CAEN"（赫伯·卡昂的英文名）。

很显然十二宫肯定也将后面的一些密码顺序给打乱了。在哈登夫妇破解出的密码答案中有很多拼写和编码错误，我也考虑到这一点。

卡昂的名字是密码中的关键词。有了这 8 个符号作为解密的钥匙，一些密码的含义便逐渐明朗起来。

密码的倒数第 3 行上有一串字母"POSHT"。我知道"P"代表着"I 和 C"，重新排序之后有可能组成单词"TOSCHI（托奇的英文名）"

　　我再次想象着十二宫1969年时的模样和想法，以及可能将谁认定为自己的敌人。赫伯·卡昂或许是其中之一，另外我在第9行找到了一个类似警官莱斯·伦德·布拉德的名字。

　　我想，就是因为十二宫在密码中提到了许多敌人的姓名以及谋杀案发生的地名，这个包含着340个符号的密码才迟迟未被破解，要知道，对于东部地区的密码破解人员而言，这些名称可能是他们闻所未闻的。

　　渐渐地，整个的单词和单词的一部分开始在密码中显现出来。我辨别出了整个单词"SEE（看见）"的一部分。最后一个顺序被颠倒的单词是"PARDON（原谅）"，这让我找到了一个代表P的符号；第5行的"ECBU"有点儿像"BECAUSE（因为）"，这让我明白了更多的含义。

　　十二宫随密码一同寄来的信件给了我很大的帮助，它让我联想到凶手正常说话时的语气，那种礼貌又隐藏邪恶的方式，以及字里行间对警方有关他的"不实之词"感到愤怒。他在信中宣称自己已经杀了7个人，所以我试图寻找可能拼写成单词"第8个"的字母组合，用以指代他的下一个受害人。他在第二天（1969年11月9日）写的那封信里提到了警察所说的关于他的谎言，因此我试图寻找被反复提及的单词"谎言"，他还经常以"等等"作为句子的结尾，我也找了这个单词。

　　十二宫一开始用的是替代型密码，就是用符号代替字母，然后再打乱这些密码的顺序，形成一个替代型无序密码。每一个字母可能会被各种各样的符号所替代，而无序密码要比替代型密码难破解得多。

　　凶手在密码中使用了65个不同的符号，其中有43个符号被重复使用了5次左右，出现了10次以上的符号只有"+"和"B"。这一次十二宫还使用了一些与哈登夫妇破解的密码中大不相同的符号。

　　要是密码再多几行就好了！

　　因为据专家解释说符号越多，计算机就有越足够的资料核对出各种可能的字母组合，从而推算出答案。

　　两天后的周日，我觉得到自己快要接近答案了。我夜夜都在研究密码，有时当我抬头凝视着办公室的白色墙壁时，我的眼前也会浮现出一行行的符号来。

晚上 11 点，我认为自己终于找到了近十年以来最难以破解的密码的答案。

哈登夫妇是通过寻找最常见的双 L 字母组合最终破解了那个由 3 部分组成的密码。而我则找到了 3 个 L 的字母组合："PILLL""ALLL""ALLLSO"以及"WILLL"，凶手故意将其拼错来迷惑密码分析师。

在破解的过程中，我发现十二宫使用了 10 个不同的符号来代替字母"E"，9 个不同的符号来代替字母"S"，7 个不同的符号来代替字母 A，而反复出现的逆向书写的"C"却毫无意义。

早晨，我将自己破解出的答案分别寄给密码破解专员会议组和肯特州会议组。他们会确认我的答案是否准确，并且改进我的错误之处。

1979 年 8 月 6 日周一，就在我为周二的专栏创作漫画时，我的电话响了，是美国密码协会的格雷格·迈伦打来的。"祝贺你破解了十二宫密码。"他在电话里说道。

当时，旧金山正遭受着自 1968 年以来特大地震的袭击。市区的高层建筑开始摇晃，办公室里的人都站了起来，有些人已经离开了。

"发生什么事了？"迈伦问道。

"我们这儿正在发生地震，大家都准备离开。"

"那你待会儿再给我回电话吧。"迈伦说。

"不用，"我说，"这件事更重要，请你接着说吧。"

我的话刚落音，整个城市就又遭到余震的袭击。

迈伦决定挂断电话，将详情写下来交给我。

"亲爱的格雷史密斯先生，"格雷格·迈伦后来写道，"跟我在地震发生时说的一样……祝贺你破解了十二宫的第二份密码。十二宫采用的都是同音异字替代型密码（也就是用各种不同的符号代替同一个字母），而在第二份密码中，每个单词的字母顺序又都被打乱了。这种密码至少可以追溯到 15 世纪（1412 年），而且并不少见……"

"我很遗憾无法给你提供额外的'线索'来破解第二份密码所包含的信息，你已经将所有的信息都解读出来了。"

美国密码协会的尤金·沃尔兹也给我来信了。他在信中写道："我有幸在美国密码协会大会上和格雷格·迈伦进行了交谈，我们都一致认为你破解的答案很好并且合理，同时我们也希望可以尽早抓获十二宫。能成功地破解这样一份密码，除了直觉和好运，更重要的是要有惊人的毅力和愿意花费大量时间及精力来研究每一个符号含义的决心，与此同时，还要确定已经推测出的含义是否准确，这个过程时常会徒劳无功。所以你是值得称颂的，不仅仅是因为你破解了密码，还因为你愿意花大量时间和精力来完成此事。"

早些时候，我已经将密码的结果和解决方案告诉了瓦列霍警察局，以下是密码的内容。

十二宫在密码中使用了一连串没有意义的符号，如逆向书写的"C"、若干"l"和胡乱放置的"it（它）"。字母"k"还同时指代"k"和"s"。我省略掉这些符号，同时加入了标点符号和空格，这样一来，解读出的答案读起来就如同写给赫伯·卡昂的一封信，我认为这就是密码本身的意图。

赫伯 · 卡昂：

他们也该死。

炸掉这些谎言。史鲁斯

因该（应该）可以在杀手电影里

看到一个名字。玩一个药丸

游戏。原谅我允许我毁灭

字己（自己）。胡扯。

这些蠢货见到过凶手了。

请问伦 · 布拉德。

此处十二宫提到了警探莱斯·伦德·布拉德，他曾在瓦列霍追捕过十二宫。密码中提到了药丸，这说明十二宫确实服用毒品促使自己变得兴奋，警察的推断是正确的。

> 灵魂在 H LSD UL
>
> 可里尔湖。因此盯着它
>
> 我吃了一片药丸，狗屁。我
>
> 打电话骗了 A.H. 先生 B 湖。

（"B 湖"可能指的是贝利桑湖，靠近可里尔湖。"A.H. 先生"可能指的是《旧金山纪事报》的专栏作家亚特·霍比。）

> 所有的奴隶因为 LSD
>
> 将偷走每一个奴隶
>
> 我应该狠狠地抽托奇吗？
>
> 那猪头让我迟迟没能
>
> 杀掉第 8 个人。

密码的内容的确激起了不小的波澜。在晚间新闻节目里，我谈到了十二宫在信件里再次提及托奇的这件事，之后旧金山警察局要求申请一笔 9.2 万美元的联邦执法基金，以协助调查。到 8 月 29 日，该金额却被降至 7 万美元。

十二宫到底为什么要杀人呢？

历史上有过只在节假日杀人的连环杀手的先例（例如 1967~1969 年 7 月 4 日发生在密歇根州的谋杀案）。莫非十二宫也是如此吗？

彻利·乔·贝茨是在 1966 年 10 月 30 日接近午夜时被谋杀的。凶手之所以和她站着谈论了好几个小时，是为了等候到午夜即万圣节——这个庆祝亡灵的古老节日的来临吗？

十二宫在蓝岩泉杀人的时间是在 7 月 4 日午夜 5 分钟以后。凯瑟琳·约翰斯经历的那次恐怖之行的时间是 1970 年复活节前的那个周日。

保罗·史坦恩是在旧金山开始庆祝哥伦布日 [1] 时被谋杀的。

西西莉亚·雪柏遇害的时间是 1969 年 9 月 27 日，犹太人帐篷节 [2] 的第一天。

而杀死大卫·法拉第与贝蒂·洛·詹森的时间是 12 月 20 日，离圣诞节还有好几天。这倒是让我很困惑。

十二宫的第一封信是在 1966 年 11 月 29 日——感恩节的两天前寄来的。1970 年 4 月寄来的信上的邮戳显示的是逾越节 [3] 的第一天和最后一天。

虽然这种推论让人有些无法接受，不足为信，然而却很有连贯性。十二宫杀人和写信的时间都很有规律地集中在节庆期间。

再谈谈十二宫和占星术的联系。莫非十二宫行凶的日期真的受到星象的控制？这个一度让加利福尼亚州陷入极度恐慌、身份不明的疯子会遵循月相来决定行凶日期吗？

我首先核查了一下 1969 年 10 月份，看看十二宫的谋杀案发生的时间以及信件收到的日子是否和月相有相匹配之处。新月的第一天是 10 月 11 日，那天保罗·史坦恩被谋杀。接着我核查了 1969 年 11 月的月相，新月的第一天是 11 月 9 日，这一天十二宫将包含 340 个符号的密码寄给了《旧金山纪事报》。

还有一起谋杀案发生在 1969 年 9 月 27 日，即满月后的第二个月食日。

十二宫的三封包含被哈登夫妇所破解的密码的信件是在 1969 年 7 月 28 日，满月的第一晚被寄出去的。

之前的一起谋杀案发生在 1969 年 7 月 5 日，即 6 月 29 日满月 5 天之后。谋杀案发生的那一天，地球运行到远日点，太阳、地球和月亮处在一条直线上，此时引力最大。

1968 年 12 月 20 日，贝蒂和大卫被谋杀，当日是新月的后一天，离冬至只差

---

[1] 笔者注：每年 10 月 12 日，在美国用来纪念 1492 年克里斯托夫·哥伦布发现新大陆的节日，现在官方庆祝时间是在 10 月份的第二个周一。

[2] 译者注：一种庆丰收的节日，纪念古以色列人在旷野流四十年居住的帐篷，从犹太历元月十五日开始，持续 8 天或 9 天。

[3] 译者注：开始于犹太教历七月十四日，并按惯例持续八天的节日，用来纪念犹太人从奴役下被解放出来。

几分钟。彻利·乔·贝茨是在满月的后一天被谋杀的，那是秋分后的第一次满月。凯瑟琳·约翰斯被绑架的时间是满月期间春分的后一天。

在所有的谋杀案件发生之日，土星都如启明星一般明亮。西西莉亚被杀当日，月球运行至土星，而且当晚月亮升起得很早，整晚都位于白羊宫。7月5日和10月11日发生谋杀案件时，土星位于白羊宫。甚至1966年万圣节（庆祝亡灵的古老节日）贝茨被谋杀之时，土星也是当日的启明星。

贝蒂和大卫是在古罗马农神节（12月17~23日）被谋杀的，节日里的孩子们会被当作祭品供奉给上帝。周六的名称源于"土星神日[1]"，而所有的受害人（贝蒂和大卫除外，他们是在周六前几分钟被枪杀的）都在周六被谋杀。十二宫可能在土星处于强势之时，感觉自己受到了古老神灵法力的支配。

十二宫写信和杀人的时间都选择在一连串有明显月相的日子。这在1970年给《旧金山纪事报》写信时选择的日期尤为明显：4月28日、6月26日、7月25日，这些信都是在下弦月开始的第一天被寄出的。

1974年当天空出现第6次土星蚀现象，土星再次成为启明星之时，十二宫打破了长久以来的沉寂。十二宫写信的日期分别是在土星朝着月球南边逆行不到

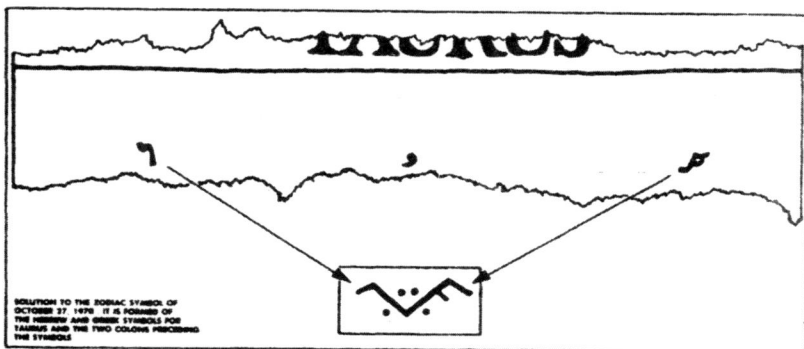

金牛宫 定宫、阴性、土象
守护星：金星 强势行星：月亮

---

[1]译者注：古罗马人用自己信仰的神的名字来命名1周7天：Sun's-day（太阳神日），Moon's-day（月亮神日），Mars's-day（火星神日），Mercury's-day（水星神日），Jupiter's-day（木星神日），Venus's-day（金星神日），Saturn's-day（土星神日）。

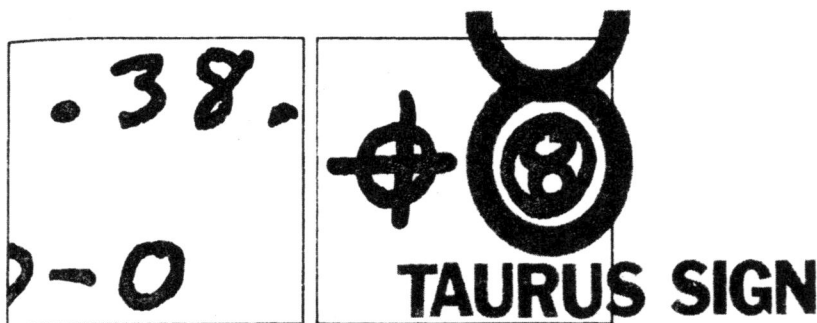

十二宫笔下数字"8"的放大版。
带圈的数字"8"实为被圈起来的金牛宫标志。

1 度之时（即 1 月 29 日）、满月后的第 3 天（即 5 月 8 日）以及地球位于远日点、满月后的第 5 天（即 7 月 8 日）。

1978 年满月后的第一天，在太阳进入白羊宫之后、土星处于相对静止之前，十二宫写道他"正掌控着一切"（4 月 24 日）。

许多人认为十二宫极有可能是白羊座的，当满月和新月来临、土星处于强势之时，他便活跃起来，开始实施他的秘密追杀。

然而，占星学家亚历克斯·荷亚在《旧金山纪事报》上说："凶手有可能出生在金牛宫时段，这个星座的人通常仁慈友善、和蔼可亲……这样的人……本来天性仁慈，可是一旦受到挫败，就会变得十分残忍，不顾一切地实施暴力。"

作为一个艺术家，我对于图形文字有所了解。这让我明白了十二宫万圣节寄来的死亡恐吓卡片上那个奇异符号的含义，它是由希伯来和希腊符号组成的金牛宫标志。

1970 年 4 月 20 日寄来的那份密码里，在"我的名字是"那一行里有 3 个被圈起的"8"，现在我终于不再受它们困扰了，其实"8"字的顶端并没有封口，它们实际上代表着 3 个金牛宫符号。

十二宫聪明地在他的信里隐藏了 3 个金牛宫符号。难道这代表着他出生时的星相吗？或者仅代表他自认为是金牛座？

无论十二宫是不是占星术爱好者，还是只是对月盈月缺比较敏感，我们或许都可以预测到他未来的行动。1974 年 1 月, 他最终打破了三年的沉寂, 而宇宙周期循环的重大巧合现象也正好在这一个月里出现。可能正是这种生物潮导致了十二宫情绪的爆发。

难道十二宫潜意识里在受到月亮的控制吗? 他是根据占星术的天宫图来计划犯罪时间的吗? 如果真是这样, 那天宫图是他自己画的还是别人帮他画的呢? 或许旧金山海湾某地的一个占星学家曾为凶手绘制过一幅金牛宫图表, 并且仍记得他。如果天宫图是十二宫自己绘制的, 那么他的名字就不是用来装神弄鬼的, 而是因为他真的对占星术很感兴趣。

在各种各样关于古老语言和科学的书籍里, 我找到了凶手在他的密码里用到的许多符号, 但是这并不足以让我相信十二宫在编制密码时借鉴了某一本书。可是最终, 我竟然真的在一本书里找到了所有的符号。

这本书叫作《如其之上, 如其之下》, 作者艾伦·欧肯在这本占星术书籍里专门设计了许多符号。十二宫在那个包含着 340 个符号的密码里使用的所有符号都和这本书里所使用的一模一样 (见下页图)。

最后要探讨的就是十二宫标记"十字圈"的含义了。十二宫谋杀的时间分别是在冬至的前一天、远日点、离秋分最近的满月以及春分的后一天。冬至、夏至、秋分、春分这 4 个点刚好在一个圈上形成了一个十字, 而十二宫杀人的时间正好处于圈上的这 4 点 (见下页图)。

占星术中有 5 个主要符号, 十二宫使用了其中的两个, 即圈 (精神) 以及划分圈的十字 (物质), 它们同时代表了十二宫以及他杀人的日期。

"你在欧肯那本书里的发现令人震惊,"托奇在给我的信中写道,"十二宫借用的书和你读过的那一本书可能是同一本, 这简直太奇妙了。这么多年了, 我和你有着同样的想法, 认为十二宫是占星术爱好者……我相信你是对的, 尤其是关于'十字圈'的含义, 你通过示意图对它进行了充分的阐释, 这个发现太了不起了。"

十二宫谋杀案中最常见的元素被忽略了十年, 现在我终于知道凶手所遵循的时间表, 或许我还可以找出它们与加州北部其他悬案之间的联系。

十二宫曾在 1969 年的信中写道:"所以我决定改变收集奴隶的方式……我会伪装成普通的抢劫案、出于愤怒的凶杀案或意外事故, 等等。"那么那些未知

《如其之上，如其之下》使用的占星术符号与十二宫密码符号的对照表。

罗伯特·格雷史密斯绘制。

（下列为图片里的文字译注）

奥肯

占星术

十二宫

占星术含义

三分一对座

八分相

半六合

非合相（奥肯理论）

半六合（奥肯理论）

太阳

大十字（物质）

圈（精神）

点

半圆（灵魂）

棒（力量）

梅花形相位

梅花形相位

四分相

天秤宫（平衡）

白羊宫

合相

纬照

幸运点

新月

上弦月

满月

下弦月

五分之一对座

（图片上）十二宫各星宿及其标志以及与十二官杀手符号之间关系的原理示意图。

OKEN	ZODIAC	ASTROLOGICAL MEANING
△	△	TRINE
∟	∟	SEMI-SQUARE
>	>	SEMI-SEXTILE
不	不	INCONJUNCTION (OKEN'S)
∨	∨	SEMI-SEXTILE (OKEN'S)
⊙	⊙	SUN
+	+	THE CROSS (MATTER)
O	O	THE CIRCLE (SPIRIT)
·	·	THE DOT
⊃	⊃	THE SEMI-CIRCLE (SOUL)
⊥	⊥	THE ROD (FORCE)
<	<	QUINCUNX
∧	∧	QUINCUNX
□	□	SQUARE
♎	♎	LIBRA (BALANCE)
♈	⊥	ARIES
♂	♋	CONJUNCTION
P	P	PARALLEL OF DECLINATION
⊕	⊕	PART OF FORTUNE
⧌	⧌	
—	—	
●	●	NEW MOON
◑	◑	FIRST QUARTER
○	○	FULL MOON
◐	◐	LAST QUARTER
Q	Q	QUINTILE (OKEN'S)

的受害人到底会是谁呢?

据我观察,十二宫所有的受害人都是年轻学生,被谋杀的地点都在他们的车里或车附近靠近水域的地方,被谋杀的时间都是周末新月或满月的时候,谋杀的目的不是性侵犯或抢劫。凶手使用的作案武器都有变化,在部分谋杀案中,凶手会拿着一支很大的手电筒。

我的脑海里一直出现着车的右侧,也就是乘客座位的那一侧。赫曼湖路谋杀案中唯一打开着的车窗就是贝蒂·洛座位右侧的那一扇;在蓝岩泉迈克的车窗是打开着的,史坦恩乘客座位那一侧的车窗也是开着的。

十二宫将史坦恩拖到计程车乘客座那一侧时费了点儿周折。在赫曼湖路谋杀案中,凶手朝车后窗开完一枪之后,绕过车,朝着左后轮胎上又开了一枪,成功地把两个受害者从乘客座侧的车门里逼了出来。十二宫是否会把乘客座和搭便车的人联系起来?这些人会是那些其他受害人吗?

如果十二宫是按照特定的方式来摆放尸体的位置,那么最常见的姿势便是让受害人身体的一部分或全部悬在乘客座位侧的车门外,尸体仰面,掌心朝上,头朝车外,甚至连迈克从达琳车子里跌出来时也恰好是这个姿势。大卫·法拉第和保罗·史坦恩两个受害人都是耳朵附近的部位中弹,并且都是

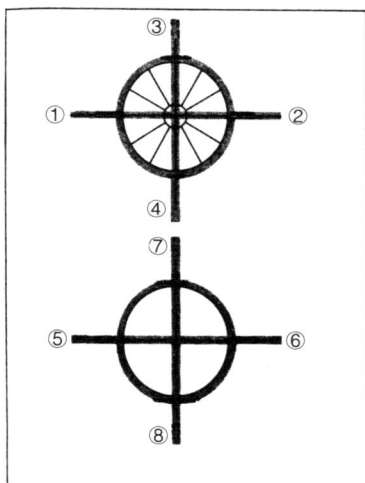

(图片下)圈(精神)和重叠其上的十字(物质)是占星学中 5 个主要符号其中的两个。
①东方地平线
②西方地平线
③中天
④天底
⑤1968 年 12 月 20 日,谋杀案
(冬至前一天;"农神节")
冬至,12 月 22 日
⑥1970 年 3 月 22 日谋杀案
(春分后两天)
春分,3 月 20 日
⑦1969 年 9 月 27 日谋杀案
(距离秋分最近的一个满月日)
秋分,9 月 23 日
夏至,6 月 22 日
⑧1969 年 7 月 5 日谋杀案
远日点
(地球距离太阳最远的一天)

仰面躺着, 大卫的头朝东, 保罗的头朝北。

有些事一直困扰着我: 在伸手不见五指的赫曼湖路, 十二宫如何会知道"女孩儿右面向下侧卧脚朝西"; 在漆黑的蓝岩泉停车场, 他如何知道达琳"穿着碎花裙"; 又如何知道当迈克剧烈扭动双腿时膝盖被射中。十二宫可能在谋杀之余匆匆观察到这些细节吗? 可是这样一来他逃离犯罪现场的时间就所剩无几, 所以他一定是在傍晚早些时候跟踪过受害人, 这种可能性极大, 因为受害人刚一停下车便立刻被杀害了。既然十二宫对瓦列霍了如指掌, 那么他可能是当地人吗? 还是他能看到验尸官和警察的记录呢?

塔霍湖区失踪的护士多娜·莱丝最后被看见的时间是在秋分之前, 之后便失踪了, 她有可能是那些其他受害人之一。1970 年 4 月 26 日, 另一个护士朱迪丝·安·希卡丽的尸体在偏远的普莱瑟郡的一个浅墓穴里被警方找到, 那天距离春分还有 13 天。1970 年 10 月 26 日, 法院书记官南茜·本娜拉克的尸体在她的公寓里被发现, 紧接着第二天《旧金山纪事报》就收到十二宫的来信, 称他已经谋杀了 14 人。警察们认为如果多娜·莱丝真的是被十二宫谋杀的, 那么另外两名妇女可能也是遭到了十二宫的毒手。

玛丽·安托瓦内特·安斯蒂是在瓦列霍的克洛纳多酒馆被绑架的, 而达琳·菲林过去常常去那个酒馆跳舞。绑架的时间是 1970 年 3 月 13 日, 距离春分还有 7 天。在她失踪一年后, 十二宫给《旧金山纪事报》寄了一封信。1971 年 3 月 21 日, 在她的尸体被发现一年之后, 十二宫又给《旧金山纪事报》寄了一张明信片。

1970 年 11 月 13 日, 周五当晚, 一辆汽车离开阿斯科特大道, 朝萨克拉门托北边的旷野驶出 30 码, 司机将一具尸体拖进杂草丛, 扔到一个铁丝栅栏旁, 面部朝上。受害人的喉咙被割破, 身体遭到严重损伤, 只有通过牙齿的轮廓才得以辨别出她的身份。她也是个护士, 桑塔罗萨人, 名叫卡罗尔·贝丝·赫本, 曾在萨克拉门托的萨特总医院学习 X 光照片技术。这位红发女郎离开丈夫已经有三个月, 并且一直和妹妹一起住在桑塔罗萨。11 月 12 日周四, 卡罗尔在一个叫作"迪"的神秘女孩儿的陪同下来到萨克拉门托, 见到了一些来自当地摩托帮的朋友——用她丈夫的话来讲, 这群摩托帮的人都是误入歧途的人。迪把卡罗尔带到国会大道上摩托帮常去的业余俱乐部就离开了。当晚卡罗尔穿着一件长及臀部的黑色夹克衫，胸前印着黄色的"桑塔罗萨"字样。她去酒吧是要赴一个男朋友的约会，她在那儿一直待到凌晨 4 点，之后就再也没出现过。她的尸体是在第二天被发现的，当时她光着身子，一只脚上穿着一只羊皮靴子，另一只脚上却只剩一只袜子，短衬裤被拉到膝盖处，随身携带的钱包也不见了。难道她的衣服和钱包是被凶手拿走了吗？

而那个业余俱乐部的名字就叫作十二宫。

1973 年 7 月的第三个周五，第十三个受害人南茜·帕特丽夏·吉德丽在旧金山的汽车旅馆被绑架，又被扔在了华盛顿高级中学的停车场。她身上所有的衣服都被扒光了，这让人联想到计程车司机史坦恩被谋杀的地点——华盛顿大街。

另外，科塞特·埃利森被谋杀的时间是春分 17 天前，帕特丽夏·金被谋杀时间是春分 15 天前。伊娃·布劳刚好在春分当天被谋杀。她们都死于 1970 年，尸体都是在沟壑里被找到的。1969 年，利昂娜·罗伯茨在距离冬至还有十天时被杀害。警察认为谋杀这些妇女的凶手都是同一个人。

1979 年 7 月 6 日，警方在桑塔罗萨卡里斯托加路附近的一个浅墓穴里又发现了一具尸体，尸体的手脚和脖子被晾衣绳捆在一起。这让人们联想起发生在1972 年的七起悬案。

这七起悬案如下：

1972 年 2 月 4 日周五下午 4 点，12 岁的莫林·L. 斯特林和伊冯·L. 韦伯在从桑塔罗萨的雷得伍德室内溜冰场返家的途中离奇失踪。直到 1972 年 12 月28 日，她们的尸体才在索诺马郡东部弗兰兹峡谷地区一条乡村公路旁 60 英尺深的路基下被找到。她们是在别处被杀后抛尸此处的，凶手拿走了她们的衣服并且从女孩儿们身上各取走了一枚金耳环。

1972 年 3 月 4 日，19 岁的桑塔罗萨专科学院的学生金姆·温迪·艾伦在桑塔罗萨搭乘当地人便车时失踪。当时她正从燕草健康食品商店下班，下午 5 点的时候有人看见她在 101 公路北边搭乘便车。那天是周六，离春分还有十六天。她的裸尸在距离安特普雷斯路 20 英尺处的一个河床被发现。她是被白色的晾衣绳勒死的，手腕和脚踝有被捆绑后再松绑的痕迹，胸部有轻度割伤。她的一只金耳环以及所有的衣服和财物都被拿走了。

我把别人看见的金姆·艾伦下班后手里拿着的物品列了个清单。首先是一个草编的手提袋，24英寸长，草编提手，里面装满了健康食品。第二件物品是一个空木桶，2.5英尺高，外面用黑墨水写着"酱油"两个字，还有一些汉字的字样。木桶也被凶手拿走了。

十二宫的符号   桶上的标志

于是我明白了凶手画在"驱魔人"那封信底部的符号来自何处了，因为我找到了一个同样的木桶，发现十二宫画出的这个特殊符号酷似桶上的一些汉字。

1972年11月12日，13岁的洛丽·李·库尔莎最后被看见的地点是在桑塔罗萨的便利店。她的尸体是在1972年12月12日被发现的，发现时脖子已断，她的第一和第二根颈椎骨也已错位，耳朵上只穿着两个钢丝环，并没有戴耳环。

15岁的卡罗林·纳丁·戴维斯从沙斯塔郡的安德森离开之后，最后被看见的时间是7月15日，当时她正走出加柏维勒的祖母家，在101公路上搭乘便车。她的尸体是在距弗兰兹峡谷路2.2英里的波特港湾路被发现的，那里还发现过斯特林和韦伯的尸体。警察们发现卡罗林买了一张从莱丁飞往旧金山的单程票。她是被马钱子碱毒死的。

1973年冬至，23岁的特蕾沙·黛安·沃尔什从马利布海滩返回加柏维勒家里，在101公路搭乘便车时失踪。她的尸体被发现的地点离金姆·温迪·艾伦尸体被找到的地点很近，当时她的四肢被一根0.25英寸的尼龙绳捆住。她被扼死后扔进了一条小溪，还被强奸过。

20岁的受害人珍妮特·卡玛茜勒的尸体于1979年7月6日被找到。她是桑塔罗萨专科学院的一名学生，最后被看见的时间是1972年4月25日，当时她正在靠近可塔提高速公路的101公路上搭乘便车北上桑塔罗萨。她的尸体是在索诺马郡卡里斯托加路旁一个浅墓穴的沟壑里被找到的。女学生的手脚和脖子被捆在了一起，而脖子处被白色的晾衣绳捆了四圈。尸体被发现的地点距离洛丽·李·库尔莎的尸体被发现地仅隔100码。

可能还有一些其他的十二宫受害人是我没有发现的。1971年夏至两天前，21岁的贝蒂·克洛尔被杀。1972年春分六天后，19岁的琳达·欧里西被杀。秋分十八天前，24岁的亚历山德拉·科莱利被杀。春分十八天前，19岁的苏珊·麦克劳林被杀。1973年夏至十一天前，15岁的伊冯·奎蓝唐纳德被杀。冬至十九天前，27岁的凯茜·菲茜特尔和30岁的迈克尔·谢恩被杀后扔下了利弗莫尔高速公路。1974年秋分六天后，14岁的多娜·玛莉·布朗被杀。1975年10月16日周四，苏珊·戴在搭乘便车回家的途中被勒死，尸体在桑塔罗萨附近的一座高速公路的天桥下被发现。

几乎所有的受害者都是搭乘便车的人，部分与毒品有关。每一个搭乘便车的人都会坐在乘客座上，这通常是十二宫重点袭击的对象。凶手对打结很有一套，这很符合海员的技能。和大多数十二宫受害人一样，这些受害人都是在水域附近被找到的：安斯蒂被溺死，罗伯茨在泊里纳斯湖被发现，沃尔什在小溪里被找到，而布朗的尸体则漂浮在萨里纳斯河上。

这些受害人极少受到过性侵犯，而裸尸的衣服至今仍未找到。凶手行凶的时间都是周末的傍晚或夜间，地点都在桑塔罗萨，有三个女孩儿的脖子上也被捆上了白色晒衣绳，与凶手在贝利桑湖将受害人捆绑起来时使用的绳索一样。

所有的受害人被谋杀的地点和她们被发现的地点都不是同一处。当凶手抛尸时，为了不留下轮胎印，他将车子停在了路中央而不是路侧。受害人都是被举起扔到排水沟、栅栏和山坡下的，这表明凶手很强壮，而且很熟悉这里的地形。

这些学生被谋杀的方式各不相同，分别是被折磨死、刺死、毒死、勒死、溺死、闷死、打死的。由于这些尸体被扔在同一处，堆在一起，只是时间上有数月之隔，因此警察们认为所有的案件或其中的大部分案件都是同一个凶手所为。真正让我感到恐惧的是有人似乎正在尝试用不同的方式去杀人。

到1974年7月为止，包括发生在华盛顿和俄勒冈州的谋杀案在内，刑事鉴定与调查中心已经有 103 起具有以上特征的谋杀案件记录在案, 警察们肯定其中至少有十四起是同一个凶手所为。[1]

　　总检察官办公室发布了一个秘密公告, 内容如下: "在过去的五年里 (1969~1974 年), 加州北部已经有十四名年轻女人被谋杀, 这些谋杀案件似乎都是同一个凶手所为, 另外俄勒冈州和华盛顿市还有八名女性神秘失踪。" 在一些当地执法机关的协助下, 加州司法部发布了一项公告, 在公告里他们认为凶手 "熟知巫术和神秘学, 因为在卡罗林·戴维斯一案中他们发现了一个巫术符号, 同时在俄勒冈州和华盛顿市发生的女子失踪案中, 他们还发现了一些与神秘术相关的东西"。公告的结尾处写道: "此类谋杀案可能会继续发生, 直到凶手被找到并抓获。"

　　这些人可能是被遗漏掉的十二宫案件的受害人吗?

　　此种情况在桑塔罗萨频频出现。受害者要么是桑塔罗萨专科学院的学生, 要么是在别处被杀害的桑塔罗萨的居民。会不会在所有的十二宫主要嫌疑犯中有一个与桑塔罗萨有关联呢?

　　当我问托奇是否有一个与桑塔罗萨有关联的十二宫主要嫌疑犯时, 他回答说: "是的, 的确有。但这必须等案件结束了我才能说。"

　　所以至今我还有一个嫌疑犯没有找到。警方对于其他的调查结果也是含糊其辞, 他们到底在隐藏什么呢?

　　与此同时, 我一直在寻找唐纳德·安德鲁斯的下落。

　　我觉得十二宫给周围人的感觉是一个情绪极其稳定、冷静理智的人, 并且极少和他人交往。他将自己沉浸在恐怖电影、幻想小说和情节剧的虚幻世界里, 也正是如此才导致了他性格上的阴暗。

　　1967 年 7 月, 应河滨市地方检察官办公室要求, 巴顿州州立医院的首席心理学家对杀死彻利·乔·贝茨的凶手进行了分析。以下是对凶手的描述: "他

---

[1] 笔者注: 资料来源于一个特殊的公告: "未经破解的女性谋杀案件, 经分析是发生在加州和美国西部的连环杀人案。"该报告是 1975 年 2 月由加州司法部发布的机密公告。

十分敏感……一点点小事都可能引发他的异常行为。他鬼迷心窍，心理病态，极度仇视女性，尤其是年轻美貌的女性。由于潜意识中的自卑，他不可能将性欲付诸实践，通常只是在幻想中享受快感。这种幻想可能以暴力的形式表现，如谋杀贝茨的行为。"

报告的结尾处作者发出了警告："在此我想强调凶手极有可能再次杀人。"

1980 年 2 月 29 日周五这天，我和唐纳德·T.伦德坐在了一起交谈，伦德是研究大规模谋杀案件的顶级专家，另外他还是精神病学临床医疗教授以及斯坦福大学法律专业的讲师。这位相貌年轻、发色较浅的博士最近正在调查肯尼思·比安奇与山坡勒杀人案件之间的关联。在电视上我曾看到过他好几次，而最终我见到他本人是在他的办公室里，办公室位于斯坦福法律学院的二层，内部布局时髦，遍是书籍。

"伦德博士，你说过典型的杀人狂有两种：一种是性虐待狂，另一种是较为普通的妄想型精神分裂症患者[1]。那么看完十二宫的所有信件后，你认为十二宫属于性虐待狂吗？"我问他。

"如果非要选的话，我认为这种的可能性很大。"伦德回答道，"和妄想型精神分裂症患者不同的是，性虐待狂不爱社交，不会受到幻觉的困扰。他杀人的目的只是为了发泄长期以来根深蒂固的性欲和虐待渴望，比如通过攻击受害者身体的某一部分来满足性欲。"

"我感觉，与十到二十年前相比，这种人现在要多得多，我听说过埃德蒙·埃米尔·坎普（他曾经在桑塔·克鲁兹杀过 8 个妇女，其中他的母亲是最后一个受害人），并且我翻阅了一下以往的记录，发现这样的案件极少，每十年才有一例。本来我以为这种事情十分罕见，不会再见到第二次的。"

"但是，我去年就见过好几起这样的案件，特点都惊人的相似。20 世纪有记录的性虐待狂似乎不多，可是从 70 年代开始简直泛滥！"

---

[1] 笔者注：妄想型精神分裂症患者会受到外界力量的控制，如让他做事的声音，而且经常会由于性识别混乱而谋杀女性。他会胡思乱想，产生幻觉和暴力倾向，并伴随夸张的错觉感。造成这些的因素有环境、遗传或者药品如迷幻药和五氯酚（迷幻药的一种）。妄想型精神分裂症患者年龄到达 35 岁左右时，愤怒的情绪便会自行减退。

"在我亲自研究过好几个这样的人之后，我发现他们有太多的相似之处。比安奇[1]对心理测试的回答几乎和坎普的一字不差，都涉及了被撕裂的动物，流动的鲜血和动物的心脏。"

对一个性虐待狂——尤其是十二宫这样的性虐待狂——的心理描述可能如下：

他通常为男性，年龄在 35 岁以下，聪慧诡异，身体强壮，智商极高。他的父亲为人消极、残暴，和他关系疏远；母亲魅力出众却专横冷酷，对他时而疼爱，时而冷落。他想报复母亲，幻想着将她杀死，却又疯狂地爱着她。他无法和其他女性发生性行为。大多数时候，他与他人以及异性交往很少，并且从未有过正常的性交经历。谋杀是他唯一可以成功接触女性的手段。所有的受害人都只是替代品，他真正要杀的人是他的母亲，母亲往往是他的最后一个受害者。

他十几岁的时候有过虐待动物的经历。例如理查德·塔伦顿·蔡斯（萨克拉门托吸血鬼杀手），曾经喝过人血，并将动物的腰子和肝脏放在冰箱里。他用宠物替代受害人，然后把它们勒死、毒死。

由于一些未知的原因，在童年时代，这些性虐待狂的性冲动和侵略性会相互纠缠，而且最终会演变成恶毒的性侵犯和虐待狂式的谋杀行为。

他杀人是为了满足性欲，因为谋杀会激起他强烈的快感，可以代替真正的性交，在作案的同时他可能会手淫。

性虐待狂经常会写信嘲弄警方，故意在信中把单词拼错，同时在压力之下写出的字迹可能和真实的笔迹不同，让人难以识别。折磨警方带来的乐趣可能会成为他谋杀的动力，尽管为了逃避警方的追捕，他会千方百计地伪装成正常人，但他还是经常会给自己制造嫌疑。

性虐待狂有着强烈的自虐倾向，年幼的时候他可能会自残，最后甚至自杀。

他对警察使用的武器和警务工作十分痴迷，曾经可能申请过加入警察局。他喜欢收集杀人武器和施虐工具，并且有着高超的使用技术。

性虐待狂试图剥夺受害者的自由，使他们任其摆布。他已经无可救药，对自

---

[1] 笔者注：肯尼思·A. 比安奇，招供自己是洛杉矶 5 起杀人案件的凶手。

己的残暴行为不会感到丝毫愧疚，反而变本加厉地重复犯罪。

他选择的受害人具备一定的特征，比如都是学生或者搭乘便车的人。性虐待狂可以详述他犯罪的细节。如果某次作案时被抓，他会非常乐意地坦言所有其他罪行，目的就是要让警察感到沮丧。

性虐待狂聪明绝顶，甚至可能不会留下有过精神病的历史记录。

"为什么现在这类人这么多呢？"我不解地问道。

"有一种解释比较可能，就是当孩子们做出宰割动物，把动物的肢体放进冰箱之类的事情时，父母通常只是觉得他们的孩子行为有些怪异。"伦德说，"在旧的法律中，这些行为已经足以判刑，而现在则不会。"

"我怀疑曾经有许多潜在的性虐待狂被监禁在精神病医院。然而现在的拘留天数最多不能超过九十天[1]，于是这些人很快就被放出来了。1969 年之前，人们可能会因为微小的行为异常就被监禁在精神病医院里，然而新法律中的对待这一问题的巨大调整使得这类人很难被判刑。你必须得有确凿的证据，无论是自杀还是对他人施虐。"

"你跟多少个性虐待狂打过交道？"我问道。"十几个吧，"伦德回答，"反正远不止一两个。但话又说回来，和成千上万的妄想型精神分裂症患者比起来，性虐待狂的人数又差远了。性虐待狂之间的相似之处十分怪异，令人难以置信。"

"性虐待狂是不是不会猥亵小孩儿？"我接着问道。

"不一定，这些人所共有的一个特征就是不能和女性发生正常的性关系。他们很难或者根本无法和女人进行正常的成人间性交。那么他会拿什么来替代呢？一种选择就是通过奸尸或者杀人来满足性欲，另一种选择就是猥亵小孩儿。"

"还有一些人，不能够进行健全的成人间性交，也需要更多地征服性交对象，就会通过暴力手段，采用绳索捆缚等方式，或者奸淫幼童。他们的共同点就是要

---

[1] 笔者注：在 1967 年通过的《精神病患者法案》（The Lanterman-Petris-Short Act）中规定只有当一个人对自己或他人构成危害时才能被拘留。加州心理疾病病床数量从 1960 年的 5 万个减少到如今只有 5000 个，使得大部分病人留在当地社区，没有接受良好的治疗。

在性交中拥有控制权，要绝对地征服性交对象。"

我记起了那个性虐待狂原型坎普在面对谋杀案审讯时所说的话："这是件值得骄傲的事，就如同猎人把一只鹿或麋鹿或其他什么动物的头取下来一样。我就是那个猎人，她们是我的猎物。"

因为十二宫是个无比自大的人，我时常觉得他会在字里行间告诉托奇自己的真实姓名。1980年3月20日周日这天，我问过托奇警探他是否收到过任何十二宫主要嫌疑人寄来的信件。

"嗯，有一封，"他说，"是瓦列霍的一位名叫斯达尔的学生写给我的。我还记得信里有一句写的是：'如果可以帮得上忙请随时找我。但很抱歉我不是你们要找的人。'"

"1978年4月十二宫寄出那封信之后，加利福尼亚州司法部一个名叫吉姆·斯尔福的人提醒我：'你知道的，斯达尔出狱已经大约六个月了。而你现在又收到了十二宫寄的新信件。'"

"我回答他说：'嗯，我知道。我六个月前收到过斯达尔写来的一封信。他告诉我他已经出狱了，我当时就觉得有点儿不对劲儿。'"

"'天哪！'斯尔福当时惊呼起来，他说，'太诡异了，狗娘养的，他有很大的嫌疑，我们得时时刻刻密切关注他的一举一动。'"

我问托奇信封上的收件人是怎么写的。

他回答说："上面只写了我的名字，没有阿姆斯特朗的，而且写的是我的全名，戴夫·托奇警探。"

"我肯定他是打印出来的。"我说。

"的确如此，罗伯特，是打印出来的。"托奇告诉我。

1980年3月3日周一这天，我请了一天的假去找瓦列霍警察局的副队长哈斯提德。我预感斯达尔和桑塔罗萨有关，想看看哈斯提德能否证实这一点。

哈斯提德来得有些晚，他穿着粗糙的西服，外面挂着手枪皮套。他还是一如既往地保持着古铜色的皮肤和健壮的体格。哈斯提德在值勤之余还经营着马林街上的压力管理催眠学院。他是催眠术的专家，为州里的一些案件审判效过力。他会将目击证人领进一间隔音的房间，对其实施催眠，然后用内置的闭路电视系统记录下他们的口供。哈斯提德想到了凯瑟琳·约翰斯，那个带着女儿从十二宫魔爪下逃离的妇女，警方想对她实施深度催眠，让她能够描述出她确信为十二宫的那个人，可是警察找不到她。

哈斯提德以为我给他带来了有关纳罗的主要嫌疑犯唐纳德·安德鲁斯的信息，他很高兴。"罗伯特，如果不跟随纳罗的追踪，我们没法直截了当地去搜捕纳罗的嫌疑犯。我很高兴你亲自带来这些信息，我对唐纳德的事情很感兴趣，你知道他现在在哪儿吗？"

"他现在住在旧金山的某处，"我说，"但是坦白说，我已经开始怀疑凶手不是他了。史坦恩谋杀案件的目击证人说他太老太胖了。"

接着我开始询问哈斯提德有关斯达尔，也就是那个给托奇写信的嫌疑犯的一些事情。

"我对这个斯达尔很感兴趣，从他给托奇写的信中我有种强烈的感觉。"我说道。

"我懂你的意思，"哈斯提德说，"他也一直是我重点关注的对象。"

那天其余的时间我们一直在谈论斯达尔，他已经不再是个学生了，1971 年他的母亲于 1975 年 8 月在桑塔罗萨买了一栋房子，他也搬去了那里，现在在那儿当一名售货员。那天夜里，我开始整理斯达尔的资料，迄今为止，他是我所找到的十二宫嫌疑犯中嫌疑最大的那个人。

嫌疑人三

在已知的几起十二宫谋杀案发生的那段时间里（1968~1970 年），罗伯特·鲍伯·斯达尔还是一名瓦列霍的"职业学生"，和他母亲住在一起。他智商极高，IQ 大概有 135，并且他在 1969 年时的样子酷似十二宫的合成素描像。这个人喜欢独处，收集了几支来复枪（包括两支 0.22 口径手枪），经常捕猎。斯达尔曾对他的弟弟和弟妹说过"人才是像样的猎物"，他常把人称作"最危险的猎物"。

我了解到关于斯达尔的一件令人印象深刻的事情如下：1965 年，在还没有任何凶杀案或信件，而十二宫也还没有出现之前，斯达尔和他的两个朋友肯与比尔从托兰斯出发去打猎。接下来他们进行了一次交谈，在 1971 年 7 月的警方档案中有与之相关的记录。

"和这些动物比起来，我更愿意去捕捉人。"斯达尔对他的两个哥们儿说，"我觉得人才是像样的猎物，毕竟，人才是最危险的。"

"我想做的就是，"他来了兴致，继续说道，"在夜里用带电子瞄准镜的枪捕射他们，我会把一支手电筒系在我的枪杆上。"

"我的老天！为什么？"肯问道。

斯达尔转过头来，目光直直地盯着他同伴的脸，回答说："因为，我想那样做。不仅如此，我还要给警察局和报社写信挖苦他们。我要称自己是'十二宫'。"

而 1969 年 11 月，他的弟妹，26 岁的希拉，看见斯达尔手中拿着一张纸，便问他是什么。在北部湾的时候，这张纸就一直用一个金属盒子装着，放在他弟弟的房间里。斯达尔遮住纸上一行行奇特的符号，说道："是一个疯子的杰作，我以后再给你看。"但最终希拉也没有看到过这张纸上写着什么。家里人对他越来越恐惧，在贝利桑湖袭击案发生的那天，他的弟妹在他车内的前排座椅上发现了一把带血的刀，便询问原因。"那是把杀鸡的刀，我用它来杀鸡的。"他回答道。

姆拉纳克斯警官之前曾把他定为另一起案件的疑犯，查出他在当时就职的小学里对一个孩子进行了性骚扰。十二宫了解校车的行车路线以及"毛孩儿们"放假的时间，这一点倒是与斯达尔的犯罪行为相符。

像斯达尔这种人，虽然打心眼里厌恶女人，但外表却总是魅力四射的样子。斯达尔说话时是嘲弄的语气，经常有着剧烈的头痛。

关于十二宫在蓝岩泉作案时开的车，哈斯提德提供了一些信息。在达琳死前一周，在加油站工作的斯达尔被解雇了。他的一个朋友将自己的福特汽车送到这个加油站维修，整晚都停放在那里，斯达尔可能就是偷用这辆车杀的人，然后把车开回来，继而给瓦列霍警察局打了电话。斯达尔与他的那位开 1958 年产福特汽车的朋友经常在一起谈论死亡和凶杀之类的话题。然而在 8 月份，这位朋友因自然原因死亡。

另外还有一次，几名警官正驱车前往桑塔罗萨的一个地区，一个凶手在杀死了几名女大学生后将她们的尸体丢弃在了那里。当开到苏利公路上时，警官们停下了车。沿着公路从远处的凶杀现场方向朝他们走来的正是斯达尔，他说自己要徒步走过那段路去潜泳。他说那话时，那几名警官早已目瞪口呆了。

在 1971 年，斯达尔在桑塔罗萨买了一辆拖车，住了进去。而此时，他的家人，包括他的母亲、弟弟和弟妹，就开始怀疑他是十二宫了，因为他的行为是那么的古怪无常。在托奇、阿姆斯特朗与斯达尔的舅舅商谈之后，经过一番思想斗争，他们终于拨通了托奇的电话，将他们的忧惧说出来。托奇和阿姆斯特朗从他们那里获取了足够多的信息，之后便开始为获得搜查证而做准备了。

旧金山地方法院检察官办公室的弗莱德威斯曼打电话给索诺马郡的地方法院检察官办公室，任命托奇和阿姆斯特朗负责此事，并派两名索诺马郡的警探予以协助。

"我的上帝,"托奇心想,"斯达尔一会儿和他的母亲住在瓦列霍,一会儿和他弟弟、弟妹去圣拉菲尔露营,一会儿又住在学校附近他自己的拖车里。我到底该搜查哪一处呢?"最终,他们选定了那辆拖车,因为周二那天斯达尔住在那里。

斯达尔在佩塔卢马的一家化学公司工作,在那里还有一个自己的储藏柜。托奇猜想着他们要找的证据会不会被藏在那个地方。

这个嫌疑犯的出现让旧金山警方倍感振奋,甚至托奇的秘书凯特也一边打字一边抬起头说:"祝你们好运!我觉得你们找到他了。"她正在打的是一份批准搜查的请求书,还有其他一些相关材料。

"我们会尽力的,凯特。"托奇说。

请求书被送到了索诺马最高法院的法官面前。在阅读了证词后,他签上了名字。"我认为你们所掌握的信息是充分的,可以进行搜查,"他说,"先生们,祝你们好运。"

批准书上载明了诸多搜查项:"带血迹的衬衫布片、绳索、笔、眼镜、有皱褶的裤子、蓝色或黑色的海军式皮夹克、带鞘的刀具、黑色头罩。"甚至还提到了布莱恩·哈特奈尔看到的夹式深色眼镜。

斯达尔的家人把他的拖车和汽车所在地告诉给了两名旧金山警探。嫌疑犯的家人从未去那里看望过他,但他们知道那辆拖车已经从汽车上卸了下来。托奇让停车场的经理向他们指明了斯达尔的拖车停放位置。经理说,就在他们到达之前,斯达尔已经开车出去了。警探们发现拖车的门未上锁,于是便决定在他回来之前先粗略地查看一下。曾全程参与史坦恩一案的指纹专家鲍伯·达吉斯也在这里,与托奇和阿姆斯特朗以及另外两位代理治安官一同办案。

几个人走进黄色的拖车里,只见到处都是纸片和垃圾,车内有一股酸腐的味道。托奇把床从墙边移开,发现了一大瓶凡士林,他从未见过这么大瓶的凡士林。同时,有几个大大的、脏兮兮的假阳具掉到地板上,滚到了他的脚边。他们小心翼翼地把橡胶制假阳具放回原处,又把床搬回墙边。接着,他们走进狭小的、凌乱不堪的厨房里。

"我的上帝,"托奇不禁惊呼道,"比尔,过来看看!"他打开了冰箱,只见里面存放着小动物的心脏、肝脏，还有残缺不全的啮齿类动物的尸体。"不是每个人都会把死松鼠放进冰箱里吧。"达吉斯心想。[1]

45 分钟过去了，他们一直在等着斯达尔。当听到斯达尔的车从远处开过来时，他们一下子冲到拖车门口。斯达尔开着的那辆车很脏，车内后座上堆满了衣物，还有报纸、书本和多年以前的试卷。

斯达尔从车里出来，笨拙缓慢地走到拖车门口。

"究竟是怎么回事？"他冷冷地问道，看不出一丝惊慌的神色。他知道门口的那两名警探是谁。因为在去年 5 月，他们曾去他工作的地方找过他一次，两个小时的审问之后，他被放了回去。

"我们想和你谈谈。我们经批准搜查你的汽车、你的拖车，还有你本人。根据所掌握的信息，我们确定你是十二宫谋杀案的重要嫌疑犯。"阿姆斯特朗说道。

"我还以为那家伙被你们抓住了呢，"斯达尔说，"我住在瓦列霍。"

"我们知道。"

"那好吧，随你们的便。"这个身材粗壮的男人说。

他朝拖车的方向指了一下，这时托奇看着他，发现了一样东西，那是他戴着的一只十二宫手表（"克利巴"水下潜泳记秒表，十二宫制表公司出品）。另外，他还戴着一枚 Z 形指环，当托奇问到的时候，斯达尔解释说这是他姐姐在 1967 年时寄给他的。

警探们于是开始进行更彻底的搜查，把家具推到后面，将床挪动位置。托奇把床单拽下来，接着又一次将床远远地推离了墙边，这时那几个假阳具又滚到他脚边。

"这些都是你的吗？"托奇问。

"我不过是无聊时拿来消遣一下。"这个身材粗壮的学生回答说。

他看上去一点儿也不觉得尴尬。但是，当这场搜查把他的住处搅得天翻地覆，

---

[1]笔者注：我后来听说，斯达尔那时正在攻读生物学学位，因此得到了州政府的允许，可以收集小动物进行实验。

进行到将近一个钟头并将持续下去时，斯达尔开始焦虑不安起来。在近距离内，两名警探见识到了斯达尔强悍的体魄。

"我们还需要你的掌印，"托奇对他说，"我们不得不获取你的指纹，这些事情必须得做。"

显然，斯达尔已经非常恼怒了，他强烈反对警探获取他的指纹。

指纹专家达吉斯最终还是从他身上弄到了一些完整清晰的指纹，接着便走到拖车一角的灯光下，开始不声不响地做起对照来。达吉斯一直都对斯达尔非常感兴趣，尤其是当他听说这个嫌疑犯熟悉当地的地理情况，双手都能灵活使用，并且还对武器甚为了解的时候。

与此同时，托奇和阿姆斯特朗正在获取斯达尔的字迹样本。托奇拿出两页纸，上面打印了几个句子，都是由刑事鉴定与调查中心的毛利尔提供的。他让嫌疑犯抄写纸上的几句话。"我们想让你分别用左、右手写，大写字体和小写字体要各写一遍，"托奇要求道，"你来抄写列在这儿的几个句子。"

托奇递给他一只黑色标签笔，指给他看这个短句"到目前为止我已经杀了五个人"，然后说："你平时怎么写字的，现在就怎么写。"

"我左手不能写。"斯达尔说。

"我知道你是能用左手写字的。"

"谁告诉你的？"

"我们对你的背景已经做了深入的调查，"托奇说，"我们知道你能做什么，不能做什么。"斯达尔天生是左撇子，上小学时被强迫使用右手，可最终又变回了左手。他的家人和朋友都说他两只手都可以写字和射击，而毛利尔则认为十二宫是用右手写的信和密码。

粗壮的男人用左手写了几个字，貌似很吃力的样子。"我做不到。"他说。

"尽力去写好了。大写字体和小写字体都要写，照我说的写。"托奇说道。

斯达尔一脸的不情愿，但托奇倒是下定了决心，他们将对斯达尔采取一切可能的手段。

警探们看着他写着字。托奇看得出来，他明显是在故意改换他的书写方式，但字与字之间的空隙特征仍旧保留了下来，这在十二宫的信中也看得出。

"我为什么不能随便写点儿什么？"斯达尔问道。

"因为我们就想让你写这些东西。"托奇回答道，语气有些不耐烦。他们又让他写下了"你忠实的"几个字，随后是"我是十二宫"。

"你们想让我说什么？说我是十二宫？"

"不，我们总得做些对比。如果你不是我们要找的人，我们当然不会再烦你，会马上离你远远的，彻底排除对你的怀疑。但我们必须先得弄明白吧。"托奇说。

斯达尔仍旧迟疑着，很不情愿，但他还是抄写下了那几行字。

托奇又拿出了第二张印着字的纸，他们让斯达尔写下了"为了回应您要求知道我在瓦列霍度过的快乐时光的更多细节，我很乐意提供更多的信息"，斯达尔一字一句地抄了下来，只是多写了一遍"更多"这个词。下一个需要他抄写的句子是"所有正在握手的就那样握着手的人"。托奇注意到，斯达尔写到最后一行字时，字行开始向页面的右下方倾斜，就像在十二宫的信中经常见到的那样。

最后，几名警探从令人窒息的拖车里出来，走进傍晚清凉的微风中。他们走过六个街区，拐进一家咖啡店，坐下来边吃东西边研究刚刚搜查到的情况。

达吉斯神色忧郁。"如果保罗·史坦恩计程车上的指纹是十二宫的，"他说，"那么它与斯达尔的指纹就对不上了。那样的话一切都会被推翻。"

回到旧金山后，托奇和阿姆斯特朗把斯达尔的字迹样本寄给了在萨克拉门托的毛利尔，然后就回家等消息。不到一天的时间，毛利尔就给他们打来了电话。

"抱歉，戴夫，字迹不符。"

在这个时候，还没有人能料到，十二宫实际上是用描摹的手法写出那些信的。托奇自然也不知道，在处于压力之下时，一个性虐待狂的字迹会较平时产生巨大的变化，这是我在后来通过调查所知的。我还弄到了斯达尔工作申请表上的字样，那才是他真正的笔迹，细小狭促，与他写给托奇和阿姆斯特朗的字迹样本截然不同。

"一切情况都对应得天衣无缝，"托奇后来对我说，"可我们就是找不到一个方式证明他是十二宫。"

我觉得他们犯了一个错误，就是没有去搜查斯达尔母亲在瓦列霍的住处，斯达尔经常待在那儿，尽管那是在另一个郡县。十二宫从一开始就在玩这种在两地之间转移的花招。他的作案地点总是选择在未经明确划分的区域内，或是在各地警方和治安官办公室管辖权界定不清的地区。如果斯达尔就是十二宫，那么在桑塔罗萨搜查事件之后，他肯定会回到瓦列霍，在他母亲家的地下室里销毁掉所有证物。十二宫提到过他地下室里的校车炸弹；斯达尔学过化学，而十二宫造的校车炸弹就是化学炸弹。并且，在斯达尔的母亲家里，斯达尔的房间就是一个地下室，里面爬着一群群的小动物，都是他所热衷的实验的牺牲品。

就在河滨市案（1966 年）发生前不久，斯达尔的父亲去世了。他把对航海的满腔热情传给了儿子。要知道十二宫在作案时的一身装扮包括旧款的海军式上衣和带皱折的裤子，而斯达尔会不会出于对父亲的爱或者恨，穿上他父亲的一身行装去杀人呢？这些衣物会不会曾经就挂在瓦列霍郡他父亲的雪松木衣橱里，直到 1975 年房子被卖掉时才被取出来呢？

另外，我从机动车辆管理部门那里得知，在 1979 年，斯达尔拥有两部拖车。那么在 1971 年，他会不会还有其他未登记的拖车呢？也许，他在作案的每个郡县都藏着一个，而警探们很不幸地选错了搜查对象。

由于 1975 年的儿童性侵害案，斯达尔被带到一家犯罪性精神病人监管机构，在那里被关了三年左右的监禁。出来之后，他回到母亲身边住下了，但这时他母亲家已搬到了桑塔罗萨。这位母亲对儿子宠爱有加，给他买了一架飞机和两艘帆船。

但对于斯达尔，真正让人感兴趣的还是下面的这个时间表。

1971 年 3 月 22 日：十二宫寄给《旧金山纪事报》一张明信片。

1971 年 6 月 4 日：斯达尔的拖车被搜查。

从 1971 年 6 月至 1974 年 1 月 28 日：十二宫的信件销声匿迹了，而原因不明。在此期间，与桑塔罗萨直接有关的谋杀案于 1972 年 2 月开始。

1974 年 1 月 29 日：十二宫寄出三年以来的第一封信。

1974 年 5 月 8 日：十二宫寄给《旧金山纪事报》一封信。

1974 年 7 月 8 日：十二宫寄给《旧金山纪事报》一封信。

1975 年 12 月：因对儿童进行性侵害，斯达尔被囚禁。在桑塔罗萨地区发生的针对年轻搭车人的连环杀人案暂告一段落。

1977 年 12 月 30 日: 斯达尔被释放。他立即给托奇寄了一张用打字机打出来的便条。

1978 年 4 月 24 日: 十二宫寄出四年以来的第一封信。

1979 年 2 月 24 日: 自从 1975 年 10 月 16 日以来, 桑塔罗萨连环杀人案在沉寂之后再次出现, 以苏珊·黛被扼死一案开始。在此后的一个周六, 特里莎·马修斯也被扼死, 并被抛尸于水边 (拉施恩河)。

如果斯达尔就是十二宫, 那么在他的拖车被搜查之后, 他应该是隐藏了一段时间, 不再写任何信, 直到风头过去后才敢有所行动。但在斯达尔被释放之后, 十二宫的信马上就出现了。

我曾经问过斯达尔的假释监督员是否收到过斯达尔的信, 他回答说是的。那封信是用打字机打出来的, 付了双倍邮资, 地址那行字向下倾斜, 邮票反贴着。当时那位监督员还不知道他看管的人是十二宫案件的嫌疑犯。事实上, 他得知真相是因为那天他在家里看到了十二宫信件的翻印稿。整整一个晚上, 他都不断地接到莫名其妙的电话, 线路中只能听到人的呼吸声。监督员对他的女朋友说: "我想他知道了我开始怀疑他很有嫌疑。"

这位监督员每个月都要与斯达尔谈一次话, 有一天他试图找出斯达尔的犯罪动机, 他还把那天的谈话场景演示给我看。

"'鲍伯, 你说你不喜欢这样的谈话。但如果不这么做, 你就只能回监狱去了。' 监督员说。听到这话, 斯达尔握住椅子把手, 低下头, 抬眼看着监督员, 说道: '我压根儿就不想那样。' 他不断重复着这句话, 话音里有一种步步逼近的威胁。此时他的人格已经发生了巨大的转变。"

当托奇被降职调到特殊物件调查署后, 斯达尔对他的监督员吐露了心中的感受。他觉得正是托奇和阿姆斯特朗在 1971 年到他工作地的那次突访害得他丢了工作。"现在托奇也该尝到那是什么滋味了吧! "他咬牙切齿地说。

"斯达尔现在正在一家商店当销售员, 但他很不喜欢为了生计而工作。"他的监督员告诉我说, "他仍旧住在地下室里, 只不过换成了他母亲在桑塔罗萨的房子的地下室。他仍旧养了一大群整天满屋跳蹿的金花鼠。"

"但我得告诉你，"监督员说，"他把一切事情都做得密而不漏。"

1980 年 3 月 5 日，我决定自己去观察斯达尔，于是先开车去到他的住处附近。我关掉了车灯，慢慢地把车开到一棵榆树下停了下来，这里距斯达尔住处的前窗大概有 25 英尺远。晚上 8 点半，夜风裹挟着一股寒意。房子的左侧是一条车道和车库，只能看见一辆大众汽车停在那里。我在想他究竟把那些拖车和其他的汽车都藏在什么地方了。我在那里待了几个小时，一直注视着房子门廊和前门正上方的那扇窗户，隐约看到一个硕大笨拙的轮廓映在窗玻璃上，开始我还以为那是柜子或电器什么的，可就在 11 点时，它竟移动起来。

原来我一直在注视着的是斯达尔的身影。

斯达尔在一家商店上班，那家店很大，我确信在那儿近距离观察一下他应该没什么危险。

于是三天后的周六，这天阳光灿烂，我把车停在好几个街区之外，这样他就不会看到我开的车或者瞥到我的车牌号了。我的两个儿子和一个朋友也跟我在一起。斯达尔从未见过我，而我呢，当然很清楚他的容貌，因为我看过他的照片。

我在商店后面找到了斯达尔，他正在做收款记录。我本想从他那儿买点东西从而套到他的字迹样本，但是从他身上我感到了一种威胁，一种野兽般的暴力，因而我只得仓皇逃离。在我的设想中，斯达尔应该是一个外表温顺、体重超常的家伙，就像"山姆之子"那样，是最不可能被怀疑为杀人狂魔的一个人。但这个人看上去却凶蛮有力，非常危险。他的眉毛很浓重，眼睛深嵌在一片阴影里，细密的赤褐色头发还保持着船员式发型。而他的身形仍旧粗壮，但在那结实的肌肉外面出现了一圈圈松弛的皮肤，尤其是在脖子、肩膀和双臂上。

我在商店门外找到了等候着我的孩子们，然后带他们去了附近的一家 7—11 便利店买饮料。我的小儿子喝了一瓶思乐冰饮料，喝到最后时，发现中了奖。

奖品是一枚指环，上面是黄道十二宫某一宫的符号。

第二天周日，在桑塔罗萨，我又一次见到了那名监督员。自从斯达尔被释放后，他一直掌握着他的行踪。

"他仍旧和他的母亲住在一起吗？"我问。

"啊，是啊，他母亲还住在那儿，而且她，呃……说来奇怪。我和他谈过他母亲的事，那是对他的疗程中的主要环节，帮助他回归正常人的生活。"

"你觉得斯达尔恨他的母亲吗？"我问道。

"嗯，是的，那是肯定的……斯达尔说她总是不断提到他的父亲，'那个狗娘养的孬种，一个劲儿往外溜，从来不着家，从来满足不了我的需要。他从来没有担当过什么家庭责任。男人都是狗屎，都一个样儿，都是狗娘养的孬种。'接着她就会对她儿子说道，'你和他们也都一样，跟这个一样，跟那个也一样。'"

"一年又一年，在这样的谩骂声中，斯达尔彻底丧失了与成年女性进行正常交往的能力。每当他的母亲说'你怎么会落到今天的这般地步？'这句话的时候，他就会说：'我是他妈的疯了。我他妈的疯了全是因为你。是你让我变成这样的。'于是他母亲感到万分愧疚，所有悔恨纠结于心，所以无论斯达尔做出什么样的举动来，她都毫不阻拦。"

"有一天我对他说：'鲍伯，你被人怀疑是十二宫呢。'"

"'我知道。'他对我说。"

"'那你是怎么想的？'我又问。"

"'我觉得他们这样看待我大错特错，对我很不公平。'"

"'真的？'"

"'嗯。'"

"'读过报道了吗？'"

"'嗯，读了。我知道他们在说什么，全都是胡扯。'斯达尔说。"

"'好吧。有谁会蠢到承认自己是十二宫呢？'"

"罗伯特，在和那些儿童性侵犯和精神错乱的性犯罪者打交道时，最让我震惊的一句话就是'那些驱使着你的东西永远都会驱使你'。也许你会被带到阿塔斯卡迪罗（一家犯罪性精神病人监管机构）关上四年，之后他们把你放出来，说你精神正常了，你被治愈了，你不再是精神错乱的性犯罪者了，但即使这样你也不会有什么变化。事实上，那些驱使着你的东西永远都会驱使你。你也许能暂时压抑住这些驱使你的东西，但它们将来依旧会驱使着你。"

有知情人向我透露了另外几件事情，让我对斯达尔及其在瓦列霍的那段生活经历有了更多的了解。1973 年的一份医检报告称他"有潜在的暴力倾向，充满危险，而且还擅长杀戮"，医生怀疑他有五重人格。当斯达尔的监督员第一次去桑塔罗萨看他时，他竟让邻居家的小孩儿骑着自行车、挥舞着红旗给监督员带路。"这说明了斯达尔的黑色幽默感。"一位高级监督员这样说。

斯达尔少时的一个朋友如今已是一名退休了的公路巡警，他可以证实斯达尔的体格有多强悍。当他们还是少年时，有一次，这位朋友在旧金山的一条大街上开车从斯达尔身边经过，这时他从后视镜里发现有五个水兵正围成一圈向斯达尔逼近。"要出大麻烦了。"他想到。但是谁知当他把车退回去时，发现那几个人都被撂倒在地上了，只有斯达尔独自站在那里。"我把车退到他身边，问他有没有事，是否需要我载他回家。可他却说他要走回去，不，谢谢。"

在他曾经工作过的一家商店里，斯达尔与那儿的几个人发生过口角。他于是向其中的一个人挑衅，当那人扑过来时，他竟把他拎了起来，一下子抛到在屋子另一头堆放着的纸壳箱子上。

那么，在桑塔罗萨，他会不会有足够的力量搬起那几名女学生的尸体，继而越过栏杆把她们抛到远处的灌木丛中去呢？

在海军部队时，斯达尔受过密码培训，做过接线员，也曾出过海。尽管体重超标、血压偏高，他对潜水的热情却从未减退过。

在他因对儿童进行性侵害而被捕以及被保释出来时，他对他所有的朋友说，他被抓是因为他就是十二宫。

在审讯期间，他骚扰控方代表，多次在夜里站在那人的房门外。最终在一天傍晚，警察们赶来把他撵跑了。

在斯达尔被定罪之后，警察来到他的住处，由他的母亲领着走进房中。他们在地下室中央发现了他，他当时正在哭号尖叫，数不清的花栗鼠在他身上爬着，有松鼠屎从他的肩膀上滴落下来。

在狱中，他曾写信给他的朋友，信中说他"希望十二宫再杀些人或者再给报社寄些信。这样我就可以被洗清了"。

瓦列霍警方曾说服斯达尔去看精神病医师，结果他们却发现斯达尔提前在图书馆里埋头突击了一阵，知道了该如何在测验中做出恰当的反应。斯达尔的测验过程应该是这样的：他对实验用的木板稍加研究后迅速地做出反应动作，不一会儿就结束了整个测验过程。那是一种心理运动能力测验，要用到不同形状的物件和钉子。我在精神病医师所写的报告中看到"他（斯达尔）的动作反应非常敏捷，当他看到其他人试图以同样轻松的状态解决测试问题时，脸上露出了笑意"。

很明显，他以这种方式通过了所有的测试。测试中，他不笑，也不流露任何感情，说话时声音低沉，像在自言自语。

在 1978 年，分析师让斯达尔做了一次墨迹测验，警方提醒分析师注意一下斯达尔的哪些回答里包含字母"Z"。

"'Z'开头的答案也就只可能出现一次，多次出现的可能性是微乎其微的，"分析师对警方说，"我觉得不可能。"

想不到，第一滴出现在斯达尔面前的墨迹竟让他想起了"颧弓（a zygomatic arch）"。听到这个，分析师大吃一惊，当测试结束时，他发现斯达尔一共给出了五个带有字母"Z"的回答。而史坦恩中弹的位置正是在颧弓上。

1978 年，在斯达尔被释放之后，桑塔罗萨的一位心理学家托马斯·赖柯夫对他进行了一系列的精神病学测验。知情人告诉我："那位桑塔罗萨的医生得出结论说，斯达尔'具有极高的危险性和反社会性（毫无罪恶感）'，还说他'智商超常，不能与女性正常交往'。"自始至终斯达尔都被贴上了"反社会"的标签。当提到十二宫时，斯达尔竟还哭了起来。赖柯夫医生觉得他"心中压抑着很深的仇恨"。

在对斯达尔进行研究的那段时间里，这名心理医生还在桑塔罗萨组织成立了一个社会康复研究组，作为其培训项目的一部分，有一天他对一个女人实施了催眠术。那个女人对赖柯夫越来越多地讲到了她丈夫的兄弟，讲到了她对他的感觉和怀疑，讲到他人格的阴暗面。这时医生意识到，女人正在描述的那种性格特征是如此的熟悉，甚至让他万般恐惧。"她在说谁呢？"赖柯夫自忖道，"听起来像是斯达尔。那种潜藏的危险性竟与他如此相像。"

赖柯夫对那个女人什么都没说，但他已经准确地推断出，此人正是斯达尔的弟妹。他琢磨着自己是不是被卷进去某个重大事件了。最开始与斯达尔见面是为了帮助哈斯提德副队长和斯达尔的监督员，可如今连这个患者的弟妹都出现在眼前，还对斯达尔充满疑虑，这里有太多的巧合了。赖柯夫不得不弄清楚，这个人到底是什么来头，为什么如此多的人对他感兴趣。心理医生对他的这位患者的恐惧与日俱增。

1978 年 11 月 1 日，医生找到了在旧金山当警察的弟弟，请他帮忙查查斯达尔的背景，了解一下他究竟有什么嫌疑。那天晚些时候，他弟弟找到了他，给了他回复。

"然后我才知道，他是十二宫案件的主要嫌疑犯。"

"噢，见鬼，"医生说道，"你要尽可能找出任何有关他的情况，告诉我该怎么做。"

接下来的答复让他愈发焦虑起来。

"从一开始，我们就有一种强烈的感觉，认为斯达尔是嫌疑最大的人，"托奇对心理医生的警察弟弟说，"我们没有抓他是因为我们找不到任何物证。相信我，为对付这个家伙我们已经尽了全力。就我个人而言，我的直觉告诉我，他就是十二宫。跟赖柯夫医生说一声，下次他们谈话的时候，找一个可以迅速脱身的地方，不要与他直接接触，要灵活应对，别太靠近那个家伙。最要紧的是，别把他惹火了。"

11 月 15 日，赖柯夫医生又找来了斯达尔的弟妹希拉，并与哈斯提德一起对她进行了深度催眠。她回忆起在 1969 年看到的那张被斯达尔攥在手中的纸，上面画着一行行奇怪的符号。这时，哈斯提德想看看她能不能将那些图形画出来，而她在无意识的状态之下慢慢地画出了四行符号。无意识中写出的东西通常都很凌乱，但在她的笔下，一切都平直工整，仿佛是依照格子写出的，正如同十二宫的字迹一样。她画出的符号与十二宫那张有 340 个符号的密码文的第三行非常相似。当催眠继续深入，那个女人越来越多地提到斯达尔时，她开始战栗，颤抖起来，指关节变得惨白。最终，赖柯夫不得不终止了这次催眠。

并不是只有赖柯夫和这个女人对斯达尔充满恐惧，也许就连斯达尔的母亲也对自己的儿子怕得要命。尽管住在一起，但她总是出门旅行，不是在美国各地转悠就是去欧洲。这样做是为了躲避他吗? 斯达尔的监督员和弟妹都是这样认为的。那位死去的父亲留下的养老金可能就花在了这不间断的旅行上。

斯达尔的监督员观察得很仔细, 他注意到了斯达尔身上的那条带皱褶的旧式长裤。当监督员最初发现斯达尔是十二宫案件的主要嫌疑犯时, 他在与别人合住的波迪加酒店房间里朝窗外望去, 发现斯达尔正站在两层楼下的游泳池旁。他脸上带着笑, 直直地凝视着楼上的监督员, 身形巨大犹如一头在岸边搁浅的白鲸。他正牵着一个九岁小女孩儿的手。斯达尔没有任何理由在那里出现, 他混在一大群年轻人中间是那么的不协调。他牵着那个小女孩儿的手站在那儿, 让大家看个清楚, 似乎想以这种方式融入人群中去, 似乎想表明他也有家人在身旁。

1980 年 3 月 12 日这天晚上, 我又来到了斯达尔工作的商店, 观察他的举动。有那么一阵我们之间的距离还不到两英尺远, 我站在那儿, 听着他与顾客轻声讲话。他的两道眉比我印象中的还要浓密, 身材健硕强壮, 但腹部却是凸出来的, 与描述中的十二宫身形一样。

斯达尔穿着一件淡红色的外套, 胸前左侧的口袋上缝着一块布, 上面印着"鲍伯"二字。在这之前, 他一直在店后方负责货品的储存, 而现在, 他换到了商店前窗旁, 开始卖起商品来。在墙上有一张标示牌, 上面的字是用标签笔写的, 与十二宫的字迹很是相似, 我决定把这个字样弄到手。

后来, 我站在街对面, 等着他把头从窗户的方向稍向旁边偏侧过去, 这时我便趁机给他拍下一张照片, 不久之后就有了许多张。拍照时, 我总是担心他会看到我。5 点 15 分时, 我离开那里, 来到他家房子前, 照了好几张定时曝光的相片, 接着我又开车回到商店那边。

我本来设想着, 斯达尔下班后会从店里出来, 走到一家药房门前, 那儿的蒸汽灯将他全身照亮, 而我将在那时拍下他的身形轮廓。但到了 6 点半, 我看见他从店里出来后, 径直朝街对面我这个方向走过来。我藏在阴影中, 不敢轻举妄动, 等着他从我和蒸汽灯之间经过, 然而他却没有。

我这才意识到, 今晚他应该是不打算回家了。他肯定是开车来上班的, 于是我匆忙向我自己的大众汽车奔去, 不一会儿就在驾驶座上坐好了, 但斯达尔却不见了踪影。我发动引擎，打开车灯，正准备开到灯光暗淡的街面上去，这时，一直停在我身后的一辆大众汽车也开动起来，继而滑上了路面，没有开车灯。那辆车刚刚就隐藏在一棵树的阴影中，我没注意到车里有人。当车缓缓从我旁边经过时，开车人朝我的车里瞥了一眼。那是斯达尔。

　　他拐了一个弯，向东开去。我等了一等，便关掉车灯，跟在他的后面。他一直往前开着，离他家的位置越来越远。

　　三个街区之后，他停了下来，我于是便在一个街区之外的地方关闭了引擎，接着朝他那里走去。当我慢慢靠近，仅仅能在暮色中辨识出他的样子时，发现他正环顾四周，似乎担心有人在暗中监视他。

　　突然，他走到停在街上的另一辆车旁，打开了车门，坐了进去，接着车闪电般冲入夜色中。在我跑回到车那里时，他早已消失得无影无踪了。

　　我的目的是想要看看能否找到他那些拖车的下落，或者至少弄清楚他的活动范围。他为什么要换车呢？他难道真的在担心别人的跟踪？下一次想再尾随他的话，我就不得不换另一辆车了。

　　我感觉即使斯达尔不是十二宫，他也一定与什么诡异的事有关。

　　1980 年 3 月 14 日周五这天，哈斯提德副队长在给他的女儿挑选小马，而此时我站在一百英尺开外的铁丝栅栏门外注视着他。暴风雨即将来临，天空中乌云密布，那一片草地在风的撩拨下如水面般泛起波浪。混着铁锈的水正一滴一滴地从哈斯提德的卡车上滴落下来，在路边汇集成流。在铁丝网里面，一只狗在朝我狂吠着。

　　哈斯提德坚信，那些针对女大学生的桑塔罗萨连环杀人案都是十二宫所为。那天下午，他给我看了一份共两页纸的受害者名单。

　　"有许多事我没有告诉你，也不能告诉你，"他一边开卡车门一边说，"我是在想，倘若你能以正式的身份参与这个案子的话，我就可以多告诉你一些事情。我们也需要新证据……经批准获得的证据。我想再给一些目击证人实施催眠，如果你是警方的人像合成专家的话，我们就可以把一些很好的合成素描像放到一起研究，从中得到的东西或许对你的书有帮助。"

"我赞成再给一些目击证人实施催眠。"我说。

"我还没跟你提过,斯达尔有一个朋友,"他说,"斯达尔好像曾对他透露过自己是十二宫,而且还给他讲了一些案件的细节[1]。我想对他的这个朋友实施一次催眠,还有斯达尔的弟妹。当然,还有凯瑟琳·约翰斯,如果我们能够找到她的话。你有没有碰巧找到过她?"

"在 12 月之前,她还一直住在河滨市来着。我有那儿的地址,但是她后来就搬走了,我寄给她的信也因'未能送到'而被退了回来。"

我曾向哈斯提德提起过搜查斯达尔拖车的那件事。

"我觉得我们现在知道了当时要找的东西在哪儿,但是我肯定那儿已经什么都没有了。"哈斯提德说道,"我想所有的证据都在他的那个地下室里,而不会暴露在我们随便就能找到的地方。那家伙是个木匠……手巧得很。要是我去搜查的话,我会带着声波定位仪,寻找一间密室。罗伯特,我觉得在那里面,你会找到带血的衣物、钥匙,甚至是照片。"

"我想,斯达尔应该给自己造了一个可以重温罪行的地方。"

1980 年 4 月 20 日周日这天,我驱车行驶在 101 公路上,马上就要到达桑塔罗萨地区,这时我开始想象那个杀害女学生们的凶手究竟是怎样在高速公路旁搭载上她们的。桑塔罗萨专科学校的大部分学生平时搭车的地点都在学校门前的曼多西诺大街上或在学院街旁的加油站那里。如果凶手想找搭车的学生,我想他必须从一开始就待在桑塔罗萨才行。

受害者被抛尸于弗兰兹峡谷路,那里距桑塔罗萨有七到八公里的路程。我寻思着,凶手能在这短短的距离之内将她们勒死,甚至在某些案子中还精心地做了捆绑,然后把尸体丢弃在那狭窄而曲折的路上,在任何一秒钟都可能有人经过的情况下却没有被发现,这一切究竟是怎么做到的呢? 有一起案件中的女孩儿被马钱子碱毒死,尽管毒性会很快发作,但凶手又是怎样在到达弗兰兹峡

---

[1] 笔者注:当然,此种"供认"并不意味着斯达尔确实有罪,在一些臭名昭著的谋杀案里经常会碰到虚假的供认。

谷路之前就让她咽下毒药的呢? 他应该在附近有个落脚的地方, 这样就可以把女孩儿带到那里待上一小会儿。我肯定凶手是桑塔罗萨的居民, 或至少在那里有住处。

这时, 我想起来斯达尔在桑塔罗萨有一辆拖车。

暴雨骤降, 我不得不沿着斯普林斯公路飞快前行, 最后来到了一个岔路口。在我左面是弗兰兹峡谷路, 右面是波特港湾路, 在两条路上都发现过尸体, 这让我想起十二宫分别在赫曼湖路和蓝岩泉实施的两次谋杀。在这两起案件中, 凶手都要经过一个岔路口, 而他搜寻猎物的方向一次向右, 一次向左。

我把车开上弗兰兹路, 一直开到了曾发现过七具尸体的地点, 在路边停下了车。我拨开繁茂的树枝, 穿过浓密的草丛, 顺着筑堤一直向下走, 最后来到了 60 英尺深的峡谷底部。凶手一定有着令人难以置信的力气, 才能使抛出的尸体越过围栏, 飞过大片的树木草丛, 落在峡谷底部。

我浑身都已湿透, 然而却继续开车直至弗兰兹峡谷路的尽头。这时我意识到, 即使凶手选择了波特港湾路, 他也会在卡里斯托加再次经过弗兰兹峡谷路的。同时我也刚刚发现自己所在的位置已经离安格温的太平洋联合大学很近了, 西西莉亚与布莱恩曾经是那里的学生。

在前往桑塔罗萨的路上, 我想到了迪恩·菲林。自从他妻子被十二宫杀死之后, 他就不断地接到一些古怪的电话。

1980 年 4 月 25 日周五这天, 当我去找斯达尔时, 他不在店里, 于是我便驱车离开了。途经他的住处时, 我看到他所有的车都停在外面。有一辆是灰色的别克云雀, 另一辆是蓝白色相间的考威尔, 还有一辆是 1967 年产的大众卡曼吉亚, 几乎是贝利桑湖凶案受害者布莱恩·哈特奈尔的那辆车的翻版。他还有两艘帆船, 而且在某个未知的地方还拥有三辆"结构特殊"的拖车。

我猜想他的那顿下午饭一定是吃了很久。3 点, 我回到商店这边, 仍不见他的踪影。我决定再看一眼店后的那块写有类似十二宫字迹的标识牌。但正如我担心的那样, 它不见了。但当我转过身来, 又看见了一样东西, 心情不禁为之一振。

在稍高于我水平视线的位置上, 挂着六块剪贴板, 上面贴着便条或写着字。

其中一块板子上贴着一张用标签笔写成的便条，方方正正的一片字迹，这是我所见过的最接近十二宫的字迹。便条上签了名字，是斯达尔的名字。

瓦列霍警方曾告诉我说他们没有获得过斯达尔的字迹样本（但我在警察局档案里看到过斯达尔在精神病监管机构里写给他朋友的信的原件），还说斯达尔现在只打字，不写字。

商店里拥挤昏暗，我知道想要拍照片又不引起店员注意几乎是不可能的，而且斯达尔随时都可能到剪贴板这里来，我可不想与他有任何纠缠。不久之后，我回来了，身边多了一个朋友。我们买了些东西，接着蹑到商店后方。我的朋友开始摆弄着一个木勺子，而我则装作给他拍照。我将镜头拉得很远，把 4 英尺之外的那些字也收了进来，这才是我真正要拍的东西。在众目睽睽之下，我们故意大叫大嚷着，毫不掩饰，一切都进行得很顺利。

现在，该把这些剪贴板的照片扩洗出来了。我不能肯定在目前的情况下会有什么重大发现，但我还是决定找到我所认识的最好的摄影师试一试，然后把足够多的字迹样本带到毛利尔面前。

如果照片泡汤了，我还有一个很大胆的替补计划，就是用标签笔临摹一份，再粘到一块棕色的剪贴板上，就像店里的那个一样，然后我回到那里，用我的赝品和他的真品做一个调换。我知道自己还是个挺不错的画家，假设把这两个并排放到一起，再来回挪动一下位置，说不定斯达尔本人也看不出哪个是他写的，哪个是我带进店里来的。

加里·冯帮我洗出了照片。

"画面可能会有点儿颗粒状。"他说。

"没关系，"我回答，"只要能有任何东西寄到萨克拉门托去，我就很开心了。"

直到下午过去一半的时候，加里才扩洗出了一张让他自己满意的照片。从他手中，我接过了这张规格为 8 英寸 ×10 英寸的影像清晰的黑白照片。4 点半，我把它通过快递寄给了萨克拉门托的毛利尔。邮局的人向我保证第二天一早就能寄到。

第二天上午 10 点 17 分，毛利尔打来了电话，告诉我说他已经收到了我寄去的字迹样本，还说他与另一位来自普莱森特山市的字迹专家戴夫·迪伽莫一起看过了样本。

"基于你寄来的样本，罗伯特，我们不会排除斯达尔是十二宫的嫌疑，"毛利尔说，"看上去很不错。迪伽莫也和我在一起。你能给我再多寄些斯达尔的字迹样本吗？"

我答应说我会的。

我决定采取直接的方式了。

1980年5月1日周四晚上8点半，我给斯达尔的雇主打了一个电话，解释说我正在处理一个紧急的关系重大而又需要保密的事情，希望他能帮助我查找他店里的一个员工的字迹样本。我强调说字迹内容是什么无所谓，我只想看到字形和字与字之间的距离。我没有说出斯达尔的名字，因为我不想让一个可能无辜的人丢了工作。自始至终我也没提到这事同谋杀案有何关系。

"等一下！别拐弯抹角，你是在说我们店里可能藏着罪犯吗？"老板说道。"先生，我可是不会雇用罪犯的！"

"不是的，这不过是关于某个人十年中不断收到的恐吓信而已。"我说。

"我可得好好想想，"老板说，"我可不允许谁对我做出那种事来。"

接下来的几周里，他一会儿这样，一会儿那样，犹豫不定，最终，我还是没能见到运货记录文件和斯达尔填写的请求付款单。

由于在1971年瓦列霍警方曾对斯达尔使用过一次搜查证，因此他们迟迟不愿再次提出申请，何况现在斯达尔已搬去了另一个郡。哈斯提德整日扎在一堆案子里，我估计他倒是很希望能有一个普通市民帮着收集字迹样本，不仅如此，还有毛利尔协助做鉴定，他应该会很满意的。

因此，有那么一段时间，为了得到斯达尔的字迹样本，我还请我的朋友们帮忙去他那里买东西。

"知道吗？我曾经当过老师。"斯达尔与我的一个女性朋友攀谈起来，"我教过八年级的一个班，但我事实上喜欢教低年级的小学生。我教的那些毛孩儿们做得还不赖——有一个三年级的小丫头在学期结束时竟然学会了十年级的数学，而整个班里的孩子都能读七年级的书。我就是喜欢和低年级的毛孩儿们在一起。"

"那段时光很美好啊！"我朋友点头说道。

"我原以为那就是我一辈子要做的事了。谁知我现在没法教书了，只能在这儿干活儿，一周干六天，每小时就挣 5 美元 32 美分，唯一放假的日子就是周五。"

"你一直都是一周工作六天吗？那一定累坏了。"

"是啊，只有一次我一连放了几天的假，可是却拿不到工资，这代价可真不小。"斯达尔说。

"不过，你也知道，在加州想找个教书的差事有多难。"

"可不是，不过明晚我就会去申请一个教师的职位，是成人教育——每周 20 个小时，每小时 10 美元。肯定要比在这里挣得多。"

"不过这儿的工作也不错，我喜欢和人打交道。"他说着，眼光直射在她身上，像要将她穿透。

真　凶

　　1980 年 8 月 12 日周二这天，我开车前往纳巴，想问一下肯·纳罗: 桑塔罗萨连环杀人案是不是十二宫所为？

　　这位脸型宽大、身材粗壮的警官想了一秒钟便说:"不全是。我们认为只有部分案件和十二宫相关，因为案情的特点并不一致。"

　　"我们都有自己重点关注的对象，"他说，"托奇和阿姆斯特朗一直认为斯达尔嫌疑最大，而我则认为是唐纳德。这都只是猜测。"

　　纳罗和我开始浏览唐纳德·安德鲁斯的资料，并和我们手头上有关斯达尔的信息相比较。

　　"唐纳德·安德鲁斯引擎修理员的身份，"纳罗说，"或许是个掩饰，又或许他真的是修理员。他的父亲名叫奥斯卡·安德鲁斯，母亲名叫贝蒂·莫兰。他被洛杉矶警察局登记为临时居住者。1945 年 1 月 11 日登记的姓名是沃尔特·汉森，职业是舞台歌手。"

　　"嗯，"纳罗狠狠地捶了下桌子说，"我告诉你，如果唐纳德不是十二宫，我怀疑也是一个和他很像的人。"

　　当纳罗把唐纳德 1969 年的一张照片和十二宫的合成像放在一起的时候，它们看上去很接近。

　　"看看，这儿他写的职业是引擎修理员，"警探说道，目光依然汇聚在档案上，"沃尔特·汉森就是唐纳德·安德鲁斯。这是 1967 年时宣誓口供的登记记录。他在职业栏填写的是引擎修理员。这儿是刑事犯登记表。唐纳德·安德鲁斯绝对有一个化名叫奥利弗·沃尔特·汉森。"

"凯瑟琳·约翰斯说十二宫的眼镜上系着一根带子。唐纳德的眼镜上也有。"

"1969 年纳巴在 10 天内发生了 3 起谋杀案,于是我们这个本来就不大的警察局又出现了人力分散的局面。我们得分工进行调查,所以我向司法部请求派遣一名警探协助调查案件,派来的警探是我一个私交甚密的朋友麦尔·尼古莱。我们发现这些案件和发生在瓦列霍和索拉诺郡的谋杀案是有关联的。"

"在司法部的协助之下,我们制作出了所有十二宫案件的时间信息表,目的是让所有涉足案件的警官们都可以掌握到全部犯罪证据和作案时间明细。只有碰到特大型谋杀案或复杂程度类似,牵涉许多不同警察机关的案件时,我们才会这么兴师动众。纳巴警方获取到的所有掌印都已经和嫌疑犯的做过对照。现在旧金山又获得了一个带有血迹的指尖印。"

我又向纳罗询问了有关鲍伯·豪尔·斯达尔和他两个猎友的事情,斯达尔在 1966 年曾声称他会谋杀人,并自称是十二宫。

"这件事太蹊跷了,不知道该不该信。有时候人们会编造出这样的故事,没有什么理由,或许他们笃信事情就是这样。我确定不了,但他说的那些话的确很凑巧,如果真是他说的,那么无疑他就是十二宫了。[1]"

"现在这个时候,就算真的有人承认自己是十二宫,我们也很难断定。我们肯定要花很长时间来判定他的话会不会是从剪报或者采访报道中套来的。当然,我们保留了一些细节,尚未公之于众。"纳罗说道。

现在我清楚地了解到,这么多年来,警察局并没有把各自掌握的最重要的十二宫信息相互交流过。我记得托奇曾告诉过我:"纳罗肯定不会想到将唐纳德·安德鲁斯与河滨市联系到一起,但我们会这样做,可是至于他在河滨市待了多久我们依然无从知晓。"

想到这儿,我拨通了托奇的电话。

"这个叫安迪·托德·沃克的人,现在被查得很紧,他可能就是坐在餐厅里不断骚扰达琳的那个人。但是博比·拉莫斯又告诉我:'不!不是他。我跟他们说

---

[1]笔者注:我后来得知斯达尔和其中的一个猎友关系不和,因此有关记录值得怀疑。

了不是他！'"

"的确有个人一直在骚扰达琳·菲林，但这个人不是沃克。他们都说曾看见一个男人坐在一辆有着老式加州车牌的白色汽车里。博比说他看见过这个人，身材粗壮，浅色卷发。你知道，都是这种特征，许多人看见过这个男人。"我告诉他。

"看来，"托奇说，"你获得了不少信息，我想把它们放在一起看一遍，一定棒极了。我个人本来就认为十二宫是瓦列霍人，而且和达琳关系十分密切。现在看来的确如此。你获取的信息越多，就越是证明了这一点。"

为了答复我的信，达琳·菲林的姐姐林达给我打来电话。自从达琳·菲林死后，她的生活就陷入了一片混乱。她是在斯托克顿附近给我打的电话。

我就问了林达一个问题："达琳去过贝利桑湖吗？"

"去过，"她回答，"她喜欢去那儿。所以我……相信达琳是认识西西莉亚·雪柏的。"

我对斯达尔的追踪和之前一样徒劳无功。我肯定他有所戒备，然而我还是弄到了他最近填写的一些工作申请表和自1980年以来所填的一些商业单据。在1980年12月20日，我开车前往萨克拉门托，于晚上8点之前到达了舍尔伍德·毛利尔的住处。毛利尔迫切地想看到斯达尔的更多笔迹。

他对着笔迹研究了5分钟，然后抬起头看着我。"嗯，很明显，斯达尔写的'k'和十二宫用三笔写成的'k'不一样。再看看十二宫写的'n'，像个勾号或驼峰，可是斯达尔写的'n'却是浑圆的。还有斯达尔写的'y'，都不对。但除了这些，笔迹还是很相像的，我还想看更多的笔迹样本。"

舍尔伍德认为斯达尔出狱后的笔迹是人为设计的，不同于他真实的笔迹。

1981年1月12日周一这一天，我电话预约了杰克·姆拉纳克斯警官，他现在接替林奇和鲁斯特继续负责调查达琳—迈克一案。他还是一名私家侦探，但如果他认为委托人有罪他是不会接手案件的。

"我知道你有一个重点关注的嫌疑犯，"我说道，"他的名字叫斯达尔吗？"

"嗯，斯达尔是我唯一认定的嫌疑犯，这种感觉非常强烈。"姆拉纳克斯回答。

"我这儿有一份有关斯达尔的档案, 你可能会感兴趣, "我对他说, "我弄到了他的学业记录。"

"第一起十二宫案件发生的时候斯达尔在加州南部, "姆拉纳克斯说, "在河滨市。他在那儿上大学。"

"斯达尔? 太让人吃惊了。斯达尔现在声称自己就是十二宫, 还开诚布公地跟别人说他就是, "我说, "他现在在桑塔罗萨的一家商店工作。"

"我认为现在没什么证据, 但我真的觉得他的嫌疑很大。我想托奇和阿姆斯特朗也是这么认为的。"

"除了斯达尔你还查出过其他的嫌疑犯吗? "

"唯一让我有兴趣的就只有斯达尔。我没意识到他现在还在这儿 (旧金山海湾)。"

"我一直去他那儿买东西, 但却一直没能让他写点儿什么。我知道毛利尔看到过斯达尔的一些笔迹, 这么多年他的笔迹改变了许多。"

"我没想到这个斯达尔居然还在这儿, 我们得谨慎行事。"姆拉纳克斯说道, 语气里有些担忧。

"如果不是斯达尔, 你认为十二宫还活着吗? "

"大家一致认为这个家伙要么死了, 要么就是被关在精神病院或是犯罪性精神病人监管所里了。"

"但 1975~1978 年斯达尔就被关在那里过。"

"这点我还没注意到。"

"我感到有趣的是, 自从托奇与阿姆斯特朗和斯达尔在他的拖车里谈过话以后, 我们就再也没收到十二宫寄来的信件了, "我接着说道, "顺便问一句, 你是怎么调查斯达尔的? "

"通过一些认识他的人。"

"哦, 他的猎友, 那两个和他一起去树林的人。"

"对。"

1981 年 1 月 14 日周三这天, 我和托奇一边喝着咖啡一边谈论着有关斯达尔的事情。"戴夫, 我获得了一些信息, 不确定你是否知道, "我说, "1966 年斯达尔在河滨市大学上学。"

听到这个，托奇沉默了许久。

"他的家人曾告诉我们斯达尔 20 世纪 60 年代中后期在河滨市待过，"托奇说，"这些事情从未得到证实。"

"话说回来，我真的很吃惊。我只知道他 20 世纪 70 年代初的时候在那儿。"

"如果斯达尔真是在河滨市大学上学，那么贝茨案发生之后的那一天可能会有人看到他脸上被抓伤的痕迹。他是我遇到的第一个也在河滨市大学念过书的嫌疑犯。"

"我们知道他在那里，但不知道他在河滨市大学。"

"我也是这么想的。"

"当他家人来找我们时，"托奇说，"我们跟瓦列霍警察局汇报了斯达尔的情况。他们已经粗略了解过此人的信息。姆拉纳克斯当时瞪大了眼睛，他真的以为我们抓到十二宫了。"

"说不定就是啊。斯达尔有一个朋友，哈斯提德知道此人。他很害怕斯达尔，而且他的妻子让他别报警。有一天晚上他们好像出去喝酒了，斯达尔对他的朋友暗示说他就是十二宫。斯达尔在精神病院的时候也给这个朋友写过信。这个人可能是斯达尔在阿塔斯卡迪罗犯罪性精神病人监管所的病友，虽然这种可能性很小。"

"我希望可以告诉你一个比斯达尔嫌疑更大的嫌疑犯，"托奇说，"我们已经尽了全力，但在搜查完他的拖车之后，我们真的不知道该何去何从了。"

"既然你现在已经不负责这个案子了，如果我找到了一些斯达尔犯罪的证据该交给谁呢？"我问道，"由你交给你们警察局可以吗？"

"你最好交给瓦列霍警察局里的人，斯达尔已经不归我们管了。"

"好的，一直以来我把每样东西都交给了哈斯提德，我只是有些担忧。"

"我了解。"托奇说着，仰靠在椅背上。

"一个人如果只是产生错觉，以为自己是十二宫，"我说道，"便不可能真的去计划于 1966 年在河滨市出现，因为河滨市谋杀案是斯达尔被判定为嫌疑犯后很久才被发现的。十二宫试图要掩盖他与这次犯罪的联系，拖了很久才承认，似乎作案的时候不小心留下了什么把柄。这起对他不利的案件让他记忆深刻。"

"我们肯定会竭力抓到他,"托奇说,"我们掌握的所有信息都已经交给了瓦列霍警方。但跟你谈过之后,我发现瓦列霍警方的很多信息都没传递给我们,我很遗憾,这一切好像有去无回。"

"斯达尔的确有一把 0.22 口径的手枪。"

"这个我们知道,他是个喜欢野外生活的男人,所以会有来复枪、手枪,但这些并不足以成为我们逮捕他的证据。"

"可是如果他没犯什么事的话,为什么要频繁换车呢?"

1981 年 1 月 19 日周一这天,等我到达杰克·姆拉纳克斯在瓦列霍的住处时,他决定再次带我去犯罪现场。大雨已经停了,空气中弥漫着一些水雾。姆拉纳克斯将两把手枪放进皮套后上了卡车。这位壮实的男人坐上驾驶座,将武器藏到前排座位的下面。卡车上有一个来复枪架。姆拉纳克斯不仅是一名私家侦探,还是一个狂热的猎鹿人。

看完赫曼湖区之后,他把我带到了蓝岩泉高尔夫球场,并且告诉我警察在那儿设计了一个陷阱,他们将一辆车停在停车场朝西的位置,并在车里放置了一对假人。车身的一部分被树林掩映着,内置了一个监视器,可是什么也没有出现。

姆拉纳克斯说:"当你告诉我斯达尔在旧金山海湾地区工作时,我真的很吃惊。他母亲还健在吗?"

"她一直在旅行。"

"她家果然很有钱。"

"他有一辆新的卡曼·几亚跑车和许多其他的汽车。"

姆拉纳克斯在他的笔记里仔细搜寻着。"不知道我们的记录中有没有提到过这个,我今天早上还看过这部分记录。"他说。

这时我了解到了一个令人惊喜的消息。

"有一盘电话录音,是十二宫在谋杀当晚和南茜·斯洛沃(瓦列霍警察局的接线员)的对话。"

我冲向电话亭,拨通了远在旧金山的托奇的电话。

"戴夫，你知道有一盘十二宫和南茜·斯洛沃的电话录音带吗？姆拉纳克斯告诉我达琳的姐姐也听过录音带。"

"哦，真的吗？我从没注意过。"托奇声音低沉地说道。

"听起来很有趣，她说她曾听过一个录音带。我很想知道是怎么回事，你查查看吧。"

"的确非常重要。"

"嗯，肯定的。"

"我想告诉你，我会调查此事的。"我肯定地说。我告诉托奇，林达给瓦列霍警察局提供了一个合成像，画的是她在达琳家的粉刷聚会上见到的那个男人，画上的男人和通缉令上的十二宫合成像极其相似。

"真让人吃惊！"

"而且据林达和她的一些朋友透露，有个男人曾从墨西哥给她带过礼物。她们只知道这个男人叫作鲍伯。她描述说这个男人留着短发，大腹便便，肌肉强健，听起来和斯达尔很相像。很明显，她会有此联想是因为警察们正在调查一个叫鲍伯的人。"

我告诉托奇，当警察向博比·拉莫斯询问达琳有哪些要好的朋友时，她回答说："苏·吉尔莫尔、罗比，还有这个过去常常从墨西哥给她带回礼物，名叫鲍伯的人。"她说的礼物包含一个银色手袋和一条腰带。

1981 年 3 月 7 日周六这天，我来到瓦列霍警探约翰·林奇的家中。他身材矮小结实，年龄偏老，双眼却炯炯有神。我们在他家的餐厅里坐了下来。

"迈克·马乔是个什么样的人呢？"

"那家伙深不可测……我一直没弄清楚他到底怎么了。坦白告诉你，我从来没跟一个在我看来哪怕有一点点嫌疑的人说过话。"

"你不是怀疑过迪恩吗？"

"那是当晚，你知道谋杀案发生的那会儿，我们第一个能想到的就是他。"

"达琳和很多人约会过吗？"

"哦，什么样的人都有。她来者不拒。"

"那鲍伯呢？"我问。

"鲍伯？哦，鲍伯·斯达尔。我和他详谈过几次。他曾在泊德加湾海滨待过，是个潜水员。他说他 1969 年 7 月 4 日当日和其他三四个人在一起。"

"你什么时候和他谈的？1971 年？"

"早在那之前了，是凶杀案发生后一两个月内。我不知道我是怎么第一时间知道他名字的。他块头很大，你见过他吗？"

"他现在块头更大，"我说道，"哈斯提德认为他嫌疑最大。"

"我认为他最没嫌疑。我肯定不是斯达尔。我第一次看到他，脑中就有个声音说这人不是十二宫。关于斯达尔我只做了五六行记录，只是为了把他的名字记下来。我和他谈了大约一个小时。检查他的车子时发现，他把自携式水下呼吸器设备放了他的后备车厢里。那辆车很破旧、很脏，一点儿也不像——"

"可是他有很多辆车，"我插话道，"现在就有 4 辆。"

"哦，这个我不清楚。"林奇说。

我心想，原来林奇是因为斯达尔不符合他对于凶手的视觉印象才排除了斯达尔的嫌疑。

这么多年以来，林奇的接班人从未重新调查过早期曾被林奇排除的嫌疑犯。

1981 年 3 月 15 日周二这天，我冒着倾盆大雨开了 36 英里的车来到瓦列霍，只为了证实一下自己对于蓝岩泉谋杀案的某种预感。行车的途中，道路的左边有好多家炼油厂，蓝白色的蒸气从塔顶翻滚而出，成千上万点灯光在其间闪耀。

为了重现当日的犯罪情景，我于夜里 11 点 40 分离开达琳家的房子（当时在场的保姆告诉我她是快接近午夜的时候才离开的），沿着乔治亚大街一路开到比奇伍德大道迈克家的房子前。到那儿的时间是 11 点 45 分。我只等了 1 分钟便开向蓝岩泉高尔夫球场，车在停车场停下的时间是 11 点 51 分。我为实施午夜枪杀留出了足够多的时间，接着沿着斯普林斯路开向十二宫用来给瓦列霍警察局打电话的电话亭。尽管冒着大雨，视线模糊，并且按照规定的车速和红绿灯指示行驶，我到达电话亭时才刚刚 12 点 09 分。十二宫给警察局打电话的时间是 12 点 40 分。

有 30 分钟的时间无法解释。

电话亭距离达琳家的房子不到一个街区，就在治安官办公楼的停车场前面。

停车场很大也很空旷，穿过这里时可以一眼看到达琳家的房子。我曾暗想，十二宫会把车径直停在治安官办公楼的门前吗？在离开犯罪现场时，他的车会不会已经被发现了呢？到达电话亭时仅仅用了半个多小时的时间吗？有没有可能他就住在警察局和治安官办公楼的附近，在家里等着听巡逻车鸣着警笛朝蓝蓝岩泉停车场的方向一路呼啸而过？而在没听到警报的情况下，他就走到电话亭，打电话报警，就像在纳巴郡那样以此方式获得快感呢？12点47分的时候，警察们已经查清了电话的确切位置，那么任何一个在治安官办公楼里的人都应该可以看到，就在停车场的另一端，一个被灯光照亮的电话亭里，有人影正在晃动。

十二宫知道电话正被追踪，当他打完电话之后，碰巧被一个身份不明的黑人瞥见。那么他还敢在夜里1点的时候，在此地域内的另一个电话亭里，给达琳和迪恩的亲戚们奇怪的电话吗？如果当时那个地方几乎一片漆黑呢？我认为他的第二个电话是从自己家里打出去的。他12点45分在电话亭打完电话，接着15分钟以后，也就是1点的时候在家里再次打出奇怪电话。

如果十二宫是12点09分到家的话，他可能会把汽车藏进车库，再藏起枪，静静地等待着警车汽笛声响起。林奇在接到报警后并没有立刻行动，所以十二宫开始等得不耐烦了，他12点25分就离开了家，步行约15分钟后来到电话亭给警方打电话。打完电话后又花了大约15分钟走回家，为了不引起别人注意，他走得很慢，而且不知不觉就走到了达琳家，看见窗户是黑着的。难道十二宫的住处就在从电话亭去往达琳家的方向吗？

如果以电话亭为中心朝任意方向出发，以步行15分钟的距离为直径画出一个区域，那么十二宫的家也许就处在这个区域内？

在达琳的那些邻居中，家里有车库的极少，我觉得凶手需要一个车库来藏他的雪佛莱车，斯达尔家就有一个。根据十二宫写来的信件，他还应该有一个地下室，这在达琳的邻居中又是罕见，斯达尔家又有一个。他家当时距离电话亭正好只需要14~15分钟的步行时间。除此之外，我坚信十二宫认识达琳，而达琳也知道十二宫是谁。十二宫知道达琳的昵称，在广播和电视都未报道该谋杀案时，他就知道了她家的电话号码，而且不是在电话簿上找到的，因为她当时住在两个月前刚买的新房子里。十二宫一定认识她，因为瓦列霍有那么多电话亭，可他偏偏选中了那个可以望见她家的电话亭。

达琳长时间被一个坐在白色雪佛莱车里的男人骚扰着，他坐在她家门前，在粉刷聚会上恐吓她，在特里饭馆打听她。赫曼湖路谋杀案发生 15 分钟前以及整个晚上，在凶手停放车辆的位置上一直有一辆白色的雪佛莱汽车。如果询问达琳的男人开的也是白色雪佛莱车，杀死大卫和贝蒂的凶手开的是白色雪佛莱车，那么它们很可能同属于一个人，十二宫。

十二宫可以详细描述出达琳的穿着，尽管他只匆匆瞥了一眼；他对她十分了解，从她的男朋友家开始一直跟踪她，还从她在弗吉尼亚的住所不远处给瓦列霍警察局打电话。如果十二宫认识她，那么他可能就是 7 月 4 日那天一直给她打电话的男人。达琳知道会有大事发生，她同时也是其他受害者的朋友，因为不止一个人告诉我达琳认识西西莉亚·安·雪柏。

治安官阿尔·霍恩斯坦已经感到头昏脑涨。两年以来，在搜查那个臭名昭著的"山路杀手"的过程中，他已经收集了两千多名嫌疑犯的信息。这个凶手的足迹踏遍了马林郡每一条陡峭的小径，用枪和刀杀死了 7 个年轻人。作案之前他总是以强奸相威胁，还伴随着一些性行为前的古怪仪式，有时候则会真的强奸受害人。奇怪的是，许多谋杀案件都发生在节假日左右。

山路杀手的受害人有：

埃达·凯恩，44 岁，后脑勺被两颗 0.44 口径的子弹击中。
芭芭拉·施瓦兹，23 岁，被刀刺伤，刀和带有血迹的角质架眼镜在附近被找到。
安·伊夫林·阿尔德逊，26 岁，头部被一支长枪膛的武器射中。
黛安·欧科奈尔，22 岁，纱乌娜·梅，23 岁，都是头部中弹身亡。

在搜寻欧科奈尔和梅的过程中，警察们还找到了 18 岁的芏西娅·莫兰德已经腐烂却衣着完好的尸体以及 19 岁的理查德·斯道尔斯的尸体，他们是 1 个月前头部中弹身亡的。警察们意识到，凶手谋杀欧科奈尔和梅只是为了引起人们对前几起谋杀案的注意。

现在又新添了两起谋杀案，案发地点距离上一起山路谋杀案只有 100 英里之遥。一个是 20 岁的埃伦·玛丽·汉森，当场被杀；另一个是 20 岁的史蒂芬·拉塞尔·哈尔托，只受了伤，案发时两人正在桑塔克鲁兹的山上。

手术之后，根据哈尔托对凶手的详细描述，警方合成了很多人像。凶手 45~55 岁，身高 5.9 英寸左右，体重 175 磅。他有着灰色短发，淡褐色的眼睛，戴着黑色角质架眼镜，框架已褪色。他长着歪歪斜斜的黄牙，以一种缓慢而深思熟虑的口吻讲话，戴着一顶绿色棒球帽，穿着蓝色李维斯牌喇叭裤和白色的跑鞋，身上还穿着一件金色尼龙风衣，背面写着"奥林匹克酒队，蒙大拿"的字样，他的双手很干净。有目击者看到凶手是步行逃跑的，并且摘下了眼镜，开着一辆红色的外国车飞快地出了野营地。

阿尔德逊、欧科奈尔、梅、莫兰德、斯道尔斯和汉森都是被同样的 0.38 口径的圆头子弹射杀的。

这自然让我想起了"十二宫"。而马林和桑塔克鲁兹郡的警探一致表明，他们也完全相信桑塔克鲁兹连环杀人案的凶手就是马林郡的"山路杀手"。

哈斯提德已于 4 月 2 日将斯达尔档案的电脑编码发给了桑塔克鲁兹警方。第二天 KTVU 电视台公布说，由于与合成人像极为相似，这个"山路杀手"也可能就是"十二宫"。

然而，警方最终逮捕了大卫·J.卡彭特并为其定了罪。此人已被托奇与哈斯提德先后于 1970 年和 1979 年排除在十二宫嫌疑犯名单之外，原因是笔迹和指纹均不符。此外我还听说，在 3 起十二宫谋杀案发生的时候，他还被关在狱中。

大约两个月后的一个周五，托奇怒不可遏、万分沮丧地对我说："我们已经把所有有关十二宫的材料文件都寄给了萨克拉门托，有关机构似乎已经决定让州司法部来协调这个死气沉沉的十二宫案件调查。我希望杰克·乔丹副队长能继续为这个案子做些什么。他们从来不愿意为十二宫案件费神，因为这个案子工作量太大了。戴西把一切都丢给了萨克拉门托，他从没想过要费神了解下这个案子。"托奇继续愤恨地说，"现在他们甚至把从我们实验室弄到的指纹拷贝件也寄给了司法部。州里雇了个人来协助调查，鬼知道他能做些什么。这件事我一想到就难过，真是太可惜了，我们没有留下任何资料。"他摇了摇头，"所有毛利尔写的笔迹报告，指纹报告，都交给了萨克拉门托。我认为瓦列霍警察局不保留这些资料简直是大错特错。"

托奇的脸上写满了愤怒。"我想到了那些将嫌疑人资料按字母顺序一一编排的日日夜夜、月月年年，那时每当有人问我：'托奇，那该死的十二宫案件怎么样啦，你到底在做些什么啊？'我总是指指柜子，身体向座位一靠，然后看着他们脸上露出惊讶的表情。而现在如果再有人这么问，我们就只剩下1969年放在抽屉文件夹里的未经解决的其他案件材料了，"他不无悲恸地说，"真的什么都没有了。现在，一个连十二宫长什么样都不知道的可怜家伙要来调查案件了。"

托奇站起身，走到窗前。"我们能指望这个可怜的家伙做些什么呢？悲哀啊，简直太悲哀了，"他最后说道，"现在他们永远也抓不到他了。"在十二宫案件被移交至州司法部以后，1981年6月18日周二这天，我与那里面的某个人取得了联系。

"有些不错的线索，"在司法部工作的知情人对我说，"有一些新目标，还有一些熟悉的名字。但是大家似乎都认为凶手是住在瓦列霍的那个家伙。"

"是的，他叫斯达尔，这个家伙让人很感兴趣。"我回应道。

"我听说你正在写他的事。大家似乎都倾向于他……我不知道我们是否找错了人，因为所有的证据除了可以证明斯达尔是个疯子之外，什么也证明不了。我从旧金山弄到了所有记录在3英寸×5英寸大小卡片上的资料，似乎他们一直在关注的就是史坦恩计程车上的指纹。"他坦言。

"你认为那是十二宫的指纹吗？"我问道。

"我不清楚。你知道，目击者们曾说过他们看见凶手把计程车擦了一遍以防留下指纹。目前我正在研究笔迹。从旧金山海湾地区的一个城镇传来了情报，我正在调查此人。"

"那个镇该不会是桑塔罗萨吧？"

"你怎么知道的？"

"斯达尔现在就住在那儿。"

"我就说嘛，罗伯特，跟斯达尔有关的电话我他妈已经接过不知多少个了，我打算花点儿时间了解一下背景资料，我可不想就此收尾，我得挺到最后。"

　　他告诉我还有一个来自蒙大拿州的新的嫌疑犯，现住在马林郡。那人在加州没有犯罪记录。"一个名叫普劳迪的笔迹专家声称，这个人的笔迹和十二宫信件上的笔迹有一些相同的特征，"知情人告诉我，"但是这些还不足以证明此人就是罪犯，调查者还需要更多的笔迹样本做更多的对比。"

　　我突然意识到，他说的这个新的嫌疑犯就是唐纳德·安德鲁斯。我的这位消息提供者将会去重复那些曾经做过的大量调查工作了。不过，听到普劳迪同意毛利尔的观点，认为唐纳德海报上的笔迹和十二宫的笔迹很接近，我还是颇感欣悦。

　　"听我说，斯达尔也许就是十二宫，"他继续说，"我并不否认他是。斯达尔常去图书馆，对针对女性的犯罪做过很多研究。他还以此恐吓过他的朋友，让他们以为他可能就是十二宫。所有和我交谈过的调查员都认为杀手就是他。"

　　"我会给你看些东西，"我说，"我会把我今天上午写的有关斯达尔的章节寄给你。"

　　"太好了。你待我不薄，我也不会亏待你的。如果有什么资料有助于你的写作，我肯定会提供给你。"

　　我在萨克拉门托顺道拜访了舍尔伍德·毛利尔，他虽已退休，却愈发忙碌。车上的行李箱里有几封彭尼给我的信，毛利尔和我把这些信与十二宫的笔迹做了对照，发现并不匹配。

　　"罗伯特，这些我都有。旧金山有一群人已经给我打了好多年电话，告诉我他们那儿的一个很富有的银行家是十二宫。他们跑到他家的院子里，偷走所有的垃圾桶，然后开车来到这儿，把垃圾通通倒在我家草坪上，接着从里面找出他写的信和账单给我看。"毛利尔叹了口气，"我只得甩甩手，然后回到屋里。"

　　多年的失望和沮丧最终把托奇的身体拖垮了。1982年1月6日周三这天傍晚，在他家装饰有花纹图案的黄色厨房间，托奇起身准备去冰箱里取一杯牛奶，然而当他身体前倾时，他突然感到一阵疼痛，弯下身跌倒在地板上。卡罗尔叫了辆救护车，迅速把托奇送到了儿童医院，此时他的身体里已经开始大量出血。

然而当他最终出院回家后，仍旧无法停止对案件的苦苦思索。

我花费了几个月的时间对唐纳德·安德鲁斯进行调查，可真正找到他却只用了几秒，不费吹灰之力。1983年8月3日周二这天，我突然间就想到了如何能找到他的办法。我踱过房间，镇定从容，在那一刻直觉是如此的强烈。我的脑海里又浮现出和纳罗的对话，当时我们正在讨论唐纳德是否用汉森当过化名。"看看，"纳罗说，"在这儿他写的职业是引擎修理员。沃尔特·汉森就是唐纳德·安德鲁斯。"

在旧金山黄页的"引擎制造"栏下列出的名单里我找到了：安德鲁斯·唐纳德。

我让朋友打列在姓名下方的电话号码，朋友给我回了电话。

"我说我有点儿事情想找他帮忙，并且和他谈了很长时间。他告诉我除了圣迪亚哥之外他没去过南加州的其他地方，还说他从未去过河滨市。我说我是那儿的一名学生，他告诉我引擎修理并不是他的全职工作。"

"唐纳德告诉我他在黄页和白页上都登记了信息。他说希望自己有点儿不同，但没说怎么不同。下面这句你会乐意听的，当谈到他只登记了号码而没有留下地址时，他说：'任何人只要认识我，就能找到我。'"

"我明天会再打电话过去询问地址并预约。他是你要找的人吗？"

"应该没错。等你问到了地址，我们就去拜访他。"

第二天，我见到了唐纳德·安德鲁斯，和我听说的一样，他戴着一副黑色的角质架眼镜，后面用一根橡皮筋固定着。

正如纳罗所言，安德鲁斯幽默机智，滔滔不绝。他的多重人格给我留下了深刻印象，我知道这些不同的人格都隐藏在同一个身份之下，而他正以这种身份扮演着生活最新赋予他的角色。傍晚早些时候我还去了唐纳德在海特的旧宅。唐纳德1969年曾住在那里，当时达琳和她的第一任丈夫也住在那里，与之相隔仅一个街区。

我的朋友描述了一下她要修的车，是一辆白色的雷诺卡罗维拉汽车，齿轮已被折断。唐纳德在贝利桑湖谋杀案发生时就拥有一辆这样的车。他反应很明显——突然抬起了头。我肯定他当下起了疑心。我一边看着朋友和唐纳德商议如何在上午把她的车带来修理（我知道她并没有想要再来的意图），一边环视了一下这个宽敞的房间，里面满是电影海报和剧照。他似乎十分喜欢奥利弗·哈代，到处都是哈代的照片，却没有斯坦·劳莱的[1]。

我可以感觉到，当我们离开时，我的朋友深有感触，比以前更加确定地认为他就是嫌疑犯。"天哪，他看起来太精明了，"当我们在黑暗中小心翼翼地走下台阶时，她喃喃地说道，"他看上去的确机智过人，我想他就是那个十二宫。"

我什么也没说，然而在内心深处，我对唐纳德的怀疑正被一点点冲淡。他的确是个引人关注的嫌疑犯，但我却不再相信他是凶手了。斯达尔现在似乎成了案件的核心所在，是他在支配着一切，甚至可以追溯到发生在河滨市的那起彻利·乔·贝茨谋杀案。

---

[1] 译者注：斯坦·劳莱（1890~1965年），英裔美国喜剧演员，他和奥利佛·哈代组成了有声电影中第一对杰出的喜剧搭档，他们的作品包括《八音盒》（1932年）和《牛津白痴》（1940年）。

未 完

傍晚时分。寒风席卷着赫曼湖路两旁的树木，沿着弯弯曲曲的道路，树影在白雾中忽隐忽现。1983 年 12 月 20 日周二这天，就在十二宫杀死贝蒂·洛和大卫十五年之后，我开车前往这一切噩梦开始的地方，靠近进站砂石路旁的旧水泵房。稀疏的车辆从我身边呼啸而过，又瞬即消逝。

我把车开到水泵房的金属大门前，然后关掉引擎。此时四周看不见一丝光亮。我凝视着车旁的空地，多年之前，凶手的那辆白色雪佛莱便停在那里。我一直在想：对于十二宫，我们掌握了如此丰富的材料，到底是哪里出错了呢？是什么样的理解错误让我们迟迟看不到他的真面孔呢？纳罗说："我们掌握的线索足以侦破此案，既然无法侦破，那一定是他在和我们兜圈子。"

多年以来有关十二宫的诸多推断在我的脑海中一一浮现。十二宫是一个定期被释放或逃跑的精神病人吗？他是不是在这些行动自由的间歇成为一个杀手的呢？莫非他病得太严重以至于连他自己都不清楚他的双重人格吗？不，我知道一个妄想型精神分裂症患者可能会这样，但一个性虐待狂绝对不会（十二宫属于后者），他知道并记得自己做过什么。

会不会有两个十二宫呢？一个杀人，另一个写信？如果凶手不止一个，我难以相信他们可以守住如此巨大的秘密。

莫非根本不存在十二宫？整个案件都只是个荒谬的骗局，是某个人以谎言承担一连串不相干的罪行？如果真是这样，那他至少该是保罗·史坦恩谋杀案的凶手或帮凶，因为在寄来的一些信件中附有带血的衬衫布块。而在贝利桑湖一案中，写在车门上的字也证明了该案与十二宫的关联。

十二宫可能是个旅行推销员，走过一个又一个郡，跨过一个又一个州，四处兜售着死亡。他又会不会如他自己所说是个对捕杀动物已觉乏味了的猎手呢（凶手的专业枪法和对地形的熟悉可以说明这一点）？

他或许是个军人，在旧金山海湾的海军基地作短暂停留的水手，然后又去出航，这正好解释了他谋杀之间的间隔。翼行者鞋、密码培训、大背头以及海军服饰，样样都很匹配。然而十二宫能够不断地重返旧金山海湾地区却是不可能的。

更让人不寒而栗的是，他会不会是自己人呢？由一个警察转而成为杀手？高速公路上高超的追踪技巧，娴熟的枪法，对警察身份鉴定技术的熟谙，以及用泛光灯照射路面的手法都是他所掌握的。莫非他也参与了对自己的追捕行动？他会在十二宫联系过的一家报社当记者吗？他运用标点符号和语法的能力超乎常人，而这两种工作都可以让十二宫有机会接近案件的调查。或许他又只是个警察的狂热追捧者，为追查凶犯的警探们献计献策？

至于十二宫的命运，他可能已经因其他罪行而被捕，或是已经自杀，死于一场事故，又或是被他预谋杀害的某个人反过来干掉了。但在这些情况下，应该都能够发现能证明他杀人狂身份的证据。

或许他已筋疲力尽，不再杀人，或许知道他罪行的人想包庇他，如果他是一名警察那就更不用说了。而最可怕的猜测就是——这么多年之后，他的杀戮游戏会不会仍在继续？

在2500个十二宫嫌疑犯中，唯独剩下一个人还可以激起我和警探们的兴趣。

这个人就是鲍伯·豪尔·斯达尔，是大部分警探凭直觉做出的选择。没有人知道十二宫到底是谁，但基于种种证据，我认为斯达尔是我迄今为止发现的嫌疑最大的人。

斯达尔依然有一个很神秘的灰色金属罐，从未允许任何人看过。警方指定的心理学家赖柯夫医师指出斯达尔有5个显著的人格特征，而兰利波特和柏克莱加州大学的医生都看过他的案件卷宗。

在所有的嫌疑犯中，他是唯一可以被置于任何一个十二宫谋杀案现场的人。

在绰号为"粗人"的卡尔斯达特警官的强迫下，布莱恩·哈特奈尔去听了斯达尔在工作时说话的声音。他后来对我说："我所听到和看到的没有一样能排除斯达尔的嫌疑。"

斯达尔向他的朋友透露说他就是十二宫，但又或许只是他自认为是十二宫而已。

我缓缓走出汽车，拉上夹克衫的拉链，望着漆黑的赫曼湖路。瓦列霍地区的居民说他们曾多次看见一个开着白色汽车的男人在月夜尾随妇女，他们甚至给那人取了个名字："科迪利亚魔影"。我可以想象那辆雪佛莱惨白的车影沿着尘土飞扬的加州乡村小道呼啸而去。还有那个驾驶汽车的粗壮男人，他的圆脸在月光下显现，还有轮胎发出的沉沉低语，还有那无法摆脱的心魔。

今夜的赫曼湖路白雾弥漫，而十五年前的那场血案早已成为过往。

但对于达琳的妹妹帕姆而言，一切还没有结束。此时，她再次被一路追踪至湖畔港埠。有人给她留了便条，还给她打过电话——一个打到她男朋友在安提奥克的家里，另一个则打到她位于东部海湾的新居。

自始至终都是同一个人，说的都是同一句话："我是十二宫。"

斯达尔现在正在桑塔罗萨工作。

我很想知道斯达尔是不是至今仍拒绝留下任何字迹，我的朋友答应帮我去核查一下。

1984 年 7 月 22 日周日这天，我们把车停在那个锈迹斑斑的老商店后面的停车场里，然后朝店门走去。

后来，我问我的朋友此行有何感想，于是她写下了这些：

斯达尔给我做导购，帮我选择我要的物品。当我的怀里塞满东西时，他给了我一个篮子，最后把我的清单放在所有物品之上。

"我还需要一样东西，"我说，"我需要一张将这些物品逐条列出的发票。"

"前台收款处会有人帮你开发票的，"他回答道，"我不负责这个。"

"哦，你已经够帮忙的了。真的，谢谢你花时间帮我。"

远远望着屋子的另一端，我可以看到斯达尔朝她转过头来，两只巨大的手分别放在她的双臂上, 咧嘴冲着她笑。他的手只停留了一秒钟便拿开了。我可以看到他的嘴唇在蠕动, 但由于相隔太远, 我听不清他说了些什么。

她转过身, 斯达尔伸出手拍了拍她的肩膀。

令人眩晕的灯光照亮了整间陈列室, 斯达尔的身影出现在铜制罗盘上以及克里斯—克拉弗特滤清器泛着亮光的侧壁上, 映射到经高度打磨的深邃透亮的地板上, 显现在他身边的铜制品上以及数百件擦亮的轴承上。他的整个身影被复制出来, 显现于橱窗、地板和天花板之上。

我目光所及之处都是斯达尔的身影。

后 记

十二宫案件牵涉的很多人如今都已故去。这其中有警官莱斯·伦德·布拉德和验尸官丹·霍安，以及斯蒂拉·伯杰斯太太的母亲，当时就是伯杰斯太太发现了赫曼湖路一案的受害人，此外还有达琳·菲林的母亲。

旧金山警察局前任警长查尔斯·盖恩现在金斯郡的勒莫尔经营一家利润可观的流动房屋场，他说自己过得非常开心。

盖恩的前任副手克莱门特·D.迪阿米瑟斯，在 1980 年 1 月新警长科尼利厄斯·P.墨菲上任更换盖恩的所有副手时被卸职。于是迪阿米瑟斯申请退休，现在负责一家信托储贷银行的保安工作。

1979 年 7 月，约翰·仕莫达结束了在旧金山警察局五年的职业生涯，他拒绝再为他们处理任何文件。我怀疑这是因为 1978 年 4 月调查十二宫信件的那段时间给了他太大的压力。一位警察告诉我："这儿的很多警察都很愤怒，因为现在我们得前往萨克拉门托的刑事鉴定与调查中心，对于紧急案件来说，这趟行程太远了。司法部不得不从他们自己人中找出一名人员接受培训。"

给毛平提供消息的人已于 1978 年年末退休搬至东部海湾地区。埃里克·泽尔姆斯，那位坐在无线电巡逻车里的巡警，曾在史坦恩被杀后于普西迪高地拦住逃亡中的十二宫。他在随后不久的除夕之夜因公殉职了。比他高一级别的搭档已被升职，仍在旧金山警察局工作。

警探比尔·阿姆斯特朗在 1976 年冬天得知诈骗调查组有个空缺。"我已经完成了最后一起凶杀案的调查。"他对托奇说。他于 1978 年 10 月退休，当时仅有 50 岁。

爱德华·鲁斯特被迫退出瓦列霍警察局，他和林奇警官都在瓦列霍退休。

瓦列霍副队长吉姆·哈斯提德警探迫于案件调查的困扰和压力，失去了情报组的工作，并且遭受一系列工作变故的打击。他已经离婚，并将大部分时间花在经营农场和私人业务上。

探清河滨市谋杀案与十二宫之间联系的《旧金山纪事报》记者保罗·艾弗利，现在是《萨克拉门托蜜蜂报》的获奖记者。

至于幸存的十二宫受害人迈克·马乔，他现在居住在加州南部，换了一个新名字。

布莱恩·哈特奈尔已经完全康复，现为加州南部一名成功的律师。他经常去看望西西莉亚·雪柏的家人。

特里饭馆已经关闭，蓝岩泉也不再是人迹罕至的地方，新的道路和房屋被纷纷修建，还开放了美非海洋世界。

1969 年 7 月 4 日在达琳家当保姆的詹妮特回忆道："就在一周之前，电视新闻上又出现了有关十二宫的消息，我就开始想：'他千万别再出现了。我曾在十二宫的受害人家做过保姆，这段经历已经成为我的一部分，所以每次只要我一听到他的名字就会想，哦，不！'"

至于迪恩·菲林，卡米拉·利评论道："他是一个好丈夫。他再婚了，和他的妻子有几个小孩儿。但前妻达琳被害那件事将一直伴随着他。"

戴夫·托奇在抢劫案调查组出色地工作了五年之后，又于 1984 年被调至性犯罪调查组。随后于 1985 年 7 月 3 日退休，结束了三十二年的警察局工作，成为位于艾莫利维勒的水门大厦的总保安。"十二宫案件是我处理的所有案件中最让我沮丧的一起案件。我为了它呕心沥血。"他说。

尽管有好几个人声称听到十二宫打给瓦列霍警察局的电话录音，但那盘录音带始终未被找到。

附 录

十二宫案件遇袭者：

1. 彻利·乔·贝茨 *[1]

1966 年 10 月 30 日	周日	刀刺	河滨市	衣着完好

2. 贝蒂·洛·詹森 *

1968 年 12 月 20 日	周五	枪击	瓦列霍郡	衣着完好

3. 大卫·亚瑟·法拉第 *

1968 年 12 月 20 日	周五	枪击	瓦列霍郡	衣着完好

4. 迈克·马乔 **[2]

1969 年 7 月 5 日	周六	枪击	瓦列霍郡	衣着完好

5. 达琳·菲林 *

1969 年 7 月 5 日	周六	枪击	瓦列霍郡	衣着完好

6. 布莱恩·哈特奈尔 **

1969 年 9 月 27 日	周六	刀刺	贝利桑湖	衣着完好

7. 西西莉亚·安·雪柏 *

1969 年 9 月 27 日	周六	刀刺	贝利桑湖	衣着完好

8. 保罗·史坦恩 *

1969 年 10 月 11 日	周六	枪击	旧金山市	衣着完好

---

[1] 笔者注：* 十二宫杀害的人。

[2] 笔者注：** 幸存者。

9. 伊莱恩·戴维斯

| 1969 年 12 月 1 日 | 周一 | | | |

10. 利昂娜·罗伯茨

| 1969 年 12 月 10 日 | 周三 | | | |

11. 科塞特·埃利森

| 1970 年 3 月 3 日 | 周二 | 未知 | | 裸尸 |

12. 帕特丽夏·金

| 1970 年 3 月 5 日 | 周四 | 扼死 | 大学 | 裸尸 |

13. 朱迪丝·哈卡利

| 1970 年 3 月 7 日 | 周六 | 重击 | | 裸尸 |

14. 安托瓦内特·安斯蒂

| 1970 年 3 月 13 日 | 周五 | 殴打 | 瓦列霍郡 | 裸尸 |

15. 伊娃·布劳

| 1970 年 3 月 | | 殴打 / 药物 | | 衣着完好 |

16. 凯瑟琳·约翰斯 **

| 1970 年 3 月 22 日 | 周日 | 蓄意谋杀 | | 逃脱 |

17. 多娜·莱丝

| 1970 年 9 月 26 日 | 周六 | | 内华达州 | |

18. 玛莉·本娜拉克

| 1970 年 10 月 25 日 | 周日 | 割喉 | 萨克拉曼多 | |

19. 卡罗尔·赫本

| 1970 年 11 月 13 日 | 周五 | 重击 | 萨克拉曼多 | 几乎全裸 |

20. 琳达·凯恩斯

| 1971 年 2 月 26 日 | 周五 | 扼死 | 安格温市 | 几乎全裸 |

21. 贝蒂·克洛尔

| 1971 年 6 月 19 日 | 周六 | 枪击 / 重击 | | 几乎全裸 |

22. 苏珊·林奇

| 1971 年 6 月 19 日 | 周六 | | 旧金山市 | |

23. 琳达·达德利

| 1971 年 8 月 20 日 | 周五 | 刀刺 | 旧金山市 | 裸尸 |

24. 伊冯·韦伯

| 1972 年 2 月 4 日 | 周五 | | 桑塔罗萨市 | 裸尸 |

25. 莫林·斯特林

| 1972 年 2 月 4 日 | 周五 | | 桑塔罗萨市 | 裸尸 |

26. 金姆·艾伦

| 1972 年 3 月 4 日 | 周六 | 扼死 | 桑塔罗萨市 | 裸尸 |

27. 琳达·欧里西

| 1972 年 3 月 28 日 | 周二 | 重击 | 半月海湾 | |

28. 珍妮特·卡玛茜勒

| 1972 年 4 月 25 日 | 周二 | | | |

29. 林恩·迪瑞克

| 1972 年 7 月 26 日 | 周三 | 扼死 | 旧金山市 | 几乎全裸 |

30. 亚历山德拉·科莱利

| 1972 年 9 月 4 日 | 周一 | 重击 | 奥克兰市 | 裸尸 |

31. 洛丽·库尔纱

| 1972 年 11 月 11 日 | 周六 | 脖子割断 | 桑塔罗萨市 | 裸尸 |

32. 苏珊·麦克劳林

| 1973 年 3 月 2 日 | 周五 | 刀刺 | | 几乎全裸 |

33. 罗萨·瓦斯库兹

| 1973 年 5 月 29 日 | 周二 | 扼死 | 旧金山市 | 裸尸 |

34. 伊冯·奎蓝唐

| 1973 年 6 月 9 日 | 周六 | 扼死 | 旧金山市 | 裸尸 |

35. 安吉拉·托马斯

| 1973 年 7 月 2 日 | 周六 | 闷死 | 旧金山市 | 裸尸 |

36. 南茜·吉德丽

| 1973 年 7 月 13 日 | 周五 | 扼死 | 旧金山市 | 裸尸 |

37. 卡罗林·戴维斯
| 1973年7月15日 | 周日 | 毒死 | 旧金山市 | 裸尸 |

38. 南茜·弗佑西
| 1973年7月22日 | 周日 | | | 几乎全裸 |

39. 劳拉·欧戴尔
| 1973年11月4日 | 周日 | 扼死 | 旧金山市 | 裸尸 |

40. 瓦拉丽·莱恩
| 1973年11月11日 | 周日 | 枪击 | 尤巴 | 衣着完好 |

41. 桃瑞丝·戴利贝里
| 1973年11月11日 | 周日 | 枪击 | 尤巴 | 衣着完好 |

42. 凯茜·菲茜特尔
| 1973年12月2日 | 周日 | 枪击 | 利弗莫尔市 | 衣着完好 |

43. 迈克尔·谢恩
| 1973年12月2日 | 周日 | 枪击 | 利弗莫尔市 | 衣着完好 |

44. 特蕾沙·沃尔什
| 1973年12月22日 | 周六 | 扼死 | 桑塔罗萨市 | 裸尸 |

45. 布伦达·牟奇恩特
| 1974年2月1日 | 周五 | 刀刺 | 马里斯维勒市 | 半裸 |

46. 多娜·布朗
| 1974年9月29日 | 周日 | 扼死 | 蒙特里市 | 裸尸 |

47. 苏珊·戴
| 1975年10月16日 | 周四 | 扼死 | 桑塔罗萨市 | 衣着完好 |

48. 特蕾沙·马修斯
| 1979年2月24日 | 周六 | 扼死 | 萨克拉曼多市 | 裸尸 |

49. 卡门·里维拉
| 1981年5月20日 | | | 海瓦德市 | |

十二宫的信件

1.1969 年 7 月 31 日（周四），《旧金山纪事报》，包含密码的三分之一。

2.1969 年 7 月 31 日（周四），《旧金山观察报》，包含密码的三分之一。

3.1969 年 7 月 31 日（周四），《瓦列霍先驱报》，包含密码的三分之一。

4.1969 年 8 月 7 日（周二），《瓦列霍先驱报》，3 页。

5.1969 年 10 月 13 日（周一），下午，《旧金山纪事报》关于史坦恩谋杀案。带有血迹的衬衫布块。

6.1969 年 11 月 8 日（周六），下午，由 340 个符号组成的密码和画有正在滴水的钢笔图案的贺卡。

7.1969 年 11 月 9 日（周日），下午，无邮戳，7 页。

8.1969 年 12 月 20 日（周六），下午，无邮戳，加州。

9.1970 年 4 月 20 日（周一），下午，有炸弹设计图。

10.1970 年 4 月 28 日（周二），下午，贺年卡，上有人骑在龙身上的图案。

11.1970 年 6 月 26 日（周二），上午，标有迪阿卜罗山和菲利普斯 66 号路的地图。

12.1970 年 7 月 24 日（周五），下午，信中提到约翰斯和婴儿。

13.1970 年 7 月 26 日（周日），下午，无邮戳。

14.1970 年 10 月 5 日（周一），下午，给《旧金山纪事报》寄出一张 3 英寸×5 英寸的卡片。

15.1970 年 10 月 27 日（周二），下午。

16.1971 年 3 月 13 日（周六），普莱森特 94566，给《洛杉矶时报》。

17.1971 年 3 月 22 日（周一），4 美分明信片。

18.1974 年 1 月 29 日（周二），940 上午，"驱魔人"信件。

19.1974 年 5 月 8 日（周三），阿拉米达郡，"穷山恶水"信件。

20.1974 年 7 月 8 日（周一），圣拉菲尔市，下午。

21.1978 年 4 月 24 日（周一），下午。

河滨市的信件

1. 河滨市, 1966 年 11 月, 邮票无, 邮戳无。

2. 河滨市, 1967 年 4 月 30 日 (周日), 邮戳无。寄给《河滨市商业报》; 信是用铅笔写的, 付了双倍邮资。

3. 河滨市, 1967 年 4 月 30 日 (周日), 邮戳无。寄给河滨市警察局; 信是用铅笔写的, 付了双倍邮资。

4. 河滨市, 1967 年 4 月 30 日 (周日), 邮戳无。寄给约瑟夫·贝茨; 信是用铅笔写的, 付了双倍邮资。

5. 刻在桌面上的诗, 和第一、第二、第三封信同时发现, 圆珠笔。

十二宫的笔迹

字迹细小狭促; 使用蓝色标签笔; 字迹一路向右下方倾斜。邮票粘贴的方向很古怪; 在信封上标注特快邮寄, 经常将加利福尼亚缩写。

凶手很少使用缩略词, 对标点符号了如指掌。

使用军事方法标注页码。

在信封背面写"编辑"。

他的单词拼写很好, 因为在同一封信里拼错过的单词之后再写时就更正了。

左边留有空白, 字迹书写笔直。字母的大小显现出他的耐心、专注以及对细节的兴趣和坚持到底的作风。

字母大小和字母间空格的变换说明他患有躁狂抑郁症。

字迹斜向下倾斜说明他患有抑郁症。

写"你忠实的: "奇怪地使用了冒号。

经常以"我是十二宫"开头, 没标标点符号就直接写第一句, 单词"那个"后标注句号。(只有两次情况不同, 分别寄给《瓦列霍先驱报》和《旧金山纪事报》的第一封信里。)

除了"十二宫"和"我"经常用大写, 其他人名一律小写。

连笔"d",有时"k"分3笔写。

字母"i"上有圆点。字母"n"很小,有点儿扁。

最重要的是:像复选标记一样的"r"。

字母"w"变换最多——时而圆时而尖。

即使在一封工工整整的信中,十二宫也会将某个写错的单词删掉而不会将信重头抄写。

十二宫的声音

1969 年 10 月 22 日:奥克兰警察局确定听到的声音坚定,有点儿苍老。

1969 年 7 月 4 日:12:40 瓦列霍警察局接到电话(接线员南茜·斯洛沃),无口音。那人要么在照着书念,要么之前练习过所要说的话。声音平缓连续,低沉却很有力。当斯洛沃试图插话时,男人提高了音量。在简短陈述的结尾,男人的音调变得深沉而带有嘲讽之意。听起来很成熟。

1969 年 9 月 27 日:语气非常平静,年龄 20~30 岁,声调不高不低。布莱恩·哈特奈尔听到过的最单一的声调(从头罩后传来)。

纳巴警察局街道电话:语气平静,20 岁;没有使用缩略语。

1970 年 3 月 22 日:凯瑟琳·约翰斯评论:声调单一,无口音,无感情起伏。他把每一个词都说得很准确。

十二宫的语言

将"线索(clues)"拼写成"clews";将"买的过去式(bought)"拼写成"boughten";"我收集奴隶",而不是"收集奴隶";正式用语:"如人所云",而不用"如此说来"。保守陈述:"那几个小时的车程倒是充满了乐趣。"

军事用语:"静静等着我从掩护物中走出来","我要清除所有的独行者","我会扫荡一辆校车","把前车胎击破,然后当毛孩儿们从车里蹦出来时我就可以把他们一个一个干掉","大开杀戒","我所要做的就是扫射他们","混到别人的地盘上去"，"无法击溃的"。

"圣诞节快乐（Happy Christmas）""买（boughten）"都是英式用法。在 19 世纪 50 年代，美国人将"买（boughten）"作为"买（bought）"的过去式。

"快乐时光""非常开心""圣诞节快乐""过得愉快"以及"打起精神""玩得爽点儿""我会感到无比振奋的""我很不高兴"都表明了凶手的抑郁。

古怪言语："一些忙碌活儿"，"掩盖声音"，"你们会不会很恼火呢"，"猪鼻子总不灵"，"被炸到的任何东西都将必死无疑"。

英式说法："如果你们想骗我那可就完蛋了"，"线索"。

傲慢语气："他们不遵照我的意思办"，"我非常恼火"，"我以后杀人将不会再跟任何人宣布了"这里"会"和"将"使用正确。

使用 1969 年时年轻人惯用的语言：警察是"猪头"或"蓝色小气鬼"（来自披头士电影，《黄色潜水艇》），"做我那活儿"，"把他干掉"。

关于警察："如人所云，我给警察们添了一些忙碌活儿"，"两个警察犯了个大错"，"另外如果你们想骗我那可就完蛋了"，"我留下了许多错误的线索"。

称黑人为黑鬼。

称小孩儿为"毛孩儿们（kiddies）"（澳大利亚和英国式用法）。

短语"瞎转悠"是得克萨斯州老一辈人的用语，主要集中于拉伯克市一带。

引用吉尔伯特与苏利文轻歌剧中的唱词。

恐吓："我会干点儿坏事，你们知道我有这个能力"，"躲～猫～猫——你要完蛋了"，"我会完全失控的"，"我发现它难以控制"，"他们没有公开承认此事"，"这种对凶杀行为的赞颂只应受到严厉的谴责"。

对十二宫的描述

1966 年 10 月 30 日：河滨市，粗壮敦实的男人；身高 5 英尺 11 英寸；有胡子。

1966 年 11 月 22 日：35 岁男性，5 英尺 9 英寸高；腹部圆滚，向外突出。

1970 年 12 月 18 日：康特拉科斯塔郡，夜间盗窃，深色尼龙滑雪衣，深色长裤，海军蓝针织帽，焊接护目镜。30 岁，5 英尺 9 英寸高。此人指尖缠着胶带，脸下部用手帕遮挡。

1969 年 2 月 ~7 月 3 日：跟踪达琳·菲林的男人——粗壮敦实，圆脸，深棕色卷发；中年，在 1969 年 5 月出现在达琳家新房粉刷派对上的男人（与前者是同一人）——黑框眼镜，卷发，年龄稍大些。出现在特里饭馆里的男人——35~38 岁，175 磅，身高 5 英尺 11 英寸。

1969 年 7 月 4 日：此人脸部宽大，没戴眼镜，26~30 岁；淡棕色的卷曲短发。迈克的第二次描述：有轻微的啤酒肚，头发向后梳成大背头。

1969 年 7 月 8 日：迈克的第二次描述：26~30 岁；淡棕色的卷曲短发，留着海军船员式发型；裤子有皱褶；身穿海军式风衣，5 英尺 8 英寸高，195~200 磅。

1969 年 7 月 10 日：迈克的第三次描述：蓝色衬衣或汗衫；160 磅；看到达琳·菲林与一个男人发生争执：30 岁，6 英尺高，180~185 磅，香槟色头发直向后梳去。

1969 年 9 月 27 日：三个女孩儿看到一个男人独自出现：25~35 岁，6 英尺多高；200~230 磅，没戴眼镜；直发，中分。黑袖汗衫，深蓝色长裤，运动款或正装款，身后露出 T 恤下摆；长相不错，干净整洁；一根接一根地抽烟。

在距西西莉亚与布莱恩遇害地四分之一英里的地方，有人看到一个酷似十二宫的男人：白人成年男性，5 英尺 10 英寸高，体格粗壮，深色长裤，带红色点缀的深色长袖衬衣，蓝色风衣。

西西莉亚与布莱恩的描述：头上蒙着一个仪式中用到的黑色四角头罩（像个纸袋），头罩遮住了双肩，几乎垂到腰际，边缘有缝线，无袖，前后都镶嵌着布块，身前用白线绣着一个 3 英寸 ×3 英寸大小的"十字圈"标志。头罩上在眼部和嘴部留有缝隙，在眼部缝隙外戴着一副夹式太阳镜。深色的衣袖下端是收紧的袖口，裤腿紧紧地掖进靴筒里（可能使用了军用橡胶鞋套）。身体左侧挂着一把刺刀模样的刀具，右侧的枪套里是一支蓝钢制 0.45 口径半自动手枪。身材结实，没有肥肉；这个男人的肚子在裤腰上方突出着，或者是因为他穿了一件充气式夹克。几根常见的白色空芯塑料晾衣绳悬挂在身体左侧（也可能挂在了后兜上）。头罩下面也许还戴着一副眼镜。透过头罩上的缝隙能看到他深棕色、汗淋淋的头发，可能是假发。外面穿着轻便型蓝黑色风衣，里面是红黑色羊毛衫。那个"十字圈"标志绣得很精致。身高 5 英尺 10 英寸 ~6 英尺 2 英寸, 体重 225~250 磅。鞋印型号 10.5, 压力测量结果显示为 220 磅, 靴子是一种被称作 "翼行者" 的褶皱靴。鞋帮由位于威斯康星州梅里尔县的温布瑞纳制鞋公司生产, 鞋底则由马萨诸塞州亚凡橡胶公司制造。制鞋公司于 1966 年在政府协议下共生产了一百万双鞋; 其中有 103700 双运送到了犹他州的奥格登, 以及位于西海岸的空军和海军基地一带。布莱恩认为他体重应该较轻 (脱掉充气式夹克之后)。

1969 年 10 月 11 日: 身材粗壮, 5 英尺 8 英寸高, 深海军蓝色或黑色皮制大衣, 深色长裤, 微红色或棕黄色头发, 船员式发型, 35~40 岁, 戴眼镜。200 多磅, 桶状胸, 身穿一件海军蓝或黑色及腰拉链式夹克。根据警官们的描述, 合成素描像做了改动: 岁数更大些, 身材更壮些, 5 英尺 11 英寸高, 35~45 岁, 棕色短发上挑了几缕红色, 戴眼镜。

1970 年 3 月 22 日: 凯瑟琳·约翰斯的描述: 胡须剃得很干净, 穿着也十分整洁; 鞋擦得锃亮, 穿一件深蓝黑色的尼龙风衣, 一条毛料的黑色喇叭裤。一副黑色粗框眼镜稳稳地架在鼻梁上 (用一根从脑后绕过的细橡皮筋加以固定), 脸颊上还有过去留下的痤疮疤痕。鼻子没那么小, 下颌并不瘦削, 眉毛粗密适中, 头发是棕色的, 剪着海员式发型。十年之后, 她的描述是: 那个人重约 160 磅, 白衬衫, 眼神空洞无光, 海军款式的鞋, 整个外形是军人的打扮。

1970 年 4 月 19 日: 克里斯托佛·爱德华兹 (P&O 航运公司奥伦塞客轮上的乘务员) 的描述: 一个穿蓝色休闲裤和汗衫的男人, 自称是英国籍工程师, 外形与合成素描人像很接近。此人的车停在了海湾街和内河码头, 是新款车型, 有金属顶盖。

1972 年 4 月 7 日: 有人驾驶一辆浅色汽车在塔马尔帕斯山谷路上转向伊泽贝尔沃森。此人 5 英尺 9 英寸高, 戴着厚重的黑框眼镜, 棕色头发梳理得很整齐。

十二宫的衣着具有军人的特征, 很有可能来自海军或空军部队。制作精良的十二宫黑色头罩的前侧绣着 "十字圈" 符号。(在海军部队里, 熟练的缝纫技术是必备的。) 带皱褶的长裤表明杀手年纪较大 (同样, 他所用的一些俚语在二十多年前就已经过时了)。

十二宫驾驶的车

1966 年 10 月 30 日: 1947~1952 年产灰褐色斯图贝克汽车, 车漆已被氧化。

1969 年 7 月 4~5 日: 1961~1963 年产白色雪佛莱羚羊轿车。

与 1963 年产威尔车相似的一辆车, 颜色浅于受害人的那辆青铜色考威尔车 (1963 年产青铜色雪佛莱考威尔双门轿车)。

跟踪达琳·菲林的男人所开的车: 美国产白色轿车, 有一面很大的挡风玻璃。

1969 年 9 月 27 日: 1966 年产银色或冰蓝色的雪佛莱双门轿车里, 车上挂着加州牌照。两个不同大小的轮胎印痕 (前轮) 反映出轮胎破损严重; 两车轮之间宽度为 57 英寸。

1970 年 3 月 22 日: 一辆美国产新型汽车, 浅色车身, 双门, 旧式加州车牌 (黄底黑字)。车内一片狼藉, 前、后车座上甚至是仪表板上都散落着书报和衣物。在仪表板上放着一支装四节电池的有橡胶握柄的黑色手电筒。

1970 年 11 月 11 日: 白色雪佛莱。

十二宫使用的凶器

枪械:

赫曼湖路: 0.22 口径半自动手枪, J.C. 希金斯 80 式手枪或高标准 101 式手枪 (弹药: 0.22 口径 Super X 铜被甲子弹)。

蓝岩泉: 加拿大制造的布朗宁 1935 大威力 9 毫米手枪 (FN GP35), 弹匣可容纳十三发子弹 (弹药: 9 毫米温彻斯特西部牌子弹)。

贝利桑湖: 可能 (向幸存者) 展示过一支柯尔特手枪 (1911A1)。蓝钢制半自动手枪。

旧金山的华盛顿街与彻立街交叉口: 在旧金山使用的另一支布朗宁大威力手枪 (弹药: 9 毫米温彻斯特西部牌子弹)。

刀具:

河滨市大学: 小刀, 刀刃 3.5 英寸长, 1 英寸宽。刀尖断裂, 碎片留在河滨案受害者体内。

贝利桑湖: 1 英尺长, 1 英寸宽的长刃刀, 木制刀柄上有两个铜铆钉并包缠着 1 英寸宽的胶带, 木制刀鞘。刀刃两面均很锋利, 铆钉代替了护手。

十二宫的其他用具

一台放大机、光桌, 或高过头顶的投影仪。

编码轮。

皇家手提式打字机, 字的尺寸为每英寸 12 个字, 坎特伯雷阴影。

蓝色标签笔。

伊顿证券纸, 有水印, 蒙那多型号, 剪切不齐, 可能是纸张余料, 常大批量出售给军队。

存放所有关于十二宫案件的新闻报道的文件夹。

灰色金属盒 (根据通灵师所述)。

地下室里的工作间。

电传打字纸; 型号 15 以上的电传打字机; 基于此打字机电路结构制作出的炸弹设计图。

自有的带把手的船用照明灯, 可能拥有一艘帆船。

可能有一只装四节电池的橡胶握柄的黑色手电筒。

手套, 在被戴着写信时受到磨损。

十二宫腕表。

天美时手表, 在河滨市作案时被受害人扯掉。表盘周长 7 英寸, 黑色表带。

仅在军需品商店里出售的"翼行者"鞋。

几块从保罗·史坦恩身上撕下的带血迹的衬衫布, 图案为深灰色与白色条纹; 还有史坦恩的车钥匙。

关于密码和占星术的书籍。

宝丽来相机。

打孔机。

十二宫受过的训练

爆炸设备。

密码术。

气象学。

与罗盘的使用相关的术语和图表。

对吉尔伯特与苏利文轻歌剧《天皇》的了解。

对标点符号掌握的极好; 故意拼错词语; 会盲打。

懂得汽车发动机构造 (破坏分电盘盖金属线)。

化学知识 (炸弹设计)。

也许接触过电脑。

知道如何占星相, 有天文学知识。

对古老的宗教仪式有了解。

电影迷, 看过《穷山恶水》《驱魔人》《最危险的游戏》。

了解伪装术, 这点可能与其早期学过歌剧有关。

知道在指尖涂胶以防留下指纹, 可能曾在监狱中学会此招数。

有画草图的技巧。

受过枪支训练。可以在奔跑时射中 10 英尺开外的目标, 且五个弹孔在受害者背部紧密排列。

警方培训。在蓝岩泉一案中曾采用过公路巡警独有的停车技巧; 用手电照射受害人眼睛; 受害人寻找身份证件, 以为他是警察。

针线功夫很好。

左、右手都可灵活使用。

可能有在海军服役的背景。

十二宫的作案方式

在周末，选择临近水体的区域，在有满月或新月时作案。

袭击情侣。每次使用不同凶器，通常与汽车相关。

受害者总是年轻学生，作案时都是黄昏或深夜，抢劫并不是作案动机。

不存在性侵害。谋杀结束后，凶手总是急切地通过电话或信件夸耀自己的战绩，习惯在"情人小径"作案。

经常使用手电筒。有两次谋杀发生在砂石路上，两次在柏油路上，一次在土地上。有 3 名受害者死于停车场附近。

十二宫的心理分析

夸大妄想症。

精神错乱。

性虐待：十二宫在幼年时期曾有过虐待小动物的行为，母亲专横冷酷，父亲则软弱而无责任感，日常生活中有很强烈的幻想倾向，对性欲与暴力产生混淆。这种人常是警察的狂热追随者，在车内放置警用设备、收集武器及施虐工具。

在危机时刻镇定从容。

计划缜密。可能会在作案前进行预演，会提前几个星期在许多地区寻觅相似的袭击目标。

喜欢嘲弄警方。

生活隐秘，处世持戒备心理。

对于警方所说的有关他的不实之词深感愤怒。十二宫信里的内容大多都为实情。确实有警察与他正面交涉过，但警方对此表示否认。

变态电话和"火速交给编辑"的语言标明十二宫迫不及待地想要告诉警方他的所作所为。写给约瑟夫·贝茨的便条表明他喜欢折磨受害者的家人；打给菲林家的变态电话也说明这一点，他甚至可能认识他们。

十二宫擅长模仿，缺少创意，所做的一切事情都是他之前曾见到过或在别处读到过的。

每次都要确保女受害人死亡。

在警察局附近打电话, 以确保能听到开往犯罪现场的警车鸣笛的声音。

预先做好计划, 事前剪好晾衣绳 (贝利桑湖一案)。

认为自己受到了迫害。

习惯在每次作案后以及在写信时手淫。

总是近距离杀害袭击目标, 因为想让受害人看到自己的样子。

结局往往是自杀 (或被关进精神病院)。

受月亮和潮汐的影响。

通常是窥淫狂和流窜偷盗者。

以嘲弄的语气讲话, 有严重的头痛症。

墨迹检测会诱使他想到 "Z" 的形象和包含 "Z" 的答案。

会重复罪行。从奚落警察的过程中得到的乐趣可能最终会成为作案的真正动机。

大多数情况下有极高的智商, 身体强壮有力。丝毫没有愧疚感。

经常会选择加害学生身份的人 (所有受害者, 包括史坦恩, 都是学生)。

会留下纪念。桑塔克鲁兹的连环杀手爱德蒙·肯培就喜欢用宝丽来相机给受害人拍照。

会不停地用刀捅受害者的身体, 直至达到性高潮。

会详尽地记住作案过程中的每一个细节。

对警务十分着迷, 可能曾申请加入过警队。

像班迪、比安奇等连环杀手那样, 可能会有超乎寻常的力气。

仅有不健全的能力或完全没有能力去进行正常的成人间性关系, 因此会选择奸尸, 或为满足性欲而杀戮, 还有一种方式就是奸淫幼童, 这样就可以感到自己拥有至高无上的权力。

同性恋倾向也不可排除。

幼年时常常自己扮演行刑者的角色, 摧残玩偶。

是一位花招百变、充满魅力的谎言家。甚至可能有意搬到实行死刑的州去居住，因为在他们的潜意识里，死刑正是他们所渴求的。

有弑母幻想。

会寻觅一个特定的人群，甚至还会发放调查问卷以确定目标（爱德蒙·肯培就这样做过）。

将受害人看作没有生命的物品。

在写信时，十二宫不是在抽大麻、酗酒，就是在吸食某种毒品。

性虐待狂从杀戮行为中获得性快感，但可能从未性交过。试图将受害人非人化，把受害人当成完全在自己控制之下，完全受自己权力支配的物品。在不得不表现得正常时以及在躲避警方追捕时，会竭尽一切努力。